"十一五"国家重点图书出版规划项目　　　　　　　大连市软科学资助出版项目

国家自然科学基金资助项目（79870080，70440004）　　大连理工大学科技伦理与科技管理研究中心资助项目

*21*世纪
科技与社会发展丛书

（第三辑）

丛书主编　徐冠华

生态城市前沿探索
——可持续发展的大连模式

刘则渊　姜照华　王贤文　等　／著

科学出版社

北京

内 容 简 介

本书首先运用知识可视化技术分析城市生态学和生态经济学等领域的研究前沿及其演进过程，进而拓展到循环经济理论、生态足迹理论、发展与污染脱钩理论，然后建构谋求经济快速增长、提高能源使用效率、减少环境污染、产业结构合理的可持续发展模型体系，并从综合调控和建设策略两个方面探讨城市走向生态化、实现可持续发展的各项具体举措。本书比较系统地总结了可持续发展的大连模式，展示了大连建设生态城市的图景。

本书可供经济管理人员、城市建设与环境保护人员及相关的研究人员使用，也可以作为高等学校有关专业本科生、研究生的教材或教学参考书。

图书在版编目（CIP）数据

生态城市前沿探索：可持续发展的大连模式／刘则渊等著. —北京：科学出版社，2011

（21 世纪科技与社会发展丛书）

ISBN 978-7-03-029857-7

Ⅰ.①生… Ⅱ.①刘… Ⅲ.①城市经济-可持续发展-研究-大连市 Ⅳ.①F299.273.13

中国版本图书馆 CIP 数据核字（2010）第 260885 号

丛书策划：胡升华　侯俊琳

责任编辑：侯俊琳　陈　超　杨婵娟　冯肖兵／责任校对：冯　琳

责任印制：赵德静／封面设计：黄华斌

编辑部电话：010-64035853

E-mail：houjunlin@mail.sciencep.com

科学出版社 出版

北京东黄城根北街 16 号

邮政编码：100717

http://www.sciencep.com

中国科学院印刷厂 印刷

科学出版社发行　各地新华书店经销

*

2011 年 3 月第 一 版　开本：B5（720×1000）

2011 年 3 月第一次印刷　印张：18　插页：2

印数：1—1 500　字数：363 000

定价：58.00 元

（如有印装质量问题，我社负责调换）

总　序

　　进入 21 世纪，经济全球化的浪潮风起云涌，世界科技进步突飞猛进，国际政治、军事形势变幻莫测，文化间的冲突与交融日渐凸显，生态、环境危机更加严峻，所有这些构成了新世纪最鲜明的时代特征。在这种形势下，一个国家和地区的经济社会发展问题也随之超越了地域、时间、领域的局限，国际的、国内的、当前的、未来的、经济的、科技的、环境的等各类相关因素之间的冲突与吸纳、融合与排斥、重叠与挤压，构成了一幅错综复杂的图景。软科学为从根本上解决经济社会发展问题提供了良方。

　　软科学一词最早源于英国出版的《科学的科学》一书。日本则是最早使用"软科学"名称的国家。尽管目前国内外专家学者对软科学有着不同的称谓，但其基本指向都是通过综合性的知识体系、思维工具和分析方法，研究人类面临的复杂经济社会系统，为各种类型及各个层次的决策提供科学依据。它注重从政治、经济、科技、文化、环境等各个社会环节的内在联系中发现客观规律，寻求解决问题的途径和方案。世界各国，特别是西方发达国家，都高度重视软科学研究和决策咨询。软科学的广泛应用，在相当程度上改善和提升了发达国家的战略决策水平、公共管理水平，促进了其经济社会的发展。

　　在我国，自党十一届三中全会以来，面对改革开放的新形势和新科技革命的机遇与挑战，党中央大力号召全党和全国人民解放思想、实事求是，提倡尊重知识、尊重人才，积极推进决策民主化、科学化。1986 年，国家科委在北京召开全国软科学研究工作座谈会，时任国务院副总理万里代表党中央、国务院到会讲话，第一次把软科学研究提到为我国政治体制改革服务的高度。1988 年、1990年，党中央、国务院进一步发出"大力发展软科学"、"加强软科学研究"的号召。此后，我国软科学研究工作体系逐步完善，理论和方法不断创新，软科学事业有了蓬勃发展。2003 ~ 2005 年的国家中长期科学和技术发展规划战略研究，是 21 世纪我国规模最大的一次软科学研究，也是最为成功的软科学研究之一，集中体现了党中央、国务院坚持决策科学化、民主化的执政理念。规划领导小组组长温家宝总理反复强调，必须坚持科学化、民主化的原则，最广泛地听取和吸收科学家的意见和建议。在国务院领导下，科技部会同有关部门实现跨部门、跨行业、跨学科联合研究，广泛吸纳各方意见和建议，提出我国中长期科技发展总体思路、目标、任务和重点领域，为规划未来 15 年科技发展蓝图做出了突出贡献。

在党的正确方针政策指引下，我国地方软科学管理和研究机构如雨后春笋般大量涌现。大多数省、自治区、直辖市政府，已将机关职能部门的政策研究室等机构扩展成独立的软科学研究机构，使地方政府所属的软科学研究机构达到一定程度的专业化和规模化，并从组织上确立了软科学研究在地方政府管理、决策程序和体制中的地位。与此同时，大批咨询机构相继成立，由自然科学和社会科学工作者及管理工作者等组成的省市科技顾问团，成为地方政府的最高咨询机构。以科技专业学会为基础组成的咨询机构也非常活跃，它们不仅承担国家、部门和地区重大决策问题研究，还面向企业提供工程咨询、技术咨询、管理咨询、市场预测及各种培训等。这些研究机构的迅速壮大，为我国地方软科学事业的发展铺设了道路。

软科学研究成果是具有潜在经济社会效益的宝贵财富。希望"21 世纪科技与社会发展丛书"的出版发行，能够带动软科学的深入研究，为新世纪我国经济社会的发展做出积极贡献。

程建华

2009 年 2 月 11 日

第三辑序

随着经济与社会的发展，软科学研究的体系和成果为经济与社会发展的科学决策提供了重要支撑。"21 世纪科技与社会发展丛书"的出版，旨在充分挖掘国内地方软科学研究的优势资源，推动软科学研究及其优秀成果的交流互补和资源共享，实现我国软科学研究事业的健康发展，为我国经济与社会发展的科学决策做出积极贡献。

大连市有着特殊的地缘位置，地处欧亚大陆东岸、辽东半岛最南端，东濒黄海，西临渤海，南与山东半岛隔海相望，北依东北平原，是东北、华北、华东及世界各地的海上门户，与日本、韩国、俄罗斯、朝鲜等国往来频繁。作为著名的港口、贸易、工业、旅游城市，大连市的经济社会发展对于东北地区、全国乃至整个东北亚地区都有着重要的战略意义。这个大背景为大连市软科学的发展提供了肥沃的土壤，同时大连市还拥有众多大学、科研院所及高水平的科研队伍，因此，大连市发展软科学有着得天独厚的优越条件。近年来，大连市的软科学事业发展很快，已经在产学研合作、自主创新、体制改革、和谐社会建设、公共管理、交通运输、文化交流等领域，开展了深入而广泛的软科学研究，取得许多令人瞩目的成绩。

通过"21 世纪科技与社会发展丛书"的出版，大连市软科学研究的优秀成果及资源得到了科学整合。一方面，能够展现软科学事业取得的进步，凝聚软科学研究人才，鼓励多出高质量、有价值的软科学成果，为更多的决策部门提供借鉴和参考；另一方面，能够通过成果展示，加强与其他城市和地区软科学研究人员的沟通和交流，突破部门、地方的分割体制，改善软科学研究立项重复、资源浪费、研究成果难以共享的状况，有利于我国软科学研究的整体健康发展。

第三辑编委会

2010 年 2 月 5 日

前言　迈向生态城市的绿色大连探索之路

大连市先后获得"国家环保模范城市"、"中国最佳旅游城市"、"全球环境500佳"、"联合国人居奖"。2009年的夏季达沃斯年会也选择了在大连市举行。展现在读者面前的这部著作《生态城市前沿探索——可持续发展的大连模式》，是我们学术团队站在生态城市理论前沿，探索大连市可持续发展战略的一项最新成果，也是改革开放以来我率领学术团队把发展战略理论与大连经济社会发展实际结合起来开展研究的第一部学术专著。这里简要回顾一下基于发展战略理论与生态城市理论的绿色大连探索之路。

大连发展战略研究成果的理论升华

大连的改革开放，是从探索大连发展战略起步的，是以1984年大连被定为中国沿海开放城市为真正开端的。作为一名身在大连的学者，我有幸亲历和参与了历次重要的大连发展战略探索与实践过程，并带领大连理工大学发展战略研究团队投身到波澜壮阔的改革开放浪潮中，紧跟党和国家的战略决策，结合大连市情，开展大连发展战略研究，为市委市政府的宏观决策服务。改革开放30多年，大连发展战略有三次大进展，大连发展历经了三次大飞跃：

从20世纪70年代末到80年代末，大连开创城市发展战略研究。最初，大连城市依托港口发展的历史，提出把解决港城分离，回归港城一体、以港兴市，作为大连发展的战略切入点与突破口。1984年，大连市召开了第一次经济社会发展战略研讨会，提出了大连建设现代化的港口、工业、旅游城市的战略目标；万里副总理到大连现场办公，大连成为14个沿海开放城市之一，建立了全国第一个开发区。之后，对大连发展目标展开多次研讨。1988年提出大连建设现代化国际城市——"北方香港"的战略目标，这是一个对大连城市性质与发展目标的基础性战略定位。

自1978年以来，我在科学学、管理学、科学技术与社会（STS）等交叉学科领域，一方面开展科学技术与社会的互动规律和发展战略的理论研究，另一方面关注大连的城市建设与发展，开始只以建议和文章的形式供大连市有关部门参考。例如，建议在我国卓越科学家李四光考察鉴定的白云山庄莲花状构造所在地建设地质公园，还曾陪同大连市市长到白云山庄一带山上实地考察。又如，在

1983 年大连首次旅游经济研讨会上，从旅游经济与旅游文化相统一的角度，提出大连市开发自然类和人文类各种旅游资源的建议；之后随着大连市改革开放进程，更多地参与大连市科技、经济、社会发展战略及规划的决策咨询工作。

1984 年，是大连市具有战略转折意义的一年。这一年大连市率先在全国中心城市中召开了经济社会发展战略研讨会，邀请了著名经济学家马洪等多位知名学者参与研讨。会前，我应市政府办公厅召集，承担大连市市长的大会主报告起草工作。这个报告提出大连应以建设现代化的港口、工业、旅游城市为战略目标，以港城一体和依港兴市、设立出口加工区、高新技术"硅谷"等为战略举措，受到与会专家的高度评价。我为自己参加了这次历史性的会议，并参与了大会主报告的起草工作而自豪。

以此为契机，大连市各政府部门、各学术团体开展了广泛的发展战略研究与讨论。其中值得一提的是 1985 年大连市科学技术协会组织各个学会开展面向 21 世纪的大连发展战略研究。我作为市科学技术协会常委，参与了大连市这次规模空前的从全市宏观总体到各个产业部门发展战略研究活动的策划与综合协调，在战略研究中力求把自然科学、技术科学和社会科学结合起来，定性分析和定量分析结合起来，探讨了大连市三次产业结构、劳动－资本－技术三类密集型产业的现状与趋势等重要问题，最后研究成果集成一部上百万字的研究报告《二〇〇〇的大连——大连市发展战略研究》，并向大连市委常委会做了专题汇报，得到领导们的充分肯定。其后多年这部报告曾置于市政府许多部门领导的案头，起到咨询性、资料性的参考作用。当时，在市委领导下，市科学技术协会还创建了大连市发展战略研究会，创办和主编了全国发行的《发展战略报》，在全国学术界产生了巨大反响。大连这些生动的发展战略研究成果，为后来我撰写的国内第一部《发展战略学》（1988 年浙江教育出版社出版，1993 年获辽宁优秀社科成果一等奖；1995 年获全国首届高校社科成果二等奖）学术专著，提供了肥沃的实践土壤。

20 世纪 90 年代，随着改革开放扩大，大连拓宽了发展战略空间。邓小平同志南行后，大连市先后探讨和提出了高新技术产业发展战略、保税区发展战略、科技兴市战略。大连在开发区基础上建立了高新区、保税区、度假区三个国家级开放先导区，形成全方位开放格局。1993 年，大连市综合以往成果，提出了外向牵动、口岸经济、科教兴市、区域共同发展"四大发展战略"。其后在"不求最大，但求最佳"战略方针基础上，提出大连可持续发展战略。

1992 年邓小平同志南行谈话又一次激起解放思想、改革开放的大潮，我们迎来发展战略研究的大好时机，一方面大连科技经济社会各方面高速发展对发展战略研究提出一系列需要，另一方面大连市政府高度重视软科学研究并加强软科学投入，使发展战略及软科学研究步入制度化和规范化。这个时期，我带领我校发展研究团队主持的大连发展战略研究主要有：一是大连高新技术产业发展战略（1998~1990年），二是大连科技兴市战略（1991~1992年），三是大连保税区发展战略（1993年），四是大连可持续发展战略及大连21世纪议程（1996~1997年）。

早在20世纪80年代后期，我多次向大连市政府有关部门提出要落实大连首次发展战略研讨会上主报告中关于建立大连"硅谷"的创意，开展科技园区的战略研究，最终得到大连市科学技术委员会的支持。我们经过一年多的调研，完成《大连高新技术产业发展战略研究报告》，内容包括：大连市高新技术研发及产业化现状的翔实资料、大连市高新技术及产业发展的总体战略与重点领域选择、大连市设立科技园区三种选址方案的评价与选择建议。1990年我们刚完成项目研究报告之际，恰逢国家科学技术委员会制定"火炬"计划，决定在全国设立若干高科技开发区。当时大连市政府以我们研究报告中有关大连科技园区方案作为依据，很快提出了论证充分的申办报告，得到国家科学技术委员会的批准。这样，大连高新科技园区作为首批国家级高新技术开发区，在我们评选的七贤岭及由家村一带正式建立起来。另外，《大连高新技术产业发展战略研究报告》也获得软科学研究成果的第一个大连市科技进步二等奖。

1991~1992年，由我主持完成的大连市重点软科学项目"大连科技兴市战略研究"，为1993年市委市政府作出关于实施科教兴市战略的决定提供有力的科学依据，从而获得软科学研究成果的第一个大连市科技进步一等奖。1993年，国家批准正式建立大连保税区，我受委托主持完成"大连保税区发展战略研究"，除包含翔实的国外保税区、自由贸易区、出口加工区相关资料和大连市保税区的战略目标、发展重点和运作管理体制等外，还从全市开放战略的高度提出了开发区、保税区和大窑港"两区一港"一体化管理体制，建立北部新市区的战略构想。以此为基础，我申报成功并主持完成国家社会科学基金项目"中国保税区发展战略研究"。1994年，受辽宁省及大连市政府委托，大连理工大学组成以钱令希院士为顾问的项目组，承担并完成了《关于烟大火车轮渡大连港址首选羊头洼港的专题论证报告》。我作为综合报告执笔人，在国家主管部门组织的项目论证会上陈述了我们的项目方案，为后续工程可行性研究、工程设计方案选择和国家有关部门决策提供了充分的科学依据。

20世纪90年代后期，大连理工大学校领导班子为进一步服务东北、辽宁及大连经济社会发展的需要，决定建立大连理工大学21世纪发展研究中心，由时任校党委书记的林安西教授担任中心主任，我和苏敬勤教授任副主任。不久，姜照华教授调入大连理工大学，参加到我们研究团队中。从此，我和姜照华教授紧密合作，在发展理论和系统建模方面优势互补，把对国家及区域经济社会发展研究提高到一个新水平。

这一时期，我们研究团队结合大连市的实际开展了可持续发展理论和知识经济理论两方面的应用研究。1996～1997年，完成了"大连可持续发展战略及大连21世纪议程"。20世纪90年代美国新经济的兴起和1996年经济合作与发展组织（OECD）《以知识为基础的经济》报告的发表，引起国内外学术界和社会各界对知识经济的普遍关注，并形成世界性的知识经济热潮。我在主持完成教育部人文社会科学基金项目"国家知识经济体系的理论结构与对策研究"的过程中，探讨了知识经济的形成过程、形态特征、体系结构、核心理论和基本规律等重大理论问题，并针对辽宁省及大连市的实际，提出辽宁省和大连市知识经济发展战略的若干建议，特别是面向知识经济时代的大连高新技术产业发展对策。其中明确指出：知识经济是大连建设现代化国际城市的战略支撑点；信息产业是大连面向知识经济的第一支柱产业。

21世纪初叶，大连市深化发展战略的思想内涵。继世纪之交国家提出并实施西部大开发战略，进入21世纪国家又提出并实施振兴东北地区等老工业基地战略和建设创新型国家战略，辽宁省及大连市面临着自20世纪80年代实施沿海大开发战略以来的发展新机遇。大连市针对老工业基地传统资源依赖型工业特点来深化大连发展战略的思想内涵，提出率先全面振兴老工业基地和建设创新型城市的战略。我和姜照华、王国豫等承担并完成的国家自然科学基金项目"中德老工业基地'技术进步–资源效率'创新模式比较研究"（2005～2007年），借助生态足迹、能值分析、IPAT方程等模型分析，以辽宁省及大连市为案例区，提出了老工业基地依靠技术进步、提高资源效率、实现循环经济和可持续发展的具体振兴路径。同时，以国家加强自主创新能力、建设创新型国家的重大战略为背景，我们还主持完成了大连市重点招标项目"大连市建设创新型城市研究"（2006年1～12月），以自主创新战略深化了科教强市战略的内涵，为大连市委市政府《关于提高自主创新能力加快推进创新型城市建设的意见》及相关决策提供了科学依据。2009年，这个项目的研究报告获大连市社会科学进步一等奖。

上述历程表明，我们从生态城市理论高度提出建设可持续发展的绿色大连，是大连发展战略研究的一个理论升华与历史必然。

基于生态城市理论的绿色大连探索

现在我们已走过21世纪前10年，进入21世纪第二个10年的新时期。在总结生态城市理论及其在大连的应用研究成果时，一方面有必要在国际国内发展大背景下，分析和估量大连所处的战略环境，关注当前大连发展面临的一系列前所未有的新机遇和新挑战；另一方面有必要进一步思考大连经济社会总体发展的新战略，从大连总体发展战略格局中把握绿色大连战略的地位与作用。

当前值得我们关注的大连发展面临的新机遇和新挑战主要是：

——经济学和科学学关于经济长波论与技术长波论的最新研究成果表明，21世纪上半叶世界将形成一次新的经济长波，而前20年左右将处于这次长波上升期之中。我曾经这么估计，现在仍然坚持：尽管美国引起的金融海啸冲击着世界经济，但作为带动这次经济长波的中国等主要新兴经济力量仍会保持快速、持续增长的势头，作为直接推动这次经济长波形成的主要动力的一系列高技术创新仍处于不断产业化的进程中，正呈现新一轮的国际产业结构转换与产业转移。因此，这个时期依然是大连市需要密切关注、牢牢把握并且有所作为的战略机遇期。

——演化经济学、知识经济学和生态经济学的兴起，昭示经济的全球化、知识化、生态化三大趋势已成为不可逆转的历史潮流。当前金融海啸背后的自由放任市场机制失灵，只是表明全球化不等同于均一化，更不等同于美国化或"华盛顿共识"；美式虚拟经济、网络经济的泡沫破灭，也改变不了经济知识化的大势与知识经济时代的到来；石油资源、温室气体对经济的制衡和对环境的冲击，迫使经济系统回归于生态大系统之中，促进世界经济发展方式的生态化转向。这三大趋势对我们来说，可谓机遇与挑战并存。

——现代市场经济理论揭示，我国经济发展方式在某些方面将发生重大的转变。出口拉动型增长将逐步转向内需拉动型增长，资本投入主导型增长将逐步让位于资本-技术复合动力型增长；但是，经济增长与收入差距、资源能源消耗、环境污染之间关系的库兹涅茨倒U形曲线，仍将在相当长时期处于上升阶段，要做到发展与污染"脱钩"而实现发展方式的根本转变尚需时日。这为大连市走在全国中心城市的前列，率先实现经济发展方式的根本转变提供了难得的机会。

——从技术社会形态理论看，我国经济社会结构将发生重大转型。随着经济快速增长，三次产业结构与就业结构将加快第一产业向第二产业、第三产业转移，特别是向服务业转移，产业结构与就业结构两者严重错位的状况将会扭转；农村劳动力的大规模转移，将成为工业化、城镇化和经济增长的强大动力，同时也给产业技术选择、城镇建设与就业造成巨大压力；东部沿海地区技术、社会形态将由工业化社会向服务业为主的后工业化社会转型。这对作为沿海开放城市的大连来说，形成了巨大的压力。

我们必须置身于这样的战略环境中，对大连未来20年经济社会发展进行新的战略思考。大连制定新的发展战略，就是要使大连应对国内外的战略机遇与挑战，保证大连实践科学发展观，走科学发展道路。

为此，我们依据科学发展观的理论内涵，进一步集成和运用社会科学前沿领域的创新成果，对2020年大连现代化建设进行战略建构。概括起来说就是：充分发挥大连市具有天然良港、工业基础、科教实力三大优势资源构成的战略能力，构建航运物流牵动战略、绿色产业战略和创新驱动战略三大发展战略，形成国际经济循环、生态经济循环、知识经济循环三大战略性经济循环，确立大连实现建设现代化城市的三个战略目标——东北亚重要国际城市、可持续发展的生态城市、创新型城市，促进大连市经济发展方式的重大转变和经济社会结构的重大转型。

1）实施绿色产业战略，建设可持续发展的生态城市。大连市工业基础雄厚，但传统工业大都是资源消耗、环境污染型企业，一些企业经过搬迁改造，开始向现代制造业转型，然而大连市并没有从根本上摆脱资源能源密集型的经济发展方式，工业各行业在节能减排上仍有较大的空间。因此，为了应对经济生态化趋势的挑战，大连市应当实施绿色产业战略，把全市产业系统纳入到生态系统之中，形成和实现"3E"即经济（economy）、能源（energy）和环境（environment）相协调，以"3R"即减量化（reduce）、再利用（reuse）和再循环（recycle）为准则的生态经济良性循环，把大连建设成为可持续发展的生态城市。

为此，我们应当采纳生态经济学、循环经济学、产业生态学和城市生态学的理论成果，以更为先进的生态足迹理论，对全市地域生产、生活、生态各功能区用地进行优化布局，在生态足迹供给能力的容量内，形成合理的绿色空间结构；以生态工业园区模式进行工业区的改造与建设，在园区推行循环经济与清洁生产技术，构建和形成企业之间的绿色逆向物流系统或绿色产业供应链系统；以生态文明统领全市经济社会各个领域，逐步形成节约能源资源和保护生态环境的产业结构、增长方式、社会生活和消费模式；把城市规划设计和城市交通规划结合起来，围绕改造和建设大连城市中心步行区这一重点，进行新一轮的大连城市步行化、人性化、生态化改造，推进绿色交通革命，建立"轨道交通－自行车－步行"一体化的绿色交通系统，建设步行化、人性化、生态化城市。这样，大连市就能够做到经济增长与环境污染"脱钩"，实现发展方式的根本转变，同时加快经济生态化和社会生态化的进程，并真正营造出全市城乡人民生产生活的生态宜居环境，向资源节约型、环境友好型的生态化社会迈进。

2）实施航运牵动战略，建设东北亚重要国际城市。我们要充分利用大连市处于东北亚中心地带的区位优势，充分利用大连市濒临黄渤两海岸线拥有众多天然良港的资源优势，实施依托港口群的国际航运牵动战略，建设以港口群为核心、海陆空交通网络为枢纽的国际航运物流中心，进一步适应经济全球化的态势，形成更广泛的国际经济大循环，并参与国际经济分工，把大连市建设成具有更大市场辐射空间的东北亚重要国际城市。

这意味着大连市应当坚定不移地调整三次产业结构的优先顺利，按第三产业、第二产业、第一产业逆向序列，优先发展服务于全世界、环太平洋、东北亚、中国北方、东北腹地多层次市场圈的现代服务业。首先我们必须打破只服务本地狭小市场的传统服务业界限，大力发展现代航运业、物流业，以及现代金融业、会展业、传媒业、旅游业和知识信息服务业等现代服务业。现代服务业，特别是基于电子商务与产业供应链于一体的现代物流业，具有强大的逆向产业链牵动功能，其发展将带动大连市、辽宁省及东北老工业基地振兴中的传统工业改造、现代制造业和现代农业的大发展，并将同时带动农村劳动力向第二产业、第三产业转移，为城乡劳动力创造更大的就业空间。可以预言，这必将更充分地展现大连的龙头作用，扩大辽宁省和东北现代产业价值链的整体价值空间；大连市自身也将在更大的国内生产总值（GDP）价值空间中完成三次产业结构的战略转换，消除产业结构与就业结构的错位，实现技术社会形态由工业社会向后工业社会或信息社会的历史性转型。这标志着大连市率先实现现代化的愿景，将梦想成真。

3）实施创新驱动战略，建设创新型城市。邓小平同志关于"科学技术是第一生产力"的原理，以及知识经济学和创新管理学的成果等，都揭示科技、知识、智力是第一战略资源，知识与创新是发展的第一驱动力。大连市拥有中央和地方大批高校、科研机构，基础教育发达，具有科教力量、人力素质、智力资本等创新资源上的显著优势，具备了更多地依靠自主创新和提高劳动者素质来发展经济的条件。因此，大连市应当充分发挥这种优势，实施创新驱动战略，深化科教强市战略的内涵，构建和完善以企业为主体、以市场为导向、以知识为基础、产学研相结合的区域创新体系，形成基于知识供应链的产学研三螺旋经济循环，不断提升全市自主创新能力和核心竞争力，把大连市建设成为自主创新能力强、技术创新绩效大的创新型城市。

实施创新驱动战略的关键之一，是确认开放式自主创新模式的多样性，充分吸纳全球科技资源与人才，结合大连市不同技术领域和不同产业部门的特点进行创新模式的选择，成功实现科技及发明成果的有效转化、创新与产业化。我们应当积极支持高新技术领域的原始创新，深入推进高新技术的产业化；重点加强先进制造技术的集成创新，全力推进装备制造业和基础产业的高技术化；广泛开展各个行业引进技术的消化吸收再创新，全面推进农业、工业和服务业的现代化。创新使知识渗透和嵌入到各个产业部门，不仅导致经济发展方式从资本主导型向知识主导型转变，而且造成各个产业部门的知识化，实现经济知识化与社会知识化。如果大连市实现发展方式的知识化转向，那将是更加激动人心的伟大历史巨变。

生态城市理论前沿与应用研究框架

这本书就是我们上述发展战略研究成果的理论延伸，是生态城市理论视角下可持续的绿色大连探索的学术成果。

　　早在 20 世纪 90 年代初，联合国召开可持续发展的全球首脑会议之后，在世界经济向可持续发展战略转轨的全球背景下，我们便转向对可持续发展观与可持续发展战略的理论研究。我在《人民日报》理论版发表"持续发展观与产业生态化"一文。同时在可持续发展理论的高度上，对大连市政府提出的"不求最大，但求最好"的城市建设方针加以解读。在 1995 年大连经济技术开发区举办的辽宁省对外开放战略研讨会上，我在评论性的发言中指出，大连市"不求最大，但求最好"的方针，是带有大连市特点的可持续发展战略，是体现可持续发展的生态建市战略，并提议大连市把建设可持续发展的生态城市作为发展战略的新目标，得到当时大连市两位主要领导的首肯。1996 年初，大连市委书记在报告中采纳了我们的建议，指出："要按照'不求最大，但求最好'的指导方针，把大连市建设成为一个设施先进、功能健全、环境优美的生态型城市。"后来，在中日学者举办的"21 世纪可持续发展国际学术研讨会"上，我发表了题为《建设可持续发展的生态城市——关于大连市"不求最大，但求最好"方针的理论内涵与实施对策》的主题报告。

　　1996～1997 年，我完成了大连市重点软科学项目"大连可持续发展战略及大连 21 世纪议程"。

　　2000～2003 年，我和姜照华等完成了国家自然科学基金项目"可持续发展的生态城市建设模式与系统管理研究"（79870080）。

　　2005～2007 年，我和姜照华等又完成了国家自然科学基金项目"中德老工业基地'技术进步-资源效率'创新模式比较研究"（70440004）。

　　本书以两项国家自然科学基金项目的主要研究成果为基础，同时又综合了辽宁省及大连市相关课题的部分研究成果。本书的框架结构是：

　　1）生态城市的理论前沿——用科学知识图谱和知识可视化技术，对生态城市的核心理论、城市生态学理论、可持续发展理论和生态经济学理论及其研究前沿进行了探测。

　　2）生态城市的理论拓展——把生态城市理论进一步拓展延伸到相关的循环经济理论、生态足迹理论、发展与污染脱钩理论，为生态城市的模型建构等后续研究提供理论基础。

　　3）生态城市的模型体系——应用系统分析的数学模型，建构了生态城市相关的经济增长、城市化、能源效率、污染物排放、产业结构方面的模型体系。

　　4）生态城市的综合调控——在综合调控的"压力－状态－响应"框架内，构建了生态城市的评价指标体系，以及对人口承载力的分析及其调控研究。

　　5）生态城市的建设策略——提出生态城市发展循环经济、促进产业升级和向创新－投资双驱动的低碳经济转型的策略，并就生态城市的基础设施建设策略及促进生态城市发展的政策问题，结合大连实际进行讨论。

全书的框架结构，以生态城市的基本概念和原理为逻辑起点，先论述对生态城市具有普遍价值的核心理论，并借助知识可视化技术分析和探测国际学术界关于生态城市核心理论的研究前沿及其演进过程，进而拓展到与生态城市相关的重要理论领域加以阐释，然后建构了生态城市相关的谋求经济快速增长、提高能源效率、减少环境污染的产业结构合理的模型体系，最后分别从综合调控和建设策略两方面探讨了城市走向生态化、实现可持续发展的各项具体举措，其中紧密结合了大连实际，展示了大连迈向可持续发展的生态城市宏伟图景。可见，本书框架体现从抽象上升到具体的逻辑进程。

本书是我和姜照华教授为带头人的区域发展战略研究团队的集体智慧结晶。参与本书写作和相关项目研究的人员，有科学学与科技管理研究所的部分教师和一大批硕士、博士研究生。其中参加本书若干章节部分内容写作的有包晓巍（第四章、第十五章）、徐国泉（第五章、第十四章）、刘定一（第六章、第十章、第十二章）、赵奥（第九章）、邹野（第十七章）、马永伟（第十三章、第十章），胡晓玮、齐雪芹、姜朝妮参加了第七章、第八章和第十六章的写作。在此向他们表示诚挚的感谢。

本书是在"985 工程"教育部创新基地暨辽宁省重点研究基地——大连理工大学科技伦理与科技管理研究中心支持下完成的，是"985 工程"部省创新基地的标志性成果之一。本书的出版得到大连市软科学研究基金的资助，也得到科学出版社的大力支持。在此谨向关心与支持本书的所有领导、同事和朋友表示衷心的感谢。

尽管本书积累了我们对生态城市理论及大连市可持续发展战略的长期研究成果与经验，但就构成一个生态城市理论、方法、应用各方面完整的体系而言，还是不甚成熟的，尚需做进一步的努力。因此，我们热切期待学术同行和广大读者对本书的不足和缺欠提出批评、意见和建议。

刘则渊

2009 年 12 月 30 日于大连新新园

目　　录

第一篇　生态城市的理论前沿

第二篇　生态城市的理论拓展

第三篇 生态城市的模型体系

第一篇 生态城市的理论前沿

改革开放 30 多年来，我国城市化的程度快速提高。国家统计局 2009 年 9 月 17 日发布的报告显示，我国城市数量已从新中国成立前的 132 个增加到 2008 年的 655 个，城市化水平由新中国成立前的 7.3% 提高到 45.68%。城市化已不仅是世界性特征，而且是社会进步的重要标志。同时，我国经济的高速发展和城市化程度的持续快速提高，也给城市的生态环境带来了严重影响[1]。目前，城市生态环境的主要问题是：工业"三废"、汽车尾气和生活垃圾急剧增加，导致空气混浊、水质污染、植被损坏、城区生物种群减少乃至灭绝；淡水资源枯竭、地下水资源过度开采，引起地面沉降，城市抵御灾害能力降低；建筑、道路不断拓展蔓延，挤占人的生活空间和自然生态空间；城市环境污染加剧，不仅危害市民的健康与生活环境，严重影响城市生活质量，而且侵蚀生产设施设备，必然反过来影响生产和产品质量，从而增加生产成本，降低生产效率[2]。

城市生态环境恶化是全世界都面临的一个共同问题，是多因素共同作用的结果。城市迅速膨胀，人口集中密度增大，经济高速发展，工业化、城市化进程加快等因素是城市生态环境恶化所处的外在客观环境。相应的保护生态环境的措施未能及时跟上、城市经济的发展模式落后、生态环境可持续发展理念的缺乏和科学技术的滞后则是导致城市环境恶化的重要因素。

基于这样的认识，1972 年联合国在斯德哥尔摩召开了有 114 个国家代表参加的"人类环境会议"。该会议标志着人类环境时代的开始，并产生了与今天所说的"可持续发展概念"相接近的理念。1987 年由挪威前首相布伦特兰夫人领导的"联合国环境与发展委员会"发表了《我们共同的未来》。在该报告中第一次把"可持续发展"的概念定义为"既满足当代人的需求，又不危及后代人满足其需求的发展"。

1992 年，在巴西里约热内卢召开的联合国环境与发展大会通过了《里约环境与发展宣言》和《21 世纪议程》，第一次把可持续发展由理论和概念推向行动，并指出：要改善人类居住区的社会、经济、环境质量。城市是人类集中聚居的地区，是一个国家或一个地区的经济中心，城市的可持续发展对国家、地区乃至全球的持续发展，具有举足轻重的作用。

在城市化建设中，只有加强城市生态环境保护，才能保证城市的可持续发展。城市是推进现代化建设的基本载体，是社会生产力和科学文化历史发展的重要基地，也是人类的重要居住环境。良好的城市生态环境，是人类生存和社会经济发展的基础，是社会文明发达的标志。因此，保护城市生态环境，重视城市的可持续发展，已成为当今社会的紧迫要求与共同任务[1]。

城市是一个特殊的人工生态系统，是人类创造的特殊的"自然 - 经济 - 社会复合系统"。在此系统中，人类与环境的关系成为主要矛盾[3,4]。人不但在系统中处于中心地位，而且人工控制在自然控制的大背景下对该系统的存在与发展起着决定性的作用。为了在经济发展中不破坏环境，达到经济发展与人类环境相适应，实现可持续发展的战略目标，必须要将经济因素、地理因素、生态因素、社会因素等诸要素综合加以考虑。城市生态环境问题及可持续发展是城市社会经济持续发展的基础和前提条件。保护资源持续利用是社会不断发展的物质基础。不断改善环境质量是人民生活提高的主要标志。我国著名的经济学家许涤新[5]曾经指出：生态平衡与经济平衡之间，主导的一面，一般地说，应该是前者。因为如果城市生态环境平衡遭到破坏，这种破坏的损失，势必要落到经济的身上。

生态城市的建设主要涉及城市生态学理论、可持续发展理论和生态经济学理论这几个方面的内容，这三者之间互相渗透。其中可持续发展理论不仅是城市生态学和生态经济学形成的知识基础，也是目前城市生态学和生态经济学研究的中心问题。

信息可视化方法是近年来兴起的文献计量学与科学计量学领域的一种重要研究方法。将抽象数据用可视的形式表示出来，以利于分析数据、发现规律和支持决策。信息可视化的一个重要分支是引文分析的可视化。引文分析要处理海量的引文数据，利用信息可视化技术可以使人们更容易地观察、浏览和理解信息，并且找到数据中隐藏的规律和模式，对科学发展演进、科学范式转变、学科结构等方面进行研究[6]。陈超美（Chaomei Chen，美国 Drexel University 教授，大连理工大学长江学者）开发的基于 Java 平台的 CiteSpace 系列应用软件，是一种适于多元、分时、动态的复杂网络分析的新一代信息可视化技术[7,8]，创造性地将信息可视化技术和科学计量学结合起来，成为科学计量学普遍应用的新手段。CiteSpace 信息可视化技术的独到之处，在于借助科学文献引文网络的可视化分析来监测科学文献中出现的研究前沿、热点、趋势和动向等各种模式。

在第一篇中，我们利用信息可视化工具 CiteSpace，对 Web of Science 中的相关论文进行文献共被引分析，研究生态城市、可持续发展、生态经济这三个领域的前沿及其演进过程。

第一章　城市生态学理论及前沿

生态城市（eco-city、ecological city、ecopolis 等）概念最早在 1971 年联合国教育、科学及文化组织"人与生物圈计划"（MAB）中首先被提出。原苏联生态学家杨尼斯基（O. Yanitsky）认为生态城市是一种理想城市模式，其中技术与自然充分融合，人的创造力和生产力得到最大限度发挥，同时居民的身心健康和环境质量得到最大限度保护[9]。来自中国学者的观点认为，生态城市是根据生态学原理综合研究城市生态系统中人与"住所"的关系，并应用科学与技术手段协调现代城市经济系统与生物的关系，保护与合理利用一切自然资源与能源，提高人类对城市生态系统的自我调节、修复、维持和发展的能力，使人、自然、环境融为一体，互惠共生[10]。

第一节　城市生态学论文数据统计分析

一、生态城市论文的检索方法

作者采用如下方法从 Web of Science 中获得研究数据。检索时间为 1900 ～ 2008 年，选择 SCI-E、SSCI 和 A&HCI 三大数据库。具体的检索过程为三个步骤：

1）直接检索包含"生态城市"的论文。根据生态城市的定义，生态城市的英文表述有 ecocity、eco city、sustainable city、ecopolis、green city 等，所以我们在直接检索中将这些表述都概括进来，然后再加上"城市生态学"（urban ecology），设计检索式为 TS =（"eco city" or "ecocity" or "eco cities" or "ecocities" or "green city" or "green cities" or "sustainable city" or "sustainable cities" or ecopolis or "urban ecolog *"），得到 686 篇文献。

2）从生态经济学的定义中得知其是生态学和城市学相结合而形成的一门交叉学科，在 Web of Science 中首先分别主题检索生态学（城市学）的论文，然后再从生态学（城市学）的论文结果中找出其中属于城市学（生态学）的部分结果，可以将这些同时属于生态学和城市学研究的论文看成是生态城市的论文。这一部分得到 692 条结果。

3）由于 1）和 2）中的检索结果中也有相当部分的结果是重复的，所以也应该去除重复检索的部分。最后一共得到 1364 篇属于生态城市的文献。整个检索过程如图 1-1 所示。

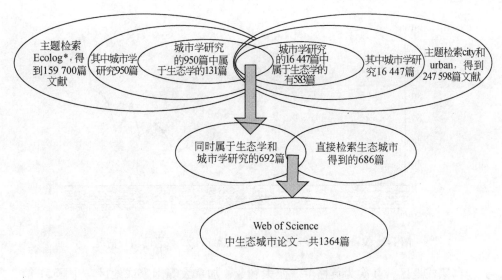

图 1-1　Web of Science 中检索生态城市论文的具体方法和步骤

二、生态城市论文的分布情况

首先从时间、地区、机构三个方面分析这 1364 篇生态城市论文的分布情况。

1. 时间分布

如图 1-2 所示，我们检索到的第一篇生态城市论文发表于 1944 年，题目是"家猫作为城市生态学中的一个因素"（the domestic cat as a factor in urban ecology），发表在《动物生态学期刊》（Journal of Animal Ecology）上，作者为 C. Matheson，该论文被引 6 次。Web of Science 中第二次出现有关生态城市的论文是时隔 6 年之后的 1950 年，由 Dewey Richard 在《美国社会学评论》（American Sociological Review）上发表的"社区、城市生态学和城市规划者"（The neighborhood, urban ecology, and city planners），被引 10 次。在 20 世纪 70 年代以前，每年有关生态城市的论文发表数量都很少，这种状况一直持续到 1975 年才发生改变。1975 年论文数量首次达到 10 篇，当然这也和 SSCI 数据库从 1975 年才开始创建有关，生态城市的期刊基本上都是被 SSCI 所收录的。真正的连续快速增长是从 1991 年开始的，基本上一直保持着较为快速的增长态势。2006 年首次突破 100 篇，达到 131 篇，2008 年略有下降，为 101 篇。

2. 地区分布

从地区分布来看，如图 1-3 所示，美国的论文数量最多，为 469 篇，远高于

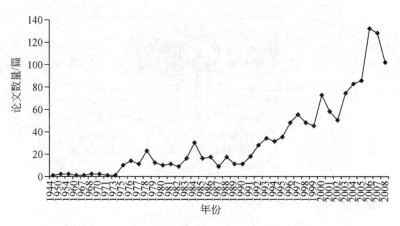

图 1-2　Web of Science 数据库中生态城市论文数量的增长情况

其他国家或地区，其次为英格兰、澳大利亚、加拿大等国家或地区。中国 51 篇，位列第六。

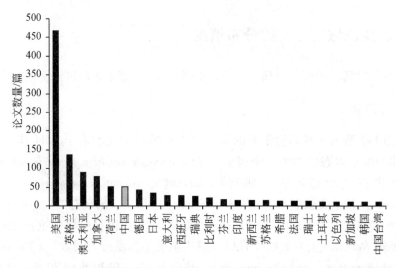

图 1-3　Web of Science 数据库中生态经济论文的国家或地区分布（大于或等于 10 篇）

3. 机构分布

　　发表生态经济学论文数量最多的机构是美国的亚利桑那州立大学（Arizona State University），为 38 篇。得克萨斯州 A&M 大学（Texas A&M University，又译得克萨斯州农工大学）、香港大学、威斯康星大学都发表 23 篇，同列第二位。中国科学院发表 14 篇，位列第十二。图 1-4 列出了发表论文数量大于或等于 10 篇的 21 家机构。

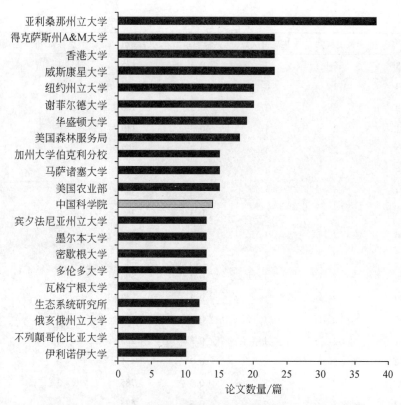

图 1-4　Web of Science 数据库中生态城市论文的主要机构分布

第二节　城市生态学研究前沿的可视化图谱

我们利用陈超美教授开发的信息可视化工具 CiteSpace 2.2. R1 版本进行文献共被引分析，分析对象为 Web of Science 中检索出的 1364 篇文献记录，包括 SCI、SSCI 和 A&HCI 三个引文数据库，研究的时间尺度选择 1975～2008 年，时间区选择 1 年，阈值为（2，1，30），（3，2，30）和（5，3，30），分别在前、中、后三个时间分区中设定引文数量、共被引频次和共被引系数三个层次的阈值，其中具体每一个两年分区的阈值是由线性内插值来决定，如表 1-1 所示。

表 1-1　生态城市论文的文献共被引网络结构组配（1975～2008 年）

时间分区	被引次数	共被引次数	共被引系数	文章数量/篇	节点数量/个	连线数量/条
1975	2	1	0.3	152	1	0
1976	2	1	0.3	106	0	0
1977	2	1	0.3	115	0	0

续表

时间分区	被引次数	共被引次数	共被引系数	文章数量/篇	节点数量/个	连线数量/条
1978	2	1	0.3	175	1	0
1979	2	1	0.3	86	0	0
1980	2	1	0.3	106	0	0
1981	2	1	0.3	119	0	0
1982	2	1	0.3	597	2	1
1983	2	1	0.3	170	1	0
1984	2	1	0.3	580	17	67
1985	2	1	0.3	250	0	0
1986	2	1	0.3	266	11	34
1987	2	1	0.3	144	1	0
1988	2	1	0.3	396	9	21
1989	2	1	0.3	43	1	0
1990	2	1	0.3	137	1	0
1991	2	1	0.3	253	4	6
1992	3	2	0.3	451	0	0
1993	3	2	0.3	785	3	1
1994	3	2	0.3	685	1	0
1995	3	2	0.3	809	6	8
1996	3	2	0.3	890	1	0
1997	3	2	0.3	1348	12	27
1998	3	2	0.3	1196	7	3
1999	3	2	0.3	1200	7	7
2000	4	2	0.3	2115	2	0
2001	4	2	0.3	1737	2	0
2002	4	2	0.3	1296	0	0
2003	4	2	0.3	2458	3	1
2004	4	2	0.3	2554	8	3
2005	4	2	0.3	3002	11	15
2006	4	2	0.3	5396	59	153
2007	4	2	0.3	5199	31	30
2008	5	3	0.3	3980	16	28

一、文献共被引分析

图 1-5（见彩版图 1）中的网络由 129 个节点和 774 条连线组成。图中每个节点都表示一位作者，节点向外延伸的不同颜色的圆圈描述了该著者在不同年份的引文时间序列，圆圈的厚度与相应年份的引文数成正比。带有粉红色圆圈标记的节点表示该作者是从一个知识群跃迁到另外一个知识群的关键节点。

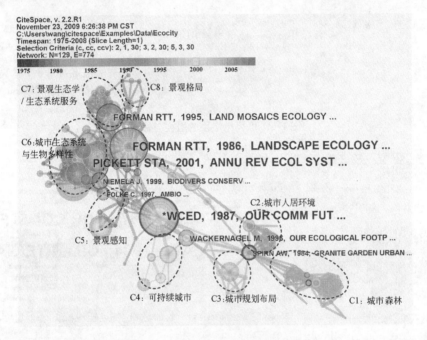

图 1-5　文献共被引分析的可视化结果

图 1-6（见彩版图 2）是我们利用 CiteSpace 的聚类与标识功能，对图 1-5 的可视化结果进行聚类和标识。标识词是从这些节点的被引文献中的标题名中抽取出来的，选用的算法是 TF/IDF 算法。

陈超美教授开发的 CiteSpace 软件自 R2 版本以后，除了知识群分析视图功能之外，还提供了时间线（timeline）分析功能。图中横坐标表示时间，纵坐标为聚类。节点从左到右按照时间序列排列，从上到下按照聚类的序列排列。

从图 1-6 和图 1-7（见彩版图 3）中可以看到，CiteSpace 将共被引网络划分了 18 个聚类。由于聚类数量太多，很多情况都是 1 或 2 个节点就形成了一个聚类。我们根据图 1-5 中的图谱网络结构、图 1-6 中的聚类标识词和图 1-7 中的标识词时间序列，对主题相近的聚类按照其在网络中的位置进行适当的叠加归并，形成若干主要知识群，如表 1-2 所示。

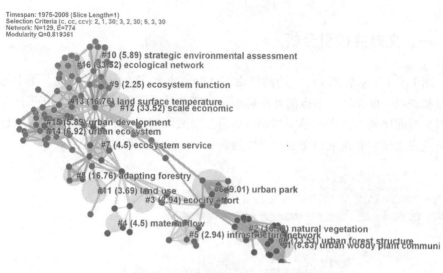

图 1-6 可视化结果的聚类与标识

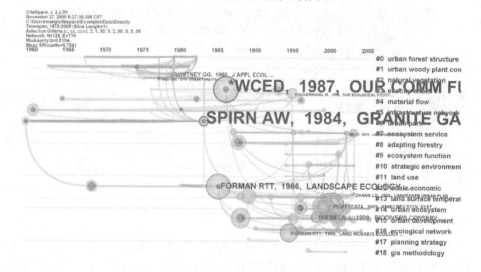

图 1-7 生态城市研究可视化结果的时间线分析

表 1-2 聚类结果、聚类标识与知识群划分

聚类	标识词	标识词翻译	知识群划分
#0	urban forest structure	城市森林结构	知识群 1
#1	urban woody plant community	城市木本植物群落	知识群 1
#2	natural vegetation	自然植被	知识群 1
#3	ecocity effort	建设生态城市的努力	知识群 3
#4	material flow	物质流	知识群 4

聚类	标识词	标识词翻译	知识群划分
#5	infrastructure network	基础设施网络	知识群 3
#6	urban park	城市公园	知识群 2
#7	ecosystem service	生态系统服务	知识群 6
#8	adapting forestry	林业	知识群 5
#9	ecosystem function	生态系统功能	知识群 7
#10	strategic environmental assessment	战略环境评估	知识群 8
#11	land use	土地利用	未划分知识群
#12	scale economy	规模经济学	知识群 6
#13	land surface temperature	土地表面温度	知识群 6
#14	urban ecosystem	城市生态系统	知识群 6
#15	urban development	城市开发	知识群 6
#16	ecological network	生态网络	知识群 7
#17	planning strategy	规划策略	未划分知识群
#18	GIS methodology	地理信息系统方法	未划分知识群

如图 1-7 所示，出现较早（1965～1985 年）的标识词有 urban forest structure、urban woody plant community、natural vegetation，这些标识词也就是我们所划分的知识群 C1 体现的研究主题。最新出现的标识词有 urban ecosystem、urban development、ecological network，这些也是知识群 C6 和知识群 C7 体现的研究主题。

二、可视化图谱解读

可以看到，世界环境与发展委员会（World Commission on Environment and Development，WCED）于 1987 年发表的报告《我们共同的未来》（*Our Common Future*）位于整个图谱的中心位置，对生态城市的研究提供了关键的理论支撑作用。

1. 知识群 C1：城市森林学

我们通过逐一查对知识群 C1 中的节点文献，发现这个知识群中都是关于 urban forestry 的研究。结合图 1-6 来看，知识群 C1 中的标识词有：natural vegetation、urban forest structure、urban woody plant community，所以我们将这个知识群称为"城市森林学"知识群。

表1-3 中的突增性（burst）反映了节点文献的被引频次的变化情况。文献的被引频次增长速度越快，其突增性也越大。可以根据节点的突增性大小来辨识和探测学科知识领域研究的热点，预测知识领域发展的前沿趋势。中心性（centrality）这项指标指的是节点在网络中的中介中心性，反映了节点联结不同聚类的中介作用大小。

表1-3 知识群 C1 中的主要节点

主要节点	突增性	中心性
1. Whitney G G 等. 论文"人类作为新的植物群落的制造者"（*Man as a maker of new plant-communities*），1980.	0	0.25
2. Grey G 等. 著作《城市林业》（*Urban Forestry*），1978.	4.58	0.14
3. Schmid J. 著作《城市植被：评述与芝加哥的案例研究》（*Urban Vegetation：A Review and Chicago Case Study*），1975.	5.66	0.01
4. McBride J 等. 论文"城市森林发展：加利福尼亚 Menlo 公园的案例研究"（*Urban forest development：a case study，Menlo Park，California*），1976	0	0.01
5. Bagnall R G 等. 论文"人类对城市森林遗迹的影响：以新西兰威灵顿附近红木林为例"（*A study of human impact on an urban forest remnant：Redwood Bush，Tawa，near Wellington，New Zealand*），1979.	0	0.01
6. Vaux H. 论文"城市林业：通向专业未来的桥梁"（*Urban forestry：bridge to the profession's future*），1980.	0	0

城市森林学开始出现于 20 世纪 70 年代，专门研究"受城市居民影响或为城市居民利用的城市树木"。1978 年，格雷（G. Grey）与德内克（F. Deneke）合著的《城市林业》是第一本关于城市林业的著作，1986 年和 1992 年两次再版，这本著作在城市林业发展史上具有重要影响力，从此城市林业在理论上得到基本界定和普遍认可，并开始应用于指导现代城市的建设和改造。格雷提出城市林业不只是林业的一个分支，实际上它是在城市规划、风景园林、园艺、生态学等许多学科的基础上建立的，因而包括了对城市内及其周围所有的树木和相关植被的综合设计、营造和管理[11,12]。

城市环境中，由于高密度人口导致人类活动的集中性，人类活动对城市森林有非常显著的影响[13]，使得城市植被与自然植被呈现出显著的差异[14]。惠特尼（G. G. Whitney）选取美国俄亥俄州城市地区的 44 个观测点，研究它们的树木植被，研究发现，高度的城市化会降低城市植被的覆盖面积[15]。

城市森林结构的研究是城市森林的主要研究领域，在麦克布莱德（J. McBride）发表于 1976 年的论文中，率先运用遥感手段研究城市森林覆盖度及其空间构成[16]。

2. 知识群 C2：城市人居环境

知识群 C2 中的节点主要是关于城市人居环境的研究，如表 1-4 所示。图 1-6 中此知识群的标识词是 urban park（城市公园），与城市人居环境的主题非常相关。

表 1-4　知识群 C2 中的主要节点

主要节点	突增性	中心性
1. Lynch K. 著作《城市的意象》（*The Image of the City*），1960.	6.36	0.08
2. Whyte W. 著作《小型城市空间的社会生活》（*The Social Life of Small Urban Space*），1980.	0	0
3. Correll M 等. 论文"绿地对房产价值的影响"（*The effects of greenbelts on residential property values*），1978.	0	0
4. Weicher J 等. 论文"社区公园的外部经济型：实证研究"（*The externalities of neighborhood parks：an empirical investigation*），1973.	0	0

过去近半个多世纪以来，欧美在城市空间中的居民行为形式及相应设计对策上积累了大量实践经验。美国社会学家怀特（William Whyte）对纽约市已建成公共空间的研究是其中的杰出代表。怀特的研究发现成功的公共空间必须要有足够人流、可坐设施、日照、树木、可以接触的水体、食物及其他零售业、引起人际交流的公共表演或展览等。其研究结果在 1975 年修改该市规划条例时被写入法律并在城市设计理论中产生广泛影响[17,18]。

关于城市公共空间、城市绿地对城市房地产的影响也是知识群 C2 的研究内容。韦克（J. Weicher）运用特征价格模型（hedonic models）来估计不同类型的公共空间对房地产价值的影响[19]。Correll 等则研究了城市绿地（urban greenbelts）对周围房产价值的影响，他的研究发现，离城市绿地距离每 1000ft（1ft = 3.048×10^{-1}m），房地产的价值就会降低 8.5%[20]。

作为知识群 C2 中最大的节点，林奇（K. Lynch）出版于 1960 年的著作《城市的意象》是城市意象研究的里程碑，从此城市意象成为研究感知环境的一个切入点。所谓城市意象，是指由于周围环境对居民的影响而使居民产生的对周围环境的直接或间接的经验认识空间，是人的大脑通过想象可以回忆出来的城市印象，也是居民头脑中的"主观环境"空间[21]。林奇的理论对知识群 C2 中其他节点关于城市人居环境的研究产生了重要影响。

3. 知识群 C3：城市规划布局

知识群 C3 包含了关于城市设计、城市规划布局的各种观点，汇集了城市规划研究中最为重要的经典著作。图 1-6 中此知识群的标识词是 infrastructure network（基础设施网络），表 1-5 是知识群 C3 中的主要节点。

表 1-5　知识群 C3 中的主要节点

主要节点	突增性	中心性
1. Jacobs J. 著作《美国大城市的生与死》（*The Life and Death of Great American Cities*），1961.	5.98	0.09
2. Garreau J. 著作《边缘城市：生活在新疆界》（*Edge City：Life on the New Frontier*），1991.	5.47	0
3. Lynch K. 著作《美好城市形态的理论》（*A Theory of Good City Form*），1981.	5.32	0.01
4. Alexander C 等. 著作《城市设计的新理论》（*A New Theory of Urban Design*），1987.	0	0
5. Alexander C. 著作《一种模式语言：城镇、建筑、构造》（*A Pattern Language：Towns，Buildings，Construction*），1977.	0	0.02
6. Spirn A. 著作《花岗岩花园：城市自然与人类规划》（*The Granite Garden：Urban Nature and Human Design*），1984.	5.92	0.74

　　知识群 C3 中最大的节点是 J. Jacobs 于 1961 年出版的《美国大城市的生与死》，该书是体现现代城市规划思想的一部重要著作。近半个世纪过去了，这本书仍以其深刻的见解和独特的魅力在现代城市规划和社会理论中占有极其重要的位置。20 世纪 80 年代以来，这部理论巨著也对中国城市规划和建筑界产生了很大的影响[22]。

　　林奇在 1981 年出版的著作《美好城市形态的理论》中认为，美好的城市是一个市民共识的城市。他认为城市设计应使市民有安全、舒适的感觉，这感觉是建立于市民对城市环境的可识别性（legibility），越有个性（identity）、越使人容易了解的城市，越能使人感到安全和舒适[23,24]。他提出三个城市典型：模仿宇宙规律的城市、模仿机器运作的城市和模仿自然生命的城市。他认为“生态学习”（learning ecology）的城市，是个生态系统，里面有不同的生物（包括人类）和它们的栖息地（habitat）；每个生物与同群的其他生物互相联系，也与其他非同群的生物和非有机性的环境互相联系，产生无数的组织和形状，在这生态系统中，生物（特别是人类）有应变的能力和总结经验的能力。因此，一个美好的城市应能提高其市民的生存条件并延续其文化：“增加他们与时空的连接，并鼓励每个人的成长。”[23]

　　亚历山大（C. Alexander）的《城市的设计新理论》的出发点是：我们的城市环境很多都是“体质虚弱”和“残缺不全”的，城市设计的使命是“医治”（heal）和养育城市，使它“完整”（whole）。他的主导思想是，“每一个建设都以医治城市为使命——去创造一个整体的和延续的城市结构。”他的美好城市是个完整的城市——整个城市是完整的，每一部分也是完整的。他提出的办法是创造大大小小的"中心"（center）和"向心力"（centering process），这些都是有其内在规律与生命的独立的整体。每一个中心都是一个整体；每一个中心同时属于大于它的中心，拥有小于它的中心，并与同样大小的中心并存[23,25]。

亚历山大提出的七项设计原则为[23,25]：

1）聚少成多地成长（piecemeal growth）：城市设计要混合大小不同的建设（建设包括建筑物和各项工程）以及各种各样的功能。

2）养育小的整体成为大的整体。

3）设计者的构想不应来自个人的幻想，而应聆听每一块用地内在的"呼声"（该做什么用途？应成什么形状？）。每一块用地，每一栋建筑都追求自我的完整，也追求与其他建筑的完整。设计者应领会这呼声，然后使其他人也明白这呼声。

4）正确的城市空间是四周都有建筑的空间。

5）每一栋大建筑的出入口、内部交通、功能布局和内部空地等都应与其所在的街道和地区呼应、连贯和一致。

6）每一项建设的构造和细节都应与比它大和小的整体产生关系。

7）大大小小中心（整体）的相互关系应该是轻松的、互相依赖的。只有这样才能创造出巩固的结构。

Garreau 首次提出了"边缘城市"的概念，这一概念曾一度被认为代表了 20 世纪美国城市发展的"第三次浪潮"。"边缘城市"概念提出后，引起了社会各界的巨大反响。Garreau 本人认为，"边缘城市"代表了美国城市未来取向，是在新的社会经济形势下美国人对未来工作、居住及生活方式作出的价值抉择[26]。

此外，Spirn 出版于 1984 年的著作《花岗岩花园：城市自然与人类规划》涉及了城市规划、城市人居环境方面的内容，因此，该节点成为连接知识群 C7 和知识群 C8 的关键节点。

4. 知识群 C4：可持续城市

我们将知识群 C4 称为可持续城市知识群，共有 5 个节点，如表 1-6 所示。

表 1-6　知识群 C4 中的主要节点

主要节点	突增性	中心性
1. Douglas I. 著作《城市环境》（*The Urban Environment*），1983.	5.23	0
2. Haughton G 等. 著作《可持续城市》（*Sustainable Cities*），1994.	8.01	0.05
3. Nijkamp P 等. 著作《可持续城市》（*Sustainable Cities*），1994.	0	0
4. Wolman A. 著作"城市的新陈代谢"（*The Metabolism of the City*），1965.	3.89	0.04
5. Pickett S 等. 论文"都市地区中人类生态系统研究的一个概念性框架"（*A conceptual framework for the study of human ecosystems in urban areas*），1997.	4.42	0

在可持续发展思想被广泛认同的背景下，可持续城市的概念应运而生。关于可持续城市的研究最重要的著作分别是豪顿的《可持续城市》和尼茨坎普（P. Nijkamp）的《可持续城市》，这两本著作的出版时间都是 1994 年。

城市可持续发展是城市居民不断努力提高自身社区及区域的自然、人文环境，同时为全球可持续发展作出贡献的过程[27]。尼茨坎普认为城市可持续发展就是"确保城市居民达到或维持一个适宜的、不下降的福利水平而不危害城市周边地区居民的福利"[28]。

城市可持续发展研究的关键是对城市物质代谢流量及其代谢效率的研究。1965 年，沃尔曼（A. Wolman）首先提出以"城市代谢"（urban metabolism）来了解城市对环境的影响。他将城市作为一个生态系统，严密地测定了城市居民生活、工作或娱乐所需要的各项物质，如粮食、衣物、燃料、电及各种建材等，发现当一个城市的规模增大时，水资源供给、污水处理以及空气污染是三个最严重的城市代谢问题[29,30]。沃尔曼的研究开辟了城市代谢研究领域。

5. 知识群 C5：景观感知/景观偏好

知识群 C5 是关于景观感知的研究，包括 3 个节点，如表 1-7 所示。

表 1-7　知识群 C5 中的主要节点

主要节点	突增性	中心性
1. Kaplan R 等. 著作《自然的经验：心理学视角的分析》（*The Experience of Nature：a Psychological Perspective*），1989.	5.31	0
2. Nassauer J. 论文"杂乱的生态系统，有序的框架"（*Messy ecosystems，orderly frames*），1995.	0	0
3. Hands D 等. 论文"加强生态康复疗养场所的视觉景观偏好"（*Enhancing visual preference of ecological rehabilitation Site*），2002.	0	0

最大节点是卡普兰（R. Kaplan）等于 1989 年出版的著作《自然的经验：心理学视角的分析》。在这本著作中，卡普兰提出环境偏好矩阵的概念，从心理学层面探讨环境偏好，卡普兰认为，景观偏好的形成并非出于复杂缜密的思索和推理，而是来自于心理的直接反映[31]。纳绍尔（J. Nassauer）指出，文化习俗强烈地影响着居住景观和自然景观；景观外貌反映文化准则。文化习俗直接影响着人们对景观的注意力，影响人们对有趣景观的发现以及对景观的偏爱，习俗也直接影响着人们创造景观，尤其是创造本地景观的行为。人们是按其对自然界的认识、按其美学追求以及各种需求、社会习俗等文化因素来建造或改变景观的[32]。

6. 知识群 C6：城市生态系统与生物多样性

知识群 C6 其实包括了两个方面的研究内容，即城市生态系统和生物多样性，但是这两个方面在知识群 C6 中又是互相联系的，如表 1-8 所示。图 1-6 中此知识群的标识词为urban development（城市发展）和 urban ecosystems（城市生态系统）。

表 1-8　知识群 C6 中的主要节点

主要节点	突增性	中心性
1. Pickett S T A 等. 论文"城市生态系统：将地球生态学、物理学及社会经济学各成分与大都市地区联系起来"（*Urban ecological systems*：*linking terrestrial ecological*，*physical*，*and socioeconomic components of metropolitan areas*），2001.	0	0.2
2. Hope D. 论文"社会经济学驱动城市植物多样性"（*Socioeconomics drive urban plant diversity*），2003.	0	0.08
3. Grimm N B 等. 论文"城市生态系统长期研究的方法整合"（*Integrated approaches to long-term studies of urban ecological systems*），2000.	0	0.05
4. Savard J P L 等. 论文"生物多样性概念与城市生态系统"（*Biodiversity concepts and urban ecosystems*），2000.	0	0.03
5. Collins J P 等. 论文"一种新的城市生态学"（*A new urban ecology*），2001.	0	0.03
6. Gilbert O. 著作《城市环境的生态学》（*Ecology of Urban Environment*），1989.	5.23	0.01
7. Clergeau P 等. 论文"相邻景观的鸟类多样性对城市鸟群有影响吗？"（*Are urban bird communities influenced by the bird diversity of adjacent landscapes?*），2001.	0	0.01
8. Blair R B. 论文"沿着城市梯度的土地利用与鸟类种族多样性的变化"（*Land use and avian species diversity along an urban gradient*），1996.	0	0.01
9. McKinney M L. 论文"城市化、生物多样性与保护"（*Urbanization*，*biodiversity*，*and conservation*），2002.	0	0.01
10. Vitousek P M 等. 论文"人类对地球生态系统的主宰"（*Human domination of Earth's ecosystems*），1997.	0	0
11. Alberti M 等. 论文"人类与生态的整合：研究城市生态系统的机遇与挑战"（*Integrating humans into ecology*：*opportunities and challenges for studying urban ecosystems*），2003.	0	0

城市生态学是以城市空间范围内生命系统和环境系统之间的联系为研究对象的学科。近年来，城市生态学正在成为一门综合性的学科[33]。

目前，城市生态学研究基本可分为两大部分：一部分是还原论思想指导下的城市与自然、资源、环境之间相互作用的具体机制和过程的研究，意在微观上阐述城市与自然、资源、环境之间关系，从简单的关系入手，为城市的发展提供具体的指导；另一部分是在整体论思想指导下的城市系统的生态研究，意在宏观上把握城市生态系统的结构、功能和调节机理，为城市的发展提供宏观的战略指导[34]。

城市生态环境是城市生态学的主要研究内容。研究发现，城市生态环境呈现出梯度性变化的特点，具体表现为城市环境因素的梯度性变化。这些因素包括人口密度、道路密度、机动车辆、空气和土壤污染程度、平均气温、平均降水量、土壤紧实度、土壤盐碱度以及其他人类干扰指标，这些环境要素由城郊的乡村到城市中心呈明显增加的趋势[35,36]。人类对环境的改变、干扰和外来物种的进入都使得城市生态系统发生了很大的变化[37]。

在知识群 C6 中，除了城市生态系统研究之外，生物多样性的研究也是主要研究对象。这方面内容包括克莱茹（P. Clergeau）等发表于 2001 年的论文"相邻景观的鸟类多样性对城市鸟群有影响吗？"，作者认为通过栽植树木和灌木、水体修复以及植被多样化，可以增加鸟类的多样化[38]。如同城市环境因素的梯度性变化一样，城市生物多样性的变化也呈现梯度变化的特点。布莱尔（R. B. Blair）以及麦金尼（M. L. McKinney）等的研究表明，物种多样性在空间分布方式上由市郊向城市中心呈明显的递减趋势[39~41]。同时，霍普（Hope）等对亚利桑那州凤凰城的研究发现，经济因素是城市植物多样性空间分布格局形成的重要影响因素[40]。

此外，在知识群 C2 中，萨瓦德（J. P. L. Savard）等于 2000 年发表的论文"生物多样性概念与城市生态系统"将城市生态系统与生物多样性联系起来。

7. 知识群 C7：景观生态学/生态系统服务

知识群 C7 是关于城市景观生态学和生态系统服务方面的研究，如表 1-9 所示。图 1-6 中此知识群的标识词为 ecological network（生态网络）和 ecosystem function（生态系统功能）。

表1-9　知识群 C7 中的主要节点

知识群 C7 中的主要节点	突增性	中心性
1. Forman R T T 等. 著作《景观生态学》（*Landscape Ecology*），1986.	4.47	0.36
2. Forman R T T 等. 著作《土地镶嵌：景观与地区的生态学》（*Land Mosaics：the Ecology of landscapes and regions*），1995.	0	0.21
3. De Groot R S 等. 论文"生态系统功能、产品与服务的类型、描述与价值分类"（*A typology for the classification，description and valuation of ecosystem functions，goods and service*），2002.	0	0.01

续表

知识群 C7 中的主要节点	突增性	中心性
4. Costanza R 等．论文"世界生态系统服务与自然资本的价值估算"（*The value of the world's ecosystem services and natural capita*），1997.	0	0
5. Potschin M B 等．论文"利用自然资本概念改进环境评估质量：南部德国的案例研究"（*Improving the quality of environmental assessments using the concept of natural capital：a case study from southern Germany*），2003.	0	0

福尔曼（Forman R）出版于 1986 年的里程碑式的专著《景观生态学》，标志着景观生态学的发展进入了一个新阶段[42]。福尔曼于 1995 年出版的另一本著作《土地镶嵌：景观与地区的生态学》，这本书同样也是景观生态学的重要著作。该著作系统地总结和归纳了景观格局的优化方法，并强调景观空间格局对过程的控制和影响作用，即通过格局的改变来维持景观功能、物质流和能量流的安全。这表明景观生态学已经开始从静态格局的研究转向动态格局的研究[43]。

康斯坦察（R. Costanza）等发表于《自然》杂志上的论文"世界生态系统服务与自然资本的价值估算"，该文将全球的生物圈分为 16 个生态系统类型，将全球的生态系统服务分为 17 个指标类型，并根据他们建立的指标体系，对全球的生态系统服务价值进行了定量计算[44]。该研究成果发表以后，引起了全球范围内的巨大轰动，也掀起了国际生态经济学研究领域对生态系统服务价值研究的热潮，从而为生态经济系统的研究开辟了一个新的研究领域和研究方法。

目前关于生态系统服务价值评估还没有统一的方法，主要是使用福利经济学中的一些方法。目前使用的经济学评估方法可以分为 4 种类型，分别是：①市场价值评估方法；②非市场价值评估方法是替代成本法、旅行费用法和享乐价值法；③条件价值法；④群体定价法[45]。每一种经济评估方法都存在各自的优点和不足，同时由于每一种生态系统服务通常可以有几种评估方法，使评估结果较大地依赖于不同方法的选择，从而使得可比性下降。格鲁特（De Groot）等以康斯坦察 1997 年的研究结果为基础，通过对 100 多个文献进行总结，提出了 23 项生态系统功能与评价方法间的关系（表 1-10），通过表 1-10 可以看出在功能类型与可使用的方法间的关系：调节功能主要使用非市场价值法；提供栖息地功能主要使用市场价值法；生产功能主要使用市场定价和生产要素收入法；信息功能主要使用条件价值评估法（文化以及精神信息、享乐价值、美学信息）和市场定价法（娱乐旅游以及科学信息）。同时为了避免重复计算，以及使评估研究有更多可比性，格鲁特第一次对可采取的评估方法的先后顺序进行了总结[45,46]。

表 1-10　生态系统服务功能与经济价值评估方法的关系[45]

生态系统功能 （相关的产品及服务）	货币价值的范围①/[US$/(hm²·a)]	直接市场定价②	可避免成本	替代成本	生产要素收入	旅行费用	享乐价值	条件价值	群体定价
调节功能									
1. 大气调节	7~265		+++	0	0			0	0
2. 气候调节	88~223		+++	0	0			0	0
3. 干扰调节	2~7240		+++	++	+		0	+	0
4. 水分调节	2~5445	+	++	0	+++				0
5. 提供水源	3~7600	+++	0	++	0	0			0
6. 保持土壤	29~245		+++	++	0				0
7. 形成土壤	1~10		+++	0	0				0
8. 养分循环	87~21100		0	+++	0				0
9. 污水处理	58~6696		0	+++	0			++	0
10. 传粉	14~25	0	+	+++	++				
11. 生物控制	2~78	+	0	+++	++				
提供栖息地功能									
12. 物种保护	3~1523	+++	0	0	0		0	++	0
13. 保育功能	142~195	+++	0	0	0				0
生产功能								+	
14. 食物	6~2761	+++		0	++			+	
15. 原材料	6~1014	+++		0	++			0	0
16. 遗传资源	6~112	+++		0	++			0	0
17. 药物资源	3~145	+++	0	0	++			0	0
18. 观赏性资源		+++		0	++		0	0	0
信息功能									
19. 美学信息	7~1760			0		0	+++		0
20. 娱乐及旅游	2~6000	+++		0	++	++	+	+++	0
21. 文化及艺术		0			0	0	0	+++	0
22. 精神及历史信息	1~25					0		+++	0
23. 科学与教育		+++			0	0	0	0	0

资料来源：杨光梅，李文华，闵庆文. 生态系统服务价值评估研究进展——国外学者观点. 生态学报，2006，26（1）：205~212

注：①指基于 1997 年 Costanza 的研究结果的货币价值；②指基于增加价值货币价值（市场价格－资金－劳动成本）；＋＋＋表示最常用方法；＋＋表示次常用方法；0 表示在 Costanza 研究中未用但可能使用的方法

8. 知识群 C8：景观格局分析

知识群 C8 中只有 6 个节点，基本上是关于景观格局（landscape pattern）的研究，如表 1-11 所示。从图 1-6 中看，此知识群的标识词是 strategic environmental assessment（战略环境评估）。

表 1-11　知识群 C8 中的主要节点

知识群 C8 中的主要节点	突增性	中心性
1. Gustafson E J. 论文"景观空间格局的量化：研究现状是什么？"（*Quantifying landscape spatial pattern：What is the state of the art?*），1998.	0	0.10
2. Wu J G 等. 论文"景观生态学的关键问题与研究重点综合"（*Key issues and research priorities in landscape ecology：an idiosyncratic synthesis*），2002.	0	0
3. Li H B 等. 论文"景观指数的使用与误用"（*Use and misuse of landscape indices*），2004.	0	0
4. McGarigal K 等. 论文"俄勒冈海岸地区景观结构与繁殖鸟类的关系"（*Relationships between landscape structure and breeding birds in the Oregon coast range*），1995.	0	0

景观格局主要是指构成景观生态系统或土地利用/覆被类型的形状、比例和空间配置[47]。景观生态学研究的突出特点就是强调空间异质性。空间异质性（spatial heterogeneity）是指某种生态学变量在空间分布上的不均匀性及其复杂程度。GIS 与景观生态学相结合，使其在研究宏观尺度上的景观结构、功能、动态的方法上发生显著的变化，大大开辟了景观格局分析的应用领域[48,49]。由于现象的复杂性和对异质组成定义的模糊等原因，空间异质性的量度至今仍存在很多问题[50]。

景观指数是景观格局分析常用的指标。景观指数可以用来定量地描述和监测景观结构特征随时间的变化，还可以用来描述和辨识景观中生态学特征的空间梯度[48]，是为定量分析景观格局而设计的，用于反映景观结构组成和空间配置某些方面特征的。自 20 世纪 70 年代以来，不同景观生态学家提出了众多景观格局分析指数。但是人们在使用这些景观指数的时候存在一些问题，人们对许多景观指数的统计学特性及其表现仍然缺乏了解。因为对景观指数的分布特征知之甚少，所以不同的研究中同一指数的期望值或方差间没有统计可比性[51]。并且很多景观分析以定量描述空间格局而告终，而未涉及格局和过程相互关系的研究[51,52]。在应用景观指数时需以严格的统计学为基础。就景观指数本身而言，不仅要对指数所代表的数学及生态学含义应有清晰的认识和理解，还需了解构建指数的理论支撑，同时还要考虑到理论的假设条件以及指数本身的缺陷[52]。

第二章　可持续发展理论及前沿

20 世纪 60~70 年代初，在第二次世界大战以后世界经济恢复与快速增长中，一些有识之士敏锐觉察到经济繁荣背后各国普遍存在环境污染、生态失衡、城市膨胀等一系列困扰人类的重大问题。罗马俱乐部称之为"人类困境"或"全球性问题"。传统的西方工业文明的发展道路，是一种以摧毁人类的基本生存条件为代价获得经济增长的道路。人类已走到十字路口，面临着生存还是死亡的选择。正是在这种背景下，人类选择了可持续发展的道路。本部分内容从科学计量的角度，利用知识可视化方法，对可持续发展研究的前沿进行分析。

第一节　可持续发展论文的分布情况

数据检索来源自 Web of Science（包括 SCI-E、SSCI、A&HCI），检索时间段为 1900~2008 年。具体的检索方式为 TS =（（sustainability same（environment* or ecology* or city or cities or urban or region$））or（sustainable same development*）），检索结果为 14 345 篇文献。

首先从时间、地区、机构三个方面分析可持续发展论文的分布情况。

1. 时间分布

如图 2-1 所示，我们在 Web of Science 数据库中检索到关于可持续发展的第一篇论文出现在 1981 年，此后几年每年发表的论文一直保持在个位数，到 1987 年世界环境与发展委员会正式提出可持续发展道路以后，同年论文数量达到 17 篇。从 1987 年起，可持续发展的论文数量开始迅猛增长，1990 年达到 57 篇，1991 年增长到 187 篇，2005 年达到 1084 篇，2008 年增长到 1897 篇。

2. 地区分布

从地区分布来看，如图 2-2 所示，美国数量最多，为 3237 篇。其次是英格兰 1867 篇，加拿大 1053 篇。中国 796 篇，位居第五，如图 2-2 所示。

3. 机构分布

发表生态经济学论文数量最多的机构是中国科学院，一共有 250 篇。不列颠哥伦比亚大学（University of British Columbia）121 篇位居第二，加州大学伯克利分校（University of California Berkeley）·发表 86 篇位居第三。图 2-3 列出了发表论文数量大于或等于 50 篇的 33 家机构。

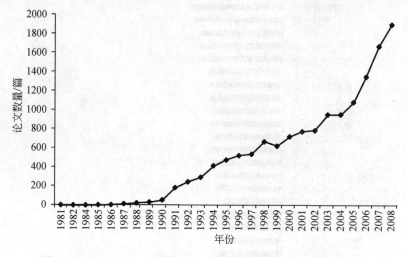

图 2-1　Web of Science 数据库中可持续发展论文数量的增长情况

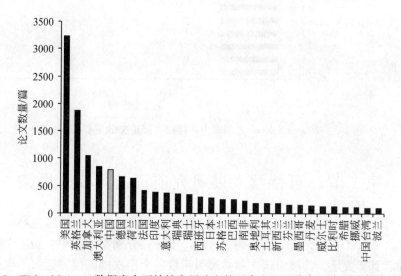

图 2-2　Web of Science 数据库中可持续发展论文的国家和地区分布（大于或等于 50 篇）

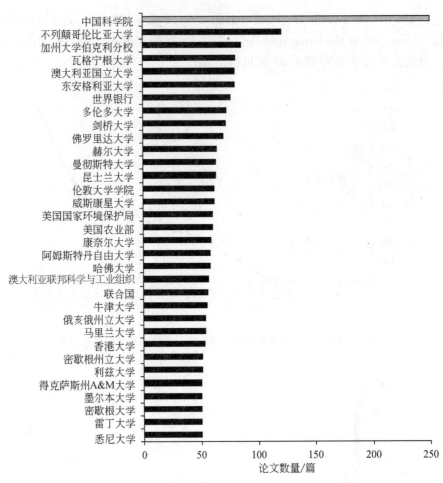

图 2-3　Web of Science 数据库中可持续发展论文的主要机构分布

第二节　可持续发展研究前沿的可视化图谱

在 CiteSpace 中选择分析的时间尺度为 1981～2008 年，时间区选择 1 年，阈值为（2，1，20）、（5，3，25）和（8，4，25），分别在前、中、后三个时间分区中设定引文数量、共被引频次和共被引系数三个层次的阈值。运行结果见表 2-1，可视化结果如图 2-4 所示。

表 2-1　可持续发展论文的文献共被引网络结构组配（1981～2008 年）

年份	被引次数	共被引次数	共被引系数	文章数量/篇	节点数量/个	连线数量/条
1981	2	1	0.20	18	0	0
1982	2	1	0.20	2	0	0

续表

年份	被引次数	共被引次数	共被引系数	文章数量/篇	节点数量/个	连线数量/条
1983	2	1	0.21	0	0	0
1984	2	1	0.21	49	0	0
1985	2	1	0.21	81	0	0
1986	3	1	0.22	146	0	0
1987	3	1	0.22	424	0	0
1988	3	2	0.22	229	2	0
1989	3	2	0.23	480	7	15
1990	3	2	0.23	1 036	4	5
1991	4	2	0.24	2 436	10	3
1992	4	2	0.24	4 212	10	10
1993	4	2	0.24	4 712	21	22
1994	4	2	0.25	7 509	39	87
1995	5	3	0.25	10 232	29	38
1996	5	3	0.25	11 285	16	5
1997	5	3	0.25	13 158	29	32
1998	5	3	0.25	17 069	33	18
1999	5	3	0.25	16 672	35	48
2000	6	3	0.25	20 981	15	7
2001	6	3	0.25	21 586	18	4
2002	6	3	0.25	21 655	20	12
2003	6	3	0.25	29 826	28	10
2004	7	3	0.25	31 124	16	9
2005	7	3	0.25	35 448	15	3
2006	7	3	0.25	42 894	30	22
2007	7	3	0.25	55 927	59	22
2008	8	4	0.25	66 383	58	36

一、文献共被引分析

图 2-4（见彩版图 4）中的网络由 159 个节点和 368 条连线组成。中央最大的节点是世界环境与发展委员会发表于 1987 年的报告《我们共同的未来》，由于这篇报告在可持续发展的论文中被引次数如此之高，所以该节点的直径也非常大，覆盖了图谱大部分的面积。

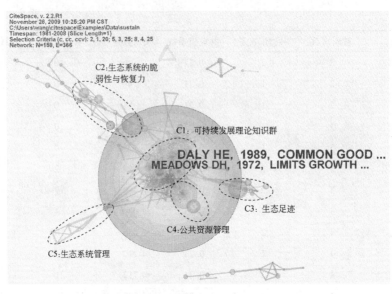

图 2-4　文献共被引分析的可视化结果

图 2-5（见彩版图 5）是我们利用 CiteSpace 的聚类与标识功能，对图 2-4 的可视化结果进行聚类和标识。标识词是从这些节点的被引文献中的题名中抽取出来的，选用的算法是 TF/IDF 算法。

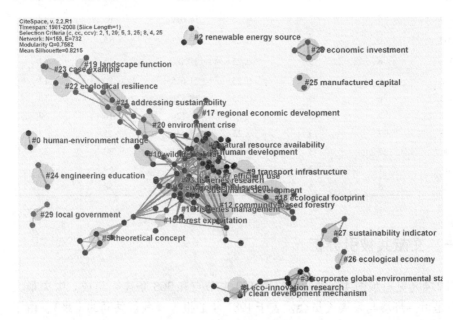

图 2-5　可视化结果的聚类与标识

　　图2-6（见彩版图6）是利用CiteSpace中的时间线分析方法对可持续发展研究可视化的分析结果进行研究。从时间轴对应的节点看来，近年来出现的标识词有regional economic development（区域经济发展）、ecological footprint（生态足迹）、landscape function（景观功能）、environment crisis（环境危机）ecological resilience（生态恢复力）等，说明这些主题是近年来可持续发展关注的主题。

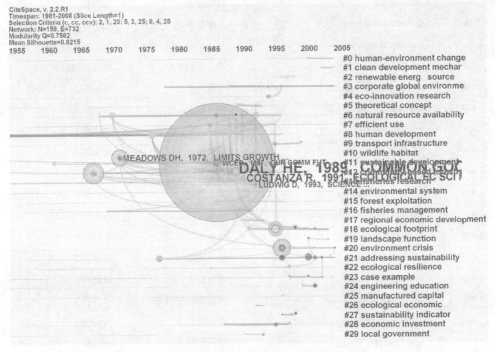

图2-6　可持续发展研究可视化结果的时间线分析

　　根据图2-4中的图谱网络结构、图2-5中的聚类标识词和图2-6中的标识词时间序列，对主题相近的聚类按照其在网络中的位置进行适当地叠加归并，形成若干主要知识群。对某些只有2~3个节点形成的分散聚类，我们没有对其进行知识群划分，具体如表2-2所示。

表2-2　聚类标识词与知识群划分

聚类	标识词	标识词翻译	知识群划分
#0	human-environment change	人类－环境改变	未划分知识群
#1	clean development mechanism	清洁发展机制	未划分知识群
#2	renewable energy source	可再生能源	未划分知识群
#3	corporate global environment standard	全球环境标准	未划分知识群

续表

聚类	标识词	标识词翻译	知识群划分
#4	eco-innovation research	生态创新研究	未划分知识群
#5	theoretical concept	理论概念	知识群5
#6	natural resource availability	自然资源可获得性	知识群1
#7	efficient use	高效使用	知识群1
#8	human development	人类发展	知识群1
#9	transport infrastructure	交通基础设施	知识群1
#10	wildlife habitat	野生动物生境	未划分知识群
#11	sustainable development	可持续发展	知识群1
#12	community – based forestry	社区林业	知识群4
#13	fisheries research	渔业研究	知识群1
#14	environmental system	环境系统	知识群1
#15	forest exploitation	森林开发	知识群1
#16	fisheries management	渔业管理	知识群1
#17	regional economic development	区域经济发展	未划分知识群
#18	ecological footprint	生态足迹	知识群3
#19	landscape function	景观功能	知识群2
#20	environment crisis	环境危机	知识群2
#21	addressing sustainability	可持续性的强调	知识群2
#22	ecological resilience	生态恢复力	知识群2
#23	case example	案例研究	知识群2
#24	engineering education	工程教育	未划分知识群
#25	manufactured capital	制造资本	未划分知识群
#26	ecological economic	生态经济学	未划分知识群
#27	sustainability indicator	可持续性指标	未划分知识群
#28	economic investment	经济投资	未划分知识群
#29	local government	地方政府	未划分知识群

二、可视化图谱解读

1. 知识群 C1：可持续发展理论知识群

位于图谱中心的稠密的聚类，主要包括一些可持续发展的基础和核心内容，我们称之为可持续发展理论知识群。它主要反映了从全球性问题的提出到可持续发展概念与理论的形成。知识群中最大的节点是世界环境与发展委员会发表于 1987 年的报告《我们共同的未来》，表 2-3 列举了知识群 C1 中的 8 个主要节点。

表 2-3　知识群 C1 中的主要节点

主要节点	突增性	中心性
1. Carson R 等 . 《寂静的春天》（*Silent Spring*），1962.	0	0
2. Meadows D 等 . 报告《增长的极限》（*The limits to growth*），1972.	9.36	0.17
3. WCED. 报告《我们共同的未来》（*Our common future*），1987.	0	0.15
4. Pearce D 等 . 报告《绿色经济蓝图：英国环境部的报告》（*Blueprint for a green economy：a report for the UK department of the environment*），1989.	18.49	0.09
5. Pearce D 等 . 论文 "资本理论与可持续发展的测度：弱可持续性指标"（*Capital theory and the measurement of sustainable development：an indicator of "weak" sustainability*），1993.	0	0.09
6. Daly H E. 著作《为了共同的利益》（*For the Common Good：Redirecting the Economy Toward Community，the Environment，and a Sustainable Future*），1994.	15.33	0.29
7. Hartwick J M. 论文 "代际公平性与可耗竭资源的出租投资"（*Intergenerational equity and the investing of rents from exhaustible resources*），1977.	0	0.06
8. Solow R M. 论文 "代际公平性与可耗竭资源"（*Intergenerational equity and exhaustible resources*），1974.	0	0

（1）可持续发展理念的提出

20 世纪中期，随着环境污染的日趋加重，特别是西方国家公害事件的不断发生，环境问题频频困扰人类。美国海洋生物学家卡森[①]（R. Carson）于 1962 年发表了环境保护科普著作《寂静的春天》。作者通过对污染物富集、迁移、转化的描写，阐明了人类同大气、海洋、河流、土壤、动植物之间的密切关系。描述了农药对环境的污染，用生态学的原理分析了这些化学杀虫剂对人类赖以生存的生态系统带来的危害。卡森在书中呼吁人们应该走 "另外一条道路"。她在书中这样写道："人们长期来一直行驶的这条道路使人容易错认为是一条舒适的、平坦的超级公路，我们能在上面高速前进。实际上，在这条路的终点却有灾难在等待着。这条路的另一个岔路———条 '很少有人走过的' 岔路——为我们提供了最后唯一的机会让我们保住我们的地球"[53]。

然而这 "另外的道路" 究竟是什么样的，卡森没能具体说明。《寂静的春天》可以说是一座丰碑，是人类生态意识觉醒的标志，是生态学新纪元的开端。它在美国历史上产生了巨大的作用和影响，被列为 "改变美国的书" 之一。

---

① 曾译为卡尔松，卡逊。

　　10 年之后的 1972 年，由来自世界各国的几十位科学家、教育家和经济学家等学者成立的罗马俱乐部（The Club of Rome）发表了题为《增长的极限》的报告，深刻阐明了环境的重要性以及资源与人口之间的基本联系。报告认为：由于世界人口增长、粮食生产、工业发展、资源消耗和环境污染这 5 项基本因素的运行方式是指数增长而非线性增长，全球的增长将会因为粮食短缺和环境破坏于 21 世纪某个时段内达到极限；继而得出了要避免因超越地球资源极限而导致世界崩溃的最好方法是限制增长，即"零增长"的结论。由于种种因素的局限，其结论和观点存在十分明显的缺陷。但是，报告所表现出的对人类前途的"严肃的忧虑"以及对发展与环境关系的论述，具有十分重大的积极意义。它所阐述的"合理的持久的均衡发展"，为孕育可持续发展的思想萌芽提供了土壤[54,55]。

　　本着必须研究自然的、社会的、生态的、经济的以及利用自然资源过程中的基本关系，确保全球发展的宗旨，联合国于 1983 年 3 月成立了以挪威前首相布伦特兰夫人（G. H. Brundland）任主席的世界环境与发展委员会。联合国要求其负责制订长期的环境对策，研究能使国际社会更有效地解决环境问题的途径和方法，经过 3 年多的深入研究和充分论证，该委员会于 1987 年向联合国大会提交了研究报告《我们共同的未来》。《我们共同的未来》分为"共同的问题"、"共同的挑战"和"共同的努力"三大部分。报告将注意力集中于人口、粮食、物种和遗传、资源、能源、工业和人类居住等方面。在系统探讨了人类面临的一系列重大经济、社会和环境问题之后，提出了"可持续发展"的概念。报告深刻指出，在过去我们关心的是经济发展对生态环境带来的影响，而现在我们正迫切地感到生态的压力对经济发展所带来的重大影响。因此，我们需要有一条新的发展道路，这条道路不是一条仅能在若干年内、在若干地方支持人类进步的道路，而是一直到遥远的未来都能支持全球人类进步的道路，即"可持续发展道路"[56]。可持续发展道路的提出，也就回答了卡森在《寂静的春天》中所说的"另外的道路"的问题。

　　（2）可持续发展的测度

　　围绕可持续发展道路的核心思想，学术界从各个不同的角度展开研究，包括可持续发展的指标测度，实现可持续发展的方式、手段等。

　　皮尔斯（D. Pearce）在出版于 1989 年的报告《绿色经济蓝图：英国环境部的报告》中，首次提出"绿色经济"的理念[57]。对应高耗能、高污染的"黑色经济"，"绿色经济"指的是以市场为导向、以传统产业经济为基础、以经济与环境的和谐为目的而发展起来的一种新的经济形式，是产业经济为适应人类环保与健康需要而产生并表现出来的一种发展状态。在 2008 年 12 月 11 日的联合国气候变化大会上，联合国秘书长潘基文再次提起"绿色经济"。此后，"绿色经济"一词便出现在了各个国际会议的议题之中。2009 年 2 月 17 日，联合国环境规划署举办了以"全球危机：迈向绿色经济"为主题的全球部长级环境论坛。

2009 年 4 月 2 日于伦敦举办的 G20 峰会提出了应由灰色经济向绿色经济转变的观念，并将"增进全面的、绿色的以及可持续性的经济复苏"作为了应对金融危机、恢复经济增长和就业的六项必要措施之一。

在发表于 1993 年的论文"资本理论与可持续发展的测度：弱可持续性指标"中，皮尔斯采用非下降的资本存量作为可持续发展的标准，根据自然资本、实物资本、人力和智力资本之间相互替代性假设的不同，将可持续性分为弱可持续发展标准和强可持续发展标准。在假定人造资本和自然资本可以完全替代的情况下，皮尔斯提出了弱可持续性指标。

（3）可耗竭资源与经济增长

关于资源约束对经济增长的影响的争论形成了两个似乎对立的派别，一派由生态学家、环境学家和科学家组成，采取固定储量范式，他们认为，地球不能长期承受人类对自然资源目前和未来的需求水平。这以上文中罗马俱乐部的《增长的极限》为典型代表。而另一派主要是以经济学家为主，采取机会成本范式，他们认为在市场激励、合适的政策以及新技术的帮助下，地球能够为未来的社会需求提供充足的资源。哈特维克（J. M. Hartwick）在 1977 年的论文"代际公平性与可耗竭资源的出租投资"，探讨了在可耗竭资源约束下实现可持续发展的条件，并且提出了 Hartwick 准则，是指将从有效率的不可再生资源开采活动中获取的租金（收入超过边际成本的部分）储蓄下来，全部用于再生产（物质资本和人力资本等）的资本投入。在这一条件下，产出和消费水平不会随着时间改变[58,59]。与之相近的是，索洛（R. Solow）发表于 1974 年的论文"代际公平性与可耗竭资源"，认为可持续状态旨在满足代际公平的相关准则，即人均消费的非贴现效用在无限时间上是常数[59,60]。

2. 知识群 C2：生态系统服务/生态系统恢复力

知识群 C2 主要是关于生态系统脆弱性、生态系统恢复力、生态系统服务三个方面的研究，表 2-4 列举了知识群 C2 中的 8 个主要节点。

表 2-4 知识群 C2 中的主要节点

主要节点	突增性	中心性
1. Holling C S. 著作《适用性环境评估与管理》（*Adaptive Environmental Assessment and Management*），1978.	4.34	0.13
2. Costanza R 等. 论文"世界生态系统服务与自然资本的价值估算"（*The value of the world's ecosystem services and natural capita*），1997.	5.62	0.12
3. Daily G. 著作《自然的服务：自然生态系统的社会决定性》（*Nature's Services： Societal Dependence on Natural Ecosystems*），1997.	3.99	0

续表

主要节点	突增性	中心性
4. Vitousek P M 等. 论文"人类对地球生态系统的主宰"（*Human domination of earth's ecosystems*），1997.	5.49	0.06
5. Kates R 等. 论文"可持续科学"（*Sustainable science*），2001.	9.67	0
6. Gunderson L 等.《Panarchy：人类和自然系统的认识转变》（*Panarchy synopsis：understanding transformations in human and natural systems*），2002.	8.06	0.12
7. Turner B 等. 论文"可持续科学中脆弱性分析的框架"（*A framework for vulnerability analysis in sustainability science*），2003.	8.19	0.08
8. Diamond J. 著作《崩溃：社会是如何选择成功或失败的》（*Collapse：How Societies Choose to Fail or Survive*），2005.	9.85	0.09

　　生态系统服务（ecosystem services）是指对人类生存和生活质量有贡献的生态系统产品（goods）和服务（services）。生态系统服务的概念是1974年霍尔德伦（J. Holdren）和埃利希（Ehrlich）首次提出的。到1997年，美国马里兰大学生态经济学研究所所长康斯坦察等在《自然》杂志发表关于"世界生态系统服务和自然资本的价值估算"文章，以及同年戴莉（G. Daily）出版了《生态系统服务：人类社会对自然生态系统的依赖性》一书以后，研究生态系统服务的热潮开始兴起。康斯坦察的论文将全球的生物圈分为16个生态系统类型，将全球的生态系统服务分为17个指标类型，并根据他们建立的指标体系，首次对全球的生态系统服务价值进行了定量计算[44]。戴莉则是第一次比较全面、系统、深入和综合地研究了生态系统服务功能的各个方面。该著作不仅系统地阐述了生态系统服务功能的内容与评价方法，同时也分析了不同地区如森林、湿地、海岸等生态系统服务功能价值评价的近20个实例[61]。

　　在生态系统恢复力研究方面，也涉及生态系统的脆弱性分析。1978年，霍林（C. S. Holling）首次将恢复力的概念引入生态系统的研究中，他将恢复力定义为"生态系统吸收变化并能继续维持的能力量度[62]"。2001年的论文中，冈德森（L. Gunderson）和霍林将恢复力定义为系统经受干扰并可维持其功能和控制的能力，即恢复力是由系统可以承受并可维持其功能的干扰大小测定的[63]。在凯茨（R. Kates）等2001年发表在《科学》杂志上的论文"可持续科学"中，将"特殊地区的自然－社会系统的脆弱性或恢复力"研究列为可持续性科学的7个核心问题之一。特纳（B. Turner）等通过建立一个通用的脆弱性概念框架及脆弱性评价方法，对生态脆弱性科学的发展起了重要推动作用[64]。

　　3. 知识群 C3：生态足迹

　　知识群 C3 是关于生态足迹的研究。在这个知识群中，一共包括7个节点，如表 2-5 所示。大部分都是里斯（W. Rees，生态足迹的提出者）和魏克纳格（M. Wackernagel，W. Rees 的学生）的著作和论文。

表 2-5 知识群 C3 中的主要节点

主要节点	突增性	中心性
1. Rees W. 论文"生态足迹与适当承载力：城市经济学遗漏了什么？"（*Ecological footprints and appropriated carrying capacity：what urban economics leaves out*），1992.	0	0.02
2. Wackernagel M 与 Rees W 合著.《我们的生态足迹：减少人类对地球的冲击》（*Our Ecological Footprint：Reducing Human Impact on the Earth*），1996.	5.16	0.05
3. Rees W. 和 Wackernagel M. 合著论文"城市生态足迹：为什么城市不是可持续的，以及为什么它们是可持续性的关键因素？"（*Urban ecological footprints：why cities cannot be sustainable – and why they are a key to sustainability*），1996.	5.88	0
4. Wackernagel M 等. 论文"使用生态足迹评估自然资本的使用"（*Evaluating the use of natural capital with the ecological footprint：applications in Sweden and subregions*），1999.	6.41	0.02
5. Van den Bergh J 等. 论文"空间可持续性、贸易与指标：生态足迹的评估"（*Spatial sustainability，trade and indicators：an evaluation of the "ecological footprint"*），1999.	4.21	0.05
6. Wackernagel M 等. 论文"人类经济中生态超载的跟踪"（*Tracking the ecological overshoot of the human economy*），2002.	8.25	0
7. Monfreda C 与 Wackernagel M 等. 论文"基于详细生态足迹和生物资本评价建立国民自然资本账户"（*Establishing national natural capital accounts based on detailed ecological footprint and biological capacity assessments*），2004.	6.63	0

生态足迹又称生态占用。任何已知人口（个人、城市或国家）的生态足迹，就是生产相应人口所消费的所有资源与服务，以及利用现行技术消耗和吸纳这些人口产生的废弃物所需要的生物生产面积（包括陆地和水域）之和[65]。

生态足迹的概念是由里斯于 1992 年首次提出来的，即"一只负载着人类与人类所创造的城市、工厂的巨脚踏在地球上留下的脚印"[66]。1996 年，魏克纳格与里斯合著发表著作《我们的生态足迹：减少人类对地球的冲击》中，进一步完善生态足迹的定义，即"在现有技术条件下，指定的人口单位内（一个人、一个城市、一个国家或全人类）需要多少具备生物生产力的土地（biological productive land）和水域，来生产所需资源和吸纳所衍生的废物"，并提出生态足迹计算模型，用于衡量可持续发展[68]。在里斯和魏克纳格合著发表的另一篇论文"城市生态足迹：为什么城市不是可持续的，以及为什么它们是可持续性的关键因素？"中，更加明确地将生态足迹与城市可持续发展联系起来。

生态足迹分析方法分为两类：一种是魏克纳格等提出的用表观消费计算的足

迹[65,67~70]，后来经过 Monfreda 的改进，在计算国家生态足迹账户时考虑国内生产、原材料和制成品的进出口情况[71]；另一种是由列昂捷夫（W. Leontief）于 20 世纪 30 年代提出的投入产出法计算生态足迹[72]。

4. 知识群 C4：公共资源管理

知识群 C4 只包括 3 个节点，主要是关于公共资源管理的研究，如表 2-6 所示。这三个节点分别是哈丁（G. Hardin）于 1968 年发表在《科学》杂志上的著名论文"公地悲剧"、奥斯特诺姆（E. Ostrom，2009 年诺贝尔经济学奖获得者）于 1990 年出版的代表性著作《公共事务的治理之道：集体行动制度的演进》以及 J. Pretty 等发表于 2001 年的论文"社会资本与环境"。

表 2-6　知识群 C4 中的主要节点

主要节点	突增性	中心性
1. Hardin G. 论文"公地悲剧"（*The tragedy of the commons*），1968.	0	0.10
2. Ostrom E. 著作《公共事务的治理之道：集体行动制度的演进》（*Governing the Commons: the Evolution of Institutions for Collective Action*），1990.	0	0.02
3. Pretty J. 等. 论文"社会资本与环境"（*Social capital and the environment*），2001.	5.40	0

哈丁的"公地悲剧"中描述了这样一种情形，在一个公有牧场（公地，英国历史上由封建主在自己的领地中划出一片尚未耕种的土地作为牧场，无偿提供给当地的牧民放牧的一项土地制度）中，所有的牧民都可以自由地进入牧场无偿放牧。为了使自己得到尽可能多的利益，牧民们都尽量增加自己的牛羊数量，结果"公地悲剧"发生了——草场持续退化，无法放牧，最终导致所有牧民破产。从中哈丁得出了主要的结论："公地的自由毁掉了一切"[73]。从环境的角度来阐述"公地悲剧"理论，就是人类如果过度使用空气、水、海洋水产等看似免费的公共资源，必将付出巨大的代价。

而奥斯特诺姆正是凭借《公共事务的治理之道：集体行动制度的演进》这本著作，获得 2009 年诺贝尔经济学奖。诺贝尔奖官方网站宣布的获奖理由是"由于她对经济治理，尤其是公共资源领域的分析"（for her analysis of economic governance, especially the commons）。在 1990 年出版的这本书中，她针对哈丁的"公地悲剧"理论、弗罗德（M. Flodd）等的"囚徒困境"模型和奥尔森（M. Olson）的"集体行动逻辑"理论进行了深入研究，运用博弈论分析了这些理论模型所隐含的博弈结构，并从博弈论的角度探索了在理论上可能的政府与市场之外的自主治理公共资源的可能性，为面临"公地选择悲剧"的人们提出"自筹资金的合约实施博弈"这一解决方案[74]。

5. 知识群 C5：生态系统管理

知识群 C5 是关于生态系统管理（亦称基于生态系统的管理）的论文。这一知识群包括 7 个节点，如表 2-7 所示。

表 2-7　知识群 C5 中的主要节点

主要节点	突增性	中心性
1. Ludwig D. "不确定性，资源开发与保护——历史的教训"（*Uncertainty, resource exploitation, and conservation: lessons from history*），1993.	10.22	0.15
2. Slocombe D. 论文 "实施基于生态系统的管理"（*Implementing ecosystem - based management*），1993.	4.45	0
3. Slocombe D. 论文 "整合环境与发展的环境规划、生态系统科学和生态系统方法"（*Environmental planning, ecosystem science, and ecosystem approaches for integrating environment and development*），1993.	0	0.10
4. Grumbine R E. 论文 "何为生态系统管理"（*What is ecosystem management?*），1994.	4.07	0.02
5. Karr J. 论文 "生物完整性：水资源管理一个长期被忽视的方面"（*Biological integrity: a long - neglected aspect of water resource management*），1991.	0	0
6. Angermeier P 等. 论文 "生物完整性与生物多样性的政策指向"（*Biological integrity versus biological diversity as policy directives*），1994.	0	0.02

此知识群与中心知识群连接的关键节点是路德维希（D. Ludwig）于 1993 年发表在《科学》杂志上的论文 "不确定性，资源开发与保护——历史的教训"。作者认为，人类的短视和贪婪总是导致对资源的过度开发和消耗，依据科学数据对生态系统的管理必然要受到自然过程的大尺度、高度的自然变异性、复杂的生态系统和人类行为所固有的不可预测性所制约。他们主张生态系统对于管理措施的响应存在着很大的不确定性，政治家、资源管理者和利用者不应该也不可能期望生态学研究会告诉他们应该怎样做。这是因为对生态系统的认识过程往往是很慢的，等待科学研究获得完备的答案实际上是徒劳的；对生态系统管理的决策必须依据当前的知识立即做出；在很多自然系统中唯一的可以了解它们可持续性的有效方法就是开发它们。生态学家们已经认识到，尽管对于一些小型的、生长期短的生物可以很快地取得研究上的进展，但对于大的、生命周期长的物种，其试验研究的进展是非常缓慢的，虽然生态学家可设法缩短其研究周期，但是要说明它的可持续性往往还要涉及更大的动物和更大的系统，这使得他们的试验重复和控制的随机性问题变得更加突出[75,76]。

路德维希的论文引起了很大的社会反响。1994 年，格拉宾（R. E. Grumbine）发表论文 "何为生态系统管理"，全面地论述了生态系统管理概念的历史演变、结构框架以及主要议题。作者在他的论文中认为生态系统管理学产生的背景和原因为：生物多样性危机加速，阻止环境恶化还没有得到政府的重视，保育生物学的理论发展与生态系统管理的结合，工业膨胀、人口增加和资源消耗型的社会发展越来越趋于环境承受能力的极限，传统的资源管理政策和措施越来越受到公众的反对，美国的森林立法使公众参与保护动物的愿望落空，以及人与自然关系的社会观发生了重大变化。他通过调查有关生态系统管理的文献发现最为广泛地被生态系统管理学家论及的议题有：生物多样性的等级关系、生态学的边界、生态学的完整性（包括人口承载力、生态系统格局与过程、生物种的更新）、生态系统的数据收集、生态系统监测、生态系统的适应性管理、管理者的协作、管理组织变化、人类与自然的关系、人的价值观等。他认为，这10个主题构成了生态系统管理工作的基础[76,77]。

从生态完整性的角度研究生态系统管理问题也是生态系统管理的重要研究内容。卡尔（J. Karr）在1991年的论文中首次明确给出生态系统完整性的定义：完整性是支持和保持一个平衡的、综合的、适宜的生物系统的能力。而这个生物系统与其所处自然生境一样，具有物种构成、多样性和功能组织的特点。其基本思想一直为后来的研究者所普遍接受[78]。1994年，安格米（P. Angermeier）和卡尔研究生态完整性在水资源管理中的重要性时，认为生态系统完整性是一种生态质量，处于完整的和很少需要外部支撑的没有遭受分割的状态[79]。

第三章 生态经济学理论及前沿

第一节 数据检索

关于生态经济学的定义，生态学家康斯坦察认为生态经济学是从最广泛的意义上阐述生态系统和经济系统之间关系的学科，而这些关系也正是当前我们所面临的许多最紧迫的问题（包括：可持续发展、酸雨、全球变暖、物种灭绝等），生态经济学的目的就是要拓展这些交叉领域，将现代经典环境经济学和受生态学影响的学科都纳入其子学科之列，同时它也鼓励用新方法来考虑生态系统和经济系统之间的联系[80]。

在 Web of Science 中直接主题检索"ecological economics"，检索时间选择 1900~2007 年（其中 SCI 数据库的检索时间为 1900~2007 年，SSCI 数据库为 1956~2007 年，A&HCI 数据库为 1975~2007 年），一共有 477 条文献记录，最早出现生态经济学（ecological economics）这个名词的时间是在 1971 年，零次引用。学术界普遍认为 1966 年美国经济学家肯尼斯·鲍尔丁（K. E. Boulding）发表的论文《未来宇宙飞船式地球的经济学》（The Economics of the Coming Spaceship Earth），首先提出了把生态学与经济学结合的经济思想，正式开创了生态经济学的时代[81]。

数据的准确性在信息可视化的过程中非常重要。如何选择检索方法，使得检索结果将生态经济学的全部论文都包括进来，但是又不能包括与生态经济无关的检索结果，即要做到既不多也不漏，这是本章首先要解决的一个问题。

基于生态经济学定义的表述，作者采用如下方法从 Web of Science 获得研究数据。在 Web of Science 的高级检索界面，选择检索时间为 1975~2007 年，文献格式为"English Article"，选择 SCI-Expanded、SSCI 和 A&HCI 三大数据库。具体的检索过程为三个步骤：

1）直接检索包含"生态经济"的论文。检索式设定为 TS =（"ecolog * econom * " or "green econom * " or "circular econom * " or "cycl * econom * " or "recycl * econom * "），得到 1577 篇文献题录。

2）从生态经济学的定义中得知其是生态学和经济学相结合而形成的一门交叉学科，在 Web of Science 中首先分别主题检索生态学（经济学）的论文，然后再从生态学（经济学）的论文结果中找出其中属于经济学（生态学）的部分结果，可以将这些同时属于生态学和经济学的论文看成是生态经济学的论文。具体方法是首先检索 TS = "ecolog*"，得到 106 121 篇文献题录结果。在 Web of Science 的检索结果界面可以看到这 106 121 篇论文分属数百个学科领域（subject area），最多的为生态学（ecology）领域，共有 28 506 条。选择 ecology，然后点 refine，Web of Science 继续显示此 28 506 条生态学领域的文献题录，分布在数十个学科领域，其中经济学（economics）领域一共 521 条，选择 economics，然后点 refine，即得到同时属于生态学和经济学的 521 篇论文。同理，先主题检索 TS = econom*，一共有 361 539 篇文献，其中属于经济学的有 85 877 篇，进一步 refine，得到同时属于经济学和生态学的有 1357 篇。这两部分结果仍旧有重复检索的部分，通过使用 Web of Science 的 "添加到标记列表"（add to marked list）功能可以去除重复检索的部分。具体方法是分别将 521 篇检索结果和 1357 篇检索记录添加到标记列表，Web of Science 会自动去除重复检索结果，最后得到 1787 条结果。

3）由于1）和2）中的检索结果中也有相当部分的结果是重复的，所以也应该去除重复检索的部分。最后一共得到 2764 篇属于生态经济学的文献。整个检索过程如图 3-1 所示。

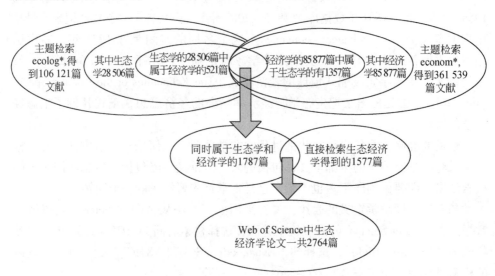

图 3-1　Web of Science 中检索生态经济学的具体方法和步骤

第二节 生态经济学论文的分布情况

首先从时间、地区、机构三个方面分析这 2764 篇生态经济学的分布情况。

1. 时间分布

如图 3-2 所示，20 世纪 80 年代中期以前，每年发表的生态经济学方面的论文基本上以个位数为计。从 90 年代初期开始，论文数量开始较快增长，到 90 年代中期，每年发表的生态经济学论文数量开始保持在一个较高的水平（大于 100 篇）。2006 年达到所有考察年份的最高值，为 350 篇。

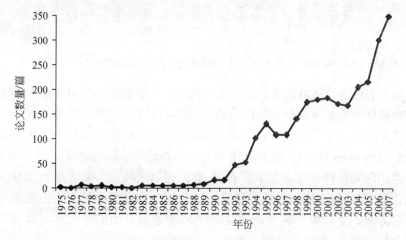

图 3-2　Web of Science 数据库中生态经济论文数量的增长情况

2. 地区分布

从地区分布来看，如图 3-3 所示，美国数量最多，为 1082 篇，远高于其他国家或地区，其次为英国、德国、加拿大、澳大利亚等国家或地区。中国[①]居第八位，中国台湾地区居第二十二位。

3. 机构分布

发表生态经济学论文数量最多的机构是美国的马里兰大学（The University of Maryland），为 72 篇，数量遥遥领先于其他机构。该校生态经济学研究所（Institute for Ecological Economics）以及环境科学中心（Center for Environmental Sci-

---

① 如无特殊说明，本书中的中国仅指中国内地。

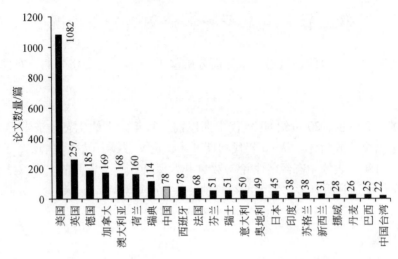

图 3-3　Web of Science 数据库中生态经济论文的国家和地区分布（前 20 名）

ence）是生态经济学领域最著名的学术机构之一。著名生态学家康斯坦察于 2002 年以前即担任生态经济学研究所的所长。另外一名生态经济学与稳态经济学的倡导者、《生态经济学》（ecological economies）杂志的联合创始人及副主编赫尔曼·戴利（Herman Daly），也是马里兰大学公共政策学院的教授。

　　荷兰的阿姆斯特丹自由大学发表 45 篇，列第二位。耶鲁大学和加拿大的英属哥伦比亚大学以 34 篇的数量并列第三位，其中耶鲁大学的论文主要集中在产业生态学方面，全球第一本《产业生态学》杂志即是由耶鲁大学与麻省理工学院共同合作出版。

　　加拿大的不列颠哥伦比亚大学发表论文数位居第三，渔业中心（Fisheries Centre）、社区与区域规划学院（School of Community & Regional Planning）是该校生态经济研究的两个主要机构。该校生态经济学家威廉·瑞斯（William E. Rees）和他的学生魏克纳格（Mathis Wackernagel）1996 年共同发表的著作《我们的生态足迹：减少人类对地球的冲击》（Our Ecological Footprint：Reducing Human Impact on the Earth）中所提出生态足迹理论是生态经济学领域最有影响力的、评价可持续发展程度的方法之一。

　　中国科学院以 25 篇的论文数量位居第九，此外中国内地发表生态经济学论文较多的单位还有北京大学（8 篇）、大连理工大学（7 篇）、南京大学（5 篇）等（图 3-4）。

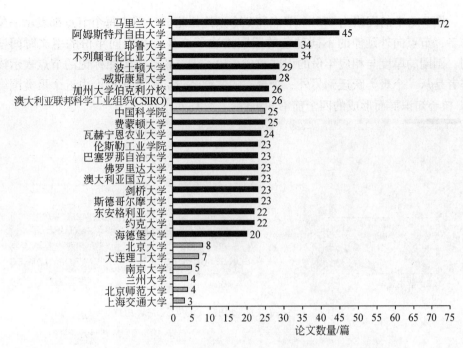

图 3-4　Web of Science 数据库中生态经济论文的主要机构分布

第三节　生态经济研究前沿的可视化图谱

在此利用 CiteSpace 进行文献共被引分析，分析对象为 Web of Science 中检索出的 2764 篇英语文献记录，包括 SCI、SSCI 和 A&HCI 三个引文数据库，研究的时间尺度选择自检索到第一篇生态经济文献的 1990 ~ 2007 年，时间区选择 3 年，具体如表 3-1 所示。阈值选择为（4，2，20），（4，3，25）和（4，2，30），分别在前、中、后三个时间分区中设定引文数量、共被引频次和共被引系数三个层次的阈值，其中具体每一个两年分区的阈值是由线性内插值来决定的。结果如图 3-5（见彩版图 7）所示。

表 3-1　生态经济科学论文的文献共被引网络结构组配（1990 ~ 2007 年）

时间分区	被引次数	共被引次数	共被引系数	文章数量/篇	节点数量/个	连线数量/条
1990 ~ 1992 年	4	3	0.20	632	1	0
1993 ~ 1995 年	4	3	0.22	5 242	26	38
1996 ~ 1998 年	4	3	0.25	9 822	53	173
1999 ~ 2001 年	4	3	0.19	16 977	102	274
2002 ~ 2004 年	4	3	0.28	18 153	77	269
2005 ~ 2007 年	4	3	0.30	27 373	192	419

图 3-5 中的网络由 273 个节点和 846 条连线组成。图中每个节点都表示一位作者，节点向外延伸的不同颜色的圆圈描述了该著者在不同年份的引文时间序列，圆圈的厚度与相应年份的引文数成正比。带有粉红色圆圈标记的节点表示该作者是从一个聚类跃迁到另外一个聚类的关键节点。图上显示出由五个聚类围绕 C1 核心知识群而形成的四个前沿知识群。

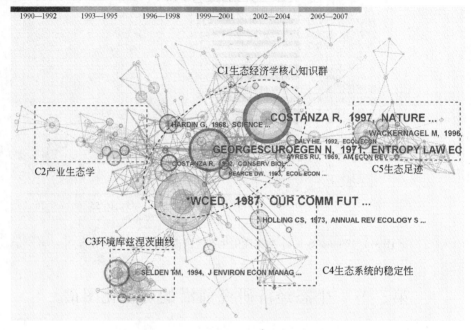

图 3-5　文献共被引分析的可视化结果

1. 知识群 C1：生态经济学的核心知识群

图 3-5 中的 C1 知识群位于整个网络的中心，主要由较早时期（20 世纪 90 年代早期）的连线组成，其他知识群都是由其引发而出。C1 知识群是生态经济学引文网络中的核心知识群，标志着生态经济学经历 20 世纪 80 年代以及之前较缓慢的前科学时期，到 90 年代初形成具有特定范式的常规科学，并成为生态经济学向纵深发展的核心知识群。

网络中最大的四个关键节点都位于 C1 知识群，分别是：①世界环境与发展委员会于 1987 年出版的报告《我们共同的未来》；②乔治斯库 – 洛根（Nicholas Georgescu-Roegen）于 1971 年所著的《熵定律和经济过程》（The entropy law and the economic process）一书；③赫尔曼·戴利（Herman E. Daly）1989 年发表的《为了共同的利益》（For The Common Good）一书；④康斯坦察等于 1997 年在《自然》杂志发表"世界生态系统服务和自然资本的价值估算"一文，四个主要关键节点的中心性分别为 0.16、0.15、0.15 和 0.10，如表 3-2 所示。核心知识群 C1 还包括许多对生态经济学形成和发展有着重要作用的论文，如肯尼斯·鲍尔丁 1966 年发表的论文"未来宇宙飞船式地球的经济学"就在 C1 知识群中。

世界环境与发展委员会于 1983 年成立，承担了重新评估环境与发展关系的调查任务。于 1987 年出版的《我们共同的未来》报告首次引入了"可持续发展"的概念，敦促工业界建立有效的环境管理体系[82]。这份报告一颁布即得到 50 多个国家领导人的支持，他们联合呼吁召开世界性会议专题讨论和制定行动纲领。乔治斯库 – 洛根（N. Georgescu-Roegen）的书中引用热力学第二定律（熵定律），指出经济行为具有"增加混乱度"的特性，强调人类为广义生态系统的一部分，分析人类经济系统与生态系统的密切关联性[83]，是一部奠定生态经济学理论基础的经典论著。在核心知识群中，康斯坦察是生态经济学奠基的核心人物，含有他的两个论文节点：一个是较小的节点，1992 年发表的"自然资本与可持续发展"[84]；另一个是主要的关键节点提出"生态系统服务的概念及指标体系。"关键节点戴利在 1989 年发表的《为了共同的利益》一书中指出现今世界经济主流制度，就是那求诸短期财富的金钱至上价值，必须加以改变。这种以国民生产总值（GNP）为评估准则的增长经济（growth economy），是不能在有限物质资源的基础上持续经营的[85]。他提出的可持续经济福利指数（index of sustainable economic welfare，ISEW），突显了可持续发展的含义。

表 3-2　知识群 C1 中的主要节点及其作用

主要节点	节点文献对知识群的贡献	中心性
1. WCED. 1987. 报告《我们共同的未来》	首次引入了"可持续发展"的概念	0.16
2. Georgescu – Roegen N. 1971. 专著《熵定律和经济过程》	指出经济行为具有"增加混乱度"的特性，分析人类经济系统与生态系统的密切关联性	0.15
3. Daly H E. 1989. 论文"为了共同的利益"	提出可持续经济福利指数 ISEW	0.15
4. Costanza R 等. 1997. 论文"世界生态系统服务和自然资本的价值估算"	提出生态系统服务的概念及指标体系	0.10

2. 知识群 C2：产业生态学

C2 知识群为生态经济学向工业经济领域拓展而产生的新兴产业生态学（又译为工业生态学）知识群，其论文节点主要涉及产业生态学方面的若干文献。

该知识群的关键节点是福罗什（R. A. Frosch）和加罗布劳斯（N. E. Gallopoulos）合著的论文"制造业战略"（strategies for manufacturing，国内有人依其内容将题目改译为"可持续工业发展战略"），该文于 1989 年发表在《科学美国人》（Scientific American）期刊上，正式提出产业生态学的概念[86]。该论文深化并普及了产业生态系统（industrial ecosystem）这个理念，并把产业生态学定义为一门把自然界的物质循环、能量层递消耗、多样性等生态系统原理应用于产业系统中，从而使其社会生产更有效率且具有可持续性的学科。这清晰地确立"产业生态学"的学科意义，学术界普遍认为该文的发表标志着产业生态学的诞生[87]。另外一个关键节点是格雷德尔（T. E. Graedel）与阿伦拜（B. R. Allenby）合著的《产业生态学》，为产业生态学领域里的第一本专著，该书建立并深化了物质流（material flow）、能量流（energy flow）、信息流（information flow）、物质及能量循环等概念。另一个较大的节点是埃伦费尔德（J. Ehrenfeld）和盖特尔（N. Gertler）合著发表于1997年《产业生态学》（Journal of Industrial Ecology）杂志的论文"产业生态学实践：卡伦堡市产业共生体的演化"，通过对卡伦堡市企业的研究指出企业间可相互利用废物，以降低环境的负荷和废物的处理费用，建立一个共生系统，进而提出了产业共生理论。此外，由格雷德尔教授在耶鲁大学于1997年创办的《产业生态学》杂志，推动了产业生态学的快速发展，成为产业生态学领域的著名期刊。这也标志着产业生态学成为一门相对独立的学科。知识群 C2 中的其他节点及其对产业生态学发展的贡献如表 3-3 所示。

表 3-3　知识群 C2 中的节点及其作用

主要节点	节点文献对知识群的贡献	中心性
1. Graedel T E 等 . 1995. 专著《产业生态学》	建立并深化了质能流、信息流、质能循环等概念	0.06
2. Frosch R A 等 . 1989. 论文"可持续工业发展战略"	正式提出产业生态学的概念	0.05
3. Korhonen 等 . 2001. 论文"生态系统四原则"	生态系统四原则：循环、多样性、地缘性、循序渐进	0.01
4. Erkman S. 1997. 论文"产业生态学—历史回顾"	对产业生态学发展的一个全面回顾	0.01
5. Chertow M R. 2000. 论文"产业共生：文献与分类"	产业共生	0.01
6. Ehrenfeld J 等 . 1997. 论文"产业生态学实践：卡伦堡市产业共生体的演化"	产业共生理论，生态工业园（EIP）	0.00

3. 知识群 C3：经济增长与环境"脱钩"的库兹涅茨曲线

知识群 C3 为经济增长与环境关系的知识群，主要涉及如何解决经济增长中避免环境恶化、提高环境质量的一系列问题。其前沿热点是就著名经济学家库兹涅茨（S. Kuznets）在"经济增长与收入平等"[88]一文中，提出的发达国家收入平等问题随着经济增长由恶化到改善的倒 U 形曲线，探讨在环境领域是否也存在这样一条曲线，即经济增长与环境是否"脱钩"。

知识群中的关键节点是1994年 T. M. Selden 与 D. Song 的论文"环境质量与

增长：空气污染的库兹涅茨曲线是否存在？"（Environmental quality and development：is there a Kuznets curve for air pollution），通过对二氧化硫（SO_2）、氮氧化物（NO_x），一氧化碳（CO）和悬浮颗粒物（SPM）四种空气指标与人均收入的关系进行分析并证实了环境倒 U 形库兹涅茨曲线的存在。知识群 C2 中的最大节点（被引频次最高）是 1995 年 K. Arrow 等发表在《科学》（*Science*）杂志上的论文"经济增长、承载能力与环境"（Economic growth，carrying capacity，and the environment），表 3-4 列举了知识群的节点并介绍了各自的贡献。20 世纪 80 年代后期，可持续发展概念和思想得以提出，承载力被认为是它的一个固有方面，并与之相结合而获得新的发展。在学界和政界均引起极大的反响，美国生态学会（Ecological Society of America）更是以此为主题，在 1996 年的《生态学应用》（*Ecological Applications*）上组织了由众多专家参加的国际性研讨论坛，引起了承载力研究的新热潮[89]。

表 3-4　知识群 C3 中的节点及其作用

知识群 C2 中的主要节点	节点文献对知识群 C2 的贡献	中心性
1. Selden T M 等 . 1994. 论文"环境质量与增长：空气污染的库兹涅茨曲线是否存在"	证实了环境库兹涅茨曲线的存在	0.16
2. Suri V 等 . 1998. 论文"经济增长、贸易与能源：环境库兹涅茨曲线的含义"	环境库兹涅茨曲线的成因	0.01
3. Arrow K 等 . 1995. 论文"经济增长、承载能力与环境"	提出生态承载力的概念	0.00

4. 知识群 C4：生态系统的稳定性

知识群 C4 是关于生态系统稳定性的知识群，连接核心知识群 C1 与这个知识群 C4 的关键节点虽然是 1973 年和 1984 年的两篇论著，但直到 21 世纪对于如何解决经济对生态系统的冲击问题，仍是研究的热点。

1973 年霍林（C. S. Holling）发表的"生态系统的恢复力与稳定性"（Resilience and stability of ecological systems）一文，为知识群 C3 提供了最初的知识基础。霍林创造性地将恢复力引入到生态系统稳定性的研究中，并将其定义为系统吸收干扰并继续维持其功能、结构、反馈等不发生质变的能力，初步建立了生态承载力的概念化理论模型[62]。霍林提出的在生态恢复力与稳定性之间存在平衡，并且这种平衡的位置随种群所在的环境的变化频率和幅度而变化，这一工作具有相当的前瞻性和开创性。30 多年来生态恢复力的概念和内涵在大量的案例研究中得到了丰富和完善，但是直至目前，国内外对生态承载力的研究依然处于探索阶段，霍林等人所建立的生态承载力模型还属于理论模型。知识群 C4 中另外一个较大的节点是 1984 年 S. L. Pimm 发表在《自然》杂志上的论文"生态系统的复杂性与稳定性"（*The complexity and stability of ecosystems*），是对生态系统稳定性的深入研究。到 20 世纪 90 年代和 21 世纪，进一步从生态经济理论探讨经济对生态系统的冲击问题。

　　5. *知识群 C5：生态足迹*

　　知识群 C5 是关于生态足迹理论的知识群（表 3-5），连接中心知识群 C1 和知识群 C5 的有两个关键节点，分别是列昂捷夫（W. Leontief）1970 年的论文"环境反响与经济结构：一种投入产出方法（*Environmental repercussions and the economic structure：an input – output approach*）"，以及魏克纳格（M. Wackernagel）等 1996 年发表的著作"我们的生态足迹：减少人类对地球的冲击"。这两个关键节点代表了当前计算生态足迹的两种最主要的方法：投入产出模型和基本模型。

表 3-5　知识群 C5 中的节点及其作用

主要节点	节点文献对知识群的贡献	中心性
1. Leontief W. 1970. 论文"环境反响与经济结构：一种投入产出方法"	提出投入产出法	0.16
2. Wackernagel M 等 . 1996. "我们的生态足迹：减少人类对地球的冲击"	提出生态足迹理论以及生态足迹计算的基本模型	0.12
3. Wackernagel M 等 . 1999. 论文"基于生态足迹概念的国民自然资本核算"	将生态足迹分析观运用于国民自然资本核算	0.07
4. Bicknell K B 等 . 1998. 论文"生态足迹的新的计算方法及其对新西兰经济的应用"	提出生态足迹计算的投入产出模型	0.02
5. Van den Bergh J C J M 等 . 1999. 论文"空间可持续性，贸易与指标：生态足迹的评估"	对生态足迹理论的深入讨论	0.00

第四节　生态经济学研究前沿的演进历程

　　在 CiteSpace 中选择 Noun Phrases 选项，可以自动显示文献共被引分析的前沿术语。如图 3-6（见彩版图 8）所示，图 3-6 的知识群结构与图 3-5 一致。同时，根据对图 3-6 中的前沿术语进行分析，也可以看出各知识群的研究主题。同节点一样，前沿术语的大小也是根据其在网络中的中心性大小来决定的。中心性最大的几个前沿术语分别是生态经济学（ecological economics）、产业生态学（industry ecology）、可持续发展（sustainable development），以及中心知识群 C0 中的生态系统服务（ecosystem services）、知识群 C2 中的环境库兹涅茨曲线（environmental Kuznets curve）、知识群 C4 中的生态足迹（ecological footprint）等。

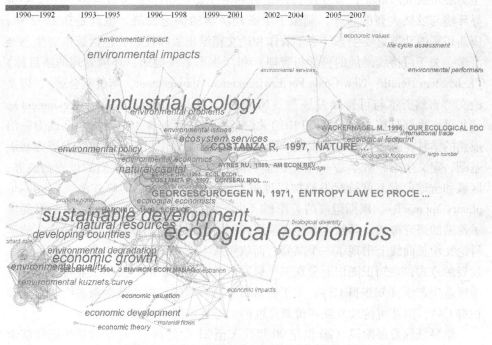

图 3-6　生态经济学文献共被引分析的前沿术语

　　从生态经济学文献共被引分析图谱显示的各个知识群（图 3-5）和前沿术语（图 3-6），以及生态经济学文献增长的曲线（图 3-1），依据引文文献的时间序列，可以进一步描绘出生态经济学研究前沿的演进历程。这一过程可以分为三个阶段：

　　学科基础形成阶段（20 世纪 70 年代初至 80 年代末前科学）：1971 年发表的《熵定律和经济过程》可视为生态经济学的起点。这个时期的重要思想是 WCED 于 1987 年在《我们共同的未来》中提出的可持续发展的概念，学术界试图从社会、经济、技术、生态不同的角度建立可持续发展理论，因此对生态经济学来说，尚处于缓慢发展的没有统一范式的前科学阶段，是不成熟的学科，正处在常规科学的形成中。可持续发展理论构成核心知识群 C0 的最初核心，也是形成生态经济学最初的知识基础。1988 年国际生态经济学会（International Society for Ecological Economics，ISEE）成立，由康斯坦察担任首任学会主席。紧接着，1989 年 2 月，学会的刊物《生态经济学》（Ecological Economics）创刊，2006 年该期刊的影响因子为 1.223，在 175 种 JCR 经济学刊物中排名第十八。康斯坦察认为，国际生态经济学会的成立以及《生态经济学》的创刊对生态经济学的发展打下了坚实的制度基础（institutional base）[90]。

　　学科领域拓展阶段（20 世纪 90 年代初至 90 年代末）：1991 年，马里兰大学生态经济研究所成立，首任所长即是著名的生态经济学家康斯坦察。1992 年世界环境与发展大会的召开，刺激了生态经济学的快速发展。也就是在 1992 年，康斯坦察的几部重要生态经济学著作和论文相继出版和发表，包括著作《生态经济学：关于可持续发展的科学与管理》和《生态系统健康：环境管理的新目标》（Ecosystem Health：New Goals For Environmental Management，与戴利合著），以及论文"自然资本与可持续发展"（Natural Capital and Sustainable Development），这些著作也都是核心知识群 C0 中的关键节点，也标志着生态经济学已成为一门成熟的学科，进入常规科学发展阶段。康斯坦察在著作中，以可持续发展为知识基础，定义生态经济学是一门从生态学和经济学的角度，对我们的世界在地方、区域和全球尺度上可持续发展加以理解和管理的新兴的跨学科方法（transdisciplinary approach）。康斯坦察的著作和《生态经济学》杂志为生态经济学界提供了普遍的研究范式，导致生态经济学研究前沿出现蓬勃的新局面，在图 3-2 的学科论文增长曲线上出现了一个高峰；而依照从生态学和经济学相统一分析可持续发展的范式，在知识图谱上呈现三个研究前沿的新知识群：关于工业可持续发展的产业生态学（知识群 C3）、关于经济增长与环境脱钩的库兹涅茨曲线理论（知识群 C4），以及可持续发展评价新尺度的生态足迹理论（知识群 C5）。

学科纵深发展阶段（20 世纪 90 年代末至 21 世纪初）：这个时期生态经济学的研究前沿，仍然是以 20 世纪各知识群作为知识基础，是在经典生态经济学研究范式下的积累式发展。但是，从图 3-2 的增长曲线上，1997 年有一个明显的转折点。事实上，1997 年的确是生态经济学的学科纵深发展之年。这一年，康斯坦察总结以往研究成果所著述的新书《生态经济学导论》，在《自然》杂志上发表的"世界生态系统服务和自然资本的价值估算"，格雷德尔创办的《产业生态学》杂志及其发表的高水平论文等，都是把生态经济学及相关的各个知识群导向纵深研究前沿的关键节点。

在第一、二、三章中，我们利用科学计量学中的可视化方法对生态城市的理论前沿进行了分析。虽然我们是从生态城市、可持续发展、生态经济这三个方面检索数据、下载文献并进行可视化分析，但是我们从这三张图谱中发现了一些非常具有共性的东西。例如，WCED 发表于 1987 年的报告《我们共同的未来》在这三张图谱中都是居于中心位置的关键节点。它对生态城市、可持续发展和生态经济这三个方面的研究都具有先导作用和重要的理论支撑作用。其他很多文献，包括康斯坦察于 1997 年在《自然》杂志发表"世界生态系统服务和自然资本的价值估算"、戴利 1989 年的论文"为了共同的利益"、魏克纳格的生态足迹理论等在这三张可视化图谱中都是关键节点。说明生态城市、可持续发展、生态经济在理论基础方面有许多共同之处，在生态城市、生态经济研究领域，也是围绕"可持续发展"这一主题。

第二篇 生态城市的理论拓展

生态城市的理论基础包括可持续发展理论、生态文明理论、生态承载力理论、循环经济理论、生态环境建设理论、城市生态学理论、现代科学管理理论、大系统控制理论以及战略管理理论。

可持续发展理论是生态城市建设和发展的基础。可持续发展是一种新的发展观和发展战略，它变过去人与自然的对立关系为和谐关系，要求经济、社会的发展必须同资源开发利用和生态状况相协调，在满足当代人需要的同时，不危及后代人满足需要的能力。我国学术界对可持续发展的理论已进行了广泛的研究与探讨，认为可持续发展是调控社会－经济－自然复合生态系统，使人类在不超越资源与环境承载能力的条件下，促进经济发展，保持资源持续利用和提高生态质量。

本篇内容主要是对循环经济学、生态足迹理论、发展与污染脱钩理论在上一篇的基础上作进一步的拓展。

第四章　循环经济理论

生态城市与可持续发展涉及许多理论，包括哲学的、伦理学的、文化学的、社会学的、经济学的、管理学的，还有心理学的、生态学的等，详见表4-1。本书侧重于从经济学和管理学角度进行论述。

表 4-1　生态城市与可持续发展涉及的理论

学科	主要理论
哲学	资源中心主义（本书坚持的观点），生态中心主义，人类中心主义
伦理学	生态伦理学，资源伦理学
文化学	生态文明理论
社会学	和谐社会理论，资源人口承载力理论，生态人口承载力理论
经济学	循环经济理论，人口、资源与环境经济学，脱钩理论，增长极限论，能源经济学
管理学	现代科学管理理论、战略管理理论，综合调控理论，可持续发展与生态城市的建设策略
心理学	环境心理学等
生态学	城市生态学，生态足迹理论等

第一节　国内外研究现状

一、理论研究

"循环经济"一词是由美国经济学家肯尼斯·鲍尔丁（Kenneth Ewert Boulding）在20世纪60年代提出的，是指把传统的依赖资源消耗的线性增长的经济，转变为依靠生态型资源循环来发展的经济。国外许多学者和机构也相继提出了发展循环经济的一些理论，这些研究在80年代有所发展，1990年以后，开始形成比较完整的循环经济战略思想。目前对循环经济理论的研究，主要包括产业共生（industrial symbiosis）理论[91]、清洁生产（cleaner production）理论、产业生态（industrial ecology）理论、生命周期评价（life cycle assessment，LCA）理论、零排放（zero emissions）理论以及逆生产（inverse manufacturing）理论[92]。

1. 产业共生理论

产业共生理论是由 John Ehrenfeld 和 Nicholas Gertler 提出的，这种理论强调人类的工业活动应当模仿自然生态系统，效仿自然生态中的循环效应，企业可以参与到物质循环和能量流动中，降低对环境的污染破坏程度，从而建立产业共生系统。

2. 清洁生产理论

清洁生产理论提出的目标是节省能源、降低原材料消耗、减少污染物的产生量和排放量，这是由联合国环境规划署工业与环境规划活动中心首先提出的，即不断采取改进设计、使用清洁的能源和原料、采用先进的工艺技术与设备、改善管理、综合利用等措施，在生产过程中提高生态效率和降低人类及环境的风险。

3. 产业生态理论

产业生态理论最先发展于美国。产业生态理论中包含企业生态能力建设的主要途径和方法，它认为企业发展经济的同时，要注重对工业圈内工业废料的再利用和回收。同时，产业生态作为一个整体概念，应重点考虑产业与环境之间的相互作用关系，以此出发，实现企业经济的循环发展。

4. 生命周期评价理论

生命周期评价理论是一种对产品、生产工艺、生产流程的整个周期对环境的压力进行汇集和测定的工具，以此来确定企业的发展状况，获得如何改进产品和服务的环境表现的信息，该理论最初被美国的可口可乐公司应用于对生产活动的评价，后来得到进一步发展。生命周期评价的实践对基础数据要求非常高，只有掌握基础数据，才能将生命周期评价理论研究方法应用于实际。

5. 零排放理论

零排放理论主张将废物综合利用，实现企业无废弃物的最终目标。这种理论认为企业生产活动过程中排放的任何废弃物加以有效利用，都可以成为循环系统中的一个环节，从而流动到下一环节当中，充当必须要素，通过这种手段实现零排放的最终目的。

6. 逆生产理论

逆生产理论是在日本东京大学提出的一种循环社会理论。逆生产理论从企业产品的最终落脚地出发，逆向研究产品的最终去向问题。该理论认为要从根本上解决废弃物排放，就要从产品着手，从产品的生产环节开始，即将环保观念引入，这样可以生产环保型新产品，杜绝生产过程中产生废弃物。

国内学者对循环经济的研究在发展理念、经济模式等方面都提出了自己的想法。从发展理念上来说穆仲认为所谓循环经济，本质上是一种生态经济，它要求运用生态学规律而不是机械论规律来指导人类社会的经济活动[93]。吴松毅从资源流程和经济增长对资源、环境的影响角度考察，认为循环经济将经济活动组成了一个"资源—产品—废弃物—再生资源"的反馈式过程，是对传统增长模式的"资源—产品—废弃物"的单向式直线过程的根本性变革[94]。

从经济模式上来说，章征涛和董世永认为循环经济倡导的是一种建立在物质不断利用基础上的经济发展模式，它是在世界生态破坏、资源匮乏的现状条件下产生的。它要求组织成为一种新的模式"资源—产品—再生资源"的物质反复循环流动过程[95]。史学斌等认为循环经济是对物质闭环流动型经济（closing-loop materials economy）的简称，是一种建立在物质在经济系统中不断循环利用基础上的经济发展模式[96]。

沈忱认为循环经济是对物质闭环流动型经济的简称。从物质流动的方向看，传统的工业经济是一种单向流动，即按照"资源—产品—废物"的流程进行生产的线性经济，依靠的是高强度开采和消耗资源，不可避免地对生态环境造成高度破坏。循环经济要求以"减量化、再利用、再循环"为社会经济活动的行为准则（简称3R原则），把经济活动组织成一个"资源—产品—再生资源"的反馈式流程，合理和持久地利用所有物质，最大限度地减少经济活动对生态环境的影响[97]。

李雪梅和周耀东认为循环经济与传统经济相比不同之处在于传统经济是一种由"资源—产品—污染排放"构成的物质单向流动的经济，循环经济倡导的是建立在物质不断循环利用基础上的经济发展模式，它要求经济活动按照自然生态系统的模式，组织成一个"资源—产品—再生资源"的物质反复循环流动过程，其特征是低开采、高利用、低排放，整个经济系统以及生产和消费过程基本上不产生或者只产生很少的废弃物，所谓"只有放错了地方的资源，而没有真正的废弃物"[98]。

二、模式研究

在发达国家，循环经济模式在企业、区域和社会层面上都已经有所尝试，形成了相对完善的框架，有很大的借鉴意义。

1. 杜邦模式——企业内部的循环经济模式

杜邦化学公司模式是一种在企业层面上建立的小循环模式，其方式是组织厂内各工艺之间的物料循环。20世纪80年代末，杜邦公司的研究人员把工厂当做试验新的循环经济理念的实验室，创造性地把循环经济三原则发展成为与化学工业相结合的"3R制造法"，以达到少排放甚至零排放的环境保护目标[9]。通过实现厂区内部各个工艺流程之间的材料循环，实现了对废弃物排放的有效控制，最大限度地利用可再生资源。

2. 日本的循环型社会模式

日本在社会层面上发展循环经济效果较好。由于土地狭小，资源有限，日本特别注重资源的再利用，尤其强调建立循环型社会，其资源再生系统由三个子系统形成：废物回收系统，废物拆解、利用系统以及无害化处理系统。通过这三大子系统实现了循环经济的"3R"原则，即减量化（reduce）、再利用（reuse）和再循环（recycle）[99]。

3. 工业园区模式

丹麦的卡伦堡生态工业园区模式是一种区域层面上的模式，被称为企业之间的循环经济。其方式是把不同的工厂联结起来，形成共享资源和互换副产品的产业共生组合，使得一家工厂的废气、废热、废水、废渣等成为另一家工厂的原料和能源[100]。

4. 德国DSD（包装物双元回收体系）——回收再利用体系

德国的DSD是专门组织回收处理包装废弃物的非盈利社会中介组织，于1995年由DSD产品生产厂家、包装物生产厂家、商业企业以及垃圾回收部门联合组成。它将这些企业组织成为网络，在需要回收的包装物上打上绿点标记，然后由DSD委托回收企业进行处理[99]。

国内很多学者也根据我国自身特点，提出了适应于中国发展循环经济的特色模式：

章征涛和董世永认为循环经济模式可分为四类：企业内部的循环模式、企业之间的循环模式、工业区之间循环模式以及更大区域的循环模式[95]。于永超将循环经济的发展模式定义在以下几个方面：生态产业模式、绿色产业模式以及制造服务产业模式[101]。谷永芬等通过分析循环经济下的制造业系统框架要素：绿色设计系统、循环技术系统、管理信息系统、绿色评估系统，构建了基于循环经济的制造业可持续发展系统运行模式[102]。叶义在研究企业循环经济发展模式时提出了可以从三个不同的层次去建构循环经济的产业体系，分别为：建立企业内部的物料循环系统、构建生态工业园区及建立社会静脉产业，这是追求更大经济效益、更少资源消耗、更低环境污染和更多劳动就业的先进经济模式[103]。

第二节 循环经济的基本原则和模式

一、循环经济的产生

蒸汽机的发明和使用拉开了第一次工业革命的序幕，也开始了人类对资源的暴殄天物式的攫取。由于科学技术进步，生产力发生了质的飞跃，人类拥有的物质财富得到了极大的丰富，因此使人产生了一种错觉，以为自然资源"取之不尽，用之不竭"，生产排放的废弃物也不会对环境产生什么危害。由于对环境容量有限性认识不足，人类不得不付出沉重的代价。第二次世界大战结束以来，工业废弃物产生的公害夺走了数万人的健康甚至生命，环境破坏造成了数以百万计的生态难民。20世纪70年代的两次石油危机给世界经济带来了巨大冲击，加之全球人口的急剧增加，传统的发展模式已经到了难以为继的地步[93]。

在这样的现实面前人们不得不对自身的行为以及人与自然界的和谐共存进行反思，可持续发展理念就在这样的情况下被提出。1972年斯德哥尔摩人类环境会议和1992年联合国环境与发展大会，是这一新发展观形成的两个重要里程碑。《里约环境与发展宣言》和《21世纪议程》等文献的签署，标志着可持续发展已经成为世界各国的共识。循环经济的概念就是在这样的历史背景下产生的。

二、循环经济的基本要求

循环经济以资源的高效利用和循环利用为核心，以"减量化、再利用、再循环、再思考"为原则，力求在发展经济的同时实现对资源的最低消耗以及对环境的最低破坏和最大保护。发展循环经济在宏观层面上，要求调整产业结构，建立循环经济的使用体系，从而实现社会对资源、环境的再利用。从微观层面上来说，单个企业发展循环经济要从提高资源利用效率、降低废弃物排放，延长企业循环利用产业链着手，以实现循环经济。

三、循环经济的基本原则

循环经济一般要遵守减量化、再利用、再循环的"3R"原则[93]，近些年来，再思考原则也被认作循环经济的基本原则之一，在实践中指导循环经济的发展。

1）减量化原则，减量化原则从提高原材料综合利用率入手，用较少的原料来达到生产目的，以实现原料成本减量化的目的。

2）再利用原则，产品的再利用原则旨在杜绝一次性物品使用的泛滥，按照再利用的要求，生产产品必须符合长期使用条件，这样提高产品的循环利用率，节约资源和有效利用能源，才能大力发展循环经济。

3）再循环原则，要求生产出来的物品在完成其使用功能后能重新变成可以利用的资源，而不是不可恢复的垃圾[94]。再循环要求生产出的产品在初次使用目的得到实现后可以重新回到循环轨道，再次成为新型产品的材料或能源，以实现循环经济的目的。

4）再思考（rethink）原则。属于信息反馈方法，即不断深入思考在经济运行中如何系统地避免和减少废物，最大限度地提高资源生产率，实现污染排放最小化，废弃物循环利用最大化[102]。

四、循环经济的模式

可持续发展是生态城市建设与管理的主题，其实质是以人为中心经济、社会与资源、环境的协调发展，而各具特色的生态园区则是这种协同互动的基础。

生态园区（也可以称为产业共生体系）是城市体系中各组团的细胞，它使生产、生活、生态一体化。在这种园区中，主要企业相互之间交换"废料"，共用基础设施。而各生态园区之间则以林带、草地或农田隔开，形成生态屏障。

生态城市的经济是一种循环经济，它是仿照生态体系中的生产、消费和"废物"处理过程的机制，将现行的"资源—产品—废物排放"开环式经济流程转化为"资源—产品—再资源化"的闭环式经济流程，实现资源的减量化、废弃物的资源化，如图4-1所示。

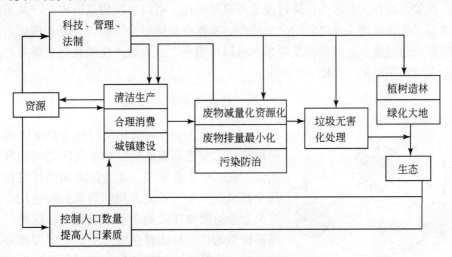

图4-1　循环经济与可持续发展

　　循环经济的基本单位是产业生态，这是一种遵循生态系统规律，由若干相互消费"废物"和共用基础设施的企业构成的产业共生体系。它综合考虑多种产业、多个过程之间的物质流、能量流、信息流、资金流的集成，从而在区域内部提高资源、能源的利用效率，使废物资源化，向区域外部排放废物最小化，使园区经济和环境同时优化。发展循环经济是建设可持续发展的生态旅游城市的必然选择。这首先需要在城镇体系规划上、在产业布局上，把相互之间有较强"食物链"关系的各产业主体放在一个园区内，并进行生态环境建设、基础设施建设，形成产业生态园区。这既可以大大节省建设投资，又可以有效地利用废物，创造一个优美的生态环境。

　　循环经济的发展一般要遵循企业内部的循环、企业之间的循环、工业区之间循环以及更大区域的循环[95]四种模式，从企业自身着手，立足于企业面对的社会环境对企业发展循环经济的有效模式进行了阐述。

1. 企业内部的循环模式

　　企业内部循环俗称"小循环"，从企业的自身原材料出发，实现企业的"废料"变"原料"的循环过程。例如，生产两类产品，生产 A 类产品产生的废料可以成为生产 B 类产品的原料，这样便实现企业内部的零排放，即资源内部的再利用，如图 4-2 所示。

图 4-2　企业内部的
循环模式

2. 企业之间的循环模式

　　企业间循环主要指工业区内企业之间的连锁循环。在企业集聚效应的影响下，相关企业在工业区内，通过彼此产业链相连，可以实现信息资源、产品资源的共享，从而促进企业之间的交流协作，实现企业同时发展的良性循环模式。企业间循环通过企业之间的相互联系，可以形成一个巨大的产业消耗链，将各种资源都充分利用起来，如图 4-3 所示。

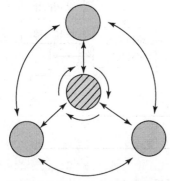

图 4-3　企业之间的循环模式

3. 工业区之间循环模式

　　如上所说，企业间循环我们称为企业之间的循环模式，而更大规模的则是工业区之间循环模式。工业区中企业众多，工业区之间循环可使十几个甚至几十个工业企业间的资源循环使用，使有关企业的废物在其他企业变成宝物，这种产业循环模型的特点是能够在更大层面上实现循环经济，并且使循环更加的彻底，使循环经济形成更大的规模，如图 4-4 所示。

4. 更大区域的循环模式

这种循环可能由两个或两个以上的工业区之间的循环组成，其产业生态网络相对于以上几种循环模式更加复杂，联系范围也更为广泛，行业门类更加的多样。其主要集中在资源丰富、工业发达、经济基础雄厚的地域。如环渤海湾经济圈，东北老工业基地等。这种模式往往在一个或若干个省域城镇密集区进行工业区循环经济。这是循环经济发展的更高层次[95]。

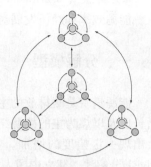

图 4-4　工业区之间循环模式

第三节　低碳的循环经济理论

低碳经济和循环经济作为两种正在兴起的经济模式，其核心都是在市场机制基础上，通过制度和政策措施的制定和创新以及科学技术进步，推动高投入、高消耗、高排放、低效益的社会经济模式向低投入、低消耗、低排放、高效益的模式转型，使社会步入可持续发展的良性循环轨道。因此说，循环经济和低碳经济根本宗旨是完全一致的，名异而实同。另外，低碳经济是从改变能源结构，发展清洁能源出发，改变经济发展模式，提高能源使用效率，从严格的科学意义上讲，它是循环经济的一部分，而不是循环经济的全部[104]。所以我们将低碳经济与循环经济结合起来，称之为"低碳的循环经济"。

2005 年 2 月 16 日，旨在防止全球变暖、要求相关签约成员减少温室气体排放的国际性条约《京都议定书》正式生效。《京都议定书》的国际履约协议催生了国际"碳交易"市场，推动了高碳经济向低碳经济的转变。虽然《京都议定书》没有规定中国的减排义务，但是，在 2009 年 12 月召开的哥本哈根联合国气候变化大会，中国仍然不可避免地成为谈判各方关注的焦点，这给中国带来了非常现实的、严峻的挑战。

根据"荷兰环境评估局"发布的报告，2006 年中国的二氧化碳排放量超过美国，位居世界第一。2007 年中国的二氧化碳排放量约占世界总体的 1/4。随着中国经济的快速发展，碳排放还将不可避免地出现一定幅度的增加。因此，解决如何控制和减排中国碳排放的问题成为国内外讨论的热点问题之一。基于数据的可获得性，我们在此对 1995~2004 年这 10 年间中国的碳排放进行分析。1995~2004 年，中国人均碳排放大致可以分为两个阶段：第一阶段（1995~2000 年），中国人均碳排放降低阶段；第二阶段（2000~2004 年），中国人均碳排放急剧上升阶段。为了分析中国人均碳排放呈现以上趋势的原因，我们采用对数平均权重

Divisia分解法（logarithmic mean weight Divisia method，LMD），定量分析能源结构、能源效率和经济发展对中国人均碳排放的影响。

一、分解模型

能源消费是碳排放的主要来源。随着中国经济的快速发展，能源消费的急剧增长以及以煤为主的能源结构在短期内很难改变[105]，因此，碳排放不可避免地会出现一定幅度的增加。本节基于碳排放量的基本等式，采用对数平均权重Divisia分解法，建立中国人均碳排放的因素分解模型，定量分析了1995～2004年能源结构、能源效率和经济发展等因素的变化对中国人均碳排放的影响，结果显示经济发展对拉动中国人均碳排放的贡献率呈指数增长，而能源效率和能源结构对抑制中国人均碳排放的贡献率都呈倒U形。这说明能源效率对抑制中国碳排放的作用在减弱，以煤为主的能源结构未发生根本性变化，能源效率和能源结构的抑制作用难以抵消由经济发展拉动的中国碳排放量增长。

碳排放量的基本公式为[106]

$$C = \sum_i C_i = \sum_i \frac{E_i}{E} \times \frac{C_i}{E_i} \times \frac{E}{Y} \times \frac{Y}{P} \times P \tag{4-1}$$

式中，C 为碳排放量；C_i 为 i 种能源的碳排放量；E 为一次能源的消费量；E_i 为 i 种能源的消费量；Y 为国内生产总值（GDP）；P 为人口。

下面分别定义，能源结构因素 $S_i = \dfrac{E_i}{E}$，即 i 种能源在一次能源消费中的份额；各类能源排放强度 $F_i = \dfrac{C_i}{E_i}$，即消费单位 i 种能源的碳排放量；能源效率因素 $I = \dfrac{E}{Y}$，即单位 GDP 的能源消耗；经济发展因素 $R = \dfrac{Y}{P}$。由此，人均碳排放量可以写为

$$A = \frac{C}{P} = \sum_i S_i F_i I R \tag{4-2}$$

式（4-2）表示，人均碳排放量 A 的变化来自于 S_i 的变化（能源结构）、F_i 的变化（能源排放强度）、I 的变化（能源效率）以及 R 的变化（经济发展）。

第 t 期相对基期的人均碳排放量的变化可以表示为

$$\Delta A = A^t - A^0 = \sum_i S_i^t F_i^t I^t R^t - \sum_i S_i^0 F_i^0 I^0 R^0$$
$$= \Delta A_S + \Delta A_F + \Delta A_I + \Delta A_R + \Delta A_{rsd} \tag{4-3}$$

$$D = \frac{A^t}{A^0} = D_S D_F D_I D_R D_{rsd} \tag{4-4}$$

式中，ΔA_S、D_S 为能源结构因素；ΔA_F、D_F 为能源排放强度因素；ΔA_I、D_I 为能源效率因素；ΔA_R、D_R 为经济发展因素；ΔA_{rsd}、D_{rsd} 为分解余量。

式（4-3）中的 ΔA_S、ΔA_F、ΔA_I、ΔA_R 分别为各因素变化对人均碳排放变化的贡献值，它们是有单位的实值。而式（4-4）中的 D_S、D_F、D_I、D_R 分别为各因素的变化对人均排放变化的贡献率。

基于式（4-3），我们采用 Ang 等在 1998 年提出的对数平均权重 Divisia 分解法[107]进行分解。

按照该方法，各个因素的分解结果为

$$\Delta A_S = \sum_i W_i' \ln \frac{S_i^t}{S_i^0}; \quad \Delta A_F = \sum_i W_i' \ln \frac{F_i^t}{F_i^0}$$

$$\Delta A_I = \sum_i W_i' \ln \frac{I_i^t}{I_i^0}; \quad \Delta A_R = \sum_i W_i' \ln \frac{R_i^t}{R_i^0}$$

$$(4-5)$$

其中，$W_i' = \dfrac{A_i^t - A_i^0}{\ln\left(\dfrac{A_i^t}{A_i^0}\right)}$，所以有

$$\Delta A_{rsd} = \Delta A - (\Delta A_S + \Delta A_F + \Delta A_I + \Delta A_R)$$

$$= A^t - A^0 - \sum_i W_i' \left(\ln \frac{S_i^t}{S_i^0} + \ln \frac{F_i^t}{F_i^0} + \ln \frac{I_i^t}{I_i^0} + \ln \frac{R_i^t}{R_i^0} \right)$$

$$= A^t - A^0 - \sum_i W_i' \ln \frac{A_i^t}{A_i^0} = A^t - A^0 - \sum_i (A_i^t - A_i^0) = 0$$

对式（4-4）两边取对数，得到

$$\ln D = \ln D_S + \ln D_F + \ln D_I + \ln D_R + \ln D_{rsd} \tag{4-6}$$

对照式（4-3）和式（4-6），可设各项相应成比例，即

$$\frac{\ln D}{\Delta A} = \frac{\ln D_S}{\Delta A_S} = \frac{\ln D_F}{\Delta A_F} = \frac{\ln D_I}{\Delta A_I} = \frac{\ln D_R}{\Delta A_R} = \frac{\ln D_{rsd}}{\Delta A_{rsd}}$$

设 $\dfrac{\ln D}{\Delta A} = \dfrac{\ln A^t - \ln A^0}{A^t - A^0} = W$，则

$$D_S = \exp(W \Delta A_S); D_F = \exp(W \Delta A_F);$$

$$D_I = \exp(W \Delta A_I); D_R = \exp(W \Delta A_R); D_{rsd} = 1$$

$$(4-7)$$

二、碳排放的因素分析

1. 数据收集、估算与整理

我们对中国总的碳排放量采用以下公式进行估算

$$C = \sum_i \frac{E_i}{E} \times \frac{C_i}{E_i} \times E = \sum_i S_i \times F_i \times E \tag{4-8}$$

式中，E 为中国一次能源的消费总量；F_i 为 i 类能源的碳排放强度；S_i 为 i 类能

源在总能源所占的比重。这里 F_i 的取值见表4-2。

表4-2 各类能源的碳排放系数

项目	煤炭	石油	天然气	水电、核电
F_i（吨碳/吨标准煤）	0.7476	0.5825	0.4435	0.0

资料来源：国家发展和改革委员会能源研究所. 中国可持续发展能源暨碳排放情景分析. 中国能源，2003，（6）：4-11

通过计算整理得到中国碳排放因素分析的基础数据，见表4-3。

表4-3 中国1990年、1995~2004年的能源、人口、GDP以及碳排放

项目	单位	1990年	1995年	1996年	1997年	1998年	1999年	2000年	2001年	2002年	2003年	2004年
消费总量	10^8tce	9.87	13.12	13.89	13.78	13.22	13.01	13.03	13.49	14.82	17.09	19.70
煤炭	10^8tce	7.521	9.879	10.376	9.853	9.201	8.847	8.609	8.806	9.720	11.560	13.337
	%	76.20	75.30	74.70	71.50	69.60	68.00	66.07	65.28	65.59	67.64	67.70
石油	10^8tce	1.638	2.178	2.500	2.811	2.842	3.018	3.216	3.274	3.552	3.886	4.472
	%	16.60	16.60	18.00	20.40	21.50	23.20	24.68	24.27	23.97	22.74	22.70
天然气	10^8tce	0.207	0.249	0.250	0.234	0.291	0.286	0.326	0.364	0.388	0.451	0.512
	%	2.10	1.90	1.80	1.70	2.20	2.20	2.50	2.70	2.62	2.64	2.60
水电	10^8tce	0.503	0.768	0.707	0.794	0.826	0.791	0.818	0.981	1.067	1.037	1.202
	%	5.10	5.85	5.09	5.76	6.25	6.08	6.28	7.27	7.20	6.07	6.10
核电	10^8tce	0	0.051	0.057	0.061	0.059	0.068	0.061	0.065	0.092	0.157	0.177
	%	0	0.39	0.41	0.44	0.45	0.52	0.47	0.48	0.62	0.92	0.90
人口	10^8人	11.43	12.11	12.24	12.36	12.48	12.58	12.67	12.76	12.84	12.92	13.00
1990不变GDP	10^8元	18 598	31 367	33 678	35 837	38 027	40 370	44 039	47 437	51 942	57 582	64 884
碳排放	10^8t	6.669	8.765	9.324	9.107	8.663	8.499	8.454	8.652	9.508	11.106	12.803
人均碳排放	t/人	0.583	0.724	0.762	0.737	0.694	0.676	0.667	0.678	0.740	0.860	0.985

资料来源：能源数据来自国家统计局工业交通统计司. 中国能源统计年鉴（1991~1996、1997~1999、2000~2002、2003、2004）. 北京：中国统计出版社. 人口与GDP数据来自中国国家统计局，http://www.stats.gov.cn

2. 因素分析

本书中，F_i 是固定的，即影响中国人均碳排放的因素主要为能源结构变化、能源效率变化以及经济发展变化。因此，$\Delta A_F = 0$，$D_F = 1$，其他三个因素的影响效果按照式（4-5）和式（4-7）计算结果见表4-4。

表 4-4 1995～2004 年三因素对中国人均碳排放的影响效果

项目		1995 年	1996 年	1997 年	1998 年	1999 年	2000 年	2001 年	2002 年	2003 年	2004 年
人均碳	ΔA	0.141	0.179	0.154	0.111	0.093	0.084	0.095	0.157	0.277	0.402
排放	D	1.242	1.307	1.264	1.190	1.160	1.144	1.163	1.269	1.475	1.690
能源	ΔA_S	-0.007	-0.004	-0.014	-0.019	-0.021	-0.025	-0.032	-0.034	-0.027	-0.029
结构	D_S	0.989	0.994	0.978	0.970	0.967	0.961	0.950	0.950	0.963	0.963
能源	ΔA_I	-0.155	-0.169	-0.212	-0.270	-0.313	-0.364	-0.392	-0.408	-0.414	-0.428
效率	D_I	0.788	0.777	0.724	0.655	0.608	0.558	0.537	0.538	0.560	0.572
经济	ΔA_R	0.303	0.351	0.379	0.399	0.426	0.472	0.519	0.598	0.717	0.858
发展	D_R	1.592	1.691	1.782	1.872	1.970	2.132	2.279	2.481	2.734	3.061

从图 4-4 可以看出，中国人均碳排放量总体在不断增加，虽然，在 1996～1999 年，中国人均碳排放量有所降低，但其后又快速增长。特别是 2000 年以来，其数值猛增，2002 年年增长率接近 10%，而 2003 年和 2004 年的年增长率更是超过了 15%。

造成中国人均碳排放量快速增长的主要因素是中国经济的快速发展。我们从图 4-5 可以看出，经济发展对中国人均碳排放的贡献值是不断增大的，特别是从 1999 年以来，其基本呈现出指数增长的趋势。

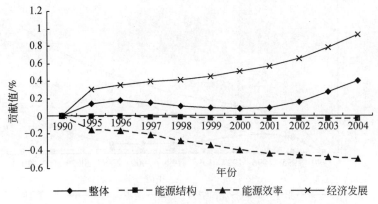

图 4-5 1995～2004 年三因素对中国人均碳排放的贡献值趋势图
（以 1990 年为基年）

中国在能源结构中仍以煤炭为主，煤炭在中国一次能源中占 65% 以上，因此，中国人均碳排放量的能源结构对减少人均碳排放量的贡献值虽然在不断增加，但其贡献力不大。因而，中国人均碳排放的抑制作用主要来自能源效率的提高。从图 4-5 可以看出，能源效率对降低中国人均碳排放的贡献值是不断地在增加的。但近年来，能源效率对降低中国人均碳排放的贡献值与经济发展对增加中国人均碳排放的贡献值相比，其增长趋势明显趋缓。这也导致近年来中国人均碳排放的急剧增长。

为进一步分析各因素对中国人均碳排放的贡献率，我们将各因素分成拉动因素（经济发展）和抑制因素（能源结构、能源效率）。

为了强化各因素的可比性，将抑制因素对中国人均碳排放增加的贡献率（小于1）取倒数，成为对中国人均碳排放降低的贡献率，然后比较拉动因素对拉动中国人均碳排放的贡献率与抑制因素对抑制中国人均碳排放的贡献率的变化趋势。

从图4-6可以看出，拉动因素（经济发展）对拉动中国人均碳排放的贡献率呈指数增长，并且其各个阶段的贡献率都要大于抑制因素对抑制中国人均碳排放的贡献率，从而导致中国人均碳排放的增大。而两个抑制因素（能源效率和能源结构）对抑制中国人均碳排放的贡献率都呈倒U形。从1996～2000年能源效率的抑制贡献率与经济发展的拉动贡献率之间的差距逐渐缩小，使得中国人均的碳排放量在1996～2000年不断减小，并在2000年达到最小0.667t。但随后，由于能源效率的抑制贡献率的减小和经济发展的拉动贡献率的增大，使2000年以后，抑制贡献率与拉动贡献率之间的差距又不断扩大，导致了中国人均碳排放呈指数增长。

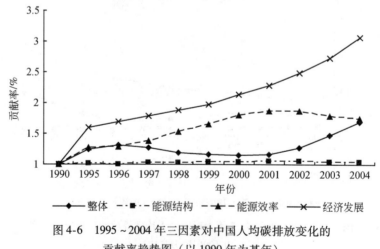

图4-6　1995～2004年三因素对中国人均碳排放变化的
贡献率趋势图（以1990年为基年）

通过以上分析，我们发现，1996～2000年中国人均碳排放量的下降主要是由能源效率的提高引起的，但随着中国经济的飞速发展，中国人均碳排放量在2000年后急剧增长，说明仅依赖能源效率的提高已难以抑制经济发展引起的中国人均碳排放。因此，需要进一步发挥能源结构的改变对中国人均碳排放的抑制作用。

三、结论及对策

以上我们对中国人均碳排放量进行估算，并采用 LMD 因素分解法分析了1995～2004 年中国能源结构变化、能源效率变化以及经济发展变化对人均碳排放的影响。通过分析，我们可以得到以下结论：

1）近 10 年来，中国碳排放由逐年下降趋势转为急剧上升趋势，其拐点出现在 2000 年。

2）过去的 10 年中，中国人均碳排放的抑制作用主要来自能源效率的提高，而能源结构的调整对中国人均碳排放的影响作用不大。

3）近年来，能源效率对抑制中国碳排放的作用在减弱，仍然以煤为主的能源结构未发生根本性变化，因此，能源效率和能源结构的抑制作用难以抵消由经济的快速增长拉动的中国碳排放量增长。

第五章　生态足迹理论

第一节　生态需求与供给

可持续发展的量度问题是可持续发展的重要课题。加拿大生态经济学家 William 于 1992 年提出生态足迹（ecological footprint）概念，进一步由 William 的学生 Wackernagel 发展，其倡导的生态足迹分析法，以基于生态生产性土地的量化指标、创新的思路和方法的普适性而日益流行。他们系统地介绍了生态足迹分析法的理论框架、指标体系和计算方法，并通过介绍全球 52 个国家和地区的生态足迹具体地阐述生态足迹分析法的应用。Wackermagel 通过测定现今人类为了维持自身生存而利用自然的量来评估人类对生态系统的影响。

一、生态足迹需求

生态足迹，是支持一定地区的人口所需的生产性土地和水域的面积，以及吸纳这些人口所产生的废弃物所需要的土地总和。生态足迹的计算是基于①人类可以确定自身消费的绝大多数资源及其所产生的废弃物的数量；②这些资源和废弃物能转换成相应的生物生产面积。因此，任何已知人口（某个个人、一个城市或一个国家）的生态足迹是生产这些人口所消费的资源和吸纳这些人口所产生的废弃物所需要的生物生产总面积。其计算公式为

$$EF = N \times ef = N \sum (aa_i) = N \sum (c_i/p_i) \qquad (5\text{-}1)$$

式中，i 为消费商品和投入的类型；p_i 为 i 种消费商品的平均生产能力；c_i 为 i 种商品的人均消费量；aa_i 为人均 i 种消费商品折算的生物生产面积；N 为人口数；ef 为人均生态足迹；EF 为总的生态足迹。将一个地区的生态足迹（生态足迹需求）同该地区能提供的生物生产土地面积（生态承载力）进行比较，能判断一个地区的生态消费是否处于生态承载力的范围内。

在生态足迹账户核算中，生物生产面积主要考虑 6 种类型：化石燃料土地、可耕地、林地、草场、建筑用地和水域。因各种土地的生产力大小不同，根据有关资料对其进行调整，以利于加总和比较，如表 5-1 所示。

表 5-1　生态足迹测度中的土地类型说明

土地类型	主要用途	均衡因子	备注
化石燃料用地	吸收人类释放的二氧化碳	1.1	①以全球生态平均生产为 1；②按世界环境与发展委员会的报告《我们共同的未来》建议，生态供给中扣除 12% 的生物生产土地面积用来保护生物的多样性；③在实际中，人们并没有留出二氧化碳用地
可耕地	种植农作物	2.8	
林地	提供林产品和木材	1.1	
草地	提供畜产品	0.5	
建筑用地	人类定居和道路用地	2.8	
水域	提供水产品	0.2	

资料来源：徐中民，张志国，程国际等. 甘肃省 1998 年生态足迹计算与分析. 地理学报，2000，55 (5)：607~616

二、生态足迹供给测算方法

生态足迹供给是与生态足迹相关的概念。它是指区域所能够提供给人类的生态生产性土地总和，计算方法是将区域内各类生态生产性土地面积乘以等量化因子及产量调整系数后，求和得到总生态足迹供给，除以总人口数即为人均生态足迹供给。

计算公式为

$$EC = \left(\sum_{i=1}^{n} A_i EQ_i Y_i \right) / N \quad (i = 1,2,3,\cdots,6) \tag{5-2}$$

式中，EC 为人均生态足迹；A_i 为不同类型生态生产性土地面积；EQ_i 为等量化因子；N 为总人口数；Y_i 为不同类型生态生产性土地产量调整系数，是用区域单位面积生物生产力与全球平均生物生产力比值表示。如果 $Y_i > 1$，表明区域单位面积生物生产力高于全球平均生物生产力，反之亦反。

第二节　大连市生态足迹分析

本节在生态足迹理论的基础上，对大连市 2002 年生态足迹及其生态承载力进行测算，通过盈亏平衡分析以及与其他国家和地区进行比较分析，讨论大连市的可持续发展状况[108]。

一、大连市土地类型的组成状况

表 5-2 是 2002 年大连市各类型土地组成情况，合计土地面积是 110 730hm²，此外还有海洋面积 400 万 hm²。

表5-2 2002年大连市各类型土地组成

土地类型	土地面积/hm²	占全境总面积/%	人均面积/10⁻⁴hm²
化石燃料用地	2 214	2.0	3.70
耕地	16 570	15.0	27.71
林地	48 823	44.1	81.64
草地	9 421	8.5	15.75
建筑用地	30 919	27.9	51.70
水域	2 783	2.5	4.65
合计	110 730	100	185.15
另：海洋	4 000 000	—	6 688.96

二、大连生态足迹测算

应用生态足迹理论的生态足迹计算公式，对大连市进行生态足迹计算。按公式（5-1）计算总生态足迹及人均生态足迹。

生物资源的计算采用联合国粮农组织1993年有关生物资源的世界平均产量资料（使计算结果具有可比性），将大连2002年的消费转化为提供这类消费需要的生物生产面积，见表5-3。生物资源消费采用的计算方法为

$$\mathrm{EF}_i = \frac{c_{i(\mathrm{average})}}{P_{i(\mathrm{average})}} \times \mathrm{EQ}_i \tag{5-3}$$

计算结果见表5-3。

表5-3 2002年大连市生态足迹账户（生物资源）

项目	全球平均产量/(kg/hm²)	区域人均消费量/kg	人均生态足迹/hm²	人口/万人	按全球平均产量总生态足迹/hm²	等量化因子	调整后人均生态足迹/hm²	生产面积类型
粮食	2 744	129.13	0.0471	558	262 818	2.8	0.1318	耕地
淀粉及薯类	12 607	21.76	0.0017		9 486	2.8	0.0048	耕地
豆类	1 856	18.21	0.0098		54 684	2.8	0.0275	耕地
油料	1 856	11.03	0.0059		32 922	2.8	0.0166	耕地
蔬菜	18 000	148.86	0.0083		46 314	2.8	0.0232	耕地
瓜类	18 000	27.02	0.0015		8 370	2.8	0.0042	耕地
茶叶	566	0.2	0.0004		2 232	2.8	0.0010	耕地
咖啡可可粉	454	0.02	0.0000		0	2.8	0.0001	耕地
糖类	4 893	9.29	0.0019		10 602	2.8	0.0053	耕地

续表

项目	全球平均产量/(kg/hm²)	区域人均消费量/kg	人均生态足迹/hm²	人口/万人	按全球平均产量总生态足迹/hm²	等量化因子	调整后人均生态足迹/hm²	生产面积类型
果类	3 500	62.37	0.0178		99 324	1.1	0.0196	林地
猪肉	74	18.45	0.2493		1 391 094	0.5	0.1247	草地
牛肉	33	1.7	0.0515		287 370	0.5	0.0258	草地
羊肉	33	2.2	0.0758		422 964	0.5	0.0379	草地
禽肉	15	5.45	0.3633		2 027 214	0.5	0.1817	草地
奶类	502	37.99	0.0757		422 406	0.5	0.0378	草地
蛋	400	22.38	0.0560		312 480	0.5	0.0280	草地
水产品	29	36.22	1.2490		6 969 420	0.2	0.2498	水域
木材	1.99		0.0004		2 232	1.1	0.0004	林地
建筑用地			0.0052		29 016	2.8	0.0146	建筑用地
总计					12 390 948		0.934 7	

大连能源账户部分处理了如下几种：煤炭、焦炭、焦炉煤气、其他煤气、原油、汽油、煤油、柴油、燃料油、石油气、炼厂干气、热力、电力。计算足迹时将能源消费转化为化石燃料生产土地面积。数据采用全球单位化石燃料生产土地面积平均发热量为标准，将当地能源消费所消耗的热量折算成一定的化石燃料土地面积。能源消费计算方法如下：

$$\mathrm{EF}_i = \frac{c_i \times \theta_i}{N \times P_i} \times \mathrm{EQ}_i \tag{5-4}$$

计算结果见表5-4。

表 5-4　2002 年大连市生态足迹账户（能源部分）

燃料种类	全球平均生态足迹/(GJ/hm²)	折算系数/(GJ/t)	消费量/t	年人均消费热量/GJ	人均生态足迹/hm²	等量化因子	调整后人均生态足迹/hm²	生产面积类型
煤炭	55	20.934	7 940 272	29.788 9	0.5416	1.1	0.5958	化石燃料土地
焦炭	55	28.47	113 184	0.577 5	0.0105	1.1	0.0116	化石燃料土地
焦炉煤气	93	18.003	3 454	0.011 1	0.0001	1.1	0.0001	化石燃料土地
其他煤气	93	16.329	633	0.001 8	0.0000	1.1	0.0000	化石燃料土地
原油	93	41.868	13 558 102	101.729 6	1.0939	1.1	1.2033	化石燃料土地
汽油	93	43.124	20 512	0.158 5	0.0017	1.1	0.0019	化石燃料土地

续表

燃料种类	全球平均生态足迹/(GJ/hm²)	折算系数/(GJ/t)	消费量/t	年人均消费热量/GJ	人均生态足迹/hm²	等量化因子	调整后人均生态足迹/hm²	生产面积类型
煤油	93	43.124	7 226	0.0558	0.0006	1.1	0.0007	化石燃料土地
柴油	93	42.705	65 677	0.5026	0.0054	1.1	0.0059	化石燃料土地
燃料油	71	50.200	553 981	4.9839	0.0702	1.1	0.0772	化石燃料土地
石油气	71	50.200	12 525	0.1126	0.0016	1.1	0.0018	化石燃料土地
炼厂干气	71	46.055	375 302	3.0976	0.0436	1.1	0.0480	化石燃料土地
热力	1 000		3 828 706 GJ	9.5337	0.0095	2.8	0.0267	建筑用地
电力	1 000	0.008 3 GJ/(kW·h)	6 409 410 000 kW·h	0.6862	0.0006	2.8	0.0018	建筑用地
合计					1.7793		1.9748	—

三、大连市生态足迹供给测算

按照式（5-2）计算人均生态承载力，计算结果见表 5-5。

表 5-5　大连市生态承载力（生态足迹供给）

项目	总面积/万 hm²	人口/万人	人均面积/hm²	等量化因子	人均生态足迹供给	产量调整系数	调整后人均生态足迹
化石燃料用地	13.44	558	0.0241	1.1	0.0265	1.0	0.0265
耕地	25		0.0448	2.8	0.1254	1.8	0.2258
林地	43.8		0.0785	1.1	0.0863	2.2	0.1900
草地	26.7		0.0478	0.5	0.0239	0.8	0.0191
建筑用地	10.1		0.0181	2.8	0.0507	1.8	0.0912
水域	6.7		0.0120	0.2	0.0024	1.0	0.0024
合计	125.74				0.4587		0.7271
另：海洋	400		0.7168	0.2	0.1434	1.2	0.1720

四、足迹贸易调整

生态足迹指标的计算要求计算净消费量，即应计算区域人口的生物资源消费、能源消费的净消费额的生态足迹。在计算生物资源的生态足迹时，采用的数据均直接为大连市的居民消费量，因此，无需调整。而能源部分，特别是原油的消耗，由于只考虑总的消费量，而没有考虑原油加工的成品油等石油制品的出口，故需进行足迹贸易调整。通过咨询，对原油的生态足迹按出口 40% 进行调整，得到能源生态足迹减少 0.4813 hm²。能源部分生态足迹调整为 1.4934 hm²。

五、大连市生态足迹平衡分析

通过以上的计算结果，编制生态足迹平衡表，见表 5-6。

表 5-6　大连市生态足迹与生态承载力平衡表

土地类型	人均生态足迹/hm²	人均生态承载力供给/hm²	生态盈亏/hm²	GDP 足迹/(hm²/万元)
化石燃料用地	1.4650	0.0265		
耕地	0.2145	0.2258		
林地	0.0200	0.1900		
草地	0.4359	0.0191		
建筑用地	0.0431	0.0912		
水域	0.2498	0.1744		
合计	2.4281	0.7271	-1.7010	
扣除12%后生态承载力	2.4281	0.6398	-1.7883	0.9636

从表 5-6 中可见，2002 年大连的人均生态足迹为 2.4281hm²，而实际生态承载力仅为 0.7271hm²，为保护生物多样性扣除 12% 后，生态承载力只有 0.6398hm²，人均生态赤字达到了 1.7883hm²，即使不扣除 12%，人均生态赤字也达到 1.7010hm²，大连生态足迹是其生态承载力的近 4 倍。表明大连对自然的影响远远超出了其生态承载能力的范围。从资源利用的角度来看，能源用地占整个足迹的 61.5%，反映了大连能源消费处于较高的水平。

为反映资源的利用效益，我们计算了万元 GDP 的生态足迹。显然万元 GDP 的足迹需求大，所反映的资源利用效益低；反之，则资源利用效益高。从表 5-6 可以看出，2002 年大连平均万元 GDP 所占有的足迹为 0.9636 hm²。

六、生态足迹的对比分析

将大连与全球、美国、新加坡、中国、辽宁以及几个主要城市的生态足迹进行比较分析，见表 5-7。

表5-7　大连与其他国家、城市和地区的比较

国家和地区	人均生态足迹 /hm²	生态承载力 /hm²	生态盈余（赤字）/hm²	GDP足迹 /(hm²/万元)
全球	2.763	1.998	-0.765	1.103
美国	10.343	2.721	-7.622	0.365
新加坡	7.187	0.622	-6.565	0.363
中国	1.326	0.779	-0.547	2.037
辽宁	2.571	0.700	-1.871	2.571
北京	2.682	0.934	-1.748	1.550
上海	2.242	0.256	-1.986	0.819
天津	0.895	0.385	-0.510	0.592
重庆	1.042	0.303	-0.739	4.998
香港	6.060	0.034	-6.026	0.306
台湾	4.340	0.200	-4.140	0.219
澳门	2.993	0.010	-2.983	0.290
大连	2.4281	0.6398	-1.7883	0.9636
各城市平均	3.319	0.376	-2.943	1.122

从表5-7中可以发现，与世界发达国家和港澳台等地区相比，大连的生态足迹处于相当低的范围，只有美国的24%，新加坡的34%，香港的40%以及台湾的56%，与澳门相当。生态赤字不到美国的1/4，新加坡、香港的1/3，台湾的1/2，澳门的2/3。从这个比较来看，大连还有较大的发展空间。上述发达国家和地区的GDP足迹都每万元不足0.4 hm²，而大连的GDP足迹每万元接近1 hm²，达到了0.9636 hm²。这说明大连的单位GDP足迹有待减少。

与内地城市相比较，则可以发现大连的人均足迹是相对偏高的，在上海和北京之间。但是，大连的生态承载力是相当高的，仅比北京低一点。大连生态赤字处于较高水平，略低于上海，与北京相当，但远高于重庆和天津。大连的GDP足迹处于中等水平。这说明大连的可持续发展能力与内地城市相比有一定优势。

大连与全国平均水平相比，人均生态高出全国平均水平近一倍，而生态承载力接近全国平均水平。生态赤字是全国平均水平的3倍多。大连的GDP足迹为全国的1/2。与辽宁省的平均水平相比，大连人均生态足迹、生态承载力、生态赤字均略低于辽宁省均值，大连的GDP足迹不到辽宁省的1/2。从辽宁全省范围看，大连可持续能力较强。大连人均生态足迹略低于全球平均水平，但生态承载力仅有世界的1/3。大连的单位GDP足迹与全球平均水平相当。

通过以上比较，我们可以看出，按发达国家和地区的生态足迹状况看，大连

有较大的发展空间。而与内地的大城市相比，可持续发展有一定优势，但不明显。

第三节 大连市 2020 年生态承载力测算

一、2020 年大连市人均生态足迹预期

从上面的分析可以看出，大连市的人均生态足迹中，能源部分为人均 1.9747 hm^2，而生物资源为 0.9347 hm^2，能源部分是生物资源的 2 倍。通过节能和采取新能源，可以降低能源部分的人均生态足迹。随着大连市人民生活水平的提高，生物资源的人均足迹将会进一步提高。我们现在通过第二节中提到的方法对 2020 年能源部分和生物资源的人均生态足迹进行测算。

根据马斯洛的需要层次理论，随着居民生活水平的提高，生物资源的满足，居民食物消费量增长率会逐年降低，生物资源的人均生态足迹按逐年递减的增长率增长。假设增长率的下降速度与大连市的经济增长速度基本持平为 10%，而 2003 年的增长率为 10%。

按照同样的假设，能源部分的生态足迹逐年递减，并且人均生态足迹按逐年递减的降低率递减。降低率的下降速度也为 10%，2003 年的降低率同样为 10%。即假设各年生物资源的人均生态足迹增长率与能源部分的人均生态足迹降低率一致。

由此，可以计算出各年生物资源的人均生态足迹增长率与能源部分的人均生态足迹降低率见表 5-8。

表 5-8 大连市生态足迹预测

年份	变化率	生物资源/hm^2	能源部分/hm^2	人均生态足迹/hm^2
2002		0.9347	1.4934	2.4281
2003	0.1000	1.0282	1.3441	2.3723
2004	0.0900	1.1207	1.2231	2.3438
2005	0.0810	1.2115	1.1240	2.3355
2006	0.0729	1.2998	1.0421	2.3419
2007	0.0656	1.3851	0.9737	2.3588
2008	0.0590	1.4669	0.9163	2.3832
2009	0.0531	1.5448	0.8676	2.4124
2010	0.0478	1.6187	0.8261	2.4448
2011	0.0430	1.6884	0.7906	2.4790

年份	变化率	生物资源/hm²	能源部分/hm²	人均生态足迹/hm²
2012	0.0387	1.7538	0.7600	2.5138
2013	0.0349	1.8150	0.7335	2.5485
2014	0.0314	1.8719	0.7105	2.5824
2015	0.0282	1.9248	0.6904	2.6152
2016	0.0254	1.9737	0.6729	2.6466
2017	0.0229	2.0189	0.6575	2.6764
2018	0.0206	2.0604	0.6439	2.7043
2019	0.0185	2.0986	0.6320	2.7306
2020		2.1336	0.6320	2.7656

由以上计算可以看出大连市的人均生态足迹预期为 2.7656 hm²。

二、2020 年大连总生态承载力预期

如果随着科学技术发展,高新技术在生产中的广泛应用,大连的产量调整系数将有可能不断提高,从而使大连可预期的生态足迹供给得以提高。大连市 2020 年可预期的生态承载力可以达到 910.73 万 hm²。

三、2020 年生态承载力测算

2020 年要实现可持续发展,人均生态足迹赤字不宜过高。预期到 2020 年人均生态足迹赤字维持在现有水平,即为 1.7883hm²。由此可计算出 2020 年生态人口承载力,计算公式如下:

$$N = \frac{(1-12\%) \times EFC}{EC - ED} \tag{5-5}$$

式中,EFC 为总生态足迹供给预期;EC 为人均生态足迹预期;ED 为人均生态赤字预期。

通过计算得到,大连市 2020 年的生态人口承载力为 820 万人。

第六章　发展与污染脱钩理论

第一节　发展与污染脱钩的概念

"脱钩"（decoupling）一词最初源于物理领域，物理学界一般理解为"解耦"，通俗地讲就是使两个或多个物理量之间的响应关系尽早分道扬镳。在经济学中，"脱钩"，指的是在工业发展过程中，物质消耗总量在工业化之初随经济总量的增长而一同增长，但是会在以后某个特定的阶段出现反向变化，从而实现经济增长的同时物质消耗下降[109]。脱钩理论主要用来分析经济发展与资源消耗之间的响应关系。对经济增长与物质消耗之间关系的大量研究表明，一国或一地区工业发展初期，物质消耗总量随经济总量的增长而同比增长、甚至更高；但在某个特定阶段后会出现变化，经济增长时物质消耗并不同步增长，而是略低、甚至开始呈下降趋势，出现倒 U 形，这就是"脱钩"理论。

受到"脱钩"理论的鼓舞，"罗马俱乐部"科学家于 1995 年正式提出了"四倍数"全球资源革命的目标，指出可以借助技术进步，在将资源使用量减少一半的同时将社会福利增长 1 倍，从而最终将资源的生产率提高 4 倍，保证在经济增长的同时，环境质量不差于现在。1996 年的 OECD 环境部长会议以及 1997 年联合国"可持续发展策略"纲要中都接纳了"四倍数"的概念[110]。

脱钩理论证实了低碳经济的可能性，但从高碳经济到低碳经济的转型并非是一帆风顺的线型道路。1991 年，美国经济学家格鲁斯曼（C. Grossman）和克鲁格（A. Krueger）提出的环境库兹涅茨曲线（environmental Kuznets curve，EKC）假说认为，经济发展和环境压力有如下关系：经济发展对环境污染水平有着很强的影响，在经济发展过程中，生态环境会随着经济的增长、人均收入的增加而不可避免地持续恶化，只有人均 GDP 达到一定水平的时候，环境污染反而会随着人均 GDP 的进一步提高而下降。人均收入和环境保护的关系是一个倒 U 形的曲线[111]。

环境库兹涅茨曲线反映了经济与环境可以实现良性互动循环经济的一种新思维，从本质上揭示了环境与经济的内在联系。GDP 作为经济增长的指标，反映一个国家在不考虑自然环境损耗的情况下经济的增长，而绿色 GDP 作为环境与经济和谐程度的指标反映了人类从自然界获取的总收益，再反馈到环境质量的改善上，最后所得到的经济增长即为绿色 GDP。在此程度上，可以实现经济发展与环境改善的双赢[112]。

第二节 环境库兹涅茨曲线

环境库兹涅茨曲线理论在能源 – 环境 – 经济的研究中具有重要作用。该理论认为，环境质量与经济增长之间呈现倒 U 形的关系，即环境随着经济增长，会出现先恶化后改善的过程。后来又发展出扩展的环境库兹涅茨曲线理论，即环境质量与经济增长之间的关系呈现 U + 倒 U 形或 N 形。

环境库兹涅茨曲线的含义是："沿着一个国家的发展轨迹，尤其是在工业化的起飞阶段，不可避免地会出现一定程度的环境恶化；在人均收入达到一定水平后，经济发展会有利于环境质量的改善。"这就是说，在经济发展过程中，环境状况先是恶化而后得到逐步改善。换言之，从高碳经济到低碳经济的转型轨迹就是人类经历生态环境质量的"过山车"。相关的制度创新、技术创新和生态创新也许不能够改变"过山车"的倒 U 形轨迹，但人类应当可以削减"过山车"轨迹的"峰度"和"上坡路"的里程，最低的现实要求是控制"过山车"的峰顶不高于人类持续生存的生态阈值，并促进"过山车"尽早经过"拐点"[112]。

一、环境库兹涅茨曲线的提出

1955 年库兹涅茨在对收入差异的研究中发现人均收入的差异具有随着经济的增长先逐渐加大后逐渐缩小的规律。这一收入不平均和人均收入之间的倒 U 形关系通常被称为库兹涅茨曲线。

率先系统性开展该领域实证研究的是 1991 年 Grossman 和 Krueger，他们对北大西洋自由贸易区 32 个国家中的 52 个城市的经济增长与环境质量影响实证分析后发现：大气中二氧化碳浓度和烟尘浓度与经济增长、人均 GDP 之间的关系并非简单的互补或互递关系，而是大多数环境污染物质的变动趋势与人均国民收入水平的变动趋势之间也呈现倒 U 形关系[113]。在经济增长与环境质量实证研究中最具有影响力的是 1992 年 Shafik 和 Bandyopadhyays，作者通过对 149 个国家的 10 个环境因素与人均收入的研究后发现：大气中的二氧化碳浓度和悬浮微粒浓度的转折点为人均 GDP 3300 ~ 3500 美元（1985 年美元不变价）时，大气中的二氧化碳浓度和固体悬浮物的浓度与人均收入呈现倒 U 形关系[114]。

如图 6-1 所示，在早期的工业发展阶段，经济水平低，环境受影响程度较小。到了工业化进程加快或经济起飞时期，自然资源的耗费，废料、废气的排放逐渐超过了环境的自净能力，随着人均财富的快速增长，生态环境质量是恶化的。而且，这种恶化呈加速状，环境与经济不可持续性不断增加。到达转折点或者越过转折点时经济发展达到更高阶段，人均财富继续增长，生态环境质量维持一定时间的稳定状态后，开始逐渐加快改善，环境与经济的可持续性呈现了不断增强趋势。发达国家和新兴工业化的实践证明，经济增长与环境质量之间基本符合这种倒 U 形关系，表 6-1 列举了国外学者对环境质量与经济增长关系实证研究。

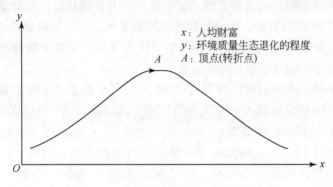

图 6-1　环境库兹涅茨曲线示意图[113]

美国哈佛大学 Panayotou（1993，1995）在研究经济增长与环境关系时，在环境因素的指数选取上采用污染物的人均排放量而不是污染物的浓度，并且把人口因素考虑进去。作者通过对 54 个国家的二氧化硫、氮氧化物和固体悬浮物的人均排放量与人均 GDP 的关系加以考察后发现三种污染物与人均 GDP 的关系皆呈倒 U 形关系[115]。

1997 年 Jaekyu Lim 研究了韩国经济增长与环境质量的关系，通过实证分析发现利用二氧化硫、总悬浮颗粒物、氮氧化物和生化需氧量等指标所表示环境质量与经济增长之间的关系呈现倒 U 形的环境库兹涅茨曲线，曲线的转折点大约在 20 世纪 80 年代初，这与韩国环境规制趋于严格的转折期吻合，该研究为韩国环境政策的有效性提供了相关佐证。David Bradford 等利用世界各国的面板数据重新估计了环境库兹涅茨曲线，基于固定效应的估计结果，发现不同污染物所呈现的结果与环境库兹涅茨曲线假说有的相符、有的相悖[116]。

2001 年 Williamt T. Harbaugh 等利用世界诸多城市的空气污染指标重新检验了环境库兹涅茨曲线的存在性，实证估计的结果显示：几个重要的空气污染指标与国家收入的关系之间没有呈现倒 U 形的关系。2001 年 Groot 等对中国 30 个省（直辖市、自治区）一年的污染排放和地区经济发展水平之间的关系进行横向回归分析显示：中国的环境库兹涅茨曲线是否存在，很大程度上取决于污染物的种类以及所选取的变量类型，如总污染排放水平、人均污染物排放水平和实际单位地区产出的污染排放等。2004 年 LuisitoBertinelli 和 Eric Strobl 利用各个国家数据进行半参数回归分析，重新检验了环境库兹涅茨曲线的存在性，他们利用二氧化碳等指标反映污染恶化的程度，结果表明环境恶化与国家财富之间并没有呈现环境库兹涅茨曲线所描述的倒 U 形曲线，污染与国家富裕程度的关系在贫困落后的国家呈正相关的关系，而在富有的国家，这一关系并不明显。

国内不少学者利用环境库兹涅茨曲线的相关原理，分析我国走"先污染，后治理"道路的利弊和可行性，并在此基础上提出了适合我国工业发展的政策建议。吴玉萍和宋键峰选取北京数据建立经济增长与环境污染水平计量模型，发现了显著的倒 U 形曲线特征，而且比发达国家更早地达到了转折点，认为北京施行了比较有效的环境政策[117]，表 6-2 列举了国内学者对环境质量与经济增长关系实证研究。

沈满洪和许云华通过对浙江省近 20 年来人均与工业"三废"及其人均量之间相互关系的分析，发现了一种新型的环境库兹涅茨曲线——一条先是倒 U 形，然后是 U 形的波浪式的曲线[118]。

陆虹发现全国人均二氧化碳排放量表现出随收入上升的特点；李周等根据"单位 GDP 污染排放量预测"和"GDP 总量预测"方法对"污染物总排放量"进行估算，预测了全国三废排放量达到顶点的时间（固废在 2004 年前后、废水在 2006 年前后、废气在 2010 年前后），而且从东部到西部存在阶梯性差异[119]。

与此同时，国内一些学者也尝试用计量分析的方法检验我国环境库兹涅茨曲线的存在性。在这些研究中，有的研究者认为所研究城市的环境库兹涅茨曲线特征大多表现倒 U 形，个别城市的部分环境污染物排放已通过环境库兹涅茨曲线转折点。也有研究者认为研究地区多年污染物排放量的变动情况呈其他复合型，并不符合环境库兹涅茨曲线。中国学者张晓使用国家的纵向历史数据对中国环境库兹涅茨曲线进行了检验，按照张晓的分析，中国的经济发展状况与环境污染水平的关系已呈现出较弱环境库兹涅茨曲线的特性[120]。

曲福田和吴丽梅从可持续发展观点出发，力图揭示我国经济增长中耕地非农化的一般规律。作者认为经济增长与耕地数量之间存在类似库兹涅茨曲线形关系，并通过对天津市、山东省、江苏省、上海市、广东省、福建省 6 个典型地区经济发展过程中耕地损失的分析，验证了假说[121]。

表 6-1　国外学者环境质量与经济增长关系实证研究一览表

研究者	样本特征	环境指标	研究模型	结论
Panayoton (1997)	截面、历史数据（30 个发达国家 1982～1994 年）	二氧化硫	$Y = a + bX + cX^2$	倒 U 形
Schmalence (1997)	界面、历史数据（全球 47 个国家 1950～1990 年）	二氧化硫、氮氧化物、二氧化碳、空气悬浮物、甲烷、氨气、固体废弃物	$Y = a + bX + cX^2$	倒 U 形

续表

研究者	样本特征	环境指标	研究模型	结论
Jeon (1997)	截面数据美国 50 个州	二氧化硫、一氧化碳、氮氧化物、有机污染物	$Y = a + bX + cX^2$	倒 U 形
Torras (1998)	截面数据全球	二氧化硫、烟尘、水中重金属、水中固体排放物、获清洁水人群、获卫生设施人群	$Y = a + bX + cX^2$	倒 U 形
Seldean (1998)	截面数据（30 个发达国家）	二氧化硫、氮氧化物、空气悬浮物、一氧化碳	$Y = a + bX + cX^2$	倒 U 形
J. W. Sun (1999)	历史数据（1970～2000 年）	二氧化碳	$Y = a + bX + cX^2$	倒 U 形
John. A. List (1999)	截面、历史数据（50 个发达国家和地区、1959～1994 年）	二氧化硫、氮氧化物、二氧化碳	$Y = a_1 k_1 + a_2 k_2 + a_3 k_3 + bt$ $Y = a + bX + cX^2$（第一公式表示环境与外部影响因素的关系）	倒 U 形
Van Lantz (2002)	历史数据 加拿大（1985～2001 年）	森林	$Y = a_1 k_1 + a_2 k_2 + a_3 k_3$ $Y = a + bX + cX^2$ $Y = a + b\ln X - c\ (\ln X)^2$	倒 U 形
David. I. Stern (2001)	截面数据（100 多个地区）	二氧化硫	$V(E/Y) = a + bV(\ln E/Y) + cV(\ln E/Y)^2$ E 为环境压力，Y 为人均 GDP	倒 U 形
Inmaculade Martinez-zarzoso (2004)	截面、历史数据（22 个 OECD 国家，1975～1998 年）	二氧化碳	$\mathrm{Ln}\ (Y) = a + b\ln\ (X) + c\ (\ln X)^2 + d\ (\ln X)^3$	N 形
Canas (2003)	截面、历史数据（16 个工业国家 1960～1998 年）	自然资源消耗	$Y = a + bX + cX^2$ $Y = a + bX + cX^2 + dX^3$	倒 U 形
Galeotti (2005)	截面、历史数据（100 个发达国家和发展中国家，25 年）	二氧化硫	$Y = a + bX + cX^2 + dX^3$ $Ln\ (Y) = a + b\ln\ (X) + c\ (\ln X)^2 + d\ (\ln X)^3$	倒 U 形

续表

研究者	样本特征	环境指标	研究模型	结论
Dietz (2003)	截面、历史数据（100多国家，1972～1992年）	生物多样性	$Y = a + bX + cX^2$	倒U形
Dinda (2004)	截面数据（50个国家）	空气中二氧化硫、二氧化氮、一氧化碳、总悬浮颗粒物、水中微生物、重金属含量	$Y = a + bX + cX^2 + Zit$ Z 为外部影响因素	倒U形
Bhattaria (2000)	截面数据 全球	毁林率	$Y = a + bX + cX^2$	倒U形
Shafik (1992)	截面数据 全球 149个国家	缺乏清洁水的人群，城市中缺乏卫生设施的人群，大气中固体悬浮物二氧化硫，年森林面积变化，河流中的溶解氧，人均市政固体废弃物	$Y = a + bX + cX^2$	倒U形

表6-2　国内学者环境质量与经济增长关系实证研究一览表

研究者	样本特征	环境指标	研究模型	结论
张云 (2005)	历史数据（1999～2001年）	三废排放	$Y = a + bX + cX^2 + dX^3$	U + 倒U形
刘利 (2005)	历史数据（1985～2003年）	三废排放、二氧化硫、二氧化碳	$Y = a + bX + cX^2$	倒U形
赵云君 (2004)	历史数据（1990～2002年）	三废排放二氧化硫	$Y = a + bX + cX^2$	较弱倒U形
赵细康 (2005)	历史数据（1982～1997年）	三废排放	$Y = a + bX + cX^2$	倒U形
高振宁 (2004)	历史数据（1998～2002年）	三废排放	$Y = a + bX + cX^2$	倒U形
邢秀凤 (2005)	历史数据（1986～2003年）	三废排放	$Y = a + bX + cX^2 + dX^3$	废水、废气：不存在；固体排放：U + 倒U形
杨凯 (2003)	历史数据（1978～2000年，13个区）	城市、生活和建筑垃圾	$Y = a + bX + cX^2$	倒U形

续表

研究者	样本特征	环境指标	研究模型	结论
胡明秀 (2005)	历史数据（1987～2003 年）	三废排放	$Y = a + bX + cX^2 + dX^3$	废水、废气：倒 U形；固废：倒 U + U 形
张思锋 (2004)	历史数据（1985～2002 年）	生活垃圾，工业固废	$Y = a + bX + cX^2$ $Y = a + bX + cX^2 + dX^3$	生活垃圾：倒 U 形；固废：倒 U+U 形
王瑞玲 (2005)	历史数据（1985～2003 年）	三废排放	$Y = a + bX + cX^2 + dX^3$	废水、固废：倒 U形；废气：U + 倒 U 形
夏永久 (2005)	历史数据（1986～2002 年）	三废排放，二氧化硫、TSP、二氧化碳、二氧化氮	$Y = a + bX + cX^2$ $Y = a + bX + cX^2 + dX^3$	废水、二氧化氮：倒 U 形；废气：倒 U + U 形；固废：U + 倒 U 形
沈满洪 (2000)	历史数据（1981～1998 年）	三废排放及人均三废排放	$Y = a + bX + cX^2 + dX^3$	倒 U+U 形
包群 (2005)	历史数据（1996～2002 年）	三废排放、工业粉尘、烟尘、二氧化硫	$Y = a + bX + cX^2 + dX^3$	三废：倒 U 形；工业烟尘：线性；工业粉尘：倒 U+U 形
张鹏 (2005)	历史数据（1985～2001 年）	三废排放	$Y = a + bX + cX^2 + dX^3$	废水：不存在；废气：倒 U形；固废：正 U 形
陆虹 (2000)	截面，历史数据（1975～1996 年）	大气二氧化碳	$Y = a + bX + cX^2$	倒 U 形
吴永业 (2000)	历史数据（1981～1997 年）	三废排放	$Y = aXe^{-bX}$	倒 U 形
陈华文 (2004)	历史数据（1990～2001 年）	空气、二氧化硫、TSP、二氧化碳、二氧化氮	$Y = a_0 + a_1t + a_2X + a_3X^2$ $+ a_4X^3 + \cdots + a_kX_k$	U + 倒 U 形
陈东 (2004)	历史数据（1984～2003 年）	三废排放、工业粉尘	$Y = a + bX + cX^2$	U 形
顾春林 (2003)	历史、截面数据	三废排放、二氧化硫等	线性、二次、三次、对数二次、对数线性	不同污染物不同的形式

二、环境库兹涅茨曲线假说存在的问题

环境库兹涅茨曲线自提出以来，受到很多学者的争议，西方学者通过对西方国家大量统计数据的实证研究表明，环境库兹涅茨曲线确实存在。我国很多学者也对我国以及部分地区的统计数据进行实证，证明部分地区存在环境库兹涅茨曲线，但部分地区则证明是三次的甚至是正形的曲线。可见环境库兹涅茨曲线仍然存在着很多的不足之处。

由于环境库兹涅茨曲线仅仅是一个经验曲线，是利用西方发达国家的数据得出的，而发达国家走的是"先发展，后治理"的工业化道路，因此，环境库兹涅茨曲线符合西方经济发展道路，但是对发展中国家和地区而言，已不能走西方工业化国家"先发展，后治理"的老路，而需要走适合自身实际情况的"边发展，边治理"的新型的工业化道路。因此，我们并不能证明环境库兹涅茨曲线在发展中国家和地区也成立，因此，倒 U 形曲线并不是环境质量演进的宿命，而只是可能的发展道路之一。

倒 U 形环境库兹涅茨曲线说明在经济发展的高速阶段环境质量会随经济增长不断改善，但无论经济怎样增长，环境污染不可能为零或为负，另外一些不可再生资源也不会随经济的增长而得到改善。

环境库兹涅茨曲线有其形成的内在决定因素，这个因素的变动必然会引起环境库兹涅茨曲线形状的改变，因此，环境库兹涅茨曲线并不是环境与经济发展的必然，不能从长期的角度反映环境与经济增长的关系。同时，外部影响因素如产业结构、人口等都会影响环境质量，这些因素的变动引起环境质量偏离环境库兹涅茨曲线，产生短期局部不规律波动，当这种波动达到一定程度时，必然会改变环境库兹涅茨曲线。因此，环境库兹涅茨曲线只是反映环境与经济增长的中长期关系，不能反映二者之间的长期关系，也无法反映外部因素对环境质量的作用。

第三节　环境污染问题的影响因素

环境问题是在社会经济的运行过程之中产生的，根据其他学者的研究，衡量社会经济活动对环境的影响有下面两个公式表示[122]：

$$污染物排放量 = P \times A \times T = 人口 \times \frac{GDP}{人口} \times \frac{污染排放量}{GDP} \qquad (6\text{-}1)$$

式中，A 为人均 GDP；P 为人口；T 为排污强度。

由式（6-1）可知，环境问题受到人口、人均 GDP、排污强度的影响：

$$污染物排放量 = GDP \times \sum_i \frac{第\,i\,产业排放量}{第\,i\,产业增加值} \times \frac{第\,i\,产业增加值}{GDP} \qquad (6\text{-}2)$$

由式（6-2）可知，环境问题受到经济总量、排污强度、产业状况的影响。比较式（6-1）和式（6-2），共同点就是都有排污强度，不同点就是前者强调了人口的影响，而后者强调了产业状况的影响。把两个方程进行综合并加上环境保护机构的监督及管理程度就可得到一个比较完整的方程：

$$污染物排放量 = GDP \times 人口 \times \frac{GDP}{人口} \times \sum_i \frac{第i产业排放量}{第i产业增加值} \times \frac{第i产业增加值}{GDP}$$

(6-3)

环境库兹涅茨曲线是污染水平与经济增长的一个二元函数，而由式（6-3）可知，污染水平是人口、经济总量、产业状况、技术及环境监管能力的一个函数，因此可得到的函数表达式如下：

$$L_{EKC} = f(污染, 经济) = g(人口, 产业状况, 技术, 环境监管强度)$$ (6-4)

根据式（6-4），影响的因素有人口状况、产业状况、技术水平和环境保护的制度及监管能力。在分析中经济增长的持续性是必需的，因此可以假定经济为一个稳定增长变量，就只需分析人口状况、产业状况、技术水平和环境保护部门的监管能力四个方面的因素对环境需求和供给的影响。

1. 人口

人口数量、素质和分布情况与自然生态环境是紧密地结合在一起的，人口的增长速度、结构和空间分布、生产和消费方式等都对资源环境的利用和保护发挥着重要的影响，人口这些方面的因素对环境的需求和供给都存在较大影响。

（1）人口数量

人口系统的吃穿住行时时刻刻都在产生垃圾。随着人口数量的增加，生活中排放的废气、废水和遗弃的生活垃圾不断增加，维持生存所需的自然资源也不断增加，将逐渐成为最大的环境污染源。因此，人口数量与环境需求是成正比例关系的。1900 年，全球约有 16 亿人，每人每年石化燃料消费量仅 0.6tce；1950 年约 25 亿人，每人每年石化燃料消费量 1.2tce；1986 年约 50 亿人，每人每年石化燃料消费量 2.4tce。人类总的石化燃料消费量 1986 年比 1900 年增长 12.5 倍，因此二氧化碳的排放量差不多就增长了 12 倍之多。1950 年以来，人类对海味的摄入量增长了 5 倍，使大部分渔业资源的捕捞量已达到或超出其可承受的极限。在许多工业化国家，移民人口的增长也在危及自然保护区。追踪近十年因木材需求所造成的森林砍伐，其与人均木材消耗量的上升密切相关。从 1961 年以来，全球人均用纸和纸板的数量翻了一番。人口数量越大，对环境的需求就越大，这样只会延长"两难"区域，提高极值点，使人类在获得可持续发展之前将要面临更为严重的生态环境问题[123]。

（2）人口素质

在现代社会中，一个地区环境质量的好坏，往往不是取决于人口数量的多少和人口增长的快慢，而更多地取决于人口素质的高低。特别是在环境需求大于环境供给使环境遭到破坏时，抑制或减少环境需求是非常必要的，而具有较高科学文化素质的人类群体就能做到这一点，人口科学文化素质的高低，从整体上影响着人们的资源观、环境观和发展观。科学文化素质较高的人口，有正确的生态意识，能重视环境保护工作，能开发和利用更多、更广泛的自然资源，在资源的使用上也更有选择的余地，对资源的利用也很充分，避免了对资源的破坏与浪费，从而形成人口、环境与发展的良性循环。人口素质的提高将有助于抑制或减少环境需求。

（3）生活方式和分布

人口生活方式和分布不同对环境的影响也是不同的。一个规模较小、但消费水平很高、生产技术落后和粗放的人口对资源环境的影响可能大于一个规模较大、消费水平适中、生产技术先进、资源消耗少、排放率低的人口。若城市具有较好治污能力，大量农村人口转移到城市有助于污染由面源污染转为点源污染，有利于污染处理，这样将有助于农村生态环境的改善。但对于大多数发展中国家而言，城市处理污染能力十分有限，农村人口的大量拥入，将会加重城市周边环境的恶化。

由于各国或地区的现实情况存在较大差异，因此人口生活方式和分布对环境的影响具有许多不确定性。

2. 产业状况

在经济持续增长的过程中，产业结构、产业布局、对外贸易结构等对环境需求和供给的影响存在较大差异。

（1）产业结构

人类所有生产活动都会对环境产生一定的影响，但不同的生产活动对环境的影响不同，有好的影响，有坏的影响，程度也不同。例如，根据国家统计局对三次产业的划分标准，第二产业中各行业的自然资源消耗强度、能源消费、污染物排放强度都明显不同。

第二产业中，冶金、化工、石化、煤炭、火电、建材、采矿业、皮革制品业、造纸及纸制品业、一些农副食品加工业和食品制造业等行业对环境的需求极大，轻纺业、电子设备机械制造及其他制造业等行业对环境没有太大影响，废弃资源和废旧材料回收、环境保护设备制造业、污染物处理业等行业将减少环境需求和增加环境供给。

此外，第一产业中，是否大量使用农药、化肥等以及是否发展林业，对环境的影响也是截然不同的；第三产业中道路运输业和以生态环境为基础的旅游业对环境也有较大影响。

若经济总量增加是由对环境有极大危害的行业所带来的，那么经济的发展将不断扩大对环境的需求，带来更为严重的环境问题；若经济总量的增加是由有利于环境或对环境影响不大的行业所带来的，那么经济的发展将不会对环境不利。因此，在保持经济总量持续增加的前提下，产业结构变化对环境影响的重要性尤其突出。

（2）产业布局

产业布局是经济产业活动在地域空间上的分布形态。许多种类的环境供给和环境需求都具有地域性，使得在全球环境需求大于环境供给的前提下仍存在局部环境需求小于环境供给的情况，这是产业布局影响环境的前提。因此可以通过改变这种产业活动的分布形态，来减弱环境需求与环境供给之间的结构性矛盾。例如，目前对水体富营养化影响较大的城郊集约化畜禽养殖业就可通过布局调整来实现其可持续发展。把集约化畜禽养殖业向种植业较发达而又远离城市的地区进行转移，这样畜禽养殖业可向种植业提供肥料，而种植业可向畜禽养殖业提供饲料，这样就可以从三个方面减少对环境的需求：一是减少动物粪便对水体的富营养化污染；二是减少燃烧秸秆对空气的污染；三是减少化肥的施用量。资源得以充分利用，又可减少对环境的污染[124,125]。

（3）对外贸易结构

在保持经济总量增长的同时，随着经济全球化的深入，一个国家和地区的外贸依存度在不断提高，对外贸易结构的改变将带来环境的变化。进出口商品的结构以及外资吸收的多少对环境将有较大影响。

一个国家或地区，资源型产品和污染型产品出口在出口商品中占有较大的比重或者直接进口污染物，这种经济发展模式只会增加这个国家或地区的环境需求。大多数发展中国家依赖资源型产品和污染型产品出口，过度及不合理开发资源，导致本国资源退化和生态环境破坏。同时还直接进口污染物，绿色和平组织的一份报告指出，发达国家正以每年上亿吨的规模向发展中国家运送电子垃圾。基于"污染避难所假设"，污染产业转移与资本流动是存在一定联系的。一些投资者为了规避本国严格的环保法规和环保标准，以国际贸易合作为名，转移高污染、高能耗的产业。这方面的案例比比皆是。例如，世界闻名的废旧电子电器拆解基地和再生五金塑料的集散地——广东省汕头市贵屿镇。

3. 技术

科学技术水平对环境的影响是不断变化的，且存在许多不确定性。科学技术的发展带来了工业化、现代化的产业革命，而产业革命带给人类的后果之一就是环境污染。因此可以说多数环境污染是由科学技术发展导致的。而要在保持经济持续增长的同时，处理环境污染物、减少污染物的排放及提高资源的利用率又不可避免地需要科学技术的进一步发展。科学技术的发展及应用直接影响着资源利用率、能源利用率和污染物处理水平，并且现代科学技术的发展和应用是在尽可能降低对环境影响的不确定性的前提下进行的，因此有助于减少环境需求和增加环境供给。科学技术能提高资源的利用率，包括减少资源的浪费和重复利用资源。例如，冶炼技术的提高可使每吨钢所需的水下降，还可提高水的重复利用率。这样减少了对自然资源的需求，减轻对生态的破坏，又能减少污水的排放。科学技术能提高能源生产效率和能源利用效率。科学技术的提高将会降低能源生产中资源的消耗和提高能源的转化率。例如，火电的生产，可减少水使用量和煤的消耗；再如农村沼气技术的发展和推广应用，将有效减少对薪柴的消费量，起到保持森林植被和减轻大气污染的作用。

科学技术能提高污染物处理能力和扩大污染物的处理范围。科学技术的发展能使产业活动所带来的污染物由不能处理到能处理，由高成本的处理到低成本的处理，并且能实现变废为宝。通过技术处理可使许多污染物不仅减少对环境的污染，而且还可以再利用，减轻对资源的消耗。

4. 环境监管强度

与环境监管直接联系的是环境政策。环境政策是包括环境社会政策、环境经济政策、环境技术政策和环境监督管理政策等一系列与环境有关的政策体系。

（1）环境社会政策

环境社会政策要表明的是环境与发展综合决策机制，环境问题不单纯是生产力问题，而且涉及人与人之间的生产关系，同时必须坚持环境和社会协调发展的原则。能否尽可能调动各方面的人员保护环境，能否提高社会各阶层的环境保护意识是环境社会政策正确性的标准。环境社会政策的正确性将对环境状况的发展起决定作用。正确的环境社会政策有利于形成全民保护环境的社会。

（2）环境经济政策

环境经济政策要说明的是根据市场的原则，利用经济杠杆来协调发展与环境保护之间的关系。能否通过投融资、税收、进出口等有利于环境保护的经济政策，能否吸引国内外资金投向环保项目，能否大力发展环保产业，使环保产业成为新的经济增长点是环境经济政策有效性的标准。环境经济政策的有效性直接影响环境需求的减少量和环境供给的增加量。有效的环境经济政策有利于引导资金流向清洁生产和无污染行业。

（3）环境技术政策

环境技术政策是以环境标准为主的综合开发、战略设计和宏观管理的运作体系。能否通过技术进步在不影响经济发展的条件下来减少污染物排放量是环境技术政策合理性的标准。环境技术政策的合理性将影响着经济发展状况和环境需求的大小。过低的环境标准，将加剧生态环境恶化的态势；过高的环境标准又会阻碍经济的发展。

（4）环境监督管理政策

环境监督管理政策是通过环境保护立法和执法，建立环境管理机构和全国性环境保护管理网络的运作体系。能否做到提高环境管理的规范化和现代化水平，保证环保工作实现统一立法、统一规划、统一监督管理是环境监督管理政策完善性和有效性的标准。环境监督管理政策的完善性和有效性将是一切环境政策执行的前提和基础。有效而完善的环境监督管理政策有利于形成正确的环境社会政策、有效的环境经济政策和合理的环境技术政策。

第三篇　生态城市的模型体系

　　生态城市可持续发展的研究包括理论研究、建模与模拟仿真研究、案例研究和对策研究等多方面的内容。本篇建立城市经济－社会－资源环境模型组。在新的增长理论基础上，建立大连经济增长率的要素模型和需求模型以及城市化和房地产价格模型；运用污染物排放当量法，测算出主要污染物的排放当量，建立主要污染物排放当量的演化模型；从水资源、土地资源消耗、能耗与人口、科技进步、产业结构、能源消费结构、环保投入的关系角度，建立能耗率的演化模型、产业结构调整模型。

第七章　经济增长模型

第一节　经济增长的要素模型

一、大连经济增长模型

本节利用分配理论及其建模、测算方法，建立大连的经济增长模型，对劳动力、固定资本（固定资本存量及固定资产投资）、知识（人力资本存量以及科技）、制度因素、经济环境外部性（包括自然环境、社会环境、市场环境、产业结构、能源供求关系、政策环境等的外部性）在经济增长中的作用进行了定量分析。从测算结果看，大连的经济增长目前运行在投资与创新双推动的轨道上，这是比较理想的又好又快情景，这种状态需要再保持 15～20 年的时间。

决定和影响经济增长的因素，除了劳动力、固定资本（固定资本存量及固定资产投资）、知识（包括人力资本存量以及科技新知识等）以及制度因素外，经济环境外部性（包括自然环境、社会环境、市场环境、政策环境等）也是一个重要的影响因素。

从分配角度来看，国内生产总值可以分解为劳动报酬（广义的劳动报酬包括工资、社会保障、相关税收等）、资本收益（这里的资本指的是固定资本存量，广义的固定资本存量的收益包括折旧、投资者分得的利润、利息、相关税收等）、共享利益（投资者、就业者以及其他利益相关者在某种程度上共享的利益）等。这是经济增长的分配理论的出发点，可以表述为：

$$国内生产总值 = 劳动报酬 + 资本收益 + 共享利益 \qquad (7-1)$$

式中，"共享利益"在股份公司账户中包括"交税额"、"公积金"、"未分配利润"、"贷款利息"等，是独立于劳动报酬和资本收益之外的"第三项"，是"国内生产总值"中去除"劳动报酬"和"资本收益"这两项后的"剩余"，这些剩余是提高创新能力（扩大再生产和新产品生产能力）的源泉。经济环境外部性（包括自然环境、社会环境、市场环境、产业结构、能源供求关系、政策环境等的外部性）也是共享利益的一个重要部分。共享利益首先是由固定资产投资、科技、人力资本等具有一定的"公共产品特征"的知识因素决定的，同时也与生产中的污染物排放、能源消耗、产业结构等外部性因素有关。这样，把式 (7-1)

88

写成定量形式就是

$$Y = aL^\alpha H^\beta S^\gamma D^\delta + bK + cSD/K + dR + u \tag{7-2}$$

式中，α、β、γ、δ、a、b、c、d 为参数，它们由制度决定；$aL^\alpha H^\beta S^\gamma D^\delta$ 为劳动报酬；bK 为固定资本收益，其中 K 为固定资本存量；cSD/K 为创新能力；dR 为外部性因素，其中 R 为污染物排放量；u 为其他因素。

从模型（7-2）出发，可以推导出下面的经济增长率分解模型

$$y = \frac{bK - cSD/K}{Y}k + \frac{cSD/K + a\delta L^\alpha H^\beta S^\gamma D^\delta}{Y}d + \frac{cSD + a\gamma L^\alpha H^\beta S^\gamma D^\delta}{Y}s$$
$$+ \frac{a\beta L^\alpha H^\beta S^\gamma D^\delta}{Y}h + \frac{a\alpha L^\alpha H^\beta S^\gamma D^\delta}{Y}l + \frac{dR}{Y}r + i + q \tag{7-3}$$

式中，y 为 Y（国内生产总值）的变化率（经济增长率）；k 为 K（固定资本存量）的变化率；d 为 D（固定资产投资）的变化率；s 为 S（科技投入）的变化率；h 为 H（人力资本）的变化率；l 为 L（劳动力）的变化率；r 为 R（污染物排放量）的变化率，i 为制度创新对于经济增长的作用；q 为不包括污染物排放的其他外部性因素对经济增长的作用。

利用式（7-3）可以方便地测算出各因素对经济增长的贡献率为

$$\eta_K = \frac{bK - cSD/K}{Y} \cdot \frac{k}{y}; \quad \eta_D = \frac{cSD/K + a\delta L^\alpha H^\beta S^\gamma D^\delta}{Y} \cdot \frac{d}{y};$$
$$\eta_S = \frac{cSD/K + a\gamma L^\alpha H^\beta S^\gamma D^\delta}{Y} \cdot \frac{s}{y}; \quad \eta_H = \frac{a\beta L^\alpha H^\beta S^\gamma D^\delta}{Y} \cdot \frac{h}{y};$$
$$\eta_L = \frac{a\alpha L^\alpha H^\beta S^\gamma D^\delta}{Y} \cdot \frac{l}{y}; \quad \eta_R = \frac{dR}{Y} \cdot \frac{r}{y} \tag{7-4}$$
$$\eta_I = \frac{i}{y}; \quad \eta_Q = \frac{q}{y}$$

式中，η_K、η_D、η_S、η_H、η_L、η_R、η_I、η_Q 分别为固定资本存量增长对经济增长的贡献率、固定资产投资增长对经济增长的贡献率、科技进步对经济增长的贡献率、人力资本增长对经济增长的贡献率、劳动力增长对经济增长的贡献率、污染物排放对经济增长的影响率、制度创新对经济增长的贡献率，经济环境外部性（不包括污染物排放）对经济增长的影响率。

式（7-4）中的各参数 α、β、γ、δ、a、b、c、d 需要通过计量经济学的回归分析方法确定，而 η_I 的测算则需要采用数据包络分析（data envelopment analysis, DEA）方法。η_Q 则是"去除各种因素后的剩余"，采用余值法来测算。在表 7-1 中，所谓的"剩余价值"定义为地区生产总值减去劳动报酬。式（7-2）中是分两步求出来的，第一步对劳动报酬 $aL^\alpha H^\beta S^\gamma D^\delta$ 进行回归，求出各参数值；第二步对"剩余价值"（定义为地区生产总值减去劳动报酬）进行回归，求出各参数值。经过这两次回归，就可以求出式（7-2）中的全部参数。

根据大连 1990～2007 年地区生产总值 Y 与劳动力 L、固定资产折旧 K、固定资产投资 D、科技投入 S、人力资本 H 等数据（表 7-1），经过两次回归，建立如下的经济增长模型：

$$Y = 0.617(HL)^{0.33}(SD)^{0.245} + 0.248K + 0.3SD/K - 2.8R + 176 \qquad (7\text{-}5)$$

表 7-1　大连经济增长数据

年份	GDP /亿元	劳动报酬 /亿元	固定资本 存量/亿元	劳动力 /万人	人力资本 存量/亿元	从业人员平均 受教育年限/年	科技投入占地区 GDP 比例/%	固定资产 投资/亿元
1990	115.66	43.95		268.7	2335.9	8.69	1	26.95
1991	122.14	46.41	198.47	271.34	2374.77	8.75	1.03	33.78
1992	144.49	54.91	216.37	274.97	2422.68	8.81	1.06	49.93
1993	172.38	65.5	248.99	275.79	2446.09	8.87	1.09	98.31
1994	203.75	77.43	327.38	275.2	2457.01	8.93	1.12	98.76
1995	235.33	89.43	399.95	276.19	2482.06	8.99	1.15	86.49
1996	265.93	101.05	454.45	279.5	2528.2	9.05	1.18	86.04
1997	293.05	111.36	504.14	275.62	2509.28	9.1	1.21	92.69
1998	328.8	124.94	556.49	271.8	2490.46	9.16	1.24	93.53
1999	365.63	138.94	605.5	270.8	2497.19	9.22	1.27	81.21
2000	408.77	159.42	638.27	271	2514.93	9.28	1.3	98.82
2001	457.42	180.22	686.03	270.1	2522.43	9.34	1.33	111.06
2002	521.91	208.76	742.21	282.97	2659.23	9.4	1.36	136.57
2003	601.24	246.51	819.41	295.83	2797.44	9.46	1.39	186.68
2004	702.25	294.95	940.53	322.44	3068	9.51	1.42	256.38
2005	801.97	344.85	1121.67	324.05	3114.12	9.61	1.58	417.02
2006	934.3	411.09	1426.52	324.37	3182.07	9.81	1.8	532.55
2007	1097.8	483.03	1816.42	330.32	3306.5	10.01	2	680.64

资料来源：大连市发展和改革委员会十二五规划项目报告

注：其中 GDP、劳动报酬、固定资产投资的价格均为 1978 年价，固定资本存量的价格为 1978 年价，折旧率 0.08

表 7-2 和表 7-3 说明，在回归模型中，所有自变量从总体上与因变量之间高度线性相关；修正后的复可决系数很高，说明自变量的解释能力很强，样本回归方程对样本拟合得很好；回归方程通过 F 检验，说明线性回归效果显著。同样，自变量和常数项都通过了 t 检验。

表 7-2 大连劳动报酬模型的检验

因变量：$\log B$			
变量	系数	标准误	t 统计量	概率
C	$-0.205\ 82$	$1.026\ 553$	$-0.200\ 5$	$0.850\ 9$
$\log HL$	$0.330\ 891$	$0.167\ 346$	$1.977\ 293$	$0.119\ 2$
$\log SD$	$0.245\ 187$	$0.033\ 089$	$7.409\ 821$	$0.001\ 8$
AR（1）	$0.356\ 099$	$0.405\ 906$	$0.877\ 293$	$0.429\ 9$
AR（2）	$0.273\ 555$	$0.348\ 337$	$0.785\ 316$	$0.476\ 2$
样本决定系数	$0.998\ 661$	因变量的均值		$2.401\ 994$
调整后的样本决定系数	$0.997\ 322$	因变量的标准差		$0.187\ 958$
回归标准差	$0.009\ 726$	赤池信息量（AIC）		$-6.127\ 86$
残差平方和	$0.000\ 378$	施瓦茨信息量（SC）		$-6.018\ 29$
对数似然比	$32.575\ 37$	F 检验的统计量		$745.941\ 6$
DW 统计量	$2.020\ 741$	相伴概率		$0.000\ 005$

表 7-3 大连剩余价值（地区生产总值减去劳动报酬）模型的检验

因变量：$Y\text{-}B$			
变量	系数	标准误	t 统计量	概率
C	$176.692\ 6$	121.606	$1.452\ 993$	$0.219\ 9$
SD/K	$0.302\ 6$	$0.159\ 455$	$1.897\ 711$	$0.130\ 6$
K	$0.256\ 844$	$0.133\ 357$	$1.925\ 986$	$0.126\ 4$
R	$-2.774\ 2$	$1.221\ 133$	$-2.271\ 83$	$0.085\ 6$
样本决定系数	$0.998\ 105$	因变量的均值		$276.746\ 3$
调整后的样本决定系数	$0.996\ 685$	因变量的标准差		$77.510\ 8$
回归标准差	$4.463\ 053$	赤池信息量（AIC）		$6.136\ 396$
残差平方和	$79.675\ 37$	施瓦茨信息量（SC）		$6.176\ 117$
对数似然比	$-20.545\ 6$	F 检验的统计量		$702.446\ 9$
DW 统计量	$2.603\ 776$	相伴概率		$0.000\ 007$

二、DEA 方法与制度创新在经济增长中贡献率的测算

1. C^2R 模型

从作用机理来看，制度创新对经济增长的最基本、最本质的作用是提高生产要素资源的配置效率。因而，可以采用效率分析的方法来测算制度创新在经济增

长中的贡献率，数据包络分析正是这样一种方法。运用这种方法，以劳动力、固定资产存量和人力资本为投入，以国内生产总值为产出，获得各年决策单元（decision making units，DMU）的相对效率。利用 DEA 分析制度效率的基本模型是 C^2R 模型。

C^2R 模型的一种形式为（参见盛昭瀚等《DEA 理论、方法与应用》，科学出版社，1996 年版）

$$(D)\begin{cases} \min\theta \\ \text{s. t.} \ \sum_{j=1}^{n}\lambda_j x_j \leqslant \theta x_0 \\ \sum_{j=1}^{n}\lambda_j y_j \geqslant y_0 \\ \lambda_j \geqslant 0, \quad j=1,\cdots,n \end{cases}$$

用上述模型 D 来评价 DMU_{j_0} 的有效性，含义是力图在输入可能集中，在保持产出 y_0 不变的前提下，将投入 x_0 的各个分量按同一比例 θ（$\leqslant 1$）减少。如果这一点能够实现，则表明可以用比 DMU_{j_0} 更少的投入而使产出不变。这正说明了眼下的 DMU_{j_0} 必不是有效的生产活动，反之，则表明 DMU_{j_0} 是有效的生产活动。而上述模型的对偶模型则是

$$(D)'\begin{cases} \max\alpha \\ \text{s. t.} \ \sum_{j=1}^{n}\lambda_j x_j \leqslant x_0 \\ \sum_{j=1}^{n}\lambda_j y_j \geqslant \alpha y_0 \\ \lambda_j \geqslant 0, \quad j=1,\cdots,n \end{cases}$$

用 D' 来评价 DMU_{j_0} 的有效性，即力图在输出可能集内，保持投入量不变，而使产出较 y_0 以同一比例 α 扩大，如 $\alpha>1$，则表明眼下的 DMU_{j_0} 是有效的生产活动。

规划问题 (D) 与 $(D)'$ 的最优解之间有着非常密切的关系，一般地，设 $\lambda^*,s^{*-},s^{*+},\theta^*$ 为 (D) 的最优解（这是数据包络分析特用的假设方法，s^- 为 m 项输入的松弛变量；s^+ 为 s 项输出的松弛变量；λ 为 n 个 DMU 的组合系数。下同）；设 $\lambda^{**},s^{**-},s^{**+},\alpha^*$ 为 (D) 的最优解；则有

$$\lambda^{**}=\frac{\lambda^*}{\theta^*};s^{**-}=\frac{s^{*-}}{\theta^*};s^{**+}=\frac{s^{*+}}{\theta^*};\alpha^*=\frac{1}{\theta^*}$$

D 和 D' 并分别从"产出不变，投入最少"与"投入不变，产出最多"两个不同的角度构造两个线性规划模型，这实际上是分别在输入可能集与输出可能集的基础上研究 DMU 的有效性。

在上述模型中，s 代表投入或产出相对于最高效率（$\theta^*=1$）时的浪费。

当 $\theta^* = 1$ 时，称 DMU_0 为 C^2R 有效，并根据上述模型的最优解 λ_j^*（$j = 1$，…，n）来判别 DMU_0 的规模收益，即

如果 $\sum \lambda_j^* = 1$，则 DMU_0 规模收益不变；

如果 $\sum \lambda_j^* < 1$，则 DMU_0 规模收益递增；

如果 $\sum \lambda_j^* > 1$，则 DMU_0 规模收益递减。

2. 制度创新对经济增长贡献率的测算公式

利用 DEA 方法测算制度创新在经济增长中贡献率的方法是：

第一步，利用模型（D）求出从基期到末期各年的相对效率。

第二步，设基期的相对效率为 θ_1，末期的相对效率为 θ_2，则

相对于最高效率（这时 $\theta = 1$）的损失分别为：基期的损失为 $Y_1/\theta_1 - Y_1$，末期的损失为 $Y_2/\theta_2 - Y_2$。

由于制度创新使效率提高，而减少的损失为 $i = Y_1/\theta_1 - Y_2/\theta_2 - (Y_1 - Y_2)$，这样，制度创新对经济增长的贡献率的测算公式为

$$\eta_1 = \frac{i}{y} = (Y_1/\theta_1 - Y_2/\theta_2)/(Y_2 - Y_1) + 1$$
$$= \frac{(\theta_2 - \theta_1)Y_1}{\theta_1(Y_2 - Y_1)} \tag{7-6}$$

式中，Y_1 和 Y_2 分别为基期和末期的生产总值；θ_1 为基期的相对效率；θ_2 为末期的相对效率。

表 7-4 是利用数据包络分析方法对 1990～2007 年的大连生产要素（劳动力、固定资产、人力资本）配置效率的分析。在表 7-4 中 "效率" 是指资源配置的相对效率，表 7-4 也给出了由于效率低而导致的各种资源的浪费情况，其中劳动力和人力资本的浪费一开始比较严重。从规模收益看，1990～2007 年是规模收益递增的，规模收益从 1990 年的 0.1924 增加到 2007 年的 1。

表 7-4   基于 DEA 法的大连生产要素资源配置效率（制度的作用）分析

年份	效率	劳动力的浪费/万人	人力资本存量的浪费/亿元	规模收益
1990	0.9116	188.0433	159.1309	0.1924
1991	0.8831	179.5101	152.8751	0.2031
1992	0.9078	178.5184	152.698	0.2403
1993	0.8237	142.3466	121.2753	0.2867
1994	0.7969	119.0616	101.0045	0.3389
1995	0.8101	107.9397	91.5672	0.3914
1996	0.8252	99.7873	84.8868	0.4423

续表

年份	效率	劳动力的浪费/万人	人力资本存量的浪费/亿元	规模收益
1997	0.8238	82.8588	70.3586	0.4874
1998	0.8495	69.1023	58.5707	0.5469
1999	0.8961	62.765	53.6564	0.6081
2000	0.9321	51.4697	44.2238	0.6799
2001	0.9641	35.3322	30.3548	0.7608
2002	0.9964	25.1448	22.1233	0.8681
2003	1	0	0	1
2004	1	0	0	1
2005	0.9979	1.1956	0	0.9966
2006	1	0	0	1
2007	1	0	0	1

三、测算结果及分析

分析大连 1990～2007 年经济增长的原因，表 7-5 给出了各因素在经济增长中的贡献率。固定资本存量增长的贡献率为 26.7%，固定资产投资的贡献率为 33.6%，这两者之和归并为固定资本贡献率（60.3%）；人力资本增长的贡献率为 2.7%，科技进步的贡献率为 27%，制度创新的贡献率为 7%，这三者之和归并为创新贡献率（37%）；而污染减排对经济增长的贡献率为 7%，经济环境外部性的影响率为 -5.5%。这说明经济环境是十分有利于大连经济增长的，为吸引外资和内资以及科技发展提供了非常好的环境条件。

我们的测算结果与以前测算结果比，更有理论根据，对经济增长因素的分析更全面、更细致，测算的结果也更符合大连的实际。

表 7-5 大连的经济增长因素分析与比较 　　　　　（单位:%）

各因素	对经济增长的贡献率
资本存量增长	26.7
固定资产投资	33.57
科技进步	27.1
人力资本增长	2.67
劳动力增长	1.74
制度创新	7
污染物减排	6.72
经济环境外部性	-5.51

第二节 经济增长的需求模型

在模型中引入四个变量：国内生产总值、全社会固定资产投资、外贸出口总额和社会消费品零售总额，分别用 GDP、INV、EXP、CON 表示。

表7-6、表7-7、表7-8、表7-9 分别为：2005~2008 年国内 20 个主要城市 GDP 与 INV、EXP、CON 所构建的回归模型，构建模型时利用 Eviews 软件进行计算。对 2005 年、2006 年的模型进行修正，修正后的复可决系数很高，说明自变量的解释能力很强。其中 GDP、EXP 和 CON 之间的相关系数均接近 2，以此确定以上几个变量（GDP、EXP、CON）之间存在较强的影响关系，接着在此基础上做出了 2005~2008 年各回归系数（INV、EXP、CON）的变化趋势图。图 7-1 中显示固定资产投资对国内生产总值的拉动作用远低于外贸出口和社会消费，且 2005 年后其拉动作用呈下降趋势，到 2007 年、2008 年基本稳定；由图 7-1 发现近几年出口和消费一直是促进国民经济增长的主要动力，2005 年出口的拉动作用和消费相比略显逊色，2006 年消费和国内生产总值的相关系数达到四年来的最大值，以后逐年减弱，2007 年下半年开始国民经济的增长逐渐变为外贸驱动型。

表 7-6　2005 年 20 个主要城市 GDP 与投资、出口、消费模型

因变量：GDP			
变量	系数	标准误	t 统计量	概率
C	-127.062 5	237.978 1	-0.533 925	0.602 4
INV	0.514 686	0.211 472	2.433 822	0.030 1
EXP	1.789 442	0.285 169	6.275 020	0
CON	1.930 346	0.223 982	8.618 324	0
AR (2)	0.115 368	0.145 856	0.790 970	0.443 2
样本决定系数	0.954 957	因变量的均值		2 691.762
调整后的样本决定系数	0.941 098	因变量的标准差		1 141.899
回归标准差	277.135 7	赤池信息量（AIC）		14.317 02
残差平方和	998 454.7	施瓦茨信息量（SC）		14.564 35
对数似然比	-123.853 2	F 检验的统计量		68.903 81
DW 统计量	1.426 985	相伴概率		0

$$GDP = -127.062\ 5 + 0.514\ 686\ INV + 1.789\ 442EXP + 1.930\ 346CON$$
$$+ 0.115\ 368AR(2)$$

$$T = (-0.533\ 925)(2.433\ 822)(6.275\ 020)(8.618\ 324)(0.790\ 970)\ R^2$$
$$= 0.954\ 957$$

表 7-7　2006 年 20 个主要城市 GDP 与投资、出口、消费模型

因变量：GDP

变量	系数	标准误	t 统计量	概率
C	−188. 6147	361. 4265	−0. 521 862	0. 611 3
INV	0. 465 293	0. 283 685	1. 640 178	0. 126 9
EXP	1. 713 544	0. 300 286	5. 706 374	0. 000 1
CON	1. 994 551	0. 310 671	6. 420 143	0
AR（3）	−0. 018 256	0. 163 750	−0. 111 488	0. 913 1
样本决定系数	0. 932 791	因变量的均值		3 068. 019
调整后的样本决定系数	0. 910 388	因变量的标准差		1360. 705
回归标准差	407. 331 7	赤池信息量（AIC）		15. 097 06
残差平方和	1 991 029	施瓦茨信息量（SC）		15. 342 12
对数似然比	−123. 325 0	F 检验的统计量		41. 636 65
DW 统计量	1. 418 514	相伴概率		0. 000 001

$$GDP = -188.614\ 7 + 0.465\ 293INV + 1.713\ 544EXP + 1.994\ 551CON$$
$$- 0.018\ 256AR(3)$$

$$T = (-0.521\ 862)(1.640\ 178)(5.706\ 374)(6.420\ 143)(-0.111\ 488)R^2$$
$$= 0.932\ 791$$

表 7-8　2007 年 20 个主要城市 GDP 与投资、出口、消费模型

因变量：GDP

变量	系数	标准误	t 统计量	概率
C	−56. 895 18	243. 575 7	−0. 233 583	0. 818 5
INV	0. 382 179	0. 196 086	1. 949 036	0. 070 2
EXP	1. 905 483	0. 238 602	7. 986 045	0
CON	1. 945 875	0. 210 980	9. 223 027	0
样本决定系数	0. 979 825	因变量的均值		4 472. 805
调整后的样本决定系数	0. 975 790	因变量的标准差		2 740. 185
回归标准差	426. 364 0	赤池信息量（AIC）		15. 133 13
残差平方和	2 726 794	施瓦茨信息量（SC）		15. 331 96
对数似然比	−139. 764 7	F 检验的统计量		242. 827 8
DW 统计量	1. 596 223	相伴概率		0

表 7-9　2008 年 20 个主要城市 GDP 与投资、出口、消费模型

因变量：GDP				
变量	系数	标准误	t 统计量	概率
C	23. 884 24	291. 136 8	0. 082 038	0. 935 7
INV	0. 396 128	0. 164 980	2. 401 067	0. 029 8
EXP	2. 068 376	0. 242 854	8. 516 937	0
CON	1. 788 470	0. 166 751	10. 725 38	0
样本决定系数	0. 979 828	因变量的均值		5 241. 774
调整后的样本决定系数	0. 975 793	因变量的标准差		3 045. 341
回归标准差	473. 812 3	赤池信息量（AIC）		15. 344 16
残差平方和	3 367 471	施瓦茨信息量（SC）		15. 542 99
对数似然比	− 141. 769 6	F 检验的统计量		242. 862 3
DW 统计量	1. 758 487	相伴概率		0

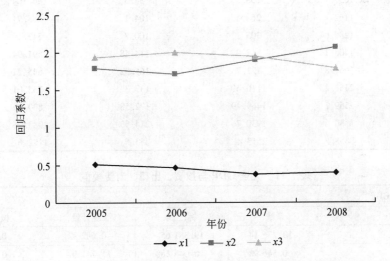

图 7-1　投资、出口、消费的变化趋势

表 7-10　1984 ~ 2008 年大连 GDP 与投资、出口、消费数据

年份	GDP/亿元	全社会固定资产 投资额/亿元	外贸出口 总额/亿美元	社会消费品零售 总额/亿元
1984	64. 9	12. 5	54. 5442	24. 3918
1985	78. 4	21. 8101	54. 6725	37. 0758
1986	98. 5	29. 5942	46. 8183	43. 4139

续表

年份	GDP/亿元	全社会固定资产 投资额/亿元	外贸出口 总额/亿美元	社会消费品零售 总额/亿元
1987	123.1	34.6374	48.107	47.3766
1988	160.9	36.5406	0.1571	61.2124
1989	173.6	29.0273	5.6417	72.7037
1990	191	27.2388	6.6914	74.5268
1991	219.2	40.97	9.98	87.4937
1992	270.5	79.2358	67.6488	104.2153
1993	377.5	211	60.6344	135.3932
1994	519.7	245.66	20.01	187.3941
1995	645.1	237.11	25.24	271.99
1996	733	237.22	26.3	312.54
1997	820.6	262.2	30.1	360.12
1998	926.3	222.8	77.7	410.67
2000	1037	263.5	34.5	448.04
2001	1162	268.52	104.1	488.71
2002	1235.64	305.11	100.8	543.19
2003	1406.1	367.9	114.48	591.94
2004	1961.8	722.7	165.32	645.22
2005	2152.23	1110.49	137.8	732.01
2006	2569.7	1469.49	172.58	839.3
2007	3130.68	1930.76	214.53	983.26
2008	3858.2	2513.4	253.6	1182.6

表 7-11　大连 GDP 与投资、出口、消费模型

因变量：GDP

变量	系数	标准误	t 统计量	概率
C	−13.236 14	19.381 65	−0.682 921	0.504 4
INV	0.546 986	0.046 588	11.741 01	0
EXP	1.324 526	0.481 481	2.750 939	0.014 2
CON	1.854 437	0.103 558	17.907 26	0
AR（3）	−0.177 575	0.252 181	−0.704 159	0.491 5
样本决定系数	0.997 863	因变量的均值		1 127.326
调整后的样本决定系数	0.997 329	因变量的标准差		1 052.110
回归标准差	54.374 79	赤池信息量（AIC）		11.033 93
残差平方和	47 305.88	施瓦茨信息量（SC）		11.282 63
对数似然比	−110.856 3	F 检验的统计量		1 867.961
DW 统计量	2.017 336	相伴概率		0

模型建立过程中所选取的变量为 1984～2008 年大连市的国内生产总值、全社会固定资产投资额、外贸出口总额和社会消费品零售总额，表 7-10 列举了 1998～2008 年大连 GDP 及投资、出口、消费数据，其具体模型如表 7-11 所示。分别用 GDP、INV、EXP、CON 表示。利用 Eviews 软件进行计算，建立线性回归模型，用 AR（3）调整后（用 AR（4）调整效果不好），发现 GDP、INV 和 GDP、EXP 之间的系数分别达到 1.32、1.85，证明它们之间存在着较强的线性相关性。对大连来讲，投资和消费对经济增长的拉动作用更为显著。

第三节 主导产业带动模型

我们采用 Eviews 软件建立模型，其中 Y 都代表 GDP，X_1 代表制造业的主导产业（即石油化工、炼焦及核燃料加工业、通用设备制造业、专用设备制造业、交通运输设备制造业、电器机械及器材制造业、通信设备、计算机及其他电子设备制造业）的增加值；X_2 表示交通运输、仓储和邮政业、金融业、房地产业这些行业的增加值。利用大连和青岛的统计数据，得到表 7-12。

表 7-12　大连制造业的主导产业的模型

因变量：Y				
变量	系数	标准误	t 统计量	概率
C	383.766 4	112.493 8	3.411 447	0.009 2
X_1	1.823 219	0.531 875	3.427 909	0.009 0
X_2	2.413 721	0.867 477	2.782 461	0.023 8
样本决定系数	0.992 654	因变量的均值		1 512.112
调整后的样本决定系数	0.990 818	因变量的标准差		772.798 4
回归标准差	74.051 51	赤池信息量（AIC）		11.674 40
残差平方和	43 869.01	施瓦茨信息量（SC）		11.782 92
对数似然比	−61.209 20	F 检验的统计量		540.546 0
DW 统计量	0.865 491	相伴概率		0

因为 C，X_1，X_2 的 P 值都小于 0.1，所以此模型通过检验。从表 7-12 中，我们看出，常数 C 的值是 383.766 4，X_1 的系数是 1.823 219，X_2 的系数是 2.413 721。

另外，将 X_1 和 X_2 的值加起来，用 X_6 来表示整个制造业和服务业的主导产业的总值，得出表 7-13。

表7-13 大连主导产业模型的检验

因变量：Y

变量	系数	标准误	t 统计量	概率
C	428.352 2	37.955 62	11.285 61	0
X_6	2.047 061	0.059 358	34.486 65	0
样本决定系数	0.992 490	因变量的均值		1 512.112
调整后的样本决定系数	0.991 655	因变量的标准差		772.798 4
回归标准差	70.595 69	赤池信息量（AIC）		11.514 78
残差平方和	44 853.76	施瓦茨信息量（SC）		11.587 13
对数似然比	−61.331 29	F检验的统计量		1189.329
DW 统计量	0.814 288	相伴概率		0

从表7-13可以看出，大连的制造业和服务业的主导产业有一定的关联，但系数是2.047 061，比较低。这主要是由于在工业总体结构上，产业链的纵向延伸和横向关联不足，轻重工业比重不协调，导致对当地经济拉动作用小。具体解释为：产业链的延伸是资源不断加工升值的过程，它对于经济发展的拉动、解决就业问题有着重要的意义。进行初级产品的深加工，延长产业链，有助于企业提高资源利用率，增加企业的效益。

X_1代表制造业的主导型产业，X_2代表服务业的主导型产业，将X_1、X_2、Y用 Eviews 建模，得到表7-14。

表7-14 青岛主导型产业模型

因变量：Y

变量	系数	标准误	t 统计量	概率
C	437.198 4	3.714 033	117.715 3	0.000 1
X_1	3.856 883	0.029 412	131.131 5	0.000 1
X_2	1.208 353	0.030 903	39.101 49	0.000 7
AR（2）	−5.515 966	0.243 058	−22.694 04	0.001 9
样本决定系数	0.999 887	因变量的均值		2 525.218
调整后的样本决定系数	0.999 718	因变量的标准差		869.912 0
回归标准差	14.609 91	赤池信息量（AIC）		8.435 998
残差平方和	426.898 8	施瓦茨信息量（SC）		8.297 171
对数似然比	−21.307 99	F检验的统计量		5 908.204
DW 统计量	2.442 880	相伴概率		0.000 169

因为 C、X_1、X_2 的 P 值都小于 0.1，所以表 7-14 也通过检验。由上述模型中可以看出，常数 C 的值为 437.198 4，X_1 的系数为 3.856 883，X_2 的系数为 1.208 353。

表 7-15　青岛主导产业模型的检验

因变量：Y

变量	系数	标准误	t 统计量	概率
C	207.826 6	157.807 3	1.316 965	0.235 9
X_3	3.074 336	0.222 811	13.797 94	0
样本决定系数	0.969 447	因变量的均值		2 202.182
调整后的样本决定系数	0.964 355	因变量的标准差		948.831 3
回归标准差	179.137 3	赤池信息量（AIC）		13.426 50
残差平方和	192 541.0	施瓦茨信息量（SC）		13.446 36
对数似然比	-51.706 00	F 检验的统计量		190.383 0
DW 统计量	1.011 713	相伴概率		0.000 009

此模型将制造业的主导产业和服务业的主导产业加总用 X_3 来表示，因为 X_3 也能通过检验，说明青岛的制造业和服务业是相互结合，紧密联系的，如表 7-15 所示。而且它的系数是 3.074 336，相对比较高。通过表 7-14 我们可以得出青岛 GDP 的计算公式是：

$$Y = 207.8266 + 3.074336 \times X_3$$

通过表 7-12 得出大连 GDP 的计算公式为

$$Y = 383.8 + 1.823\,29X_1 + 2.413\,72X_2$$

结合公式 $1.823\,29X_1/Y$，得出大连每年装备制造业占 GDP 的比例；同样，利用公式 $2.413\,72X_2/Y$，得出大连每年生产性服务业占 GDP 的比例，具体数据见表 7-16。

表 7-16　大连每年生产性服务业、装备制造业占 GDP 的比例

年份	$2.413\,72X_2/Y$	$1.823\,29X_1/Y$
1996	0.428 913	0.139 135
1997	0.422 731	0.123 883
1998	0.458 444	0.180 264
1999	0.448 956	0.182 154
2000	0.450 64	0.235 982
2001	0.463 982	0.227 373
2002	0.45	0.240 278

年份	$2.413\ 72X_2/Y$	$1.823\ 29X_1/Y$
2003	0.439 884	0.268 586
2005	0.401 324	0.349 351
2006	0.412 885	0.433 686
2007	0.469 872	0.435 418

由表 7-13 得出的公式为

$$Y = 428.352\ 2 + 2.047\ 061X_6$$

通过表 7-14 可以得出青岛 GDP 的计算公式为

$$Y = 437.198\ 4 + 3.856\ 883X_1 + 1.208\ 353X_2$$

通过上述数据结合公式 $3.856\ 883X_1/Y$，得出青岛每年装备制造业主导产业占 GDP 的比例，以及利用公式 $1.208\ 353X_2/Y$，得出青岛每年生产性服务业主导产业占 GDP 的比例，具体见表 7-17。

表 7-17　青岛每年装备制造业主导产业、生产性服务业主导产业占 GDP 的比例

（单位:%）

年份	青岛装备制造业主导产业占 GDP 的比例	青岛生产性服务业主导产业占 GDP 的比例
2000	0.474 299	0.148 333
2001	0.517 142	0.153 24
2002	0.546 11	0.158 646
2003	0.582 691	0.161 02
2004	0.608 009	0.209 921
2005	0.709 416	0.170 386
2006	0.614 521	0.175 584
2007	0.548 521	0.170 443

通过表 7-12、表 7-13、表 7-14 和表 7-15 以及表 7-16 和表 7-17 的比较，我们可以看出大连和青岛的装备制造业的主导产业和服务业的主导产业的系数不同，即占 GDP 的比重具有差异。从表 7-16、表 7-17 中可以更直观的看出，大连制造业的主导产业在 GDP 中的比重比较低，不到 20%，而青岛的制造业的主导产业在 GDP 中的比重比较高，超过了 50%；此外，大连的服务业的主导产业占 GDP 的比重较大，接近 50%，而青岛的正相反，它的服务业主导产业占 GDP 的比重大约为 15%。而且通过表 7-14 和表 7-15 我们可以看出大连的制造业和服务业的主导产业的总和的系数仅为 2.047 061，而青岛的则为 3.074 336，占的比重比较高。同时说明目前青岛比大连的发展状况好，具有一定的优势。

第八章 城市化及房地产价格模型

第一节 房地产价格的影响因素

针对房地产价格变化的影响因素，很多国内外的学者分别从不同的角度，运用各种模型进行分析研究。

国外学者 Downs、Nellis、Longbottom 和 Bartick 从需求角度分析房地产价格的波动是由于市场的基本差别造成的。Peng 和 Wheaton 从供给角度分析土地供给变化对地价、住宅价格和住宅供给都有较大影响[126]。

国内学者童长锜和杨和礼基于灰色系统理论对影响房地产价格的各因素和房地产价格进行关联度分析，得出各因素是通过影响房地产市场的供求关系进而影响房地产价格的[127]。徐静和武乐杰运用解释结构模型（ISM）对房地产价格影响因素进行系统分析并构建了影响因素的阶层结构图，得出各主要影响因素对我国商品房价格的影响程度[128]。

以上一些学者均从经济因素方面考虑或是从微观层面进行解析，还有一些学者上升到宏观层面即从国家的政策与制度方面进行剖析。

王润华在综述有关政策对房地产价格影响的理论研究成果的基础上，深入分析了土地政策、金融政策和财税政策等三大宏观调控政策对房地产价格的影响，提出有必要通过合理的政策调整，保障房地产业的可持续发展[129]。

由于影响房地产价格的因素很多，在实际的研究中如果面面俱到其复杂性可想而知，我们在研究中假设其他因素不发生很大变化，选取具有代表性的上一年的房地产价格、人均地区生产总值、城市化率、消费价格指数、人均住房使用面积这五个指标作为衡量房地产价格变化的一些影响因素。

第二节 房地产价格模型

本章选取的样本是 14 个副省级城市的截面数据，样本总量共 182 个面板数据。由于在样本回归分析中，消费价格指数未通过检验，说明消费价格水平对房地产价格水平的影响非常微弱，去除未通过检验的消费价格指数之后，仅用上一年的房地产价格、人均地区生产总值、城市化率及人均住房使用面积四个经济指标进行样本回归分析。14 个副省级城市的房产价格影响指标均来自《中国统计年鉴》，部分参考国民经济和社会发展统计公报。

利用 14 个副省级城市上一年的房地产价格、人均地区生产总值、城市化率、人均住房使用面积四个指标的数据建立房地产价格影响因素模型，并对各城市的指标进行对比分析。模型中的被解释变量 Y 为城市的房地产价格，解释变量 X_1 为城市上一年房地产价格与该城市上一年人均地区生产总值的比值，解释变量 X_2 为人均地区生产总值与人均使用面积的乘积比上城市化率，解释变量 X_3 为上一年房地产价格的三次方，解释变量 X_4 为上一年房地产价格的平方，变量均为年度数据，样本区间为 1996～2008 年。运用 Eviews 软件分析回归结果见表 8-1。

表 8-1　房地产价格影响因素模型

因变量：Y

变量	系数	标准误	t 统计量	概率
C	1 642. 202	146. 912 5	11. 178 1	0
X_1	−3681. 735	865. 399 3	−4. 254 38	0
X_2	0. 015 634	0. 009 292	1. 682 485	0. 094 2
X_3	0	0	−11. 581 8	0
X_4	0. 000 278	0. 000 013	21. 213 4	0
样本决定系数	0. 928 679	因变量的均值		3 179. 973
调整后的样本决定系数	0. 927 068	因变量的标准差		1 569. 782
回归标准差	423. 935 1	赤池信息量（AIC）		14. 964 13
残差平方和	31 810 609	施瓦茨信息量（SC）		15. 052 15
对数似然比	−1 356. 735	F 检验的统计量		576. 188 1
DW 统计量	1. 745 814	相伴概率		0

根据上表的输出结果，模型可以写为

$$Y = 1642. 202 - 368\,1. 735 \times X_1 + 0. 015\,634 \times X_2 - 1. 97 \times 10^{-8} \times X_3 + 0. 000\,278 \times X_4$$
$$t = (11. 178\,1)\ (−4. 254\,38)\ (1. 682\,485)\ (−11. 581\,8)\ (21. 213\,4)$$
$$p = (0. 000\,0)\ (0. 000\,0)\ (0. 094\,2)\ (0. 000\,0)\ (0. 000\,0)$$
$$R^2 = 0. 928\,67 \qquad DW = 1. 745\,81$$

上式中回归系数为正，解释变量越大，房地产价格越高。由于解释变量 X_2、X_4 回归系数均为正，得出解释变量为人均地区生产总值与人均使用面积的乘积比上城市化率 X_2 与上一年房地产价格的平方 X_4 两个变量与房地产的价格均呈正相关关系，只是影响的程度不同。其中的 X_2 系数比较大，说明城市人均地区生产总值与人均使用面积的乘积比上城市化率对房地产价格影响相对比较大。解释变量 X_2 越大，相对人均地区生产总值及人均使用面积对房地产价格的推动作用比较大，城市化水平对房地产价格的推动作用较小；反之，解释变量 X_2 越小，人均地区生产总值及人均使用面积对房地产价格的影响程度比较小，城市化水平对房地产价格的影响程度较大。如果人均地区生产总值及人均使用面积对房地产价格的推动作用和该城市化水平对房地产价格的推动作用都等值时，其推动作用则相互抵消。其次是上一年的房地产价格水平平方 X_4 的影响，解释变量 X_4 的回归系数与解释变量 X_2 的回归系数相比较小一些，即对房地产价格的影响程度较弱一些。X_4 上一年的房地产价格水平每变动一个单位，被解释变量即因变量房地产价格变化可能不大，上一年的房地产价格水平每变动一个以上单位时，房地产价格就会加速增长。上一年的房地产价格水平变动在 $-1\sim1$ 时，房地产价格就会减速增长（增长的幅度变小）。综合现实及多方面理论证明，未来房地产价格不会在大于 1 或小于 -1 的范围增长，只会是在 $0\sim1$ 之间减速增长。

上式中回归系数若为负，解释变量越大，则其房地产价格会越小。本式中 X_1、X_3 回归系数为负值，解释变量 X_1、X_3 越大，则其对房地产价格影响会越小，回归系数大小不一样，对房地产价格的影响程度不一样。解释变量 X_1 回归系数比绝对值较大，说明城市上一年房地产价格与该城市上一年人均地区生产总值的比值对房地产价格影响相对较大。解释变量 X_2 越大，相对人均地区生产总值就比较小，对房地产价格的影响越大；反之，解释变量 X_2 越小，人均地区生产总值就比较大，对房地产价格的影响越小（谈一个变量时，假设其他因素不发生变化）。

第九章　能源效率模型

第一节　国内外有关能源效率的研究现状

一、能源效率概念的研究现状

目前，国际上普遍用能源效率来代替 20 世纪 70 年代能源危机后提出的节能一词，早期节能的目的是为了通过节约和缩减能源消耗量来应对能源危机，现今则强调通过技术进步、经济结构调整、能源结构调整来提高能源效率，以便达到节省能源、保护环境和生态的目的[108]。

世界能源委员会在 1995 年出版的《应用高技术提高能效》中，把"能源效率"定义为：减少提供同等能源服务的能源投入。即能源效率 = 某一生产过程的有用产出/该生产过程的能源投入[130]。

依据 Bosseboeuf 等作出的定义，经济领域里的能源效率是指用相同或更少的能源投入量获得更多的产出或更好的生活质量。技术经济领域里的能源效率是指由于技术进步、生活方式的改善、管理水平的提高导致具体能源使用量的减少[131]。

蒋金荷对能源效率的内涵进行界定，他认为一个国家或地区的综合能源效率指标可用单位国内生产总值的能源消耗量来衡量，部门或行业的能源效率指标可用单位产值能耗或单位产品或服务的能耗量来衡量，并从能源的物理效率、单位产值能耗、单位产品能耗等方面分析了我国能源效率的特征[132]。

史丹认为能源效率是指能源投入量与产出量之比，能源效率分为能源经济效率和能源技术效率。能源经济效率是把能源作为燃料和动力时，能源投入与最终生产成果之比；能源技术效率是把能源作为原材料经过加工转换，形成另一种形式的能源的投入与产出之比[133]。

通过进一步研究，史丹等把能源效率分为能源消费效率和能源生产效率。能源消费效率是能源要素投入与产出价值量或物理量的比，能源生产效率是指能源开发、加工、转换的效率，能源效率等于两者的乘积，即能源效率 = 能源消费效率 × 能源生产效率[134]。

杨红亮和史丹将能源效率分为单要素能源效率与全要素能源效率。单要素能源效率常被定义为有效产出和能源投入量的比值。全要素能源效率的计算方法来源于微观经济学中的全要素生产理论，在全要素效率的分析中，要确定效率前沿[135]。

吴琦和武春友从源头投入、过程利用和最终产出三个角度对能源效率概念进行分析。①源头投入角度：一是全要素资源投入，即考虑各种投入要素之间的相互作用；二是单要素能源投入，只加总能源要素而不考虑其他生产要素。②过程利用角度：能源效率包括技术效率和配置效率，技术效率是指现有资源最优利用的能力，配置效率是指在一定的要素价格条件下实现投入与产出最优组合的能力。③最终产出角度：采取经济指标或物理指标对能源产出进行度量，如 GDP/能源投入或单位产品能耗[136]。

二、能源效率衡量指标及评价方法的研究现状

亚太能源研究中心（APERC）指出，能源效率指标衡量的基本任务是对衡量结果的评价、目标评价和在同等群体里的相对形势评价。能源效率指标有助于对不同的能源政策、项目与节能领域中的投资进行评价，同时能够促进节能领域中具有更高节能效率的技术和生产方法的推广[137]。

帕特森（Patterson）和 MaKavov 认为能源效率指标主要有四类，即热力学指标、物理热力学指标、经济热力学指标和经济指标。①热力学指标：这类指标是依靠热力学原理进行测度。②物理热力学指标：能源投入按照热力学单位进行计算，产出按照物理学单位进行测量。③经济热力学指标：能源投入按照热力学单位进行计算，产出是根据市场价格进行测算。④经济指标：能源投入与产出都是依据货币计量[138]。

Eichhammer 与 Mannsbart 这两位学者将能源效率指标分为以下两类：描述性指标与解释性指标。描述性指标通常是按照历史顺序排列的时间序列，解释性指标通常是能够阐述能源效率发展趋势和进展的影响因素、时间序列差异以及能源效率对能源消耗强度的影响作用，特别是在明确技术进步、结构变革、行为变化对能源效率影响作用的基础上[139]。

王珊珊在其论文中将能源效率指标分为能源的利用效率指标和环境效率指标。如图 9-1 所示，前者从人类经济系统的"入口"端着眼，后者从"出口"端着眼，两个效率都有所提高就可说明能源得到了较好的经济效用和环境效用[140]。

王庆一介绍了能源效率的定义及衡量能源效率的指标。衡量能源效率的指标可分为经济能源效率和物理能源效率两类，经济能源效率指标分为单位产值能耗和能源成本效率；物理能源效率指标分为物理能源效率和单位产品或服务能耗[141]，如图 9-2 所示。

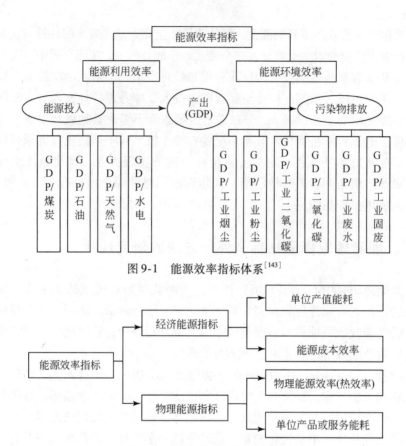

图 9-1 能源效率指标体系[143]

图 9-2 能源效率指标分类[144]

耿诺将一个国家（或地区）能源利用效率的衡量或评价指标归纳为经济指标与技术指标[142]，如图 9-3 所示。

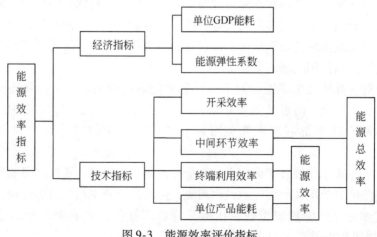

图 9-3 能源效率评价指标

在评价方法方面，美国能源情报署（Energy Information Administration，EIA）列举出以下一些评价方法，如市场购物篮法（market basket approach）、因素分解法（factorial decomposition approach）、综合分析法（comprehensive approach）、最佳实践法（best practice approach）以及 Divisia 指数法（divisia index approach）[143]。特别是 Divisia 指数法被新西兰、美国以及欧洲等国用于监测能源利用效率、构造能源利用效率指数等。

Laspeyres 指数法是让一个因素变动，而所有其他影响因素都各自固定在基年值上，从而计算出该因素的影响作用。国际能源组织（International Energy Agency，IEA）设法采用 Laspeyres 指数法来解决能源效率的评价指标问题[144]。鉴于 Laspeyres 指数法科学的评价原理，亚太能源研究中心将其应用在亚太经合组织的能源效率指标项目的研究领域中。Tiwari 通过运用投入产出定量分析模型对印度国民经济各部门从 1983 ~ 1997 年这 15 年间的能源强度（能源利用效率）的发展现状和趋势进行了细致的分析与研究[145]。西伯格立特（R. Silberglitt）等利用情景分析法对美国的能源需求情况和能源消耗强度（能源利用效率）进行了预测分析[146]。瓦勒尔（E. Worrell）和普赖斯（L. Price）通过设置提高能源利用效率的三种不同的情景来阐述美国工业当前面临的能源、经济与环境等三个方面的挑战[147]。周鹏等在回顾几个常用能源效率指标基础上，系统地介绍了基于指数分解分析的能源效率评价方法，并就指数分解分析方法的标准化问题以及能源效率指标的通用软件问题提出对策建议[148]。

国内其他一些学者也致力于能源效率测算与评价方法的研究，并运用多种先进的模型与方法使能源效率的测算结果更加科学，如协整模型分析、时间序列数据计量分析、面板数据分析、DEA 方法、绝对差异法、相对差异法、因素分析法、指数分解法、Divisia 指数法、结构份额分析法、向量自回归模型、脉冲响应函数法、方差分解法、情景分析法等。

三、能源效率影响因素的研究现状

国外一些知名学者对本国以及中国能源效率的影响因素进行了分析和研究，研究结果如下：

Birol 和 Keppler 运用经济学相关理论阐明了通过经济手段可以提高能源价格，改善能源利用效率，降低能源消耗强度[149]。Fisher-Vanden 对我国 2500 多家能源密集型大中型工业 1997 ~ 1999 年的面板数据进行模型分析，分析结果表明：能源相对价格的上升能够促进我国能源消耗强度的下降[150]。Ian Sue Wing 和 R. Eckaus 认为导致美国 20 世纪后 40 年能源强度不断下降的主要原因在于产业结构变化和技术进步，尤其在早期阶段，产业结构调整对能源强度下降的贡献较大[151]。Wang 运用产出距离函数对影响能源效率的因素进行分解分析，以 23 个 OECD 国家 1980 ~ 1990 年能源效率的变化为样本数据，分析结果显示：技术进步有助于能源效率的提高[152]。Hang 和 Tu 对中国在 1985 ~ 2004 年由于撤销能源价格管制所引起的能源价格变化进行分析，分析结果表明能源价格变化对总能源利用效率以及对煤、石油、电力这三类主要能源利用效率都产生重要影响[153]。

通过对以上外文文献进行综述分析可知，国外学者认为影响能源效率的因素主要有能源价格、产业结构、技术进步等方面。

国内学者在研究能源效率影响因素时多以中国能源效率或各省市能源效率为研究对象，通过定性、定量分析研究，一些学者认为能源效率的影响因素是多方面的。

王庆一认为，提高能源效率受许多因素的影响，主要有自然因素，即资源状况、地理和气候条件；体制因素，即经济体制、企业行为；经济因素，即增长速度与结构、收入水平、分配制度；技术因素，即技术创新能力；社会因素，即人口数量与素质；政策因素，即节能、环保政策和法规[154]。高振宇和王益在采用分层聚类方法对我国各省份能源效率的高低进行分类的基础上，利用 1995 ~ 2003 年的面板数据，计量分析了经济发展水平、产业结构、投资情况及能源价格等因素对能源效率的影响，结果表明：经济发展水平、产业结构特征、投资情况和价格是影响能源效率的重要因素[155]。董利基于我国 30 个省（直辖市、自治区）1998 ~ 2004 年的面板数据分析了能源效率变化趋势，实证考察了产业结构、对外开放、市场化程度、能源消费结构等因素对能源强度的影响，分析结果表明：以上因素都对能源效率变化起到重要的影响作用[156]。宣能啸从中外能源效率的比较结果中分析得出，影响能源效率提高的原因主要有以下几点：产业结构、能源结构、工艺技术、设备规模及管理水平[157]。徐国泉和姜照华认为影响能源效率的主要因素有：技术进步，在能源消费部门，科学技术的发展可以促进产业部门效率的提高；结构变化，表现在资源配置的优化、产业结构的调整以及行业结构、企业结构与产品结构的调整；能源价格，是影响能源需求的一个重要因素[158]。尹宗成等利用我国 1985 ~ 2006 年的时间序列数据，检验了外商直接投资、人力资本和科技研发投资、产业结构对提高我国能源效率的影响方向与程度。结果表明：FDI、人力资本以及 R&D 投资对能源效率的提高均有显著的正向影响作用，而第二产业比重对提高能源效率具有负向影响作用，即提高能源效率要降低第二产业比重、提高第三产业比重[159]。屈小娥利用我国省际能源效率数据进行差异及其影响因素分析，结果表明技术进步、能源价格、第三产业增加值比重变动均对改进各省（直辖市、自治区）能源效率有积极作用，而制度因素对西部地区大多数省（直辖市、自治区）能源效率改进有一定的阻碍作用[160]。

　　通过对以上国内文献进行综述分析可知，国内学者认为影响能源效率的因素主要有技术进步、产业结构调整、制度因素、对外开放程度、能源消费结构、能源价格、R&D 经费投入等。

　　此外，国内研究能源效率的其他学者就某一影响因素进行具体的数据模型分析，力求发现影响能源效率的关键因素所在。

　　王玉潜运用投入产出技术和统计因素分析方法，建立能源消耗强度的投入产出模型和因素分析模型，对我国 1987～1997 年这 11 年间能源消耗强度的降低进行因素分析，得出的结论是：能源技术进步是降低能源消耗强度的最主要因素，而产业结构虽然也影响能源消耗强度但存在速度放缓的趋势[161]。郭菊娥等基于 1980～2004 年能源统计数据，定量分析了一次能源消费构成比例（煤、石油、天然气、水电等消耗比例）对单位 GDP 能耗的直接、间接和总影响程度。结果表明：技术水平及管理水平等不可测因素对我国单位 GDP 能耗起决定性作用，高技术水平和高管理水平是调节能源结构降低能耗的关键途径[162]。杭雷鸣和屠梅曾运用 1985～2003 年的时间序列数据，对我国制造业、能源价格和能源强度之间的关系作了实证研究。计量检验的结果表明：能源相对价格的上升对降低总能源强度、石油强度、电力强度和煤炭强度都具有积极的贡献作用，能源相对价格的提高降低了制造业的总能源消耗强度[163]。张瑞和丁日佳建立能源效率与能源消费结构的协整模型，定量分析煤炭、石油、天然气和水电消费比重对能源效率的影响，研究结果表明：煤炭消费比重与能源效率存在着反向关系，煤炭消费比重越大，能源效率越低[164]。李世祥和成金华应用不同目标情景下的能源效率评价模型，从省际、工业行业面板数据的角度评价了我国能源效率，并利用"两步法"估计了其影响因素。结果表明：技术进步与地区之间的技术扩散、能源价格的提高与价格机制的完善对能源效率的改进具有重要作用[165]。白泉和佟庆认为利用信息技术能够带动"工业节能"这一传统领域的发展，并指出信息技术在工业节能应用中的三个主要领域，系统介绍了每个领域中信息技术的具体应用实例，提出将"信息化促进工业节能"与"信息化带动工业化"协调起来，并对我国下一步如何实施"信息化节能"提出了相关对策建议[166]。

第二节　能源效率的影响因素

　　在美国数据基础上所建立的模型和模拟研究表明，信息固定资产投资与科技投入相结合是提高能源效率的有效途径，并且两者共同作用对能源效率提高产生了倍增的效果[167]。

　　可以定性分析技术进步、经济结构和能源价格对能源消费和能源效率的影响，在此基础上确立能源效率的表达模型，提出 R&D 知识存量的测度方法，并选取能源生产率、R&D知识技术存量、第三产业比重以及石油价格等变量的时间序列作为样本数据，通过回归分析测算结构变化等对能源效率的影响，并经Granger因果关系检验，发现以上三因素均为能源效率的原因，而且技术进步与能源效率之间存在双向因果关系[158]。

一、相关概念的界定

1. 能源消耗强度

能源消耗强度亦称单位产值能耗，是指国民经济在生产中的单位能耗水平，通常被量化为生产单位国内生产总值所消耗的能源量，以吨标准煤/万元GDP来表示。能源消耗强度综合反映出生产中对能源的利用效率，同时也反映出经济对能源的依赖程度，即能源消耗强度越大，一个国家或地区、部门或行业生产单位产品需要能源消耗量就越大。因此，能源消耗强度是衡量经济增长质量的重要指标，已经作为重要的经济指标被纳入宏观调控目标体系中，成为评价经济发展效益的一项"硬指标"。

能源消耗强度是国内生产总值与所消耗的能源量的比值，体现了能源消耗与GDP增长的关系，反映了工业节能降耗与效益增长的水平，是从能源消耗角度考虑生产力收益，体现了经济发展的质量。能源消耗强度越大，则反映能源消耗水平越高，能源效率就越低；反之，能源消耗强度越低，则说明该国家（或地区）的能源效率越高，经济发展的集约化程度越高、效益越好。

2. 能源效率

经济上的能源效率定义为消耗单位能源所实现的国内生产总值，单位为万元/吨标准煤。能源消耗强度与能源效率成反比例关系，一般而言，能源消耗强度越低，能源效率越高。因此，提高能源效率就是要切实降低单位国内生产总值能耗。

能源效率的提高在国民经济中处于重要地位，主要体现在以下几个方面：

首先，提高能源效率有利于现代化战略目标的实现。现代化战略目标的实现要以充足的能源作为发展的基础与保证，而能源总量是有限的，因此，必须改变经济增长方式，采取节能优先战略，依靠节能领域中的技术进步提高能源利用效率，实现能源的永续利用。

其次，提高能源效率有利于解决环境污染问题。环境污染问题多是由于工业生产过程中大量使用能源、排放污染物造成的，提高能源效率有助于减少工业生产中的能源消耗量，从而减少废气、废水、废渣的排放，最终达到治理环境污染的目的。

最后，提高能源效率有利于增强自身的经济竞争力。提高高耗能行业的能源利用率可以减少能源消耗、降低生产成本，特别是在能源密集型行业中，降低能源消耗费用占生产成本的比重有利于增加行业利润额，最终达到增强行业竞争力的目的。

二、能源效率的影响因素

1. 科技因素

科技因素是影响能源效率的主要因素，对能源消费乃至生产供应都产生重要作用。

在能源消费部门，科学技术的发展可以促进产业部门效率的提高。一方面，可以提高设备的工作效率，降低单位产品的能耗；另一方面，通过信息产业、电子商务、通信设备等产业的迅猛发展，缩短交易过程，降低中间环节的成本，使得能源消耗强度下降，进而降低了能源消费量[164]。

具体来说，科技因素对能源效率的影响主要有以下三点：

其一，科技促进能源效率的提高。通过能源领域共性技术的研发可以提高能源的使用效率，缓解能源稀缺，促进能源利用的循环，有助于构建能源节约型社会、降低能源消耗、减少环境污染。

其二，科技促进新能源的开发与利用。传统能源的总量是有限的，过度开采与利用必将逐步导致传统能源的枯竭。因此，降低能源消耗、提高能源效率的一个关键捷径就是开发、利用新能源，运用新兴科学技术提高新能源的利用效率。

其三，科技促进能源末端技术的推广。能源末端技术得到推广后，能源使用效率就会提高，生产中消耗的能源量也会随之减少。

2. 能源价格因素

能源价格的上涨将会导致能源成本的大幅提高，从而导致产品成本的上升，因此能源消费者将会尽可能地提高能源效率来减少能源消耗，进而弥补产品成本的上升[168]。计量检验结果表明：能源相对价格的上升对于降低总能源强度、石油强度、电力强度和煤炭强度具有积极的贡献。可见，提高能源价格是改善能源效率的一个有效的政策工具[169]。

能源价格就如同收入效应一样，是影响能源需求的一个重要因素。能源价格的上涨将会导致能源生产成本的提高，从而导致产品成本的上升。能源效率提高的成本与能源消费增加的成本之间存在着博弈关系，即科技研发促进能源效率的提高所承担的成本与能源价格上涨引发的能源消费增加的成本之间的博弈竞争，最终将以能源效率的提高作为整个博弈的均衡点。因此，能源价格因素因其对能源成本与能源消费产生双重影响而成为影响能源效率的因素之一。

3. 产业结构因素

产业结构及其变动对能源效率产生影响，主要是因为各产业能源消耗密度不同。第二产业尤其是工业，由于其自身特性，能源消耗强度远远高于其他两个产业部门。与第二产业相比，第三产业主要以低能耗、高附加值的服务业为主，能源消耗强度较小，提高第三产业在国民经济中的比重将会降低能源消耗强度、提高能源利用效率。因此，产业结构的优化尤其是第三产业比重的提高对改善能源效率起到积极作用。

产业结构的调整直接决定着能源消耗强度的高低，从而影响国民经济对能源消费和利用的效率。产业结构对能源发展的影响取决于各行业的能源消耗水平和其在产业结构中的比重，高耗能行业在产业结构中的比重越大则对能源消耗的影响就会越大，反之越小。如果能源强度高的产业在产业结构中占有较大的比重并且上升较快，那么总的能源消耗就会因此而增加[170]。

产业结构的调整对能源消耗强度的影响主要通过以下两种途径完成：一种途径即直接调整，是指通过降低高耗能产业比重来增加低耗能产业产值比例；另一种途径即间接调整，是指通过产业关联与对高耗能产品需求的减少而导致的能源强度的进一步降低所实现的。因此，产业结构的调整对能源强度的影响呈现出全方位、多层次的特点。

4. 信息化因素

人类开始寻求一种能源消耗低、对环境资源破坏少的绿色经济增长方式，最终把着眼点落在了构建信息社会上。进入20世纪90年代，信息技术的发展给社会带来了深刻变革，节约能源、实现能源的可持续利用是构建整个信息社会的根本出发点和目标。这也决定了在构建信息社会的过程中，始终要把能源作为战略的重点。在提高利用率方面，通过信息资源的深度开发和广泛利用，改造关键生产流程，增强能源利用效率。在能源节约方面，信息技术可以提高设备运行效率和安全系数，使之处于最佳运作状态[171]。

具体来说，信息化因素主要从以下几个方面促进能源效率的提高：

1）提高能源管理的监控水平。充分利用信息技术手段，实时采集和监控能源质量指标、能源消耗情况，对主要耗能行业进行节能咨询与服务，指导和促进企业节能降耗工作的开展，提高能源领域监控管理水平。

2）提高能源利用效率。首先，信息化将显著提高能源使用的配置效率；其次，信息化以促进产业结构优化、促进技术进步、促进管理效率的提高从而达到节能的目的；最后，信息技术应用在能源领域安全生产过程中能够实现降低能源消耗、提高能源利用效率的目标。

3）减少因能源过度消耗而造成的环境污染。通过信息技术手段提高能源的生产效率和综合利用能力，减少不必要的能源消耗，从而减少因能源消耗而造成的废气、废渣、废水的排放，降低能源消耗对环境造成的污染。

5. 对外贸易程度因素

对外贸易程度可以由固定资产投资中进口依存度、出口依存度和外商投资比重这三个指标来衡量，固定资产投资中进口依存度、出口依存度和外商投资比重三个指标都对能源效率有所影响。

由于商品的生产结构和贸易结构都直接影响着能源消耗强度，因此，如果出口商品中高耗能产品比重较高，则表明生产这些出口商品所消耗的能源数量较多，国家整体的能源效率就会下降；反之，如果进口产品具有较高的能源效率，则有助于降低进口国的能源消耗强度、提高进口国的能源效率。

三、分析方法的选择

理论上，研究能源效率影响因素可以采用的方法有许多种，如协整模型分析、DEA 法、因素分析法等，但考虑到研究对象的特殊性以及数据的可得性，我们在信息化因素指标处理上采用主成分分析法，构造出信息化指数；由于影响整个大连市能源效率因素涉及多方面，因此，在影响因素指标选取上，采用逐步回归分析法来提取主要指标；最终，通过多元回归分析法进行整个影响因素模型的构建并运用情景分析法对大连市 2010~2020 年万元 GDP 综合能源消耗值进行预测。

1. 主成分分析法

在实证研究中，为了全面、系统地分析问题，必须考虑众多影响因素。每种影响因素均以一个变量来表示，每个变量都在不同程度上反映出研究对象所赋予的某些信息，并且这些变量之间都有一定的关联性。在研究多变量问题时，变量太多会增加计算量和问题的复杂程度。因此，一种尽可能涉及较少的变量却尽可能较多地获取信息量的研究方法——主成分分析法就此产生。在本章中，应用主成分分析法进行信息化指数的构建，可以将多个衡量信息化水平的指标进行最佳简化，转化为较少的综合指标即信息化指数。

主成分分析将原来众多的、具有一定相关性的指标（如 P 个指标），重新组合成一组新的互相无关的综合指标来代替原来的指标。通常数学上的处理就是将原来 P 个指标作线性组合形成新的综合指标。选取的第一个线性组合 F_1（第一个综合指标）的方差来表达，即 Var（F_1）越大则表示 F_1 包含的信息量越多。因此，在所有的线性组合中选取的 F_1 应该是方差最大的，故称 F_1 为第一主成分。如果第一主成分不足以代表原来 P 个指标所包含的信息，则再考虑选取 F_2。当满足等式 Cov（F_1，F_2）=0 时，则称 F_2 为第二主成分，依此类推可以构造出第 P 个主成分[172]。

在解决实际问题时，一般不是取 P 个主成分，而是根据累计贡献率的大小取前 k 个。当前 k 个主成分的累计贡献率大于 85% 时，则表明前 k 个主成分基本包含了全部测量指标所具有的信息。

计算第一主成分的贡献率公式为

$$\frac{\lambda_1}{\sum_{i=1}^{P} \lambda_i} \tag{9-1}$$

式中，λ_i 为主成分矩阵的特征值，式（9-1）的值越大，表明第一主成分综合 $X_1 X_2 \cdots X_p$ 信息的能力越强。

主成分分析法可以采用 SPSS、SAS 去实现，也可以采用运算能力更强的 Matlab 运用协方差矩阵进行主成分分析。采用程序如下[173]：

PC = pcacov（X）

［PC，latent，explained］ = pcacov（X）

通过 Matlab 的运算，返回主成分（PC）、协方差矩阵 X 的特征值（latent）和每个特征向量表征在观测量总方差中所占的百分数（explained），取累计贡献率达到 85% 的主成分，继而确定每个变量的指标权重，最终计算出综合评价值。

2. 逐步回归分析法

回归方程中包含的自变量越多，回归平方和就越大，剩余平方和就越小，预测结果就越精确。但回归方程中包含自变量过多也会带来一些不利影响：首先，计算量较大；其次，如果方程中包含有对因变量不起作用或作用很小的变量时，这时剩余平方和不会由于这些变量而减少很多，剩余标准差可能反而增大，从而降低了预报精度；最后，由于存在对因变量影响不显著的变量，会影响回归方程的稳定性而使方程质量降低[174]。

在建立多变量回归方程时，往往有较多的自变量对因变量有影响。不同的自变量组合可以得到不同的多元回归方程，因而，回归方程的拟合质量必然有优劣之分。因此，在构建多元回归模型时，往往采取从众多影响因素中挑选出适当的自变量组合，将那些对因变量影响显著的自变量全部引入到回归模型中，同时剔除那些对因变量影响不显著的自变量，最终得出最优的多元回归方程。逐步回归分析正是根据这种原则提出来的一种回归分析方法。

具体来说，在预先给定的 F 水平下对已引入回归方程中的变量的偏回归平方和进行显著性检验，如果显著则该变量不必从回归方程中剔除，这时方程中其他几个变量也都不需要剔除。相反，如果不显著，则该变量要被剔除，然后按偏回归平方和由小到大的顺序依次对方程中其他变量进行 F 检验。这一检验、剔除过程一直持续下去，直至在回归方程中的自变量都不能被剔除而又无新的自变量可以引入时为止。

3. 回归分析法

回归分析法是在掌握大量观测数据的基础上，利用统计方法建立因变量与自变量之间的回归方程式。回归分析中，当研究的因果关系只涉及因变量和一个自变量时，叫做一元回归分析；涉及因变量和两个或两个以上自变量时，叫做多元回归分析。依据自变量与因变量之间因果关系的函数表达式的线性与否，又可分为线性回归分析与非线性回归分析。回归分析法是一种从事物因果关系出发进行预测的方法。在操作中，根据统计数据求得因果关系的相关系数，进而确定回归方程，最终达到预测今后事物发展趋势的目的。回归分析可以建立自变量与因变量之间的相关关系，以这种相关关系为出发点，对指标数据未来的发展趋势进行预测[169]。

采用回归分析法对大连市能源效率影响因素进行模型研究，其主要优点表现在：回归模型相对简单，回归方程的经济意义易于解释，且预测精度较高，特别适用于经济的中、短期预测。与此同时，回归分析法也有其弊端，即理想的回归方程不容易获得，因而导致依据模型得出的预测结果包含的信息量相对较少。

4. 情景分析法

情景分析法是在对经济、产业或技术的重大演变提出各种关键假设的基础上，通过对未来详细地、严密地推理和描述来构想未来各种可能的方案，并随时监测影响因素的变化，对方案作相应调整，最终为决策服务。

情景最早出现于赫尔曼·卡恩（H. Kahn）和维纳（A. Wiener）合著的《2000 年》一书中，情景就是对未来情形以及能使事态由初始状态向未来状态发展的一系列事实的描述[175]。

国内学者宗蓓华认为情景分析法具有以下几个方面优点：情景分析承认未来的发展是多样化的，发展趋势是有多种可能的，因而预测结果也将是多维的；情景分析承认人在未来发展预测中的能动作用；情景分析特别注意对组织发展起重要作用的关键因素和协调一致性关系进行分析；情景分析将定性分析与定量分析有机地集成于一体；情景分析是一种研究未来的思维方法[176]。

之所以选择情景分析法来预测大连市 2010～2020 年万元 GDP 综合能源消耗值，正是因为情景分析法较其他预测方法具备以上几方面优势。运用情景分析法来预测大连市 2010～2020 年万元 GDP 综合能耗可以将各种可行的预测思维假定全部包含在内,从而优化预测者的行为选择。与此同时,帮助预测者扩展对能源效率预测的深度与广度,通过提供一组不同的预测情景,促使预测者对未来发展的各种可能性进行思考与决策,从而提高预测的可靠性和科学性。

第三节 相关数据

一、模型数据及变量解释

我们选取国际互联网用户数量、电子信息产业产值占 GDP 比重、电信业务总量这三个指标作为反映信息化水平的主要指标见表 9-1,为了更加准确地衡量大连市信息化水平,在此通过主成分分析法,运用 Matlab 软件进行分析,计算大连市信息化指数,以此来代表大连市信息化水平。

表 9-1 大连市信息化水平原始指标数据

年份	国际互联网用户数量/户	电子信息产业产值占 GDP 比重/%	电信业务总量/万元
1998	78 734	14. 17	252 167
1999	130 698	14. 29	349 000
2000	218 393	14. 58	524 000
2001	364 717	14. 96	354 365
2002	558 569	16. 7	431 679
2003	849 000	16. 44	362 481
2004	937 795	16. 65	608 905
2005	770 749	17. 09	786 432
2006	618 323	18. 2	1 096 000
2007	744 382	17. 47	1 380 000

资料来源:大连统计公报(1999～2007),大连市信息产业局;2004～2007 年国际互联网用户数量数据来源于中国经济统计数据库

为保证分析结果更加准确,在进行主成分分析前,要对原始数据进行标准化处理。采用的处理方法是用每个原始数据除以一组数据中的最大值,处理后的结果见表 9-2。

表 9-2 大连市信息化水平标准指标数据

年份	国际互联网用户数	电子信息产业产值占 GDP 比重	电信业务总量
1998	0.084	0.7786	0.1827
1999	0.1394	0.7852	0.2529
2000	0.2329	0.8011	0.3797

续表

年份	国际互联网用户数	电子信息产业产值占 GDP 比重	电信业务总量
2001	0.3889	0.822	0.2568
2002	0.5956	0.9176	0.3128
2003	0.9053	0.9033	0.2627
2004	1	0.9148	0.4412
2005	0.8219	0.939	0.5699
2006	0.6593	1	0.7942
2007	0.7938	0.9599	1

采用 Matlab 运用协方差矩阵进行主成分分析，编入程序：

PC = pacov (X) $[PC, latent, explained]$ = pcacov (X)

程序解释如下：$[PC, latent, explained]$ = pcacov (X) 通过协方差矩阵 X 进行主成分分析，返回主成分（PC）、协方差矩阵 X 的特征值（latent）和每个特征向量表征在观测量总方差中所占的百分数（explained）。对原始数据进行标准化处理，在界面运行程序，得出三个数据变量的解释分别为 0.339 225、0.426 034、0.234 742，最终进行指标运算处理，得出表 9-3 中的信息化指数。

表 9-3 待提取的模型变量数据

年份	万元 GDP 综合能源消耗/（tce/万元 GDP，2005 年价格）	研究开发经费占 GDP 的比重/%	能源价格（以原材料、燃料、动力价格指数表示）	第二产业产值占 GDP 的比重/%	进出口贸易总额/GDP	信息化指数
1998	1.51	1.06	86	45.4	0.813	0.403
1999	1.48	1.08	90.4	46.1	0.898	0.441
2000	1.46	1.09	95.11	46.5	1.177	0.509
2001	1.39	1.13	100.08	46.5	1.158	0.542
2002	1.33	1.29	105.31	47	1.173	0.666
2003	1.28	1.46	108.39	47.9	1.357	0.754
2004	1.22	1.61	116.67	50.1	1.399	0.833
2005	1.17	1.84	116.02	46.2	1.475	0.813
2006	1.12	2	108.32	47.8	1.478	0.836
2007	1.07	2	105.36	49.1	1.522	0.913

资料来源：万元 GDP 综合能耗根据 http：//chinaeast. xinhuanet. com/2007 – 01/31/content_ 9195041. htm 整理而得。其他指标数据来源于大连统计公报 1999 ~ 2007，辽宁城市统计年鉴 1998 ~ 2007

二、能源效率主要影响因素的提取

能源效率的影响因素是多方面的，由于各个区域有其自身发展特点，因而对大连市能源效率影响因素的模型分析不能简单地按照其他省市能源效率影响因素进行模型构建，而是要根据大连市的实际情况，运用计量经济学分析方法进行主要影响因素的提取，将其他影响不大的因素或者与能源效率存在矛盾的因素进行剔除，使模型的构建结果更加准确地反映出大连市能源效率的主要影响因素。因此，我们采用逐步回归分析法来提取大连市能源效率的主要影响因素。

1. 方法原理

在实际问题中，人们总是希望从对因变量 Y 有影响的诸多变量中选择一些变量作为自变量，应用多元回归分析法建立最优回归方程以便对因变量未来发展趋势进行准确的预测或控制。建立最优的多元回归方程，是指希望在回归方程中包含所有对因变量 Y 影响显著的自变量而不包含对因变量 Y 影响不显著的自变量。逐步回归分析的主要思路就是在全部自变量中按其对因变量 Y 的影响作用大小、显著程度大小或者贡献率大小，从大到小逐个引入到多元回归方程中，而那些对因变量 Y 作用不显著的自变量始终不能被引入到回归方程中[50]。

2. 实际提取方法

确定 F 检验值：在进行逐步回归计算前要确定检验每个变量是否具有显著的 F 检验水平，以作为引入或剔除变量的标准。F 检验水平要根据具体问题的实际情况来定。F 水平与其自由度有关，常按 $n-k-1$ 计算自由度。n 为原始数据观测组，我们采用 1998 ~ 2007 年数据，因此 $n=10$；k 为估计可能选入方程的变量个数，大致估计最少有 3 ~ 4 个变量选入回归方程，因此自由度为 $10-3-1=6$。查 F 分布表，当 $\partial=0.05$，自由度 $F_1=1$、$F_2=6$ 时，临界值 $F_\partial=5.99$。

计算回归平方和与全部自变量的贡献率 V（偏回归平方和）：偏回归平方和是剔除变量 X_i 之后，剩余变量回归结果的回归平方和与全部变量回归平方和的差值，将每个变量都进行偏回归平方和计算。回归平方和的计算公式为

$$U = \sum_{i=1}^{10} (Y_i - \overline{Y})^2 \tag{9-2}$$

式中，Y_i 为第 i 个因变量的值，$\overline{Y}$ 为所有因变量的平均值。引入变量进行 F 检验比较：按照偏回归平方和的最小值逐个取变量进行回归方程模拟，计算变量的 F 检验值，与之前计算的临界值 $F_\partial=5.99$ 进行比较，如果 $F_i \leqslant F_\partial=5.99$，则证明这个变量作为回归方程的自变量没有解释力或解释力度不大，这样的变量 X_i 就

可以被剔除。接着再对未引入回归方程中的变量分别计算其偏回归平方和，并选择其中偏回归平方和最大的一个变量，同样在给定水平下做显著性检验，如果显著则将该变量引入到回归方程中，这一过程一直持续下去，直到在回归方程中的变量都不能被剔除而又无新的变量可以引入时为止，这时逐步回归分析过程结束。

3. 提取结果

按照提取方法我们对上述五个自变量逐个进行偏回归平方和的计算，并依次尝试代入回归方程中进行 F 检验，与临界值 $F_a = 5.99$ 进行比较，结果表明：研究开发经费占 GDP 的比例、第二产业产值占 GDP 的比重、信息化指数的 F 检验值均远远大于临界值 5.99，因此，以上三个变量入选多元回归方程，能源价格、进出口贸易总额/GDP 这两个变量的 F 检验值没能通过检验，故不作为自变量引入到多元回归方程中。

第四节　模型构建及评价

一、模型构建

经过影响因素的提取分析之后，重新将主要影响因素的变量数据进行整理，见表 9-4。

表 9-4　大连市能源效率主要影响因素

年份	万元 GDP 综合能源消耗 Ef	研究开发经费占 GDP 的比例/% R	第二产业产值占 GDP 的比重/% Ind	信息化指数 Inf
1998	1.51	1.06	45.4	0.403
1999	1.48	1.08	46.1	0.441
2000	1.46	1.09	46.5	0.509
2001	1.39	1.13	46.5	0.542
2002	1.33	1.29	47	0.666
2003	1.28	1.46	47.9	0.754
2004	1.22	1.61	50.1	0.833
2005	1.17	1.84	46.2	0.813
2006	1.12	2	47.8	0.836
2007	1.07	2	49.1	0.913

资料来源：万元 GDP 综合能耗根据 http://chinaneast.xinhuanet.com/2007 – 01/31/content_ 9195041. htm 整理而得。其他指标数据来源于大连统计公报 1999～2007，辽宁城市统计年鉴 1998～2007

根据表 9-4 所提供的基础数据，利用 Eviews 专业计量软件进行多元回归模型构建，所采用的模拟方程为

$$Ef = c + aR + c\frac{Inf}{Ind} \tag{9-3}$$

式中，Ef 为万元 GDP 综合能源消耗值（tce/万元 GDP）；R 为研究开发经费占 GDP 的比例（%）；Ind 为第二产业产值占整个地区生产总值的比例；Inf 为信息化指数；a 为变量系数；c 为剩余残差项，它包括对因变量有影响的所有其他因素。我们采用多元回归分析，利用计量经济学方法建立因变量与自变量之间的回归关系函数表达式（称回归方程式）。运用 Eviews 计量软件进行模型构建，回归拟合结果见表 9-5。

表 9-5　回归模型摘要

变量	系数	标准误	T 统计量	概率
c	1.912 167	0.026 485	72.196 95	0
R	− 0.200 15	0.050 974	− 3.926 46	0.005 7
Inf /Ind	− 22.508 7	5.438 458	− 4.138 81	0.004 4
样本决定系数	0.987 769	因变量的均值		1.302 783
调整后的样本决定系数	0.984 275	因变量的标准差		0.156 659

二、模型评价与误差分析

根据回归模型摘要可以看出，模型的拟合度非常高，$R^2 = 0.987\ 769$ 修正后的 $R^2 = 0.984\ 275$，说明 R、Ind 和 Inf 对 Ef 的解释能力很强，样本回归方程对样本拟合很好，满足建模要求；F 检验统计值为 700.6276，其显著性水平的值 $P = 0$ 远远小于 5%，因而模型总体拟合显著；R、Ind 和 Inf 三个变量的回归系数是显著不为零的，通过检验；对自变量前的回归系数进行 t 检验，显著性概率为 0，显著性检验概率 P 小于 5%，可以看出回归系数是显著不为零的，能够通过 t 检验；DW 检验值为 2.032 538，排除了残差的序列相关性，该模型在一定程度上达到了拟合模型的基本要求。综上所述，该模型通过了所有检验，并且与实际经济含义相符。

因此，大连市能源消耗和影响能源消耗因素之间的关系模型为

$$Ef = 1.91 - 0.2R - 22.51\frac{Inf}{Ind} \tag{9-4}$$

从模型（9-4）可以看出，万元 GDP 综合能源消耗与研究开发经费占 GDP 的比例成反比关系，即研究开发经费占 GDP 的比例越高，万元 GDP 综合能源消

耗就越低，能源效率就越高；万元 GDP 综合能源消耗与信息化指数成反比，即信息化指数越大，万元 GDP 综合能源消耗就越低，能源效率就越高。由此可见，研究开发经费占 GDP 的比例的提升以及信息化指数的增大能够促进大连市能源效率的提高。万元 GDP 综合能源消耗与第二产业产值占 GDP 的比重成正比，即第二产业产值占 GDP 的比重越大，万元 GDP 综合能源消耗值就越高，能源效率就越低。由此可见，第二产业产值占 GDP 的比重对能源效率的影响是负向的，即第二产业产值占 GDP 的比重的提高将导致能源消耗的增加，阻碍能源效率提高。

在运用模型结果前必须对模型的模拟情况进行误差分析，从表 9-6 可以看出，该模型比较稳定，模拟值与实际值非常接近，误差率基本在 0.03% 以内，误差范围较小，因此该模型的实际拟合程度非常高，模拟结果较为精确。该模型比较稳定，对大连市能源效率影响因素的模拟较为准确，可以用来预测大连市 2010～2020 年的万元 GDP 综合能源消耗值。

表 9-6　模拟结果误差分析

年份	实际值	模拟值	误差率/%
1998	1.51	1.5	0.01
1999	1.48	1.48	0
2000	1.46	1.45	0.01
2001	1.39	1.42	−0.02
2002	1.33	1.33	0
2003	1.28	1.26	0.01
2004	1.22	1.21	0.01
2005	1.17	1.15	0.02
2006	1.12	1.12	0
2007	1.07	1.09	−0.02

第十章 污染物排放量模型

本章运用污染物排放当量计算法，测算大连市主要污染物的排放当量，建立主要污染物排放当量的演化模型。

第一节 环境库兹涅茨曲线模型

与国外相关研究验证倒 U 形环境库兹涅茨曲线是否存在不同，国内相关研究除了验证倒 U 形曲线是否存在以外，还在此基础上提出了新的环境曲线。关于曲线的具体形式，不同的学者在研究不同地区以及具体的研究领域时，得出了不同的结论。概括起来，主要曲线形状包括：倒 U 形、S 形（U + 倒 U）、N（倒 U + U）形、正 U 形和线性。描述曲线的模型主要有：线性、二次、三次、对数线性、对数二次、对数三次和指数方程。这些变化主要来源于不同地区的环境和经济发展阶段以及两者之间协调程度的差异。

一、U + 倒 U 形模型

在建立环境库兹涅茨曲线模型的时候，会发现两个相关量的数字序列的散点图明显不是线性关系，二聚体是那种函数关系难以直接判断，根据现有的环境库兹涅茨曲线的常见模式，选用二次曲线、三次多项式、指数函数、符合模拟等多种函数曲线模型作拟合；然后根据模拟的图形结果、模型检验参数，在各个函数模型中进行优选。

以北京市工业废气排放的环境库兹涅茨曲线函数拟合图为例（图 10-1），不难看出，北京工业废气污染总体上还处在高污染状态，但是朝着减量污染的方向发展，并存在着波动。当然，随着工业搬迁和技术改造项目以及奥运相关环境投资项目的启动建设，预期随后的几年废气污染排放将较为明显地呈持续走低趋势[177]。

这种 U 形加上倒 U 形的环境库兹涅茨曲线特征，说明环境库兹涅茨曲线并不一定是倒 U 形模式，它也并没有一个固定的规律；而是区域环境经济态势的一个综合反映，可能受到诸多因素的作用而发生波动。这为还处在非良好态势地区环境的整治和调控提供了一个有力的理论支撑，并且说明在经济快速增长的同时

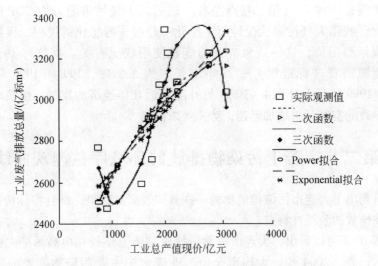

图 10-1　北京市工业废气排放的环境库兹涅茨曲线函数拟合图

保持相对较低的污染，甚至改善污染，作生态友好型、污染减量式经济增长是可能和可行的。

二、N 形模型

如果影响模型变化的变量比较多，且正负影响相互作用，就会造成环境影响因素与经济增长呈现比较复杂的曲线关系，比如倒 U + U 形曲线。以 1985 ~ 1999 年中国人均废气排放量和人均 GDP 的关系图为例（图 10-2），不难发现两者之间存在比较明显的三次曲线特征。

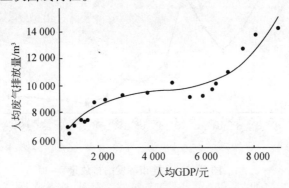

图 10-2　人均废气排放量与人均 GDP 的关系

依据其变化特征可以分为三个时期：1985 ~ 1992 年人均废气排放量随着经济发展而持续增加；1993 ~ 1999 年人均废气排放量呈现微弱上升趋势，曲线形状较为平缓；1999 年（第二拐点左右）以后，大气污染随人均 GDP 的增加而持续恶化。我国大气污染状况经历了恶化—趋缓—再恶化的过程。因我国大气污染属煤烟型污染，这一现象应该与能源使用状况有关。据统计 1985～1992 年我国能源消费（标准煤）平均年增长率为 5.59%、1993～1999 年下降为 2.95%、1999 年后上升为 4.43%；另外随着近几年经济的发展，由机动车尾气排放所导致的空气污染增加迅速，势头难以控制[178]。

第二节　若干污染物排放的环境库兹涅茨曲线

这里列出了大连市污染排放物的一些具体数据及趋势，结合实际情况，论述了污染物排放的阶段性特点。

从图 10-3 可以看出，大连市挥发酚排放总体上还处在由高污染向低污染状态转变的过程。2004 年，大连市全市工业废水中主要污染物挥发酚排放量为 17.93t，比上年增加 27.2%；而 2006 年的工业废气排放量又有所上升，当然，预计 2007 年以后的几年废气污染排放量将较为明显地持续走低。这种 U 形加上倒 U 形的环境库兹涅茨曲线特征说明环境库兹涅茨曲线并不一定是倒 U 形模式，它也并没有一个固定的规律，而是区域环境经济态势的一个综合反映。我们可以更加清楚地认识区域的经济增长与环境质量演变的关系，这对于我们增强实施环境经济双赢的可持续发展战略的信心，制定具体的工业发展的环境经济政策和战略都具有指导作用，但是环境库兹涅茨曲线本身并不能解释污染变动的原因，需要采用其他方法进行动力源方面的分析。

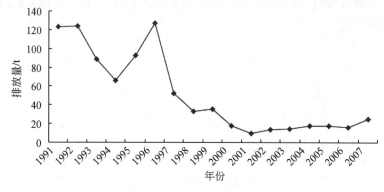

图 10-3　大连市挥发酚排放量

从图 10-4 可以看出，石油类污染物排放量曲线为 U 形，具有一个明显的理论转折点，出现在 1997 年，自 1997 年呈现下降的趋势。虽然近年来主要污染物的排放量没有出现明显的转折迹象，但其排放量增长趋势有所减缓，如能继续保持这一变化态势，环境库兹涅茨曲线转折点可能显示出来。但这并不代表石油类的污染已处于与经济协调发展的时期，呈现出来的库兹涅茨曲线仍然可能出现波动、上升甚至超过转折点。为了防止这种反弹现象的发生，应该制定合适的政策，采取有力措施，加大资金支持力度使其继续向好的方向发展。

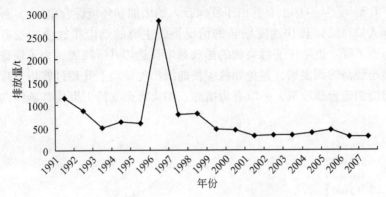

图 10-4　大连市石油类污染物排放量

从图 10-5 中不难发现，二氧化硫的环境质量指标均表现出随经济增长呈现先恶化后改善的现象，即呈现倒 U 形关系，其转折点各不相同，呈现一种"U 形＋倒 U 形"的趋势，即随着收入水平的增长，二氧化硫的污染状况经历改善—恶化—再改善—再恶化的过程。另外，结果还显示环保努力程度对改善环境质量有正向影响，同时显示技术的进步对环境质量的改善也具有重要的正向作用。二氧化硫的浓度与经济增长表现为 U 形关系：随收入水平的提高，污染状况先是持续下降，在到达低于 100 000t 的转折点后，则随人均 GDP 的增加而持续上升。

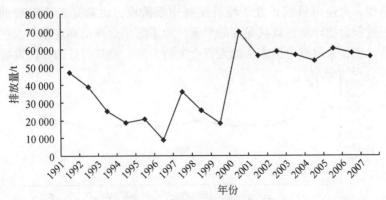

图 10-5　大连市二氧化硫排放量

这两种结果显示，人口的增长与改善环境质量存在着正向影响，这可能与我们的常识不符。经分析发现，因为人口增加与人均 GDP 存在着高度的相关性，从而可以看做是存在 N 形曲线的结果。通过对实际情况的分析，我们认为这一现象与大连市 20 年来的经济发展是一致的。

由图 10-6 可知，1991～1997 年，大连市烟尘排放量和废气排放总量多年来呈持续上升趋势，烟尘排放量在 1997 年达到最高值，之后就呈现下降的趋势，曲线为 "U 形"。从总体上看，由于环保投入的增加和环境综合整治力度的加强，在经济和人口持续以较快速度增长的情况下，主要的烟尘排放量却没有同步增长，还有所下降。近年主要污染物的排放量增长趋势有所减缓，为了保证烟尘类的排放量与经济协调发展，避免库兹涅茨曲线出现波动上升超过转折点现象的发生，政府应制定合适政策，采取有力措施，加大资金支持力度使其继续向好的方向发展。

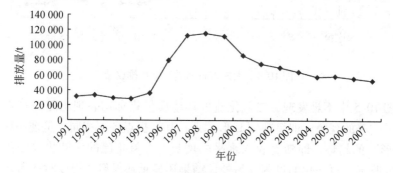

图 10-6　大连市烟尘排放量

从图 10-7 中可以看出，工业废水的排放量经历了一个先增加后减少而后又缓慢增加的过程，而工业废气排放量和工业固体废物的产生量随大连市经济的增长不断增加。大连市目前正处于经济发展中级阶段，也就是工业发展的高速阶段，这一过程会使环境污染状况变的严重。为了防止这种反弹现象的发生，应该制定合适政策，采取有力措施，加大资金支持力度，使其向好的方向发展。

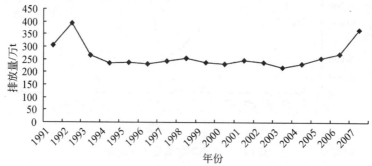

图 10-7　大连市工业固体废物产生量

2006 年，大连全市完成污染治理项目 171 项，治理总投资为 7150 万元，共削减化学需氧量为 2055t、烟尘为 2579.7t、二氧化硫为 662.2t。2007 年，大连市年排放工业废水达标量为 32 997 万 t，排放达标率为 97.9%。废水中化学需氧量年去除量为 16 266t，氨氮年去除量为 2350t，石油类年去除量为 449t，挥发酚年去除量为 73.57t，氰化物年去除量为 2.01t。废气中二氧化硫年去除量为 14.1 万 t，烟尘年去除量为 77.8 万 t，工业粉尘年去除量为 28.3 万 t。2007 年，大连市完成污染治理项目 127 项，完成污染源关停等其他项目 48 个。大连市年排放工业废水达标量为 33 881 万 t，排放达标率为 98.3%，表 10-1 列举了从 1999~2008 年大连消减污染物及其搬迁改造情况。

表 10-1　近年来大连消减污染物及搬迁改造的历程

年份	消减污染物	搬迁改造	拆建及绿化
1999	大化集团有限责任公司通过改造硫酸生产工艺，每年减少排放硫酸文泡水 200 万 t，硫铁矿渣 16 万 t。经过搬迁改造，年减少工业废水排放 1043 万 t，减少工业废气排放 2.7 亿标 m^3。年减少烟尘 4000t。年减少粉尘排放量 1500t 余	80 多年历史、占地 55 万 m^2 的大连染料厂被夷为平地；位于大连火车站附近，具有 90 多年历史的煤气一厂整体迁往市郊新厂址；泡崖地区长期构成空气污染的建新水泥厂被一举炸掉。截至年底，在计划搬迁改造的 134 个污染企业中，已累计完成搬迁改造 90 家。腾出土地 240 万 m^2，完成土地转让 130 万 m^2	共拆除废旧厂房近 17 万 m^2，清除工业垃圾 100 万 t 余，新建绿地 35 万 m^2
2000	每年减少排放工业废水 189 万 t，削减化学需氧量 9 815t，削减石油类 5t，减少向大气排放工业废气 3 万标 m^3，削减二氧化硫 978t，削减烟尘 89t，削减粉尘 251t，削减工业固废 1 万 t	全市有 15 家企业整体搬迁，污染企业搬迁改造大连制药厂、大连轧钢厂搬迁后，彻底清除了大连市西部地区主要的工业污染源。取缔 19 个煤场，覆盖 11 个煤场。拆除临建 1525 处，改造棚户区 1 处，动迁 110 户居民	关闭了甘井子区 4 家白灰生产厂点，清理了 11 家小炭厂，拆除了 150 座小炭窑；拆除 4t 以下锅炉 517 台，扒掉烟囱 380 根，城市绿化覆盖率达到 40.5%，人均公共绿地面积增加到 8.5 m^2；绿化 15 万 m^2，植树 6.1 万棵
2001	减少排放工业废水 2165.7 万 t，削减化学需氧量 39 677.7t，削减石油类 92.5t，减少向大气排放工业废气 471 535.4 万标 m^3，削减二氧化硫 9698.2t，削减烟尘 2295.1t，削减粉尘 1108.7t，削减工业固废 19.2 万 t。减少燃煤 3.09 万 t，氮氧化物 289.3t	取缔 15 家，搬迁 3 家，4 家企业对废水治理设施进行改造，安全填埋重金属废渣 220t。2001 年污染企业搬迁改造，全市有 15 家企业整体搬迁，累计搬迁企业 120 家，共腾出 288.48 万 m^2 土地	全年完成并网区域 11 个，对 155 台锅炉实行并网改造，实现并网面积 43 万 m^2；拆除烟囱 70 根，撤销燃煤锅炉房 194 座、锅炉 263 台

续表

年份	消减污染物	搬迁改造	拆建及绿化
2002	减少二氧化硫排放量1317t、烟尘排放量1963t、化学需氧量排放量352t	完成大连重型机械设备有限公司、大连起重设备有限公司等企业的搬迁改造；全市电镀、锻造、铸造等企业完成整顿和专业化重组；完成城市河道和排污口规范化整治；15家企业停产；3家企业列入搬迁改造计划	全年完成烟尘整治区域7片，实现并网面积245万 m²，拆除锅炉208台、烟囱112根。瓦房店污水处理厂建设
2003	整治后全年减少燃煤2.3万t，削减烟尘283t、二氧化硫264t、氮氧化物221t。通过治理减少二氧化硫排放量2144t、烟尘排放量2090t、化学需氧量排放量662t	清理整顿城市近郊采矿业，大连市环境保护现代化监控指挥中心建设，大重、大起搬迁改造，全市锻造、铸造、炼钢、轧钢等专业化重组。瓦房店复州湾潮间带刺参生态增养殖示范工程，瓦房店交流岛滩涂池塘综合生态养殖示范工程，艾子口村保留3个采矿区，其余的采矿点全部关闭；三涧堡镇矿区关闭14家矿山，保留4家矿山做复垦前的过渡性开采	全市共撤销锅炉房157座，拆除锅炉223台、烟囱316根。完成并网供热面积210万 m²。沿海防护林建设，南部海滨风景区改造及绿化，金州垃圾处理厂建设，瓦房店污水处理厂建设，城山头海滨地貌自然保护区建设，小黑山自然保护区建设，海王九岛海洋自然保护区建设，老偏岛海洋自然保护区建设
2004	每年可减少燃煤3.4万t，削减大气烟尘417.9t、二氧化硫389.9t、氮氧化物325.8t。减少二氧化硫排放量1159t、烟尘排放量1842t、化学需氧量排放量1069t、工业粉尘排放量310t	2004年共完成3项，分别为大连湾水泥厂搬迁、大连染料化工有限公司污水达标排放和黑石礁地区环境综合整治。在"渤海碧海行动计划"中确定的28项任务中已完成11项，正在实施剩余的17项	全市并网锅炉302台、拆除烟囱229根，全年完成烟尘区域整治11片，实现并网供热面积310万 m²，2004年共完成3项，分别为瓦房店污水处理厂建设、少废农田示范区建设和生态农业示范区建设

年份	消减污染物	搬迁改造	拆建及绿化
2005	共削减化学需氧量 398t、烟尘 565t、二氧化硫 398t。拆除锅炉等共削减烟尘 272.3t、二氧化硫 254.1t、氮氧化物 212.3t	大连中药厂、大富彩印等 85 家企业被整体迁出城市中心区，本年度完成金州第二水泥厂搬迁等三项工程。即搬迁大化、大钢等污染企业，对该区域约 5km² 进行规划开发；整治棉花岛渣场，对位于该区域的大染、氯酸钾厂等企业进行搬迁，对整治后约 3km² 的区域进行规划开发；关闭鞍钢甘井子石灰石矿，对该区域及周边地区约 4km² 进行规划改造；搬迁大水泥，对厂区和所属矿区约 1km² 进行规划和开发	拆除锅炉 203 台、烟囱 165 根，并网供热面积增加 202 万 m²；实施供热并网区域 37 个，实现并网面积 1 200 万 m²，拆除锅炉 1 197 台，拆除烟囱 892 根。开工建设了凌水污水处理厂。市区基本建成虎滩和泉水污水处理厂，长海县建成 4 块石污水处理厂，瓦房店市建成污水处理一厂
2006	拆除锅炉等共削减烟尘 344.4t、氮氧化物 268.8t。削减二氧化硫 662t、烟尘 1433t、COD 2091t。共削减化学需氧量 2055t、烟尘 2579.7t	对 146 个环境污染项目进行治理，完成污染治理 133 项，关、停、并、转、迁污染企业 27 家，限期治理企业 80 家，停业治理企业 50 家。完成环境安全风险源排查 523 家，限期整改 39 家。完成危险废物转移 7965 次、7.6 万 t。关闭鞍钢石灰石矿水泥分厂和 31 个非煤矿山。甘井子区矿山整治关闭 30 个非煤矿山，限期关闭 1 个非煤矿山，全市完成污染治理项目 171 项，其中废水治理项目 67 个、废气治理项目 104 个，完成固废处理及污染源关停等其他项目 28 个	完成千山心城等 10 个区域拆炉并网工程，拆除锅炉 206 台、烟囱 168 根，并网供热面积 280 万 m²

续表

年份	消减污染物	搬迁改造	拆建及绿化
2007	拆除锅炉等年削减二氧化硫6 696t、粉尘15 815t。氮氧化物325.6t。减少燃煤2.97 万t，削减烟尘1 588.8t、二氧化硫993t。年削减COD7 282t	关闭污染严重企业，完成了对生产工艺落后、污染严重的大连水泥集团有限公司大连水泥厂等36家企业的58座机立窑、7座旋窑关闭任务，淘汰落后水泥产能677万t；普兰店市关闭了38家高耗能、高污染的实心黏土砖厂，淘汰落后产能3.97亿块砖/a；大化集团有限责任公司关闭50万t联碱装置、硝酸生产装置、30万t合成氨等生产装置	关闭并拆除36家水泥企业的58座立窑和7座旋窑，拆除锅炉186台、烟囱146根，完成并网供热面积310万m²，关闭33座黏土矿，新建凌水污水处理厂和普兰店污水处理厂；新建的国电电力大连庄河发电有限责任公司和大连泰山有限公司实施同步脱硫，大连热电股份有限公司（东海热电厂）和大连金州热电厂脱硫项目开始调试，大连西太平洋石油化工有限公司8万t硫黄回收装置和大连旭硝子浮法玻璃窑炉烟气脱硫工程等建成并投入运行
2008	削减化学需氧量2 482t；削减二氧化硫946.8t；大化集团搬迁改造，削减化学需氧量3 154t；拆除36家小造纸企业，停产整治15家年产1万t以上造纸企业，削减二氧化硫239t、化学需氧量240t。拆除锅炉减少燃煤3.1万t，削减烟尘377.4t、二氧化硫352t、氮氧化物294.1t	大化集团搬迁改造闭并拆除36家小造纸企业，停产整治15家年产1万t以上造纸企业，小造纸企业关闭全市关闭造纸企业36家，15家年产量在1万t以上的造纸企业全面实施停产整治老污染源搬迁改造大化集团除电厂外全面停产搬迁，关闭了大连福兴制革有限公司等15家重污染企业。2007年已实施异地搬迁改造的大连水泥集团第一水泥厂、关闭的28家水泥厂、38家实心黏土砖厂在2008年形成减排量。先期建成的开发区污水处理一厂、二厂及凌水污水处理有限公司增加了污水实际处理量	对全市17个区域实施拆炉并网工程，拆除锅炉155台、烟囱110根。总投资2.4亿元，完成并网供热面积280万m²，污水处理厂建设马栏河污水处理厂二期工程（8万t/d）、夏家河污水处理厂（3万t/d）和旅顺污水处理厂二级生化处理工程（3万t/d）3项工程建成投运

资料来源：1999~2008年环境状况公报及大连统计公报

　　根据大连市环境保护局提供的文字材料，2009年大连市的天更蓝了，水更清澈了。这一年大连市空气质量优级天数达到114天，再创历史新高。同时，今年全面完成化学需氧量减排4%、二氧化硫减排6%的工作目标。完成现役的8

座燃煤电厂脱硫设施建设工作，燃煤电厂发电机组脱硫率由 2005 年的 2.3% 提高到 96.8%。6 月 30 日，大连市有 10 座污水处理厂通水试运行成功，大连市政府与省政府签订责任状的 18 家污水处理厂全部具备通水条件，全市污水处理能力达到 113.8 万 t/d。

2006 年，国家下达大连市的"十一五"减排指标为：化学需氧量排放总量由 2005 年的 6.01 万 t 削减到 2010 年的 5.05 万 t 以内；二氧化硫由 11.89 万 t 削减到 10.12 万 t 以内。而要满足经济快速发展，大连市"十一五"预计新增化学需氧量排放量 2.87 万 t、二氧化硫 2.5 万 t。要确保完成国家下达的减排任务，大连市"十一五"必须削减化学需氧量 3.83 万 t、二氧化硫 4.27 万 t，削减率分别为 15.9% 和 15%。面对如此严峻的减排形势，大连市把节能减排作为改变经济增长方式、实现可持续发展的契机，在污染减排主战场上展开了结构调整减排、工程减排、管理减排和烟尘综合整治减排四大战役。

1）结构调整减排。搬迁改造老污染企业，已完成大连水泥厂、大化集团、松辽化工等老企业的关闭工作。通过搬迁改造，全面淘汰高耗能、高污染的落后生产工艺，企业在产业升级优化的同时，实现了清洁生产。大连水泥厂搬迁改造后，新建的 5000t/d 熟料新型干法水泥生产线项目，产能扩大约 3 倍，能源需求与搬迁前基本持平，主要污染物排放总量显著降低。"十一五"以来，大连市下大气力，关闭了 36 家水泥企业的 58 座机立窑、7 座旋窑，31 家非煤矿山，36 家小造纸企业，14 家工艺落后、污染严重的鱼粉生产企业。仅关闭落后水泥企业就淘汰落后水泥产能 677 万 t，使先进产能比重由 2005 年的 28.5% 升至 100%，节约标准煤约 42.9 万 t，实现二氧化硫减排 6696t，烟粉尘减排 15 815t。

2）工程减排。截至 2008 年末，大连市在运行的城市污水处理厂达 14 座，预计到 2010 年底，全市将有 29 座污水处理厂投入运行，届时污水处理能力将由 2005 年的 46.3 万 t/d，提高到 134.2 万 t/d。大连市还以二氧化硫重点排放行业——燃煤电厂和石油化工企业为突破口，实施全方位、大规模的脱硫工程。大连市要求现有的 10 座燃煤电厂，"十一五"期间全部实施脱硫，所有新建燃煤电厂必须同步实施脱硫。目前，新建的庄河电厂、泰山热电厂、香海二期、松木岛热电脱硫项目均已建成。同时，现有的 10 座燃煤电厂烟气脱硫工程正在实施，其中大连市最大的脱硫项目——华能大连电厂脱硫项目提前一年实施。大连市燃煤电厂脱硫率，已从 2005 年的 2.4% 上升到 2008 年底的 65.3%，预计到 2010 年底将达到 99%。同时，石油化工行业脱硫项目快速推进，西太平洋石化和中石油大连分公司硫黄回收改造、干气脱硫、清洁能源改造、催化烟气脱硫等项目相继建成投产，有效削减二氧化硫排放量，不仅实现了资源回收再利用，还取得环境效益和经济效益的双赢。

3）管理减排。大连市以提高管理水平、强化监管力度为主，积极推进污染源在线监测系统建设，对全部国控重点污染源和污染减排重点项目安装在线监测设备。共安装废水在线监测系统 30 套，废气在线监测系统 44 套，全部与环境保护部门联网，初步建成污染源在线监控系统，即时监控重点减排设施的运行情况，使其发挥应有的作用。

4）烟尘综合整治减排。编制了大连市城市集中供热规划。到 2008 年末，已累计拆除市区燃煤锅炉 4159 台、烟囱 3316 根，节约燃煤 32.9 万 t，削减烟尘排放 3991.6t、二氧化硫 3725.3t、氮氧化物 3113.2t。通过实施"拆炉并网集中供热"烟尘综合整治工程，实现了环境效益、经济效益和社会效益的多赢，有效地控制煤烟污染，大大改善了大气环境质量。

第三节　主要污染物排放量的建模分析

我们根据国家"排污费收费标准及计算公式"计算污染物排放当量。其中污水排污费按排污者排放污染物的种类、数量，以污染当量计征。一般污染物的污染当量数计算公式为

$$某污染物的污染当量数 = \frac{该污染物的排放量（kg）}{该污染物的污染当量值（kg）}$$

表 10-2 ～表 10-4 分别介绍了若干大气污染物当量值，若干工业水污染物排放量及工业污染物排放量及需氧量。

表 10-2　若干大气污染物污染当量值

污染物	二氧化硫	氮氧化物	一氧化碳	氯气	氯化氢	氟化物	氰化氢	硫酸雾	烟尘	酚类	苯乙烯	二硫化碳
污染当量值/kg	0.95	0.95	16.7	0.34	10.75	0.87	0.005	0.6	2.18	0.35	25	20

表 10-3　若干工业水污染物排放量

年份	废水排放总量/万 t	工业废水/万 t	生活废水/万 t	挥发酚/t	石油类/t	氰化物/t
1991	37 527	33 159	4 365	123.029	1 145	94.46
1992	37 376	31 286	6 090	123.74	875	57.15
1993	36 048	29 654	6 394	88.45	488	40.77
1994	35 821	28 732	7 089	65.94	629	66.34
1995	33 575	25 621	7 954	92.13	583	49.21
1996	33 972	24 847	9 125	126.79	2 833	3.89
1997	46 255	32 020	14 235	52.04	782.34	39.64
1998	46 504	32 269	14 235	32.85	804.43	53.77
1999	46 237	32 467	13 770	35.13	455.43	10.13

续表

年份	废水排放总量/万 t	工业废水/万 t	生活废水/万 t	挥发酚/t	石油类/t	氰化物/t
2000	46 667	32 897	13 770	17.63	449.56	5.58
2001	45 169	31 874	13 295	9.66	313.89	3.83
2002	43 185	30 205	12 980	14.02	330.89	3.94
2003	44 669	31 889	12 780	14.1	334	2.13
2004	52 604	39 804	12 800	17.93	375.27	1.89
2005	56 533	42 769	13 764	17.44	439.27	2.3
2006	48 432	33 698	14 734	16.17	300.05	2.09
2007	56 562	34 463	22 099	25.14	297	0.43

表 10-4 若干工业污染物排放量及需氧量

年份	化学需氧量/t	二氧化硫排放量/t	烟尘/t	工业固体废物产生量/万 t	污染物排放当量（化学需氧量）/10^2 t
1991	46 893	91 545	31 563	305.6	2 817
1992	38 599	91 199	32 916	394	2 751.62
1993	25 140	91 090	29 385	264.93	2 506.04
1994	18 661	93 246	28 488	234.46	2 473.78
1995	20 626	100 066	36 141	237.49	2 704.99
1996	8 748	155 052	79 298	232.38	4 223.43
1997	35 827	183 980	112 628	244.73	5 305.8
1998	25 625	159 869	114 979	254.3	4 750.05
1999	18 285	150 304	112 014	236.63	4 423.45
2000	69 300	131 854	86 434	232.66	4 303.98
2001	56 246	113 234	74 524	247	3 678.97
2002	58 656	105 200	69 604	237	3 491.01
2003	56 575	101 911	64 578	219	3 347.48
2004	53 203	103 060	57 689	231	3 274.66
2005	60 097	118 864	59 018	255	3 684.83
2006	57 896	120 552	55 623	273	3 661.95
2007	55 912	115 456	52 651	366.7	3 544.84

　　根据《排污费征收使用管理条例》（国务院令第 369 号）和国家发展计划委员会、财政部、国家环境保护总局、国家经济和贸易委员会《排污费征收标准管理办法》（第 31 号令）等有关规定，对难以监测的烟尘，可根据林格曼黑度按

使用的燃料的性质和数量征收排污费；对固体废物及危险废物污染当量数的计算以如下排污费征收标准为依据。对无专用储存或处置设施和专用储存或处置设施达不到环境保护标准（即无防渗漏、防扬散、防流失设施）排放的工业固体废物，一次性征收固体废物排污费。2005 年某地规定，每吨固体废物的征收标准为：冶炼渣 25 元、粉煤灰 30 元、炉渣 25 元、煤矸石 5 元、尾矿 15 元、其他渣（含半固态、液态废物）25 元。

本节以大连 1997～2007 年各种污染物当量及相关数据为基础，如表 10-3 所示。建立主要污染物排放量的计量经济学模型如下

$$W(t+1) = 52.51 + 1.574W(t) - 13.86 \times R - 2.36 \times \frac{W(t)\,\mathrm{Ef}}{p} \quad (10\text{-}1)$$

式中，$W(t+1)$ 为当年主要污染物排放量；$W(t)$ 为上年主要污染物排放量；R 为研究开发经费占地区生产总值比例；p 为环保投资占地区生产总值的比例。

表 10-5　主要污染物排放量的计量经济学模型

变量	系数	标准误	t 统计量	概率
C	52.514 22	20.747 74	2.531 082	0.039 2
$W(t+1)$	1.574 233	0.547 91	2.873 163	0.023 9
R	−13.856	6.130 263	−2.260 27	0.058 3
$W(t+1)\,\mathrm{Ef}/p$	−2.360 25	1.075 108	−2.195 36	0.064 2
样本决定系数	0.753 195	因变量的均值		39.515 47
调整后的样本决定系数	0.647 421	因变量的标准差		6.517 968
回归标准差	3.870 263	赤池信息量（AIC）		5.819 81
残差平方和	104.852 6	施瓦茨信息量（SC）		5.964 499
对数似然比	−28.009	F 检验的统计量		7.120 809
DW 统计量	1.522 004	相伴概率		0.015 625

表 10-5 说明，在我们所建立的主要污染物排放量计量经济模型中，所有自变量从总体上与因变量之间高度相关；修正后的复可决系数很高，说明自变量的解释能力很强，样本回归方程对样本拟合得很好；回归方程通过 F 检验，说明线性回归效果显著。同样，自变量和常数项都通过了 t 检验。

根据大连市污染物排放的阶段特点，运用污染物排放当量计算法，测算出大连市主要污染物的排放当量数，建立主要污染物排放当量的演化模型，提出污染物减排的峰状轨迹观点。进一步地对 2020 年大连市主要污染物排放当量的演化情景进行设计和预测，由此对库茨涅兹节能减排曲线理论进行完善——提出节能减排的峰状推进理论。

第十一章　基于可持续发展的产业结构调整模型

根据可持续发展的四个基本要求（经济效益的不断提高、充分就业、资源的节约和生态环境的改善）建立起产业结构的Lagrange函数及其优化模型，并给出了求解方法。这种方法具有经济学和可持续发展的理论基础，并且不存在参数辨识问题，具有可操作性，因而可以广泛应用于生态城市等经济发展规划中[179]。

第一节　可持续发展的基本要求

"可持续发展"（sustainable development）是当今世界的主题，也是人类迈向21世纪的必然选择。但目前对可持续发展的研究仍处于起步阶段，特别是在现代科技手段和方法基础上的定量研究还极为不够。对此，我们应用最近几年发展起来的神经网络系统工程中的最优化方法，定量地研究符合可持续发展要求的、使其目标函数极大化的产业结构优化问题。也就是定量地研究怎样的产业结构才能实现经济效益、社会效益、生态效益同步提高，实现人口、资源、生态与科技、经济、社会相协调的可持续发展。为此，我们首先来探讨可持续发展的几个基本要求：

1）可持续发展要求经济效益的不断提高，以满足人类不断增长的多样化需要。

2）可持续发展要求保持生态平衡和生物多样性、抑制生态退化和环境污染。

3）可持续发展要求实现充分就业，这是社会发展的前提。

4）可持续发展要求节约资源、保持自然资源（特别是可再生的生物资源）的可持续性。

第二节　产业结构调整的优化模型

一个地区或一个国家产业结构的优化设计应按照可持续发展的基本要求来进行。即要在满足自然资源、生态环境和劳动就业的约束下，来设计各产业的投入产出，使经济效益与社会效益、生态效益同步提高，形成科技、经济、社会与人口、资源、生态协调发展的机制。这样，按照可持续发展的第一个要求，产业结构优化的目标函数是

$$E = \sum_{i=1}^{n} \sum_{j=1}^{n} T_{ij} Q_i Q_j \tag{11-1}$$

式中，n 为按某种方法划分的一个地区或一个国家的产业数目。对于不同的划分方法，n 是不同的。如按第一产业、第二产业、第三产业划分，则 $n=3$；按农业、轻工业、重工业、运输邮电业、商业、建筑房地产业、非物质生产部门划分，则 $n=7$。此外，也可以将国民经济划分为 33 个部门（$n=33$）或 99 个部门（国际标准产业分类 ISIC，$n=99$）。Q_i、Q_j 分别为产业 i、j 的国内生产总值；而 T_{ij} 表示产业 i 和 j 之间的关联度

$$T_{ij} = (V_{ij} + V_{ji})/(V_i + V_j) \tag{11-2}$$

式中，V_{ij} 为 i 产业消耗 j 产业的产品价值；V_{ji} 为 j 产业消耗 i 产业的产品价值；V_i 和 V_j 分别为产业 i 和产业 j 的总产值。因而

$$V_{ij} = a_{ij} V_i ; \quad V_{ji} = a_{ji} V_i \tag{11-3}$$

$$T_{ij} = (a_{ij} + a_{ji} V_i / V_j)/(1 + V_i / V_j) \tag{11-4}$$

式中，a_{ij} 为投入－产出中的直接消耗系数。根据式（11-2）可得

$$T_{ii} = (V_{ii} + V_{ii})/(V_i + V_i) = a_{ii} \tag{11-5}$$

式中，V_{ii} 为在产业 i 内部不同行业（或企业）之间的产品转移。

可持续发展的第二个基本要求，实质上给出了下列 3 个约束条件

$$\sum_{i=1}^{n} G_i \leqslant G ; \quad \sum_{i=1}^{n} W_i \leqslant W ; \quad \sum_{i=1}^{n} S_i \leqslant S \tag{11-6}$$

式中，G_i 为产业 i 排放的废气量（按某种浓度标准测算）；G 为该地区或国家在一定时期内按可持续发展要求所允许的废气排放量的上限；W_i 为产业 i 排放的废水量（按某种浓度标准测算）；W 为该地区或国家按可持续发展要求所允许的废水排放量的上限；S_i 为产业 i 排放的固体废物量（按某种浓度标准测算）；S 为该地区或国家按可持续发展要求所允许的固体废物排放量的上限。上述三个约束条件，在要求国民经济以尽可能快而合理的速度发展的目标条件下，可以去掉不等号，而变成等式约束，即

$$\sum_{i=1}^{n} G_i = G ; \quad \sum_{i=1}^{n} W_i = W ; \quad \sum_{i=1}^{n} S_i = S \tag{11-7}$$

按照可持续发展的第三个基本要求，产业结构优化的又一个等式约束是

$$\sum_{i=1}^{n} L_i = L \tag{11-8}$$

式中，L_i 为产业 i 可以容纳的就业人数；L 为该地区或国家可以利用的劳动者人数（包括该地区或国家内部需要就业的劳动者和可以从外地或外国移入的劳动者）。

最后，按照可持续发展的第四个基本要求，产业结构优化的下一个等式约束为

$$\sum_{i=1}^{n} K_i = K \tag{11-9}$$

式中，K_i 为产业 i 消耗的物质生产资料（不变资本）；K 为该地区或国家按照可持续发展要求可以消耗的物质生产资料（包括自然资源）。这样按照可持续发展的要求，产业结构规划问题就可以归纳为下述的最优化问题

$$\begin{cases} \min - \sum_{i=1}^{n} \sum_{j=1}^{n} T_{ij} Q_i Q_j \\ \text{s. t.} \sum_{i=1}^{n} G_i = G \\ \sum_{i=1}^{n} W_i = W \\ \sum_{i=1}^{n} S_i = S \\ \sum_{i=1}^{n} L_i = L \\ \sum_{i=1}^{n} K_i = K \end{cases} \tag{11-10}$$

为了求解优化模型（11-10），引入如下系数

$$\alpha_{1i} = G_i / Q_i \; ; \; \alpha_{2i} = W_i / Q_i \; ; \; \alpha_{3i} = S_i / Q_i \; ;$$

$$\alpha_{4i} = L_i / Q_i \; ; \; \alpha_{5i} = K_i / Q_i \tag{11-11}$$

并且在短时期内，可以把这些系数看成是常数。这样，模型（11-10）变成

$$\begin{cases} \min - \sum_{i=1}^{n} \sum_{j=1}^{n} T_{ij} Q_i Q_j \\ \text{s. t.} \\ \sum_{i=1}^{n} \alpha_{1i} Q_i = G \\ \sum_{i=1}^{n} \alpha_{2i} Q_i = W \\ \sum_{i=1}^{n} \alpha_{3i} Q_i = S \\ \sum_{i=1}^{n} \alpha_{4i} Q_i = L \\ \sum_{i=1}^{n} \alpha_{5i} Q_i = K \end{cases} \tag{11-12}$$

为此，建立如下的 Lagrange 函数

$$L = -\frac{1}{2}Q^{\mathrm{T}}TQ + \lambda^{\mathrm{T}}(A^{\mathrm{T}}Q - B) \tag{11-13}$$

式中，λ 为 Lagrange 乘子，而

$$T = [T_{ij}]_{n \times n} ; A^{\mathrm{T}} = [\alpha_{ii}]_{5 \times n} \tag{11-14}$$

$$Q = \begin{bmatrix} Q_1 \\ Q_2 \\ \vdots \\ Q_n \end{bmatrix} ; \lambda = \begin{bmatrix} \lambda_1 \\ \lambda_2 \\ \vdots \\ \lambda_5 \end{bmatrix} ; B = \begin{bmatrix} G \\ W \\ S \\ L \\ K \end{bmatrix} \tag{11-15}$$

这样，根据 Kuhn-Tucker 定理，由于 T_{ij}、Q_i 和 Q_j 大于等于 0，目标函数为凸函数，模型（11-12）有全局最优解 Q^*，且满足方程组

$$\begin{cases} TQ^* - A\lambda = 0 \\ A^{\mathrm{T}}Q^* - B = 0 \end{cases} \tag{11-16}$$

因此

$$Q^* - T^{-1}A\lambda = 0 \tag{11-17}$$

由于

$$\lambda = (A^{\mathrm{T}}T^{-1}A)^{-1}B \tag{11-18}$$

将式（11-18）代入式（11-17）则得

$$Q^* = T^{-1}A(A^{\mathrm{T}}T^{-1}A)^{-1}B \tag{11-19}$$

为了求出式（11-19）的全局最优解，需要根据对该地区或国家在规划期内的技术创新情况、人口情况、资源情况和生态情况等的预测和规划目标，来确定出 T、A 和 B。

本节所建立的符合可持续发展要求的产业结构优化模型及其求解方法，在大连市可持续发展的研究中得到了验证。由于该模型及其求解方法不仅具有科学根据，而且简洁易行、可操作性强，为进行有关可持续发展的科学研究和技术开发提供了一套强有力的工具。

第四篇 生态城市的综合调控

城市是多层次、多功能的随机动态复杂人工系统。虽然随着科技、贸易等水平的提高，可以提高资源、环境系统的供容能力，但这并不是短期所能达到的。因此，在一定时期内，要维持城市生态系统的可持续发展，人们的社会经济活动必须控制在资源、环境的支撑和约束范围之内，即维持城市生态系统的合理承载是城市可持续发展的必要条件。

可持续发展作为一种新的发展观和发展战略，其最终目的是要求和谐，即要求人口、经济、社会的发展和资源环境状况相协调。

本篇在可持续发展理论、生态文明理论、生态承载力理论、循环经济学、生态环境建设理论和城市生态学、现代科学管理理论、大系统控制理论、战略管理理论等理论基础上，提出综合调控理论。

第十二章　综合调控的压力－状态－响应框架

第一节　可持续发展的自适应控制体系

自适应控制的思想来源于对实际系统的控制实践。被控系统中存在的不确定性因素使得控制变得十分困难。以严格数学理论为基础的最优控制，虽然在理论上可以得到一个使系统某项性能指标达到最优的控制力，但在实践中，最优控制实现的前提条件却往往不易满足。这是由于受控系统过于复杂，其内在规律没有被足够了解，或者是系统动态特性、周围环境在运行过程中发生了变化。经济－社会－资源环境系统的动态特性会随着内外环境的变化而发生变化。这就要求充分发挥可持续发展监测预警器和自校正控制器的作用，使经济－社会－资源环境运行在优化的自适应控制的轨道上，图 12-1 说明了基于压力－状态－响应的可持续发展的自适应控制体系。

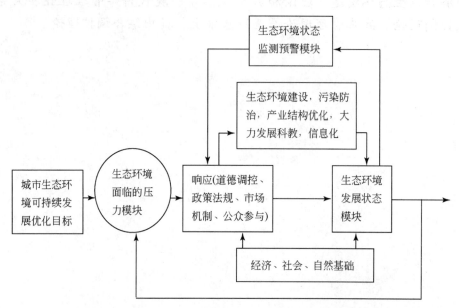

图 12-1　基于压力－状态－响应的可持续发展的自适应控制体系

第二节 压力－状态－响应框架

"压力－状态－响应"（pressure-state-response，PSR）框架是最初由加拿大统计学家 Rapport 于 1979 年提出，后由经济合作与发展组织（OECD）和联合国环境规划署（UNEP）于 20 世纪八九十年代共同发展起来的用于研究可持续发展问题的框架体系。

经济合作组织根据"压力－状态－响应"框架，提出了国家层次的针对世界重要环境问题的指标体系，这些环境问题包括气候变化、臭氧层破坏、富营养化、酸化、有毒污染、废物、生物多样性与景观、城市环境质量、水资源、森林资源、渔业资源、土壤退化（沙漠化与侵蚀）和其他不能归结为特定问题的一般性指标这 13 个方面。针对每个问题都提出了具体的压力、状态和响应指标[106]。

经济合作与发展组织建立的"压力－状态－响应"框架认为，人类活动会对环境产生压力，从而影响环境的质量以及自然资源的数量（状态）。反过来，社会通过意识和行为的改变、环境政策、经济政策以及部门政策（响应）对压力所导致的变化作出响应。"压力－状态－响应"框架强调了这些联系，有利于决策者以及公众将环境以及其他问题看作相关的实体。由图 12-2 可见，对某种特定的环境问题（以空气质量为例）而言，存在两种压力：直接压力和间接压力。其中，间接压力包括交通、工业生产等；直接压力是指 SO_2、CO、CO_2 以及 NO_x 等大气污染物的排放等。在各种压力导致环境质量以及自然资源的数量发生变化的同时，这些变化又会影响人类的活动，如交通、农业、工业生产等。社会的响应包括政府、企业和公众的集体或个体行为。受到人类的经济活动状况影响的这些行为要达到三个目的：①减轻或防止人类引起的对环境的负面影响；②使已经发生的环境损害不再继续或使其逆转；③保护自然和自然资源。衡量社会反应的指标包括环保投资、环境税等[178]。

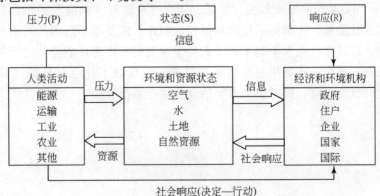

图 12-2 OECD 的压力－状态－响应（PSR）框架

　　"压力－状态－响应"框架使用"原因－效应－响应"，这一思维逻辑体现了人类与环境之间的相互作用关系。人类通过经济和社会活动从自然环境中获取其生存繁衍和发展所必需的资源，通过生产、消费等环节又向环境排放废弃物，从而改变了自然资源存量与环境质量，而自然和环境状态的变化又反过来影响人类的社会经济活动和福利，进而社会通过环境政策、经济政策和部门政策以及通过意识和行为的变化而对这些变化作出反应。如此循环往复，构成了人类与环境之间的压力－状态－响应关系[169]。

　　"压力－状态－响应"框架指标体系能较好地反映人类活动、环境问题和政策之间的联系，该框架体系倾向于认为人类活动和生态环境之间的相互作用是呈线性关系的，这种观点与生态系统与环境－经济相互作用且具有复杂性的观点并不矛盾。

第三节　三类指标的划分

　　"压力－状态－响应"框架指标体系以环境和生态资源的"状态"来呈现环境恶化或改善的程度，以经济与社会面临的"压力"来探讨对环境施压的社会结构与经济活动，以政策与制度面临的"响应"来反映制度响应环境生态现况与社会经济压力的情形。它区分了三种类型指标，即环境压力指标、环境状态指标和社会响应指标[177]。

　　其中，压力指标表征人类的经济和社会活动对环境的作用，如资源索取、物质消费以及各种产业运作过程所产生的物质排放等对环境造成的破坏和扰动，与生产消费模式紧密相关，包括直接压力指标（如资源利用、环境污染）和间接压力指标（如人类活动、自然事件），它能反映"状态"形成的原因，同时也是政策"响应"的结果；状态指标表征特定时间阶段的环境状态和环境变化情况，包括生态系统与自然环境现状，人类的生活质量和健康状况等，它反映了特定"压力"下环境结构和要素的变化结果，同时也是政策"响应"的最终目的；响应指标包括社会和个人如何用行动来减轻、阻止、恢复和预防人类活动对环境的负面影响，以及对已经发生的不利于人类生存发展的生态环境变化进行补救的措施，如法规、教育、市场机制和技术变革等，它反映了社会对环境"状态"或环境变化的反应程度，同时也为人类活动提供政策指导。

第十三章　生态城市的评价指标体系

可持续发展首先就是物质资本发展（经济）、人力资本发展（社会）和自然资本发展（资源环境）三个方面的协调，使经济发展与社会发展、环境发展和谐，实现整体上的良性循环。然而，目前很多对可持续发展的研究大多停留在理论和定性的层次上。为了增强可持续发展思想在研究和制定大连市发展战略中的指导作用，就必须采用一些可测量的并且能够较全面反映可持续发展方面的统计指标将其明确地表征出来，并构成指标体系，基于特定的理论和模型对大连可持续发展水平进行定量分析与评价，从而为大连发展政策的制定提供定量支持。

第一节　生态城市的发展协调度

一、协调的概念和内涵

协调既是一种状态，也是一个过程。作为一种状态，协调是指被协调者即各要素之间的融洽关系，从而表现出最佳整体效应；作为一个过程，协调表现为一种控制与管理职能，是围绕被协调者发展目标对其整体中各种活动的相互关系加以调节，使这些活动减少矛盾，共同发展，促进被协调者目标的实现[180]。

我们所研究的协调是指影响可持续发展的要素在发展演化过程中彼此和谐一致，可称为系统协调。系统协调的目的就是减少系统的负效应，提高系统的整体输出功能和整体效应。协调具有以下特点：

1）协调是指系统之间的一种关系和状态。它的功能的强弱与各组成部分直接的结合状况有很大关系，只有相互协调、相互适应，系统才能顺利地进化和发展。

2）协调是指系统之间相互作用、相互配合的状况，而不是各自的发展状况，子系统的最优并不意味着系统整体的最优组合，也不能说明系统协调。

二、协调度、协调作用与协调机制

系统之间或系统组成要素之间在发展演化过程中彼此和谐一致的程度称为协调度。它是度量系统或要素之间协调状况好坏程度的定量指标。协调度是一个时间概念，表现为某一状态的值。为实现系统之间或系统组成要素之间的和谐一致而采取的若干调节控制活动称为协调作用，所有可能的调节控制及其所遵循的相应的程序与规则称为协调机制。

协调作用和协调度决定了系统由无序走向有序的趋势与程度，协调机制则反映了协调作用的选择与作用规律。协调度、协调作用与协调机制构成了系统的协调。

三、协调发展

协调是系统或系统组成要素之间在发展演化过程中彼此的和谐一致。发展是指系统或系统组成要素本身从小到大、从简单到复杂、从低级到高级、从无序到有序的变化过程[180]。由此可知协调是系统之间的一种良好的关联，而发展是系统本身的一种演化过程。所以"协调发展"只能是"协调"与"发展"概念的交集，是系统或系统内要素之间在和谐一致、配合得当、良性循环的基础上由低级到高级，由简单到复杂，由无序到有序的总体演化过程。协调发展是一种强调整体性、综合性和内在性的发展聚合，它不是单个系统或要素的"增长"，而是多系统或要素在协调这一有益的约束和规定之下的综合发展。协调发展追求的是一种齐头并进、整体提高、全局优化、共同发展的美好前景[181]。

第二节　发展协调度的计算方法

经济发展与社会、资源环境的发展是否协调，需要用一套完整的、科学的评价方法来加以研究，涉及指标权重的确定、发展协调度的计算等[182]。

一、系统的协调度

协调度是度量系统或要素之间协调状况好坏程度的定量标准。协调度公式建立的理论基础是效益理论与平衡理论。所谓效益理论是指社会效益、经济效益、自然资源效益、能源环境效益等方面必须同步发展，使其综合效益最大。平衡理论是指几种效益保持一种平衡状态，任何一种效益的增加都不能以另一种效益的降低为代价。在这种平衡状态下，表现出的是一种复合效益，通常以几种效益之和表示综合效益，之积表示复合效益。我们的目标是在综合效益最大的基础上，求得最大的复合效益。构造以下公式

$$C = \frac{X \cdot Z \cdot W}{(X + Z + W)^3} \tag{13-1}$$

式中，X 为资源环境支撑能力；Z 为社会支撑能力；W 为经济支撑能力；C 为系

统的协调度。

用平均效益指数代替综合效益指数，对 C 进行标准化处理，得

$$C = \left[\frac{X \cdot Z \cdot W}{[(X + Z + W)^3 /3]} \right]^k \tag{13-2}$$

式中，k 为调整系数，一般取 $k = 8$。

从公式（13-2）可以非常明显地看出 $0 \leqslant C \leqslant 1$，当 $C = 1$ 时系统的协调度最大；当 $C = 0$ 时系统的协调度最小。协调度不失为表示社会、经济、资源和环境之间协调关系的一个重要指标，它对于促进四者健康、协调发展具有重要意义。但在有些情况下却很难反映出系统的综合发展水平。

二、系统的发展协调度

针对系统协调度的局限性，为了较为真实地反映经济、资源、环境、社会的综合发展水平，为此构造下述发展协调度公式

$$D = \sqrt{C \times F} \tag{13-3}$$

式中，F 为经济、资源、环境、社会协调发展系统的综合发展水平

$$F = (X + Z + W)/3 \tag{13-4}$$

科学的评价系统是否协调，不能仅以"是"或"不是"得出结论，因为系统的协调状态总是处于"协调"与"不协调"之间。如果把协调发展度转化为用数值表示的定量等级，同样可以用 0~1 的数字来表示，发展协调度数值为 1 时，表明系统处于完全协调状态，或者称为完全和谐状态；发展协调度数值为 0 时，表明系统处于完全不协调状态。但这两种极值状态在现实生活中几乎是不存在的，发展协调度数值一般为 0~1。评价等级一般不宜划分得过细或者过粗，通常可划分为 5~7 个等级[63]。我们将系统的发展协调度划分为 7 个等级，具体划分标准见表 13-1。

表 13-1　发展协调度的度量标准

发展协调度	0.90 ~ 1.00	0.80 ~ 0.899	0.70 ~ 0.799	0.60 ~ 0.699	0.50 ~ 0.599	0.40 ~ 0.499	0 ~ 0.399
协调等级	优质协调	良好协调	中级协调	初级协调	勉强协调	濒临失调	失调失调

第三节　生态城市评价指标体系及测算

我们从城市的经济、社会、自然构成复合生态系统观点出发，设计了一套生

态城市评价指标体系及其建设标准，并将其应用到大连市[183]。

生态城市应采用整体的系统理论和方法，全面系统地理解城市自然、经济、社会的相互作用关系，全面协调城市发展各影响因子之间的相互关系。生态城市不是单纯追求环境的优美或自身的繁荣，而是兼顾社会、经济和环境三者的整体效益，不仅重视经济发展与生态环境的协调，更注重对人类生活质量的提高，是在整体协调的秩序下寻求发展。环境保护部提出的生态县（市、省）建设指标体系，从经济发展、环境保护和社会进步三个方面提取指标，与"城市是由社会、经济和自然三个子系统构成的复合生态系统"这一基本认知相吻合，将经济目标、社会目标和环境目标进行了整合。王根生等[184]这样评价："国家环境保护总局（2003）提出的生态县（市、省）建设指标体系，从经济发展、环境保护和社会进步三个方面提取指标，是我国生态城市指标体系的最新成果，具有一定的权威性和可操作性，为当前我国各地建设生态县（市、省）提供了基本标准，得到广泛认可和参照。"2001年，我们从城市是由经济、社会、自然构成的复合生态系统观点出发，设计了一套生态城市评价指标体系及其建设标准，共40个指标，并将其应用到大连市，与环境保护部的指标体系结构最接近。[183]

一、构建指标体系的原则

1. 科学性与实用性原则

指标的科学性应理解为在设定指标时，要有科学的理论作依据，指标目的清楚，定义准确，并且能满足计算机对数据的要求。建立指标体系时，要求做到全面系统，但在评价一个具体问题时，又要求简洁实用，不宜过于繁杂。

2. 典型性与可比性

不同的可持续发展评价对象有众多的可选指标，为便于描述和说明问题，应选择那些最有典型性、代表性的指标。由于不同地区的差异是客观存在的，不同的区域各具特征，应该有个基本统一的指标体系来统一衡量，对比不同区域的协调发展程度，从而便于空间维的整体把握。

目前我国已先后制定了环境整治十佳城市、国家园林城市、国家环境保护模范城市、国家优秀旅游城市等评价标准，因此需要经济学、社会学、生态学以及城市规划与开发建设理论等跨学科就现代化生态城市建设标准进行进一步研究，以制定一套实用的标准体系，科学地评价生态城市建设状况。

对此我们根据国际上一些先进城市（如澳大利亚的墨尔本、悉尼、堪培拉，加拿大的多伦多，瑞典的哥德堡，美国的圣佛朗西斯科等）的实际数据，以新加坡为"原型"，对其中有些数据根据我国实际进行修正，初步建立了一套标准。

3. 动态性

经济与社会、资源环境的可持续发展是人类社会发展的理想模式。根据地区社会经济实力，可分出一定的阶段。所建立的指标体系必须与不同阶段的区域可持续发展动态地吻合，以便对不同阶段的可持续发展作出综合评价，实现时间维上的动态调控。

4. 可操作性

可持续发展指标体系不仅是理论研究问题，更是实践应用问题，要求所选指标必须具有某种程度的可操作性。由于计算机在处理数据方面具有快速、准确、量大等一系列特征，而计算机操作也对统计资料和指标有一定的要求。在实践中，要根据需要，删减、更新指标，或将原有的指标细分，生成一些需要的派生，来满足可持续发展在不同层次上的特殊评价需要。

5. 层次性

由于经济社会系统的复杂性和可分性，所以指标体系建立也必然应体现出层次性或级别性。上层指标是下层指标的综合，指导下层指标的建设；下层指标是上层指标的分解，是上层指标建立的基础之一。在层内指标协调的基础上，也要使层与层直接的指标衔接起来[185]。

二、评价指标选取

要较好地反映大连市可持续发展能力，选取合适的评价指标非常重要。所选取的评价指标应该能够比较全面而真实地体现大连市可持续发展的内部特征、发展状态以及主要目标的实现程度。我们主要基于中国期刊全文数据库、中国优秀硕士学位论文数据库和中国博士学位论文数据库的相关文章，采用频度分析法对涉及指标进行频度统计，同时根据数据的可得性，选择与可持续发展最直接相关以及使用频率最高的指标进行研究，如表 13-2 所示。我们将大连可持续发展系统划分为三个子系统，即资源和环境支撑能力（A）、社会支撑能力（B）和经济发展能力（C），其中每个子系统中又包含若干个具体指标，见表 13-3。

表 13-2　可持续发展的压力 – 状态 – 响应与资源环境 – 经济 – 社会的二维指标

项目	压力	状态	响应
资源环境	占用的耕地面积，地下水资源量/地下水供水量	环保投入占 GDP 比重，污染物排放当量	万元/tce，森林覆盖率，绿化覆盖率，自然保护区占全市国土面积比例
经济	金融机构不良贷款率，食品消费额占全部消费额的比重	投资率，第三产业比例	研究开发经费，财政支出/地区生产总值
社会	区域收入差距，就业率	社会保障综合覆盖率，65岁以下人口占总人口比例	万人在校大学生数，从业人员平均受教育年限

表 13-3　大连可持续发展指标体系

一级指标	二级指标		权重
资源和环境支撑能力（A）	A1	建设占用的耕地面积/10^3 hm^2	− 0.06
	A2	综合能耗利用效率（2005 年价格）/（tce/万元）GDP	0.28
	A3	森林覆盖率/%	0.58
	A4	绿化覆盖率/%	0.25
	A5	地下水资源量/地下水抽水量/%	0.25
	A6	环保投入占 GDP 比重/%	− 0.28
	A7	污染物排放当量（化学需氧量）/万 t	− 0.28
	A8	自然保护区陆域总面积/国土面积/%	0.26
社会支撑能力（B）	B1	登记失业率/%	− 0.42
	B2	区域收入差距（落后区域、先进区域）/倍	0.45
	B3	社会保障综合覆盖率/%	0.48
	B4	万人在校大学生数/人	0.47
	B5	从业人员平均受教育年限/a	0.47
	B6	65 岁以上人口占总人口比例/%	− 0.45
经济发展能力（C）	C1	第三产业比例/%	0.44
	C2	投资率/%	0.46
	C3	财政支出/生产总值/%	0.47
	C4	研发经费/GDP/%	0.48
	C5	不良贷款率/%	− 0.45
	C6	食品消费额占全部消费额的比重/%	− 0.4

三、评价样本数据来源

由于大连市部分指标的统计数据不完善，为了保持研究数据的一致性，我们仅对 1997～2006 年的可持续发展能力进行综合评价。研究过程中所涉及指标的实际值全部来源于相关年份《大连统计年鉴》、《大连环境公报》以及《直辖市、副省级市、经济特区和沿海开放城市统计资料汇编》等统计资料，原始数据见表 13-4。

表 13-4　相关指标原始数据

项目	1997 年	1998 年	1999 年	2000 年	2001 年	2002 年	2003 年	2004 年	2005 年	2006 年
耕地面积/$10^3\,hm^2$	280	279	277	269	265	250	234	245	240	235
万元 GDP 综合能耗（2005 年价格）/tce	1.2	1.18	1.16	1.14	1.1	1.1	1.1	1.1	1	0.9
森林覆盖率/%	35	36	37	38.2	38	38	38	39	40	42
绿化覆盖率/%	35.3	38.7	40	40.5	41	41.5	41.5	41.5	41.5	42.8
地下水供水量/地下水资源量/%	72	65	101	84	41	81	66	41	27	44
污染物排放当量（化学需氧量）/万 t	53.1	47.5	44.2	43	36.8	34.9	33.5	32.7	32.7	32.7
自然保护区陆域总面积/国土面积/%	7.4	8	8.6	8.9	9.3	9.3	9.3	9.3	9.3	11
环保投入/GDP/%	2.6	2.6	2.57	2.33	2.1	2.2	2.1	2	2	2
城镇登记失业率/%	3.1	3.1	3.1	3.1	3.6	4	4.3	4.2	4.2	4.1
不良贷款率/%	29.4	32	40	44	34.2	30.4	26.1	19.7	15.6	8.61
食品消费额占全部消费额的比重/%	52.49	45.62	46.555	46.83	45.6	43.8	43.2	44.2	42.1	39.9
区域收入差距/倍	2.7	2.63	2.47	2.3	2.3	2.2	2.3	2.2	2.2	2.1
第三产业比例/%	42.92	43.57	43.52	43.68	44.4	44.4	43.1	44.6	45	46.6
投资率/%	31.63	28.45	22.21	24.17	24.3	26.2	31.1	36.5	52	57
（财政支出/生产总值）/%	8.9	8.58	8.43	8.51	9.26	9.3	9.01	9.19	9.62	10.6
（研发经费/GDP）/%	1.21	1.24	1.27	1.3	1.33	1.36	1.39	1.42	1.58	1.8

资料来源：城镇人口登记失业率数据来源于 http：//www.ldbzj.dl.gov.cn/info/report/index.jsp

四、指标权重

对于表 13-4 中的某些负向指标，包括万元 GDP 综合能耗、地下水供水量/地下水资源量、污染物排放当量（化学需氧量等）、登记失业率、不良贷款率、食品消费额占全部消费额的比重、区域收入差距，我们对其取倒数，然后再和其他正向指标一起进行数据的标准化处理。最后对资源和环境支撑能力（A）、社会支撑能力（B）和经济发展能力（C）分别利用主成分分析方法，计算得到一共可以提取 3 个特征值大于 1 的主成分，见表 13-4。

五、子系统综合支撑能力

对3个主成分进行加权计算综合主成分,分别测算资源环境支撑能力、社会支撑能力和经济发展支撑能力的综合得分,结果见表13-5。值得说明的是,资源环境支撑能力的得分为负并不是意味着其对可持续发展的作用为负,而是说明它与其他两项指标相比,存在着较大差距。

表13-5　大连市资源、环境、社会、经济支撑能力

年份	资源环境支撑能力	社会支撑能力	经济发展支撑能力
1997	0.58	0.34	0.59
1998	0.68	0.37	0.58
1999	0.72	0.40	0.42
2000	0.78	0.46	0.39
2001	0.98	0.56	0.58
2002	0.87	0.61	0.67
2003	0.92	0.69	0.75
2004	1.09	0.77	0.91
2005	1.14	0.88	1.16
2006	1.11	1.01	1.43

从表13-5的结果可以看出如下演变特点:①相比于资源环境支撑能力和经济发展支撑能力的得分,社会支撑能力的综合主成分得分较低,说明社会对大连市可持续发展的支撑作用不如其他两项强。②除了经济发展支撑能力在1998～2000年有小幅下降之外,资源环境支撑能力和社会支撑能力在所有年度都呈逐年上升的趋势。进入21世纪大连市经济发展速度加快,居民生活质量逐渐提高,城镇化水平和人口素质不断上升,人们对环境的重视以及对污染和自然灾害的治理能力不断加强,再加上政府投入大量的人力和经费用于环境治理以及改善基础设施,使大连市环境支撑能力在评价期处于较好的水平。③经济发展支撑能力是三个子系统中发展最快的。

六、大连市可持续发展发展协调度测算

上一节对大连可持续发展的资源支撑能力、环境支撑能力、社会支撑能力、经济发展支撑能力分别进行测算。本节是在上节的基础上按照式(13-1)到(13-3)测算出大连市可持续发展系统的发展协调度,从综合协调发展的角度研

究可持续发展能力，结果见表 13-6 和图 13-1。

表 13-6 大连市可持续发展发展协调度

项目	2001 年	2002 年	2003 年	2004 年	2005 年	2006 年
D	0.7929	0.8191	0.7814	0.81	0.7719	0.7052
协调等级	中级协调	良好协调	中级协调	良好协调	中级协调	中级协调

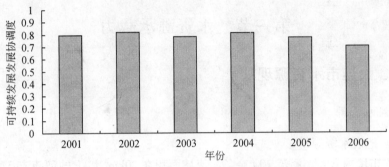

图 13-1 大连市可持续发展发展协调度

从表 13-6 和图 13-1 可以看出，大连市 2001～2006 年经济与资源、社会、经济的发展协调度维持在 0.8 左右，其中 2002 年的发展协调度最高为 0.8191，处于良好协调；2006 年的发展协调度最低为 0.7052，刚刚达到中级协调。虽然 2002 年除经济发展支撑能力最高之外，资源环境支撑能力、社会支撑能力与其他年份相比都不是最好的，但是该年在资源占用、能源消耗效率、环境污染的治理、社会发展能力以及经济动态发展等方面都维持了动态的平衡，各子系统没有极差的现象，这种可持续发展的良好状态是各子系统相互协调发展的结果。同样 2006 年社会支撑能力最好，但资源环境支撑能力和经济发展支撑能力较弱导致该年的发展协调度较低。纵观整个测算结果我们还可以发现，在评价期内大连市可持续发展能力整体水平不高，只有在 2002 年和 2004 年刚刚达到良好协调，其余年份属于中级协调，尤其是 2006 年的协调发展水平下降比较快。这就要求大连市在以后的发展过程中不能仅仅考虑 GDP 的增加，而必须重视经济发展与其他子系统的发展协调和同步，只有这样才能保证大连市经济健康、长久的发展，使资源支撑能力、环境支撑能力、社会支撑能力和经济发展支撑能力处于最优的协调状态，提高可持续发展能力。

第十四章　城市人口承载力及其调控

第一节　水资源承载力

一、大连市水资源现状

1. 淡水资源

（1）地表水资源量

大连市境内有大小河流 200 余条。流域面积在 $20\mathrm{km}^2$ 以上的河流有 57 条，其中流域面积大于 $60\mathrm{km}^2$ 的河流有 13 条，流域面积在 $200\mathrm{km}^2$ 以上的河流有 9 条。境内大部分河流多为独流入海的季节性河流，由于流程短小，河床坡度大，汛期降雨集中，集流时间短，因此多呈雨后洪水暴涨，无雨河床干涸的状态。碧流河发源于盖州市棋盘岭南麓，是大连地区最大的河流；复州河发源于普兰店市同益张老帽山东麓，是大连市的第二大河流；英那河发源于鞍山市岫岩县龙潭乡老北沟；大沙河发源于普兰店市安波镇鸡冠山西南麓，是大连市水资源开发最早、开发程度最高的河流；以上这些河流与庄河、浮渡河、湖里河、清水河、登沙河等，共同构成大连市的主要水系（表 14-1）。大连城市区域内多年平均径流量形成地表水资源量为 34.82 亿 m^3，表 14-2 介绍了大连市各县区河川径流量统计情况。

表 14-1　大连市主要流域情况一览表

流域	流域面积/km^2	径流深/mm	径流量/亿 m^3
登沙河	229	222.5	0.49
大沙河	988	256.9	2.60
复州河	1593	225.4	3.59
碧流河	2814	338.0	9.51
庄河	618	433.7	2.68
英那河	932	474.2	4.42
湖里河	510	482.4	2.46
清水河	225.6	220.0	0.75
浮渡河	510	239.2	1.22
合计	8419.6	2892.3	27.72

资料来源：初嘉腾，张华，陈述. 大连城市供水节水 2010 年规划 . 2006.1

表 14-2 大连市各县区河川径流量统计表 （单位：亿 m³）

项目	庄河市	普兰店	瓦房店	长海县	金州	合计
平均河川径流量	16.11	7.44	6.8	0.39	4.08	34.82

资料来源：初嘉腾，张华，陈述. 大连城市供水节水 2010 年规划. 2006. 1

（2）地下水资源量

大连市地下水的主要补给来源是大气降水的垂直渗入，由于降雨量集中于 7 月、8 月、9 月，地表径流过于集中，且河流短小，独流入海，只有少数雨水渗入地下，因此地下水资源贫乏。由于城市经济和各项社会事业的迅速发展，需水量增长很快，区内地下水严重超采，致使水位下降，形成地下漏斗，引起海水入侵的地质灾害，表 14-3 列举了大连市地下水资源的分布情况。

表 14-3 大连市地下水资源分布统计表 （单位：亿 m³）

项目	地下水资源量		可开采量
	合计	其中：平原区	
庄河市	2.72	1.05	1.48
普兰店	1.54	0.36	0.61
瓦房店	2.31	0.36	1.03
长海县	0.08	0	0.02
金州	2.19	0.23	0.93
合计	8.84	2.0	4.07

资料来源：初嘉腾，张华，陈述. 大连城市供水节水 2010 年规划

（3）水资源总量

按照多年统计数字平均计算，大连市年降水量为 724mm，折合降水总量为 91.19 亿 m³，形成地表水（河川径流量）资源量为 34.82 亿 m³，地下水资源量为 8.84 亿 m³，扣除两者重复计算水量 5.80 亿 m³，大连市水资源总量为 37.86 亿 m³，大连市各县区水资源情况具体见表 14-4。按 2002 年人口总量（含所辖县区 598 万人）计算，大连市人均水资源量为 633m³，约为世界平均值的 1/16、全国平均值的 1/4、辽宁省平均值的 3/4。金州以南地区人均水资源量仅为 209m³，仅为全大连市人均水资源量的 1/3。联合国认定人均占有水资源 1700～1000m³ 为轻度贫水区，1000～700m³ 为中度贫水区，700m³ 以下为严重贫水区。

此外，大连市还有从境外流入本市境内的径流量为 5.55 亿 m³，其中碧流河由盖州流入境内 4.13 亿 m³，英纳河由岫岩流入境内 1.42 亿 m³，可利用量为 3.3 亿 m³。

表14-4　大连市各县区水资源总量　　　（单位：亿 m^3）

项目	地表水资源量①	地下水资源量②	重复计算量③	水资源总量④	备注
庄河市	16.11	2.72	1.94	16.89	
普兰店	7.44	1.54	1.30	7.68	
瓦房店	6.80	2.31	1.63	7.48	④=①+②-③
长海县	0.39	0.08	0.08	0.39	
金州	4.08	2.19	0.85	5.42	
合计	34.82	8.84	5.80	37.86	

资料来源：初嘉腾，张华，陈述．大连城市供水节水2010年规划．2006.1

2. 代用水源

（1）回用水

目前，大连市日排放废水总量为126万 m^3，其中城市中心区日排放污水70万 m^3，城市污水集中处理量占中心区排放总量的30%，中心区中水回用率为14.7%。大连市共有污水处理厂5座，日处理能力37万 m^3。其中，城市中心区有污水处理厂3座，日处理能力20.4万 m^3；外市区有污水处理厂2座，日处理能力16万 m^3，表14-5列举了3个污水处理厂日处理能力和中水利用量。

表14-5　大连城市中心区污水处理和中水回用能力一览表

污水处理厂	日处理能力/（m^3/d）			中水利用量/（m^3/d）		回用率/%
	总量	其中：二级处理量	其中：三级处理量	排海量	回用量	
马栏河污水处理厂	12	8	4	10	2	
春柳河污水处理厂	8	7	1	7	1	
付家庄污水处理厂	0.4	0.4		0.4		
合计	20.4	15.4	5	17.4	3	14.7

资料来源：2005年大连市城建局排水处

（2）海水利用

大连市海水利用主要集中在金州以南地区，大部分为直接利用海水。直接利用海水的单位已有30多个，海水日均利用量最高年份近300万 m^3。海水应用行业主要在石油、化工、发电、造船、渔业、冶金、建材和农药等行业。近年来，在城市生活的健身、娱乐、景观等方面也开始使用海水。若将直接海水用量按3%折算成淡水，则可替代淡水量为12万 m^3/d。

（3）淡化水

目前，长海县海水淡化能力1500m^3/d，基本满足大长山和獐子岛居民的生活用水需求。由华能大连电厂与上海半岛水处理有限公司共同开发建成的海水淡化装置，日产一级过滤水 2500m³，二级过滤水 2000m³。淡化后的纯净水直接进入华能大连电厂的生产用水管网。大连海洋渔业公司在渔业远航船上装配海水淡化装置 50 多台，年制取淡水 4 万 m³。

3. 水源工程

截至 2000 年底，大连市共建成各类地表水工程 1435 处，其中，水库 261 座，水库总库容 22.01 亿 m³。其中大型水库 6 座，中型水库 13 座，大中型水库总库容 19.24 亿 m³；修建各种引水工程 248 处，提水工程 720 处，塘坝 206 座，地下水井近 6500 多眼。这些工程设计可供水量能力为 15.54 亿 m³，实际拦蓄水能力为 13.32 亿 m³。

4. 城市供水系统

大连城市区是大连市的经济、人口集中地，由中心区（中山、西岗、沙河口、甘井子部分）、旅顺城区、金州城区、新区（开发区、大窑湾区、保税区）组成。大连城市供水人口 2000 年为 267.8 万。城市供水水资源总量为 6.9 亿 m³，可用水量为 6.0 亿 m³。其中，碧流河水库可用水量为 3.65 亿 m³，英纳河水库可用水量为 2 亿 m³，其余为小水库和井水，表 14-6 列举了大连市主要水库情况。

表 14-6　大连市主要水库情况一览表　　　　（单位：万 m³）

水库名称	总库容	平均径流量	调节水量
碧流河	93 400	64 400	41 311
英那河	32 300	29 000	26 700
转角楼	13 200	10 490	11 743
朱隈子	15 500	11 190	8 207
刘大	10 860	5 140	4 313
松树	13 950	6 021	4 475
东风	14 200	8 400	6 522
合计	193 410	134 641	103 271

城市供水系统主要包括三部分：一是远水，即碧流河、英那河水库，日输水能力 175 万 m³，占供水总量的 95%；二是近水，即市自来水公司管辖的 9 座小水库，可用水量 0.16 亿 m³，作为事故备用水；三是井水，可用水井 7 眼，日提水量 2 万 m³。近水与井水供水量占城市供水总量的 5%。市区可用水量有效利用率达到 70%。大连市有净水厂 9 座，高位配水池 43 座，日综合净化能力为 132 万 m³。供水支干管道长 3370km。

5. 城市实际供水与耗水

目前，大连市城区实际日均淡水供水量为 90 万 m³（年供水总量为 3.3 亿 m³），其中碧流河日供水量为 53 万 m³，英那河日供水量为 35 万 m³，城区水井日供水量为 2 万 m³。

（1）用水构成

2000 年大连城市的供水量为 3.13 亿 m³，城市生活用水实际利用量为 1.53 亿 m³，工业用水量为 0.67 亿 m³（按 2000 年大连市年鉴统计值），两者合计为 2.2 亿 m³，实际利用率为 70%。

（2）用水水平

对照全国及南方几个主要城市生活用水情况，大连市处于最低水平，如表 14-7 所示。2000 年大连市人均综合用水为 157L/d（2000 年大连属严重缺水年份），是同年全国平均水平的 81.5%，广州的 33.7%。但从 1993～2000 年，大连市人均综合用水的平均年增长率达到 5.4%。

表 14-7　全国及主要大城市日人均用水量一览表

[单位：L/（人·d）]

年份	北京	沈阳	青岛	广州	深圳	厦门	大连	全国平均
1997	248			563			151	
1998	249	287	148	583	229	300	180	
1999	254	217	154	590	254	280	207	
2000				520		290	157	215

资料来源：中国城镇供水协会网络

二、大连市 2020 年供需水量平衡预测

1. 农业及农村用水的需水量预测

农村需水量预测参照《大连市国民经济和社会发展第十个五年计划水资源保障专项规划》的统计和规划数据。

（1）农田灌溉及生态需水量

减少水田面积，中心城市内的乡村农业生产以发展蔬菜、水果及副食品为主。按照《大连市国民经济和社会发展第十个五年计划水资源保障专项规划》预测，规划期内，农田灌溉面积为 333 万亩（1 亩 = 666.7m²），其中，菜田灌溉面积 65 万亩，果树灌溉面积 190 万亩，旱田灌溉面积 3 万亩，生态用水折合灌溉面积 75 万亩，需灌溉用水 47 239 万 m³，其中，中心城市农田灌溉用水 10 560 万 m³。

（2）农村人、畜需水量

农村生活用水指标按不同区域分别考虑。2020年中心城市为人均70L/d，北三市为人均60L/d，长海县为人均40L/d；远景中心城市为人均80L/d，北三市为人均70L/d，长海县为人均60L/d。大、小牲畜用水按现状定额标准预测。2020年农村人、畜总需水量为7122.5万 m^3，其中中心城市为1746.5万 m^3。

2. 工业用水的需水量预测

通过严格管理和控制，在保证国民经济稳步增长的同时，工业生产用水量实现低增长甚至负增长都是可能的。下面看看世界发达国家的工业用水量的变化过程。以荷兰工业用水为例，自1970年达到用水零增长后呈稳定下降的趋势，但与此同时，1957～1982年，荷兰的工业产值却增加了3倍，如图14-1所示。

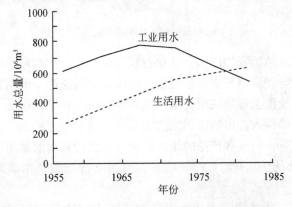

图 14-1　荷兰工业用水变化趋势

日本工业取水量自1973年达到零增长后也基本呈下降的趋势，同样，1965～1997年，日本国民生产总值增长了4.5倍，同时，自1992年后，日本的总用水量也开始呈下降趋势，如图14-2所示。

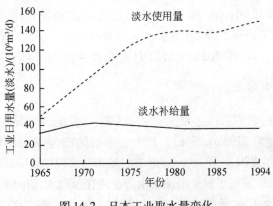

图 14-2　日本工业取水量变化

根据有关资料，瑞典通过水质法令，强制生产用水再循环利用，工业需水量急剧下降，1970年即达到了零增长，此后出现了负增长，如图14-3所示。

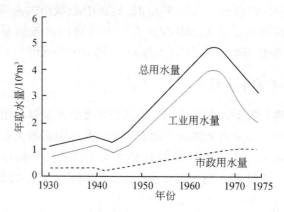

图14-3　瑞典工业需水量变化

从以上几个发达国家的用水量变化过程可以看出，用水量的增长在经济发展水平较低时，是与经济增长同步甚至快于经济的增长速度，但随着经济的不断发展，用水的增长速度会逐步减缓，最终达到零增长甚至是负增长。

因此，为了确保大连市城市居民生活用水，应对生产用水严加管理，实行总量控制，制定产业、行业和产品的用水定额，大大提高水的利用效率和效益，大幅降低万元GDP的用水量。同时，应扩大城市水源工程供水能力，如引大洋河水工程。

1983年以来，大连市工业用水以年均递增1.85%的速度增长。随着大连城市产业的进一步提升，预计工业用水增加速度将远高于现有水平，按1.85%的增长速度预测到2020年，工业需水量为28 809万 m³。

3. 生活需水量预测

根据城市人口规划，取不同区域居民用水标准和公建用水与居民用水不同比例计，2020年居民平均生活用水量为300L/（人·d），其中，中心城市为343.3L/（人·d）。预测2020年城镇生活用水量为74 444万 m³。

4. 园林绿地用水及其他用水

城市园林绿地按城区10～13m²/人，城镇、组团5～10m²/人计，2020年城市园林绿地用水量为2795.6万 m³，其中，中心城市为2131.9万 m³。远景城市园林绿地用水量为3870.1万 m³，其中中心城市为2797.5万 m³。

城市消防用水、漏失水量及未预见水量也需在预测水量中给予考虑，为城市发展留有余量。其他用水量按占总用水量的10%计，到2020年其他用水量为

10 676.3 万 m^3，远景其他用水量为 15 553.1 万 m^3。

2020 年大连市总需水量为 168 291 万 m^3，其中，中心城市需水量为 96 466.6 万 m^3，城市居民平均总需水量为 506.2L/（人·d）。远景城市需水量将增加 47 599.4 万 m^3，城市居民平均总需水量为 546.3L/（人·d）；农村需水量保持在 2020 年水平上，但用水结构将进一步调整。

5. 供水总量预测

（1）城市供水能力

在"近水"和"井水"供水量不变的情况下，预测碧流河、英那河等水库进水量。1984 年至今，碧流河水库历年平均进水量为 5.63 亿 m^3。据估计，2020 年碧流河年平均进水量不会低于 4 亿 m^3。英那河水库平均进水量不会低于 3 亿 m^3，两者合计为 7 亿 m^3 以上。考虑各种因素，城市水源工程供水能力最大不超过 6 亿 m^3。

（2）海水直接利用量

目前，大连市城市海水直接利用量居全国之首。近年来始终保持在 10 亿 m^3 以上。根据《大连市供水节水 2010 年规划》提供的数据，1992～1998 年，海水使用量年均增长率约为 6%。但随着技术的不断进步，城市海水设施的不断改造和完善，海水使用量的速度将达到甚至超过大连市工业的发展速度。现以 2000 年 14.60 亿 m^3 为基数，以 12% 作为今后直接利用的发展速度，2020 年的预测结果是 157.4 亿 m^3。按 3% 折合成淡水为 4.73 亿 m^3。

（3）海水淡化量

根据大连市纪律检查委员会及大连市水利建筑设计院提供的资料测算，2005 年、2010 年、2015 年淡化量分别为 4380 万 m^3、4928 万 m^3、5545 万 m^3。按此推断（年均增长 2.5%），2020 年淡化量为 6239 万 m^3。

（4）污水处理回用量

按大连市"十五"发展规划，2005 年，大连市城市中心区污水处理能力为 60 万 m^3，污水集中处理率达到 80%，生活污水处理率达到 100%，中水回用率提高到 25%。预测 2020 年城市中水回用量为 25 000 万 m^3。

综上，2020 年大连市总供水能力为 13.85 亿 m^3。

6. 大连市 2020 年供需水量平衡分析

按照一个现代化社会的用水比例（第一产业占总用水量的 32%，第二产业占 18%，生活、生态及其他占 50%）计算，2020 年各类用水的盈亏分析见表 14-8。

表14-8　2020年各类用水的盈亏分析表

用水类型	供给/万 m³	需求/万 m³	盈亏/万 m³	满足率/%
第一产业及农村	55 400	54 362	1 038	102
第二产业	31 855	28 809	3 046	111
生活及其他	51 245	85 120	− 33 875	60.2
合计	138 500	168 291	− 29 791	82.3

从表14-8可知，按现有的水源状况，2020年大连市总缺水量达到3亿 m³，与大连市的生产和生活发展的需要有一定差距[185]。

三、水资源承载力的计算

水资源承载力是指在某一时期、某种状态下的水环境条件对该城市的经济发展和生活需求的支持能力。水资源承载力客观地反映了一个地区的水资源相对丰富程度。

方法一：大连地区淡水资源总量每年为37.86亿 m³，其中地表水资源为34.2亿 m³、地下水资源为8.84亿 m³，两者重复水资源量为5.8亿 m³。一个地区经济社会的发展程度的不同，满足其生活和生产的人均水资源量的标准也会不同。而一个地区的发展程度可以分为贫穷、温饱、小康、现代化和后现代化五个层次。大连市已脱离温饱阶段，进入小康社会。根据联合国教科文组织对世界多案例的统计平均分析，人均水资源量在300m³以上是保持现代小康社会生活和生产的最低标准。由此，可以计算出大连市的水资源的承载力是1262万人。

方法二：按现有水源状况，到2020年可供水13.85亿 m³，以现代化用水比例，生活用水占37%计算，可提供生活用水量为51 245万 m³。按照2020年居民平均生活用水量180L/（人·d）的用水标准，则可以计算出大连市的水资源的人口承载力是780万人。

由于以上两种方法分别从两个不同的角度，采取不同的方法路径得到，而且采取的标准也不同，方法一采取的是保持现代小康社会生活和生产的最低标准，而方法二则主要采用的是生活用水标准，其标准是根据发达国家的用水比例及用水标准计算得出的，较方法一严格。因此它们得出的结果有较大的差距，但综合以上两种方法则能更为准确的得到大连水资源的承载力。现取它们的算术平均值得到大连市的水资源的承载力为1021万人。

第二节　土地资源承载力

土地资源是维系人类生存和繁衍的一种最重要的综合性自然资源，它不仅直接或间接地为人类提供了食物来源，同时也为许多工业部门提供了原材料和部分能源。

一、大连市土地资源现状

大连市主城区土地总面积为 1107.30km²。在全部土地构成中，现状建设用地为 321.68km²，占土地总量的 29.0%，其中交通用地为 14.74km²，占建设用地总量的 5.5%，特殊用地为 72.08km²，占建设用地总量的 26.9%；水域（含盐田、虾池、滩涂）为 27.83km²，占总量的 2.5%；耕地为 165.70km²，占总量的 15.0%；园地为 81.72km²，占总量的 7.4%；林地为 488.23km²，占总量的 44.1%；荒地等其他用地为 22.14km²，占总量的 2.0%。

二、土地资源承载力

土地资源承载力是指在一定生产条件下，特定地理区域的土地资源的生产能力以及能够持续供养的、具有一定生活水准的人口数量。根据《大连城市总体规划》，从生态系统所能提供的初级生产潜力考虑，一个地区土地资源人口承载力的计算公式为

$C =$ 耕地面积 × 复种指数 × 太阳辐射量 × 光能转化率 × 生物能利用率/人均消费热能 × 天数   (14-1)

耕地面积经多年变化趋势的综合分析，在 2020 年内预计以 1‰左右的速度递减，未来大连市耕地面积控制在 3656km²，太阳年总辐射量为 91 300kW，生物能利用率可达到 3.0% ~4.0%，消费热能小康标准为 2800kcal/（人·d），大连市取 3000kcal/（人·d），则大连市土地资源的人口承载力为 1050 万人。

随着人口数量的急剧增加和经济的快速发展，自然环境不可避免日趋恶化，土地资源的供需矛盾也将不断加剧。一方面表现为耕地面积的减少，主要由于城市扩建、工业、交通和居住等非农占地；另一方面表现为土地资源退化严重，首先为水土流失，其次为沙漠化，最后为土地质量退化等。因此，为了科学、合理地利用和保持土地的再生和恢复能力，就要求对大连市的人口发展制定相应的措施，在人口总量增加的同时，注重人口素质的提高，有利于合理、高效地开发和利用土地资源。

第三节　2020 年大连可持续发展的人口承载力测算

关于大连可持续发展的人口承载力，已经分别从水资源、土地资源和生态环

境三方面进行了测算。由计算结果可以看出，水资源与土地资源的人口承载力基本相符，但生态人口承载力相差较大。因此必须进行综合考虑，才能较科学地评估大连市可持续发展的人口承载力。

这里，采用加权平均的方法进行计算，计算公式为

$$d = \alpha_1 W + \alpha_2 L + \alpha_3 E - P \tag{14-2}$$

式中，$\alpha_1 + \alpha_2 + \alpha_3 = 1$，$\alpha_1$、$\alpha_2$、$\alpha_3$ 分别为 W、L、E 的权重；d 为人口发展潜力；W、L、E 分别为水资源、土地资源和生态的人口承载力；P 为当前人口数。

而对于确定 W、L、E 的权重 α_1、α_2、α_3，则采用专家打分法。

α_1、α_2、α_3 分别取 0.3、0.3、0.4，则

$$
\begin{aligned}
d &= \alpha_1 W + \alpha_2 L + \alpha_3 E - P = 0.3 \times 1021 + 0.3 \times 1050 + 0.4 \times 820 - 558 \\
&= 391.3 \, 万人
\end{aligned}
$$

因此，到 2020 年，大连市人口承载力可达到 949 万人，人口的发展潜力为 391.3 万人。

第五篇　生态城市的建设策略

　　生态城市经济发展的基础是循环经济，而发展动力则是创新和投资双驱动，因而在本篇中首先提出生态城市发展循环经济、促进产业升级和向创新－投资双驱动的低碳经济转型的策略，结合大连市实际进行了讨论；然后，就生态城市的基础设施建设策略及促进生态城市发展的政策问题结合大连市实际情况进行讨论。

第十五章　发展循环经济促进产业升级

第一节　产业升级

一、产业升级的含义

产业升级是指高生产率产业（高附加价值产业）比重不断提高的过程，通过技术进步和信息化改造、人力资源素质的提升来改变产品结构、产业结构，提高传统产业的竞争力。这一定义包括了如下内容：产业升级的方向是高科技产业和新兴产业代替传统产业；产业升级的基础是创新；产业升级必须伴随要素升级。产业升级是在一些产业兴起的同时，另一些产业衰落的过程，其前提是要素从衰落的产业中转移出来，进入到兴起的产业之中[186]。

产业结构方面的升级理论依据产业的特征对产业进行了归类，然后讨论类别之间的演替问题（表 15-1）[187]。

表 15-1　产业结构升级分析

分析的原理	升级的维度	升级的含义
三次产业划分	农业、工业、服务业的划分	人均国民收入增加与第二、第三产业比重提高的统计，相关关系预示的工业与服务业比重呈逐渐增加的宏观趋势
社会再生产	生产资料与消费资料划分基础上的农、轻、重工业划分	生产资料优先增长规律与重工业化趋势
各产业中的要素密集程度	自然资源密集型产业、劳动密集型产业、资金密集型产业和技术密集型产业	产业结构从自然资源密集型、劳动密集型产业逐步向资金密集型、技术密集型产业过渡
产业出现的先后顺序	一般以第二次世界大战前后划分传统产业与新兴产业	新兴产业如信息产业等的涌现与普及以及对传统产业的改造
经济增长方式	以增长方式划分产业类型为粗放型和集约型	由粗放型经济增长为主逐步转向集约型经济增长
产品加工程度	按产品在生产过程中完成的状况和相互衔接程序，以及使用去向，可分为初级产品、中间产品和最终产品等	产业由生产初级产品的产业占优势比重逐渐向制造中间产品、最终产品的产业占优势比重依次转移

二、产业升级的层次

从全球价值链的视角看产业升级，Humphrey 和 Schmitz 的提法最具有代表性，他们把产业升级分为四个层次[188]。

1. 流程升级

通过整合生产系统或者引入先进技术含量较高的加工工艺，把投入更为高效率地转化为产出，从而保持和强化对竞争对手的竞争优势。比如在传统制造业中计算机技术的使用就促进了流程升级。

2. 产品升级

从低附加值的低层次简单产品转向同一产业中高附加值的更为复杂、精细的产品。比如从衬衫到西服的升级。

3. 功能升级

企业从低附加值价值环节转向高附加值价值环节的生产，更多地把握战略性价值环节。例如，从制造环节到营销、设计等价值环节。通常把从委托加工到贴牌生产到自有品牌创造的转换看做是功能升级的基本路径。

4. 链条升级

企业利用在特定价值环节获取的竞争优势嵌入新的、更加有利可图的全球价值链。例如，从自行车价值链到摩托车价值链再到汽车全球价值链的转变。

一般产业全球价值链升级方式的实践形式见表 15-2[189]。

表 15-2　全球价值链升级方式的实践形式

升级方式	升级办法
工艺流程升级	通过对生产体系进行重组或采用新技术来提高价值链中某环节的生产加工工艺流程的效率，来达到超越竞争对手的目的
产品升级	引进新的产品或改进已有产品来达到超越竞争对手的目的
功能升级	重新组合价值链中的环节，以提高经济活动附加值。获得新的功能或放弃已有的功能，增加经济活动的技术含量。例如，从生产环节向设计和营销等利润丰厚的环节跨越，改变企业自身在价值链中所处的位置
价值链条升级	从一条价值链移向新的、价值最高的相关产品的价值链

三、产业升级的轨迹

就产业升级的四个层次而言，无论哪个层次，都意味着从劳动密集型价值环节转向资本和技术密集型价值环节，从劳动密集型价值链条转向资本和技术密集型价值链条，其过程都伴随着资本深化。而资本深化总是意味着随着要素禀赋发生变化，企业在技术选择的过程中不断地以资本代替劳动，进一步提高资源配置效率。通常产业升级遵循由流程升级、产品升级、功能升级到部门间升级的循序渐进过程，其渐进过程实质上体现了要素禀赋的比较优势的循序渐进的变化过程，如图 15-3 所示[187]。

表 15-3　产业升级的一般轨迹

	工艺流程升级	产品升级	功能升级	价值链条升级
发展轨迹	↓ ───────────────────────→			
例证	委托组装 ↓ 委托加工	自主设计和加工	→自主品牌生产	→配套产业的发展
经济活动 中非实体 性程度	附加价值的非实体性内容逐渐增加 ──────────────────────→			

当然，当技术出现大的突破或者技术领先企业加盟合作从而使得企业的比较优势发生跳跃性变化时，产业升级可能发生跳跃性前进。在产业升级过程中始终存在着发挥静态比较优势嵌入劳动密集型价值环节和注重动态比较优势嵌入资本和技术密集型价值环节之间的动态权衡。当劳动力相对于资本比较丰裕时，就应该在劳动力密集型产业中发挥比较优势。当要素禀赋尚不具备产业升级的条件时，盲目进行产业升级，非但不能促进经济增长，反而限制了经济发展[188]。

四、产业升级的模式

1. 产业升级模式类型

产业升级的实质是产业由低技术水平和低附加值状态向新技术水平和高附加值状态转变的过程，它是资源在各产业之间以及相同产业的不同部门之间和不同产品之间流动的结果。不同国家和地区资源配置和聚合的不同模式，决定了产业结构演进存在着两种基本模式：自主成长型产业升级与外向推动型产业升级[190]。

（1）自主成长型产业升级模式

所谓自主型产业升级即在进行产业升级的过程中，依靠自身科技、经济实力，在不倚仗或者无条件仰仗外力的情况下进行产业升级。这种升级模式更多的适用于经济实力相对落后的地区，在无法实现资源共享的情况下，无法从外部汲取创新资源，必须依靠加强自身建设，自力更生。这种模式存在一定弊端，由于单纯依靠自身实力，与整个社会发展速度相比较慢，同时外部获取信息又较容易导致升级结果不科学的现状，事实证明单纯依靠自身的力量进行自主创新，往往显得力不从心，甚至可能会贻误最佳时机。

（2）外向推动型产业升级

外向型产业升级即通过对外开放，获得外部支援，通过在国家或地区内部资源、信息的传递、扩散，而逐步推进、实现产业结构升级。这种方式可以借助外界力量，从而弥补自身实现创新能力的不足，从一定程度上缓解了产业升级需要面临的困境和矛盾。

2. 资源型产业集群升级

资源型产业集群升级就是从企业的现有资源着手，使集群内的企业从基于资源禀赋的比较优势发展成为基于创新的竞争优势过程。资源型产业集群升级与转型主要包括内生渐变式和外部剧变式两种模式：

（1）内生渐变式升级与转型[188]

所谓内生渐变式升级与转型，是指在资源型产业集群衰退期之前集群自身的升级与转型，是集群自诞生起至衰退期之前或衰退期的前阶段，集群在漫长的发展、创新中实施的升级与转型。这种升级与转型的特点一是主动性，二是渐变性。

（2）外部剧变式转型[188]

外部剧变式转型，是指在资源型产业集群发展、成熟、衰退期间，利用技术创新，由自身创造而成或接受外部转移来的性质相近甚至毫无联系的产业而形成的产业集群，从而完成对传统资源型产业集群的转型过程。

第二节 引入循环经济的产业升级模式

一、环境升级的阶段

企业在进行产业升级的同时，受到多方因素的影响，诸如企业生产环境、产品环保水平、产品再利用价值等都直接影响企业的绩效。因此，这里提出的产业升级即在新时期下，引入循环经济的产业升级，从环保意识着手，将循环经济理念引入产业升级中，以实现企业资源的最高效率利用，从而实现经济效益、社会效益最大化，即环境升级。

处理企业的环境升级问题，会因为企业的不同而大相径庭。在针对企业环境升级问题提出对策时，可以分成"从企业层次到集团整体，进而发展至社会的规模大小"与"对环境升级问题的基本态度"两个维度来看。整个发展过程可以分为三个阶段，如图 15-1 所示，一开始先以厂区为中心，被动的响应环境状况中的"环境需求层次"；接着是自主性处理地球变暖与有害物质问题的"环境保护"层次；最后是发展到视环境为企业经营的重要方面，以全公司或全集团规模，采取主动方式来响应环境状况的"环境升级管理"层次[191]。

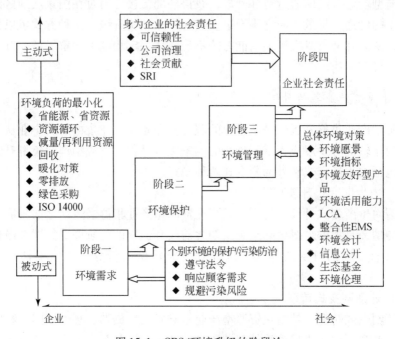

图 15-1　CRS/环境升级的阶段论

二、引入循环经济的产业升级方式及轨迹

引入循环经济的产业升级方式在以往基础上，从工艺流程升级到产品升级到产业功能升级再到价值链条升级，到最后的环境升级（表 15-4、表 15-5）。

表 15-4　引入环境升级后的全球价值链升级方式的实践形式

升级方式	升级办法
工艺流程升级	通过对生产体系进行重组或采用新技术来提高价值链中某环节的生产加工工艺流程的效率，来达到超越竞争对手的目的
产品升级	引进新的产品或改进已有产品来达到超越竞争对手的目的
功能升级	重新组合价值链中的环节，以提高经济活动附加值。获得新的功能或放弃已有的功能，增加经济活动的技术含量。例如，从生产环节向设计和营销等利润丰厚的环节跨越，改变企业自身在价值链中所处的位置
价值链条升级	从一条价值链移向新的、价值最高的相关产品的价值链
环境升级	通过生产环境和产品的环保水平的升级，实现循环经济

表 15-5　引入环境升级后的产业升级的一般轨迹

	工艺流程升级	产品升级	功能升级	价值链条升级	环境升级
发展轨迹	↓ ————————————————————————————→				
例证	委托组装 ↓ 委托加工	自主设计加工 →	自主品牌生产 →	配套产业发展	减量化，再循环，再利用，再思考
经济活动中非实体性程度	————————————————————————————→ 附加价值的非实体性内容逐渐增加				

三、发展循环经济促进产业升级的原则

1. 整合资源，合理开发，综合利用，实现可持续发展

本着合理开发的原则，整合发展资源，对土地、人力、财力等进行整合，实现各类因素的综合发展，达到效率最优，在可持续发展观的指引下，实现与环境的最优协调。

2. 因地制宜，优化结构，产业升级，提高综合经济效益

基于自身所在地理位置，因地制宜地开展生产基础性工作。同时优化生产结构，从目前的产业结构升级转移到更加科学有效的产业结构。从传统的工厂发展为高技术企业，注重科技的投入，从而提高综合经济效益。

3. 创新机制, 合理分工, 保证市场, 创建稳定的市场秩序

大力引进创新机制, 紧跟发展步伐, 创新思维, 开拓思路, 强化管理, 完善运行机制、管理机制、用人机制、激励机制、创新机制、文化机制, 创造人才充分施展才能的舞台和快速成长的环境。凝聚高尖端人才, 发挥人才的作用, 合理分工, 互相协作, 创建稳定的市场秩序。

4. 扩大开放, 选准项目, 加大投入, 打造新的行业增长点

加大对外开放力度, 加大资金、科技、人力等多方投入, 看准市场, 确定发展项目, 学习其他企业先进技术及经验, 不断完善自身建设, 打造新的行业增长点。

第三节 循环经济促进产业升级的变革模式

我们以大连市复州湾盐场为例对产业升级进行分析。大连市复州湾盐场始建于 1848 年, 目前是东北地区规模最大的两碱化工用盐及民用食盐的供应基地, 是大连市唯一的国家食盐定点生产企业。

复州湾盐场如果要实现产业升级, 必须寻找到产业升级模式的突破口, 切实贯彻适合盐场的变革模式, 以此为出发点, 实现由原本的资源密集型向资本技术密集型的变革。在盐场发展的同时, 更要从自身企业内部循环、与周围企业形成的工业区循环以及整个渤海湾地区的生态环境循环出发, 实现企业自身的产业升级。

一、变革的需要

发展循环经济主要可以采用两种模式: 一种是渐进模式, 另一种则是变革模式。渐进式的基本特点是在选择改革的突破口时, 遵循了从小到大、从易到难、从外到内、从下到上的原则, 采取了稳扎稳打、步步推进、由浅入深的改革方略, 坚持以企业的内部资源作为自己的竞争优势, 按照资源型产业升级模式的思路进行改进; 而变革则是在新的经济、社会背景下, 寻找新的突破口, 不断完善现有资源的利用率, 以实现效率改进的改革方略。对于复州湾盐场来说, 需要采用变革模式, 即外部剧变式转型, 寻找盐场发展新途径以实现可持续循环发展。

1. 节约资源的需要

从海水资源利用的角度来说, 水资源的利用日益紧张, 盐场目前仍通过晾晒的方式获取盐，靠天吃饭，科技含量不高，浪费了大量的土地资源和水资源，太阳能、风能资源也没有得到循环利用，造成大量能量损失，这样导致食盐产出率低，海水利用率低，更无法解决水资源短缺问题。

从人力资源的角度来说，目前盐场人力资本相对富足，但是人均产出相对较少。由于工艺仍然落后，职工劳动强度较大，生产成本高，海盐质量参差不齐，市场竞争力不强，职工心态也不稳定。复州湾盐场现有职工 2646 人，其中生产工人 1923 人，工程技术人员 52 人，管理人员 209 人，服务人员 148 人，剩余的是离岗休养人员、退休人员、离休干部。复州湾盐场的现有人才制度不够完善，工程技术人员比例只有 1.97%，在很大程度上说明企业吸收、安抚高级工程技术人员能力不足，这也直接导致企业自主创新能力不强，生产效率低下的现状。

从土地资源的角度来说，复州湾地区土地资源被征用，盐田面积逐年减少。近年来，松木岛化工园区、长兴岛临港工业区的发展建设征用或准备征用部分盐田，打乱了原有的生产体系，致使盐田布局更加零散。伴随地区经济的发展，土地资源被征用，盐田面积逐年减少的趋势已成定局，企业产能、效益及盐化工必将面临严重的挑战与威胁。从 2005 年起，瓦房店市政府陆续征用盐场盐田达 $8.2km^2$，今后政府还有可能继续征用。长兴岛工业区的建设使原本依靠土地资源进行作业的盐场面临巨大困境，同时修建长兴岛疏港高速公路横穿一分场盐田，导致一分场工艺流程全部破坏。由于修路的污染，原盐质量得不到保证，只能保持简单生产，大连市产盐为 105 万 t，其中复州湾盐场（复盐）为 75 万 t，复盐的盐产量占大连市的 71%，占东北地区 40% 份额，由于盐田面积减少将直接导致复盐产量减少 17.6 万 t，其中一分场减少 7.3 万 t，六分场、七分场减少 9.8 万 t，铁路建设减少 0.5 万 t，这种粗放型的生产模式已经不能适应新情况的要求，是不可持续发展的。面对这一困境，出于节约资源的需要，盐场必须进行变革。

2. 环境升级的需要

复州湾盐场要充分利用海水淡化等先进技术，实现企业环境的彻底改善，提高产品环保水平，生产高质量、无污染盐及相关链条产品，实现企业经济的循环发展。作为龙头知名企业，同时要带动行业内外相关部门，发展循环经济，为地区循环经济发展贡献力量。盐场要清洁生产，实现无污染排放，因此必须进行企业变革。

在充分把握减量化、再循环、再利用、再思考四步原则的同时，复州湾盐场发展要坚持以提高企业经济效益为中心，以产业结构调整为主线，以改造传统产业和提高质量、增加品种、促进产业、产品升级为重点，完善健全以企业为中心的技术创新体系，加大产学研联合开发的力度，提高科技成果的转化率，加强科技人才队伍建设，提高企业技术创新的能力，推进企业信息化建设，努力营造有利于技术创新的外部环境，力争使复州湾盐场的盐业科技工作取得新的发展和突破。同时要严格执行国家的环保法规及相关要求，在企业内部不断提高环保意识，把环境管理作为一件大事来抓，坚持"纵深防御"的原则。在建设阶段，严格遵照"三废"和环保设施与主体工程同时设计、同时施工、同时投运的环保"三同时"的原则，对废物的产生、排放、处置进行严格控制，并制定详细的排放监督和环境监测计划，切实保护周边环境。同时在商业运行阶段，也要始终把安全运行和保护环境作为工作重点，明确规定安全和环境保护目标。

3. 区域功能升级的需要

在振兴东北老工业基地的大背景下，复州湾盐场需要面对区域功能的重新定位。盐场的区域定位即建设成为东北亚重要盐与盐化工基地。复州湾盐场地处辽东半岛西南沿海，场区占地面积 166km^2（其中滩涂面积 149km^2），与瓦房店市的炮台、复州湾、谢屯、泡崖、三台这五个乡镇及金州区的七顶山乡、长兴岛临港工业区接壤。复州湾盐场所依托的海域无工业污染，资源丰富，具有生产海盐和进行水产养殖的自然优势；同时拥有完善的公路、铁路、港口交通运输网络，距沈大高速公路和202国道均为16km，拟建的长兴岛疏港高速公路从复州湾盐场穿过，距大连港100km，场内有两条铁路专用线，产品销售渠道快捷畅通。根据海盐市场的需求变化，复州湾盐场确定的战略定位，一是国内的东北市场，二是东亚的日韩及朝鲜等市场。全球海盐贸易量60%集中在亚洲，日韩两国是海盐进口大国，每年需要从墨西哥和澳大利亚等国家进口原盐1000万t余。复州湾盐场已将战略定位瞄准东亚市场，如果复州湾盐场的原盐质量、成本达到世界先进水平，出口到日韩两国，地理优势相对更加突出，完全有把握占领日韩两国部分工业盐市场，为复州湾盐场的发展提供了市场上的保证。

同时盐场是区域循环经济的重要组成部分。为了渤海湾永远的生机，"十一五"期间，大连市复州湾盐场必须走新型生态工业化道路，"一水五用"，先养殖，再养卤虫，空气吹溴，晒盐，苦卤加工及盐深加工，通过海水梯次利用，提高资源利用率，延长海水综合利用的产业链，形成"资源—生产—废弃物—再利用"的循环流程，把苦卤变成一座不竭的矿山宝藏，这样可以实现梯级开发，发展区域循环经济，打造绿色盐业。

除此以外，盐场也是区域经济的扩展地和集聚地。大连市化工产业基地坐落在复州湾盐场一分场（我国最早的制碱企业——大化集团已落户在该基地内，其他一些化工企业也将陆续搬迁到基地内），长兴岛临港工业区与复州湾盐场八分场相邻，红沿河核电站距复州湾盐场八分场只有30km余，地理优势明显。随着大连市化工产业基地及长兴岛临港工业区的建成，复州湾盐场势必要成为最重要的原盐供应基地；随着红沿河核电站海水淡化项目的投产，复州湾盐场势必要成为红沿河核电站淡化后浓海水的最佳承接地。

二、资源密集型向资本技术密集型的变革

1. 工艺技术的变革

面对盐场目前资源密集型产业现状存在的诸多问题，盐场必须从资源密集型向资本技术密集型进行转变。从原来的依靠土地资源发展到现在的依靠创新求发展。复州湾盐场要实施"以盐为主、盐养结合、盐化并举、构建绿色盐业"的企业战略，大力开发利用海水淡化技术，实现可持续发展。

长距离引水和海水淡化是解决沿海地区淡水危机的主要途径，大连市在海水利用方面已经有比较成熟的技术储备。中国科学院大连化学物理研究所等研究机构在膜技术等方面有一定的技术积累，具备进一步发展海水利用技术的工业基础。海水淡化技术和盐场现有的制盐项目有机地实现资源综合利用、优势共享，形成循环经济的发展格局。海水淡化后的浓海水是制盐的优质原料，在盐场现有制盐业的基础上开发海水淡化项目，不仅可以在淡化项目本身获利，而且可以使制盐能力在不需要扩大生产面积的基础上增加两倍以上的生产能力，实现综合利用和循环发展。海水是淡水的重要替代资源，我国每年利用海水作冷却水用量达 330 亿 m^3，日淡化海水规模 3.1 万 m^3，海水利用已有一定基础和规模，海水淡化吨水成本已降至 5~7 元。早在 20 世纪 50 年代，为解决"水的危机"，美国从 1952 年起专设盐水局，不断推进水资源和脱盐的技术进步。目前主要的技术是蒸馏法和膜法，蒸馏法以多级闪蒸为主，另有低温多效等；膜法以反渗透为主。当前世界上脱盐水产量超过 3400 万 t/d，多级闪蒸和反渗透各占市场的 45% 左右，解决了 1 亿多人口的供水问题。海水淡化水能耗已降到 4 度/t 以下，淡化水成本在 0.5 美元/t 左右。海水淡化是需要先进的技术支持，海水淡化中广泛使用的电渗析和反渗透及纳滤淡化海水等核心技术都要靠一张膜来完成，这种液体分离膜是由高分子材料制成的。从 50 年代开始，我国就开始进行海水淡化技术的研究，到目前为止，已经投入使用的海水淡化技术基本上都可满足工业生产的要求。应用蒸馏技术、膜技术等海水淡化技术将海水处理成各种工业用水、饮用水、高纯水，涉及的多级反渗透法、多级闪蒸法、电渗析法及冰冻结晶法等高技术手段，目前已经被人们掌握。

大连市经过多年的发展，培养和锻炼了海水淡化的专门人才，并组建了一些专门的科研开发机构。1999 年，大连市为解决长海县饮用水长期不足的严重问题，与国家海洋局海水淡化所合作，由该所完成了大连市长海县日产千吨反渗透海水淡化系统设计。而后，又为长海县进一步完成了淡化后海水制备瓶装饮用水装置，为企业创造了良好的经济效益，为大连市实施大型海水淡化项目和全面开

展海水淡化事业积累了宝贵经验。

在盐田面积缩小的情况下，保持产能不减少是复州湾盐场当前面临的一个重要问题。长兴岛、松木岛可以成立海水淡化公司，日产10万t的淡水满足长兴岛工业园区的需要，同时每天还有10万t的浓盐水可以蒸发，弥补复州湾盐场盐田被征用而导致的产量下降问题。这样日产10万t淡水和浓盐水可以使复州湾盐场的产量增加50万t/a，调水价格是不断上涨的，因为受环境交通水质等影响大，但是海水淡化的成本在下降，所以海水淡化更加可行。大连市海水淡化工程可分为几个阶段，第一阶段为10万t/d，第二阶段为20万t/d，第三阶段实现40万t/d。推进此工程，可以解决长兴岛土地征用，盐田面积减少导致产盐量减少带来的矛盾，实现盐场的可持续发展。

应用海水淡化技术，盐场便从原来的单纯依靠土地晒盐到现在实现机械化工技术的应用，从工业技术的角度完成了其产业升级。

2. 产品结构的变革

复州湾盐场要实现产品结构变革，必须改进落后的工艺，实行对产品的深加工，充分利用原材料工业向高加工度的方向发展，研发、生产高附加值的下游产品，推动产业结构优化升级，以实现产业链的延长。

生产工艺的创新方面，在规范用海、不破坏海域自然岸线、保护好盐田这个不可再生资源的前提下，集中力量把复州湾盐场二分场、三分场、四分场东部和南海工程及周边的民滩共6680hm²的盐田合并为一个生产单元，采用先进的制盐工艺，对其进行整体规划和改造，变过去落后的分散制卤、分散结晶为集中制卤、集中结晶，一水多用，梯级开发，发展区域循环经济，打造绿色盐业。具体做法是：首先将南海工程、三分场及四分场东部的滩田及毗邻的民滩，全部改成制卤区，同时利用各种海洋生物生长适应不同盐度的特点，分类养殖各种水产品：将纳入滩内的海水在南海精养区养殖海参；海参养殖后排出的水在东部养殖（混养）鱼虾贝类等；混养后海水比重达到5°Bé（波美度）时在三分场养殖鲜卤虫及卤虫卵；卤虫养殖后的卤水经过浓缩，浓度达到10°Bé时，进入空气吹溴厂制溴；制溴后的卤水到现在的二分场继续浓缩，然后进入结晶池实行集中流动结晶；产盐后的母液输送到化工厂用于盐化工生产，最后实现零排放。

通过改造，使滩田的资源优势充分发挥出来，由于卤水的富集，可以得到合理利用，既提高了海盐的产量和质量，又发展了盐化工及水产养殖业：滩田的有效生产面积由过去的84%提升到现在的96%；现遍及整个盐田的运输轻轨铁路、输卤管道、动力线路等，全部收缩到二分场结晶区；海盐产量由原来的19万t/a，增加到35万t/a，海盐制造成本由现在的50元/t降低到25元/t，原盐中氯化钠干基含纯达到99%（现在为97.5%），海盐生产工艺水平与产品质量达到世界先进水平。

在产品结构的创新上，通过上述改造，实现盐及盐化工产业链的延伸。因原盐产量的增加，产盐后的母液——苦卤数量也由现在的 20 万 m^3/a 增加到 45 万 m^3/a，使盐化工产能大幅度增加，并有条件开发新的系列产品，如镁肥、溴系列阻燃剂、锂等；海盐质量的提高，使原盐的深加工突出功能性、多品种、系列化，在继续开发食用盐新产品的同时，重点加大道路化雪用盐的生产，大力开发国内道路化雪用盐市场，使道路化雪用盐成为复州湾盐场今后的一个主要品种，拓宽企业的发展空间。

另外复州湾盐场拥有大面积的土地，除了满足盐场自身发展之外，还可以应用于相关服务业的发展。首先，闲置土地可以用于房地产业的开发。释放闲置土地，增加商品房的供应，可以成为复州湾盐场发展的一个副业主导方向。大连市房价一直处于不断提高的态势，而且越来越多的居民将眼光从城市转移到近郊，为了获取更加闲静适宜的生存环境，复州湾盐场可以把握这个时机，开发房地产业，以环境优势等客观条件作为吸引购房者的重要因素，修建商品房，实现土地利用的最大化。同时，复州湾盐场的闲置土地可以用来做仓储，为松木导、长兴岛以及其他周边企业提供仓库。这样可以减少土地闲职，获得经济效益的同时可以帮助周边企业解决储藏问题，这也是复州湾盐场发展服务业的另一不错选择。

三、推进三个循环

复州湾盐场在发展循环经济时遵循企业内部、企业之间以及区域经济之间的三种循环模式。对于盐场自身而言，通过规划改造后的盐田，形成海洋生物多样性的生态系统，实现企业自身的循环发展；同时盐场与周围的企业，如长兴岛临港工业区、松木岛化工园区以及红沿河核电站都可以通过加强合作，一资源多利用，从而实现循环经济；盐场的湿地和水资源的循环作用对于整个区域经济来说，是一笔巨大的财富。因此盐场要从三个方面着手，实现可持续的循环发展。

1. 企业内部循环

目前，作为盐场下游客户的两碱行业纷纷进行技改，采用新的工艺技术，对原料工业盐的质量要求也越来越高。现在复州湾盐场的海盐质量还不能完全满足这个要求；因滩涂分散，产盐后的母液数量少且又不能全部得到回收利用，两个盐化工场长期处于生产不饱和状态，使盐化工场生产装备一年中有半年闲置，产业链也无法得到有效延伸。特别是近一两年来，松木岛化工园区及长兴岛临港工业区的发展建设征占或准备征占复州湾盐场部分盐田，打乱了原有的生产体系，使滩田结构更加零碎，对盐场的产能、效益及盐化工都带来重大影响。从近几年复州湾盐场的计划产量与实际产量来看，八场与其他几个分场相比，实际产量与计划量差异较大，这从侧面反映出企业内部资源没有充分得到利用。

复州湾盐场需要加强科技研发，提高单产和质量，逐步实现"零"排放。树立科学发展观，加大科技研发力度，采用现代高新技术和先进实用技术，促进盐行业新工艺、新技术、新设备的产业化进程，提高盐行业工艺、技术及装备水平。复州湾盐场应推行苦卤综合利用，盐田生物技术应用、海洋化学资源综合利用，增强利用企业其他分场的生产能力，为复州湾盐场创造更多的利润增长点。盐场要依托资源优势、区位优势、交通优势和产业优势，通过以盐化工为主导，大企业支撑，中小企业配套，加快聚集各类产业要素，不断扩展、延伸、整合和补充。盐场在进行工艺流程升级、产品升级的同时，要围绕主题项目，适时开展配套产业的招商引资，通过以商招商、企业招商和产业招商等多种形式，大力引进既重视带动性、关联性强的生产型项目，同时可以发展具有辐射拉动作用的营销、运输、技术服务型的企业和项目。

复州湾盐场可以效仿鲁北企业集团，将海水产业链与其他产业相连形成完整的循环经济链，如图15-2所示[191]。

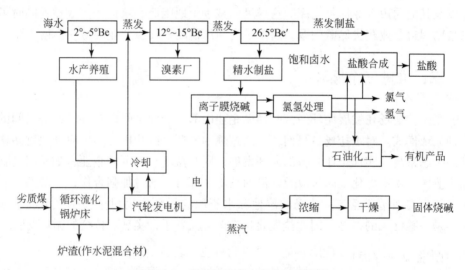

图 15-2　盐碱热电联产产业链示意图

同时复州湾盐场日晒盐产品以海水做原料，经过盐田逐步蒸发浓缩达到饱和后提取氯化钠产品，整个生产过程是一个物理变化，只有水分蒸发出来，不产生任何有害、有毒气体与物质，对环境不存在任何污染。采用集中生产模式为苦卤的综合利用创造了有利条件，便于苦卤的集中储存专线输送，与其他制盐分场的产盐苦卤合并供应化工生产。实现以盐为主线、制盐与养殖结合、盐化并举、资源综合开发的循环经济模式。卤水综合利用，保护环境，有利于可持续发展。在海盐生产过程中，产生了大量的苦卤，将综合利用苦卤提取溴素、氯化钾、氯化镁等盐化工产品，提高产品提取率。既提高了资源利用率又保护了生态环境，实现了可持续发展，如图 15-3 所示[192]。

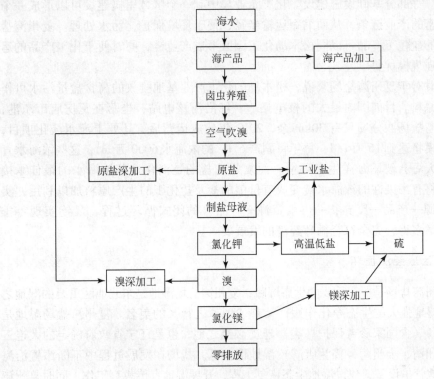

图 15-3　复州湾盐场内部循环

2. 企业间循环

企业间循环方面，长兴岛发挥自身优势和利用外在环境，按照产业集群的发展思路，以承接欧盟、日韩、国内，特别是以东北产业转移为重点，形成以重大装备制造、船舶制造及配套、精品钢材为特色的装备制造产业链为主，以天然气化工、煤化工、精细化工为特色的化工产业链为辅，以仓储物流出口加工为补充的大型临港产业集中区。在产业选择上，将重点引进和发展大型成套装备制造企业群，大型电力设施、重大化工石化设备企业群，船舶等交通装备制造及其原材料精品钢材企业群，形成精品钢材–装备制造产业链；并有选择地发展精细化工产业链，配套发展仓储物流出口加工业，建设具有鲜明特色的临港装备制造工业园区。长兴岛未来可以成为复州湾盐场的服务腹地区域，通过长兴岛港，将复州湾盐场的盐产品和化工产品运送到全国各地甚至国外地区，形成生产和销售的产业链形式，同时也在一定程度上促进了长兴岛港的发展。

位于瓦房店市炮台镇和复州湾镇之间的松木岛化工园区，已先后有大化集团、瑞泽农药、三家化工等 10 家企业签约入驻。园区正进行区域、港口、铁路公路规划和区域环评等专业规划，投入 10 亿元用于道路、变电所、净水厂、污水处理厂等部分基础设施建设。化工企业集中到一个区域里搞建设可以形成一个联系紧密的产业链条，从而缩短运输半径，便于环境保护，污水处理。复州湾盐场生产的盐化工产品可以同松木岛化工园区形成产业链，同时便于化工产品的运输，加强规模优势。

同时对于复州湾盐场来说，松木岛的化工产业基地排放的高含盐量污水可作为生产原料。目前国内最大的核电站——红沿河核电站，坐落在瓦房店市东港，距复州湾盐场八分场只有 30km 余，2012 年建成运营后，还要上海水淡化项目，最终规模将达到 16 万 t/d，每年将副产 $6°Bé$ 的浓海水 6000 万 m^3，这些浓海水直接排入大海会破坏海洋生态环境。而复州湾盐场是消化这些浓海水的最佳承接地，可将有污染性的浓海水转变成有价值的盐及盐化工的生产原料加以利用，实现"资源—产品—废弃物—再生资源—产品"的闭式循环过程，最终实现零排放，一举多得，完全符合循环经济的发展要求。

3. 区域经济循环

复州湾盐场是一个重要的生态屏障，复州湾盐场湿地是东北地区重要的湿地之一。因湿地强大的生态净化作用，又有"地球之肾"的美名。复州湾盐场湿地是我国候鸟（含国家珍奇保护鸟类）迁徙必经之地，也是辽宁省政府确定的大连三湾（复州湾、金州湾、普兰店湾）湿地保护区。盐场在发展过程中不断添置沿海滩涂湿地管护设备，建设湿地生态恢复工程，开展湿地宣传教育工作，同时复州湾盐场本身就是一个生态屏障，发展循环经济，节能减排，充分利用自身环境条件特点，保护自身湿地，成为整个区域生态的可持续发展的重要组成部分。

盐场也是区域水循环的重要载体，盐场实施海水淡化工程，实现区域水循环，同时处理区域污水，为整个区域生态的可持续发展提供丰富的水资源。

第四节　发展循环经济促进产业升级的对策措施

本节在对复州湾盐场发展循环经济促进产业升级变革模式的分析基础上，提出应从制度和管理创新、自主创新、资本运营以及政策支持四个方面出发，不断完善盐场自身建设，以适应社会要求，实现盐场的产业升级。

一、制度和管理创新措施

创新是经济社会持续发展的不竭动力，资源节约型社会的建设和发展也离不开创新。对于资源型企业来说，技术创新、体制创新与制度创新都是至关重要的。复州湾盐场的创新转型要从以下几个方面着手进行：

1）区域循环经济制度创新。发展循环经济必须有相配套的制度支持，从而避免由于政府相关政策等缺失产生的不利影响。对于复州湾盐场来说，要遵守并且积极配合政府等相关部门制定的相关制度。政府如出台相应区域循环经济规划、污染物排放控制标准等要求，作为盐场本身应该积极响应，按照要求履行企业应该履行的职责和义务。在不断完善的绿色税收制度、生态补偿等制度的贯彻上，要力争做大连市乃至东北区企业的标杆，不断完善自身的制度执行能力。只有从根本上跟随国家政策，严格落实才会保证企业不偏离正确轨道，才可以使盐场在推进产业升级的轨道上严格按照循环经济制度来执行。

2）成本管理制度创新。为了控制成本可以成立成本中心。成本控制以不同级别成本中心为运作单位，成本中心由高到低分为基层成本中心、部门成本中心、处级成本中心和科级成本中心四个层次，下一级成本中心向上一级成本中心负责。此外，还要实行分级预算管理体系，通过制度的安排，使成本中心真正发挥作用[193]。

3）设备管理制度创新。盐场在进行设备管理时要分清部门，分清工作任务，分清责任，在保证设备的使用安全基础上确保高效率运转。了解机器运转寿命及正确使用方法，注重对机器的日常保养和维修，建立完善的维修周期统计表，以便在第一时间了解情况。定期对机器进行相关实验，确保机器在任何突发情况下的响应能力，做到心中有数。在设备管理的过程中，负责检查维修的技术部门十分重要，盐场的技术人员要对盐场使用的所有机器有清晰明确的认识，杜绝由于操作不当或其他人为原因而造成的操作事故。

4）人才管理制度创新[193]。在人才管理方面，盐场要实行员工终身培训制度。从员工成为企业一员开始，建立完善的员工培训体制，从专业技能、业务素质到心理素质，力求涵盖到各个方面，只有从根本上提高员工素质，才可以在推行产业升级的进程中实现人力、物力的高效配合，才能达到效果。用人方面，建立完善的提拔机制，使员工心中充满对工作的热情和憧憬，以实现自身价值。在薪资待遇方面，以市场为导向，以增强盐场实力为中心，实行"按能力定岗位、按岗位定工资、按业绩涨工资"的原则。根据员工职务高低、岗位责任大小、劳动技能、劳动强度、劳动条件以及学历和专业技术职务资格，贯彻按劳分配的原则，制定相应的工资等级制度，确保工资水平能正确地反映员工的能力、责任的大小和技术水平的高低并保持薪资待遇的竞争力，吸引优秀人才，保持队伍的发展稳定。在福利方面，按盐场章程规定，每年提取奖励福利基金，用于员工各项福利开支。

5）环境管理制度创新。环境管理制度创新主要着眼于盐场的三部循环。从自身来讲，盐场要完善废旧资源回收体系，建立废弃物循环利用的产业链，实现生产活动循环化、生态化发展，大力发展低资源消耗的高新技术产业和服务业。对于企业间的循环来说，盐场要发展循环经济首先要在规划引导上充分合作。盐场与长兴岛、松木岛之间的产业链紧密相连，可以与相关企业互相合作。例如，在节能减排领域，实现废弃物的变废为宝，实现产品的产业链相连体系，与循环圈内企业实现良性互助发展，在科技项目中加强研究。对于整个渤海地区而言，盐场要在完善自身建设的同时，建立环境管理制度；从淡水利用等角度，明确自身在循环经济建设中的重要位置，为区域经济的发展献计献策。

二、自主创新措施

企业的自主创新程度对于企业进步起着决定性作用，复州湾盐场的自主创新主要从以下几个方面进行。

1. 建立企业技术中心

企业要想生存，必须掌握一定的关键技术，在这个过程中自主创新尤为重要，对于盐场来说，应该建立自己的企业技术中心，用以加快盐场精细化工类产品的自主研发能力，为企业盐场产业链提供技术保障。同时可以聘请相关领域专家，围绕企业发展问题展开讨论，从这个角度来说，企业技术中心不仅仅是企业自主创新能力的承载地，更为企业人才储备打下了基础，增强了企业吸纳优秀人才的能力。

2. 加强产学研合作

盐场要发展自主创新，进一步理清思路，拓展企业发展空间，必须加强与高校科研院所的产学研合作。随着我国科技体制改革和经济体制改革的不断深化，我国产学研合作进展迅速，呈现出良好的态势。企业将高校的成果引进生产线，将知识转化为生产力，高校以及科研院所将自己的研究所得应用于实际，也可以更好地发现问题，总结经验，从而进一步促进自主创新。盐场在加强与各高等院校以及科研院所的合作时，通过合资、合作、共同开发、人员交流、移植转化等多种形式提高科技创新能力。

3. 加强知识产权保护

在企业追求自主创新的今天，知识产权越来越得到广泛的重视，企业能否拥有核心技术的知识产权从很大程度上决定了企业是否可以在市场经济竞争中站稳脚跟。加强复州湾盐场知识产权保护水平，充分发挥知识产权的保护作用是提高盐场自主创新能力的重要环节。

企业的核心是生产及产品，任何产品要想拥有自己的核心竞争力就必须保护自己的知识产权，复州湾盐场在自主创新过程中要重视对知识产权的保护，如果没有自主知识产权和自主品牌，创新便无从谈起。盐场要考虑自己的盐产品在生产技术、工艺等方面都建立属于自己的品牌。在与其他企业以及国际企业的合作交流中，尤其要发挥知识产权的作用，增强技术交流，不断提高盐场在竞争中的地位。

4. 加强创新人才培养

盐场要进行自主创新，人才是必不可少的。加强自主创新人才的培养，首先要用宽松的用人环境和灵活的用人机制，广泛吸引和集聚各种层次的化工专业人才，由于盐产业属于精细化工业，因此对于人才也有着特定的要求。对于专业人才，必须给他们提供可预见的发展空间，企业用人战略要经过科学推敲，切实可行。对于引进的创新人才，企业要从前期培训着手，加强对于创新人才的选拔任用，人才培养计划要科学有效，同时要多方位的开展职工的技术培训以及在岗职工的再教育，这样不仅提高了企业员工的能力，同时可以为企业的生产、运营打下良好基础。在创新人才的培养过程中，可以适当加强对盐产业企业家队伍的建设，这些人拥有较多的工作经验，对于盐场来说，与科研院校制定定向培养的专项人才计划，通过此举更大规模的缩短领导人才的培训成长周期，这也是企业进行自主创新的有效举措。

三、资本运营措施

复州湾盐场的资本运营战略主要从以下几个方面着手：成立企业集团、加大企业的投入以及多渠道的招商引资。

盐场可以成立企业集团，以制盐为基本，通过资本运营组建集团化企业公司，制盐依旧为集团化企业公司的核心产业。以核心产业为支柱，对盐场现有的资产进行重新配置组合，通过发展关联度高的若干产业，实现集团的规模化经营。集团化企业公司在组建的过程中会遇到很多问题，诸如资金来源等问题，这就需要企业从多方位着手进行招商引资。

同时盐场也要继续加大企业的投入，这里所说的"投入"不仅包括前期的自主创新研发，中期生产到后期的包装销售，同样也包括对于创新人才和企业员工的培养、企业硬件的更新使用以及企业文化的形成建立。要使企业的自主创新取得实质意义的突破就要求企业加大投入，可以考虑设立企业投入基金，给企业研发等环节以实质性支持[194]。目前传统企业纷纷加大了科技投入力度，加大资金的投入，这样科技实力便可以稳步壮大，才会不断增强盐场的竞争力。

盐场招商引资应按照多渠道融资、多元化投资、多形式运营的三方面原则。从专注于自我招商转向内外合作招商，采取以外引外、委托招商、组团招商、网上招商、中介招商等方式吸引与跨国公司和龙头企业有密切关系的国外中小企业来大连市发展配套项目，促进跨国并购，引导外资参股、控股盐场[51]。盐场应利用一切可利用的手段，增加企业投融资渠道，在政府政策的扶持下，对社会企业资金进行引导，使其进入到盐化工领域的循环轨道中。多渠道融资首先可以以拓宽融资渠道为着眼点，既立足于同行业的企业，也要吸引其他有经济实力以及有意向的企业参与到融资活动中来；另外，也乐意依靠多元化投资进行融资工作，通过扩大企业的信贷规模等途径实现企业的多元化投资。根据国内外的成功经验，多元化融资应用于资本密集型项目，在政策的有效监管下，按照良性循环运行，一般来说可以取得较好的成果，因此盐场在发展循环经济的产业升级阶段可以利用这一途径进行资金的运营。

四、政策支持

政府的相关支持可以从信息、资金、技术以及政策四个角度出发，为复州湾盐场发展循环经济提供良好的环境和平台。

首先，政府可以建立信息技术网络，方便盐化工产业等先进的理论知识以及产权保护等问题可以及时的被企业获知，帮助企业了解国内最新政策、同行业发展动态，并对国内外盐产业的总体发展形势及趋势作客观分析。从资金层面来说，政府可以设立盐产业研发基金，加大对盐产业关键共性技术研发的资助力度。要通过招商引资，吸引资金投入到盐化工产业的发展中，同时不仅仅要将眼光放在国内，也要吸引国外拥有高技术的核心产业来投资盐产业，消化吸收其先进的科学技术和管理经验，为盐场的发展打基础。同时政府要加大引导，提高资金的使用效益。资本注入后力争保证资本的高效使用，使用资本时可以采取资本金注入、贷款贴息、融资担保等多种形式，用以支持重大盐及盐化工项目。从技术层面，政府要重点支持高校以及科研院所的盐化工相关的重点实验室建设，对影响盐及盐化工精深加工发展的重大共性关键技术、带动作用强的新产品，优先列入省科技攻关、新产品开发、技术创新等科技计划中，组织好科技攻关，对难度大的关键技术、共性技术，面向社会招标，开展联合攻关，给予重点支持[52]。同时政府应抓紧对经营状况和资产质量不高的国有资本控股上市公司进行重组，支持有实力的境内外战略投资者参与大连市国有资本控股上市公司的重组。从这四个层面着手帮助复州湾盐场实现产业升级。

第十六章　向创新－投资双驱动的低碳经济转型

本章利用第七章至第十章建立的经济增长要素模型、经济增长需求模型、能源效率模型、污染物排放量模型等来分析实现大连市向低碳经济转型的途径。最后，提出大连市未来的经济发展方案，并从多个方面进行分析解释。

第一节　大连市经济转型的必要性

一、经济持续高速增长的制约因素及发展路径

经济持续高速增长的制约因素主要是出口导向型的经济发展模式使中国遭受外部冲击，在这种模式下，中国处于两头都受制于人的处境，中国经济对外依赖程度非常高；消费不足使经济发展失衡，产业结构的转型受阻；实施比较优势战略，会使外贸出口受阻；资源消耗型增长，阻碍可持续发展；要素成本提高，降低经济发达地区竞争力[195]。

发展路径：转变经济发展方式，由出口拉动型变为内外协调型发展模式，解决消费不足的状况；调整产业结构，促进现代产业体系的转型；比较优势战略不适应我国未来经济发展的需要，必须进行战略调整，从比较优势战略转向竞争优势战略；中国必须尽快采取积极行动应对各种严峻的挑战实施低碳经济发展战略。另外是政府的引导协调，为企业的发展营造了低成本发展环境[196]。

二、大连市实现经济转型的前提条件

大连市要实现经济的稳定增长，完成经济转型，前提条件是在资源环境方面实现低碳经济、"脱钩"的转型和环境质量的提升；经济结构方面从城市空间结构、区域经济结构等方面根据大连市的具体情况进行适当、有效地调整完成经济结构方面的转型。以下从各个方面进行逐一介绍：

低碳经济是发达国家为应对全球气候变化而提出的新的经济发展模式，它强调以较少的温室气体排放获得较大的经济产出。大连市作为中国东北部地区的一个代表性城市，需要在复杂的经济环境中建设性地参与应对气候变化的进程，在

发展战略、政策机制、技术创新等方面，积极做好向低碳经济转型的准备。顺利的实现向低碳经济的转型[197]。

在脱钩转型方面大连市要通过提高资源利用效率，减少经济活动过程中的资源消耗，实现经济发展与资源消耗的脱钩，实现可持续消费与生产，从而进一步减少环境压力。根据大连市的环境压力特征及影响因素，实行"脱钩"转型是协调经济速度与质量的主要出路。大连市需要将提倡科技创新和服务创新的理念及时付诸行动，以加快经济增长与能源消耗和环境污染的相对脱钩。特别应避免过度的扩张性政策对可持续发展造成冲击[198]。

稳定、适宜的经济增长速度有利于经济与环境的协调发展。因此，大连市转变经济增长方式，要从依靠资金、资源等有形要素转向依靠技术、知识等无形要素的积累与创新，经济发展要由非均衡增长向均衡增长转变，要从速度效益型转向效益速度型，同时调整发展速度，适度发展。不断开展持续、规范的绿化建设，加大环保投资，进一步提高城市生态环境质量。实现其环境质量的进一步提升[199]。

在大连市经济转型的过程中，城市空间结构发生相应重组，从而影响城市空间结构重组的众多机制中社会经济转型机制与城市空间重组之间的对应关系。因此要加强大连市政府转型期的职能转变，科学合理地开展城市规划和城市建设，逐步优化城市空间结构。伴随大连城市空间结构的优化转变大连市的经济结构[200]。

大连市经济的整体转型，有赖于经济结构的合理化，当然也依赖于大连市及区域经济结构的合理化。合理的区域经济结构，有利于区际优势互补、良性互动、协调发展、共同繁荣。在市场经济条件下，为实现大连市经济的整体转型，在明确的政策导向下大连市必须实现区域经济结构调整[201]。

当前大连市在其大背景下，根据本地的具体情况制定与之相适应的经济转型模式。

第二节 大连市经济的发展方案

假如世界经济形势在新的五年内有较快的增长，美国、欧洲、日本三大经济体低速增长但没陷入衰退，国际石油、粮食价格虽有波动但年均价水平比 2008 年有所下降。国内外没有强烈的突发事件发生。宏观调控以"保持经济平稳较快发展、促进经济结构转型升级"为首要目标。在全国范围全面实施增值税转型，并根据实际运行变化，广义货币供应量增长 16%～17%，保证对一些项目的正常贷款。未来五年中国经济增长比"十一五"期间的经济增长有所下降，平均经济增长率为 9% 左右。辽宁沿海经济带和振兴东北取得比较重大和迅速的进展。

在上述条件下，大连市经济社会的发展，固定资产投资、科研投入，能耗等方面，增长的速度相比有所下降，全社会固定资产投资未来五年名义增长了，同

比平均增长率下降了 5 个百分点。社会消费品零售额平均增长率为 17%，表 16-
1 列举了每一个项目的具体增长率。

这一情景的特点是考虑国内外不利因素增多，国内宏观调控中的财政政策和
货币政策同时作出较为重大的调整，给社会较为强烈的政策预期引导，为缓解产
能过剩压力、加快结构调整、深化体制改革提供较为宽松的景气环境。从现在掌
握的信息资源分析，出现这一情景的概率预计达到 60% 左右。

表 16-1　大连市经济增长方案（2010～2015 年）

项目	2010 年	2011 年	2012 年	2013 年	2014 年	2015 年	2011～2015 年平均增长率/%
地区生产总值/亿元（2008 年价格水平）	5 387	6 256	7 189	8 266	9 511	10 952	15
固定资产投资/亿元（2008 年价格水平）	3 138	3 539	3 992	4 503	5 079	5 729	13
就业人数/万人	352	361	370	379	388	398	3
从业人员平均受教育年限/年	10.31	10.45	10.59	10.73	10.87	11.01	1
地区生产 R&D 经费/GDP/%	2.32	2.41	2.51	2.61	2.71	2.82	4
劳动报酬/GDP/%	0.455	0.46	0.465	0.47	0.475	0.48	1
投资总额/亿元（2008 年价格水平）	3 856	4 434	4 922	5 463	6 064	6 731	12
出口总额/亿美元（2008 年价格水平）	262	302	362	435	522	626	19
社会消费零售总额/亿元（2008 年价格水平）	1 591	1 862	2 178	2 548	2 982	3 489	17
万元 GDP 能耗/（t/万元）（2005 年价格）	0.82	0.77	0.72	0.67	0.63	0.58	-7
能耗总量/万 t	4 302.6	4 661.4	5 040.9	5 376.2	5 785.8	6 129.3	7
主要污染物排放量/万 t COD 当量	35	36	37	38	39	40	2.6
万元 GDP 污染物排放量/（10^2t COD 当量/万元, 2005 年价格）	0.67	0.59	0.53	0.47	0.42	0.38	-11

项目	2010 年	2011 年	2012 年	2013 年	2014 年	2015 年	2011～2015 年平均增长率/%
信息化指数	1.027	1.068	1.111	1.155	1.201	1.25	4
森林覆盖率/%	45	46	47	48	49	50	2
二氧化碳排放量/万 t	1 634	1 748	1 871	2 001	2 142	2 291	7
万元 GDP 的二氧化碳排放量/（t/万元）（2005 年价格）	0.30	0.28	0.26	0.24	0.23	0.21	2015 年 比 2005 年 下 降 45% 以上
二氧化碳净排放量/万 t	650	670	690	710	732	754	3
森林固碳量/万 t	984	1 079	1 181	1 291	1 410	1 538	9
建成区绿化覆盖率/%	44	45	46	47	48	48	2
城镇房地产平均价格/元	8 100	8 300	8 930	9 140	9 560	9 730	4
城市居民人均住房使用面积/m²	22	22	23	24	24	25	3
城市化率/%	62	63	65	66	67	68	2

注：当量表示元素或化合物相互作用时的重量比的数值

第三节 转向低碳经济

由美国次贷危机引发的国际金融危机及其导致的世界经济减速大大超乎预期，给我国经济发展带来了 20 世纪 90 年代市场化改革以来最严峻的挑战。为应对国际金融危机，中央及时果断地决定实施积极的财政政策和适度宽松的货币政策，迅速出台促进经济平稳较快发展的一揽子计划，着力调整内外需结构，把政策的着力点放在扩大国内需求特别是农村和中西部地区需求上，促成了经济总体形势向好的方向发展。总体说来，现今我国经济下滑趋势已得到遏制，经济出现回升势头，中央刺激经济的政策措施效果已经显现，财政、货币政策落实好于预期，货币信贷快速增长，通货膨胀转为通货紧缩的迹象也有所改观。然而，专家学者普遍认为，我国经济增长的基础尚不稳固，我国经济虽然从周期角度来看继续向好，但增长潜力可能趋于下降，难以再现两位数的高速增长态势，而中长期的经济趋势还要看我国调整期政策选择、经济发展模式、产业结构、战略导向、增长方式等因素的影响。对于大连市来说，同样如此。

（1）投资的拉动作用将有所减弱

新一阶段的改革开放和制度创新将拉动大连市经济增长 1.5~2 个百分点，图 16-1～图 16-3 分别是低增长、中增长、高增长三个不同方案下的大连市投资率的变化情况。

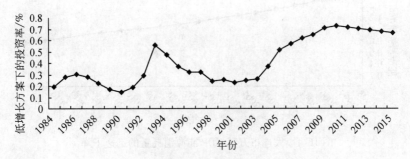

图 16-1　低增长方案下的大连市投资率

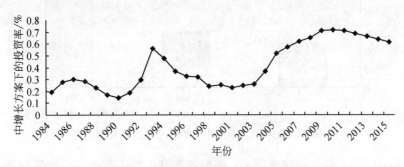

图 16-2　中增长方案下的大连市投资率

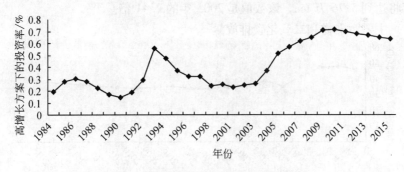

图 16-3　高增长方案下的大连市投资率

（2）能源结构有较大改善，能源利用效率有较大提高

万元 GDP 能源消耗量在迅速下降（图 16-4），2000 年该数值为 1.46tce，之后的下降幅度远快于 2000 年之前，2009 年每万元 GDP 的增长量需消耗 0.99tce，较 2000 年减少了 0.52tce，预计到 2015 年这一数值将降到 0.8 以下。

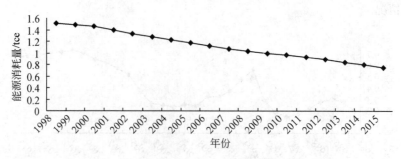

图 16-4　大连市万元 GDP 能源消耗量的迅速下降

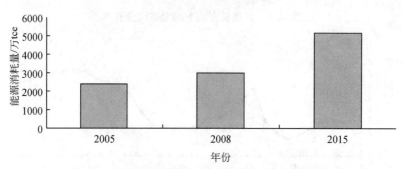

图 16-5　2005 年、2008 年、2015 年大连市能源消耗

近年来，随着经济的快速增长，能源消耗量也在逐渐增长，如图 16-5 所示。2005 年大连市能耗为 2147 万 tce，到 2008 年该数值上升为 3015 万 tce，预计到 2015 年将达到 5176 万 tce，该数值是 2005 年的 2.41 倍。

（3）主要污染物和二氧化碳排放量

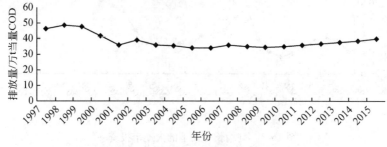

图 16-6　大连市主要污染物排放量

主要污染物排放量在不同的时间段内呈现出不同的变化趋势，如图 16-6 所示。1997～2001 年下降速度比较快，2001～2004 年下降速度逐渐放缓，而在 2005～2007 年这三年的主要污染物排放量又有了一定程度的上升，到 2015 年主要污染物排放量将上升为近 40 万 t 当量 COD。

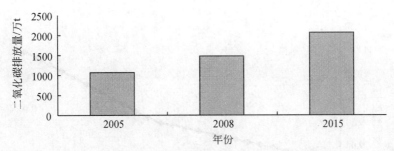

图 16-7 2005 年、2008 年、2015 年大连市二氧化碳排放量

从图 16-7 看到，2005 年二氧化碳的排放量为 1074 万 t，到 2008 年上升为 1487 万 t，较 2005 年上升了 2.6 个百分点，预计 2015 年二氧化碳排放量将达到 2291 万 t，为 2005 年的 2 倍以上。

为了减少二氧化碳的排放，需要加快提高森林覆盖率的速度。辽宁省气象局完成的《辽宁省历年森林固碳评价报告》指出，近 50 年（1961～2008 年），辽宁省森林固碳量呈现逐渐增加的趋势，2008 年固定的总二氧化碳量达到 8390 万 t，为 1961 年的 2.8 倍。依据《辽宁省气象局气候变化检测评估业务技术规范》中森林固碳量计算方法，1961～2008 年，辽宁省森林平均每年单位面积固定二氧化碳量为 15.8t，固碳量为 4.3t C。1961～1972 年，辽宁省森林面积在 186.0 万 hm² 左右，平均每年森林固定二氧化碳量为 2960 万 t，固碳量为 810 万 t C；1973～1982 年，森林面积增加至 342.3 万 hm² 左右，年固定二氧化碳量为 5220 万 t，固碳量为 1420 万 t C，平均固碳水平为 1961～1972 年的 1.8 倍；到 2004 年森林面积已增至 534.0 万 hm²，森林固碳总量增加趋势明显，2008 年森林固定二氧化碳量为 8390 万 t，固碳量为 2290 万 t C，为 1973 年固碳水平的 1.6 倍，为 1961 年的 2.8 倍。固碳水平较高的年份为 1964 年、1985 年、1994 年、1998 年和 2005 年，固定二氧化碳量达到 18.0～18.7t/（hm²·a），固碳量为 4.9～5.1t C/（hm²·a）；较低的年份为 1965 年、1968 年、1972 年、1989 年、1992～1993 年、1997 年和 1999 年，固定二氧化碳量为 13.7～14.3t/（hm²·a），固碳量为 3.7～3.9t C/（hm²·a）。1994 年固碳水平最高，单位面积固定二氧化碳量达到 18.7t，1999 年最低，单位面积固定二氧化碳量为 13.7t，1994 年比 1999 年固定二氧化碳量多 36.5%。

因此我们建议，大连市到 2015 年，将森林覆盖率提高到 50% 以上。

（4）就业者素质大幅提高，自主创新能力显著增强

从图 16-8 看到，就业者的人均受教育年限总体呈上升趋势。2004 年是一个拐点，其人均受教育年限为 9.51 年，之前的上升速度较为缓慢；2004 年之后增长逐渐加快，预计到 2015 年就业者的人均受教育年限将达到 11 年以上。

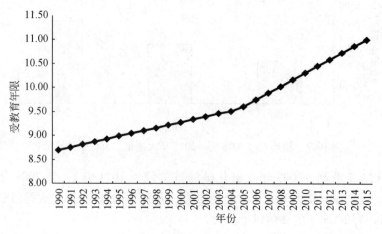

图 16-8　大连市就业者 1990~2015 年人均受教育年限

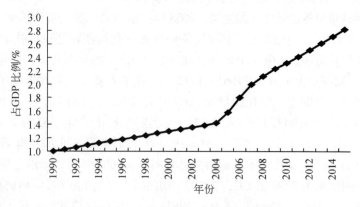

图 16-9　大连市 R&D 占 GDP 的比例

从图 16-9 可以看出，R&D 占 GDP 的比例在 1990 年仅为 1%，1990~2004 年虽然科技经费投入在逐年增加，但增加的速度较为缓慢。随着经济增长，对研究开发的要求提高，2004 年以后政府加大了对 R&D 的投资力度，使 2009 年的比例达到了 2.23%，预计到 2015 年这一比例将达到 3%。

第十七章　生态城市的基础设施建设

第一节　公共环境与生态城市建设的时空动态演变

自 20 世纪 70 年代联合国教科文组织制订"人与生物圈（MAB）"计划、提出"生态城市"这一崭新的城市概念和发展模式，特别是苏联生态学家 O. 亚尼斯基 1987 年明确提出该概念的含义后，无论是在发达国家和发展中国家，无论是在国际大都市还是在中小城市，一场城市建设的"生态革命"已如火如荼地开展起来。尤其是 90 年代以来，人口、资源、环境等问题不断困扰着人类，特别以城市为中心的环境污染和生态破坏越来越成为影响经济和社会发展全局的重要制约因素，成为人民群众日益关注的重要问题。1992 年联合国环境与发展会议号召城市建设"走可持续发展的道路"，要求现代城市正视全球人口急剧膨胀、资源过度消耗、环境污染日益严重等问题造成的"城市病"，承担控制与治理"三废"、节约能源与资源、改善城市基础设施与居住环境等义务与责任，谋求城市的"可持续发展"。城市作为人类聚居的主要载体之一，是人类经济、政治和精神活动的中心，也是拥有最多的资金、最先进的技术、最高素质的人才和对自然环境破坏最为关心的人类的集中地。但近一百多年来对生态环境的破坏，主要也来自于城市。因此，抓好了城市的环境，就抓住了问题的主要环节。在这种背景下，建设生态城市作为从根本上解决城市问题的有效途径，愈来愈成为世界城市建设一股不可阻挡的潮流和趋势。

据联合国人居中心预测，世界城市化水平到 2000 年为 50%，2050 年为 61%。全球正向"城市世界"发展，世界城市人口在 21 世纪初将首次超过农村人口。21 世纪可谓是真正的"城市化"世纪。我国目前城市化水平约为 35%，根据世界城市化规律，到 2015 年中国城市化水平平均每年至少提高一个百分点。现在至 2020 年将是我国经济快速增长、城市化进程最快、大量中小城镇迅速崛起的时代，这样，如何按照可持续发展的要求，找出生态城市建设与发展的一般规律，特别是建设中的时空动态演变规律就成为一个迫切需要解决的问题。

一、生态城市的时间演变规律

人类社会建立之初本没有城市，城市是生产力和生产关系发展到一定历史阶段的产物。虽然生态城市的概念才刚刚提出，但作为城市建设依据的生态学思想却在历史进程中悄无声息地与城市发展结下了千丝万缕的联系，决定着城市发展的方向。纵观城市发展史，应该说城市的产生是社会分工的结果，但当时这种分工是不彻底的，城市仍与农业紧密地联系在一起。而且城市中还有大片耕地、果园和菜园，工业革命前还仍是只有少数作为都城的大城市，大多都是规模小、贴近大自然的"田园城市"，城市缓慢发展，其活动对周围环境的影响也较小。18世纪的工业革命后，伴随着机器大工业的飞速发展，人口加速向城市集中，城市在原有的基础上迅速扩张、盲目蔓延，工业革命打破了城市在前工业时期那种田园诗式的时代。工业革命虽然建设了高度的物质文明，但其背后所暴露出来的自然资源枯竭、环境污染、人口爆炸、社会异化等问题愈发激起人类恢复良好生态环境的强烈愿望。第二次世界大战以后，尤其是20世纪60年代以来，城市建设开始由"技术、工业和现代化建筑"转向"文化、绿野和传统建筑"再转向"回到自然界"的标准，但此时还没有实际上的具体行动。随着"生态城市"概念的提出和理论上的研究，各国相继付诸行动，如今圣弗朗西斯科绿色城、丹麦生态村、我国江西宜春生态市、江苏大丰生态县建设在内的实践活动已汇成了"生态城市"的雏形，各国正在纷纷地进行着精心探讨，向着理想之中的平衡、持续、和谐发展的生态城市建设程式迈进。

城市生态学是研究城市居民与城市环境之间相互关系的学科，综上所述，按照时间演变的顺序，我们可以大致将"生态城市"建设划分为以下四个发展阶段：①自发尊重自然阶段；②征服自然阶段；③保护自然阶段；④与自然协调共处阶段。

二、发展阶段特征

1. 自发尊重自然阶段

在这一阶段，人们半自觉地遵循了生态学原则，对城市的规则也能自发、较好地尊重，适应自然环境，在聚落选址布局等方面已自发地考虑生态平衡的因素。城市自发地演变发展、有机生长，城市的各种活动对自然环境的影响较小，城市在低生产力水平、缓慢的发展进程中与大自然十分协调地融合在一起。

从城市的产生开始一直到工业革命以前都属于这一阶段，目前我国许多城市的郊区也基本处于这个时期。虽然现在这些市郊的发展还基本维持着生态的平衡，但随着乡镇企业的迅猛发展和各种技术手段的采用，环境的承载能力也正在经受着威胁。因此，处于这一时期的市郊发展走什么样的道路，是按部就班地发展还是在发展工业企业过程中就注意协调与环境的关系，绕过"先污染，再治理"上的弯路，则显得异常重要。

2. 征服自然阶段

这一阶段中，工业革命的到来使社会生产力和经济条件不断提高，但人类控制自然的力量也随之非常明显地扩张开来，最终发展到企图征服自然的地步，已由原来的自发尊重自然变为对自然环境的不屑一顾，人们在城市建设过程中不加思考地运用现代技术，生态意识已极度淡化。城市的发展在规模上迅猛膨大，盲目蔓延，自然环境遭到破坏，生态平衡也被打破，在大工业本身的污染下，城市已经伤痕累累。从 18 世纪的工业革命一直到第二次世界大战以后，城市发展都属于这个阶段。我国诸如沈阳、本溪、太原等工业城市在 20 世纪七八十年代前也都处于这一发展时期。

3. 保护自然阶段

了解了环境的破坏给自己带来的巨大威胁，人类开始重新审视自己的行为，开始觉醒，并开始了保护自然的行动。这一时期，人类对城市的规划、建设与管理有意识地融入生态意识，试图朝着城市的平衡、全面持续发展和人与自然间的和谐发展努力，从而改变原有的城市面貌。城市本身在规模上变化不大，但在结构、功能的发展上一改以经济为中心的单一发展目标，以全面、平衡、和谐为标准，在人类积极地有意识地调整下向理想中的生态城市模式过渡。20 世纪 60 年代以后，国际各大中城市的发展基本都处于这一阶段，我国也是如此。由于现代城市理论是建立在"反自然"价值观基础之上的，长时间以来它给城市建设带来的阻碍并非短时期就可清除的。因此，城市的这一发展阶段还需要人类长时间的共同努力才能度过。

4. 人与自然协调共处阶段

城市的发展进入这一阶段时，人类的生态意识已由强调转变为无意识的自然。也就是说在这个时期，人们对城市的建设已完全地遵从于生态学，顺理成章地遵从生态规划的要求，人类的发展进化成为一切建设的前提。城市发展一改现代化城市"高消耗、非循环"的运行机制，城市的社会、经济、自然协调发展，人的生活质量显著提高，城市环境幽雅，充满生机与活力，整个城市健康、持续、协调发展，人与自然在较高社会物质与精神条件下和谐统一、自然融合在一起。

　　生态城市作为一个既定目标，其实现是一个长期的过程，不仅需要我们为此目标进行长期、持续的调整，而且还要认识到其内涵本身也是一个发展、进化的过程。但无论如何，这一目标的提出已为人类对城市的建设指明了正确的方向。相信在这一目标的指引下，通过对照调整，人与自然会更加和谐地共同发展。

　　判断一个城市是否成为生态城市，需要从经济、社会和生态三个方面来设计指标体系，门槛理论认为，首先应突出人均GDP，人均受教育年限和城市绿化覆盖率这三个指标的重要性，它们是进入可持续发展的三个门槛。有研究表明，一个城市只有人均GDP达到2万美元（1998年价，按购买力平价计算，约合4万元人民币），人均受教育年限达到12年，城市绿化覆盖率达50%以上，才有可能真正实现可持续发展，城市也将更加美好，表17-1列举了大连市的区域污染物排放情况；表17-2介绍了大连环境空气污染控制情况。

表17-1　大连市"十一五"总量控制计划指标分配表　　（单位：t）

区域	2005 年排放量			2010 年总量控制指标		
	SO$_2$	COD	烟粉尘	SO$_2$	COD	烟粉尘
全市	118 864	56 271	79 012	101 200	50 500	71 100
中山区	6 024	4 967	4 206	3 956	3 974	3 996
西岗区	2 190	3 593	2 039	2 006	3 413	1 937
沙河口区	10 122	7 397	9 525	6 936	5 917	9 049
甘井子区	55 693	12 074	14 647	25 899	9 659	13 915
高新园区	1 749	437	1 781	1 727	349	1 692
保税区	6 935	457	489	6 015	365	464
长兴岛				1 690	2 400	1 722
开发区	3 762	2 550	2 053	2 351	2 040	1 951
金州区	8 550	7 499	4 718	7 498	5 999	4 483
旅顺口区	1 100	2 824	8 205	1 085	2 259	6 154
瓦房店市	10 820	3 501	13 235	8 460	2 801	9 926
普兰店	6 257	6 685	8 402	6 132	5 348	6 302
庄河市	5 424	4 213	9 595	7 694	3 370	7 676
长海县	239	75	116	203	60	110
预留指标				19 550	2 544	1 724

资料来源：大连市生态环境保护"十一五"规划

表 17-2　环境空气污染控制重大项目表

序号	项目名称	项目内容或规模	完成年份	投资额/亿元
1	拆炉并网工程	49 个区域，拆除燃煤锅炉房 1392 台，拆除烟囱 925 根	2010	14
2	水源热泵工程	新建小平岛新区、黑石礁区域、星海湾商务区、大连港东部区域、东北特钢、大化搬迁区域海水热泵工程及北海热电冷却水水源热泵	2010	3
3	液化石油气（LNG）接收站	300 万 t/a	2009	64
4	大连开发区第二热电厂一期工程	2 台 30 万 kW 机组	2009	27.3
5	大连开发区第三热电厂一期工程	2 台 5 万 kW 机组	2007	9.1
6	甘井子热电厂一期工程	2 台 30 万 kW 机组	2009	27.7
7	台山热电厂二期扩建工程	2 台 13.5 万 kW 机组	2008	12
8	香海热电厂二期扩建工程	2 台 2.5 万 kW 机组	2007	4.4
9	东海热电厂煤改气工程	37.5 万 kW 机组	2009	13
10	登沙河热电厂新建工程	10 万 kW 机组	2009	9
11	大化复州湾热电厂	3 台 2.5 万 kW 机组	2007	6
12	长兴岛热电厂新建工程	2 台 13.5 万 kW 机组	2010	14
13	风电建设项目	发展风力发电利用清洁能源	2010	17
	合计			220.5

资料来源：大连市生态环境保护"十一五"规划

　　根据大连晚报（2009 - 12 - 29）记者张晓昭的报道，2009 年 7 月，联合国环境规划署专员阿兰·史密斯在考察大连市环境保护和城市建设时说，"大连是经济和环境协调发展的典范城市之一"。能赢得如此高的赞誉与大连市长期开展生态保护与建设密不可分。大连市环境保护局昨日提供的消息说，按照相关规划，"2015 年，大连基本建成生态市"。

　　自然保护区建设对生物多样性保护至关重要。大连市先后创建了 12 个自然保护区，被保护生物种类众多，其中 8 个海洋类自然保护区，对大连市海洋珍贵生物和土著物种及海洋环境的保护发挥着积极作用。

　　森林、绿地是生态平衡的指示性标志之一。大连市城市绿化布局日趋合理，城市绿化量逐年增加，建成了 35km 滨海路绿化带、旅顺南路至港湾桥绿化带、新老市区快速路绿化带、飞机场至棒棰岛绿化带四条"绿化长龙"和以棒棰岛、星海湾、滨海路重点区域为基本框架的主城区绿化格局，初步形成了大的绿化生态体系。到 2008 年底，全市森林覆盖率为 41.5%，城市建成区绿化覆盖率达到 44%，人均公共绿地面积为 11.6m^2。2009 年，加大了对市内中心区的绿化步伐，全年绿化总投资 1.4 亿元。新增绿地面积 150 万 m^2，新增公共绿地面积 192 万 m^2，绿化覆盖率达到 44%，人均绿地面积提升到 $12m^2$。

中水回用率为 32%，全国领先。大连市作为水资源匮乏的城市，如何利用好上水、处理好下水，是一门大课题。大连市目前污水排放总量约为 100 万 t/d，污水排放量约为 85.3 万 t/d，对于一个水资源十分匮乏的城市来说，保证日常供水是个前提，减少污水污染是个方向，利用污水则体现着执政的意识和能力。

表 17-3 列举了大连市的污水处理厂；表 17-4 为其利用设施及配套工程；表 17-5 为固体废物处理重大项目表。其中，马栏河污水处理厂一厂、二厂日处理污水能力为 20 万 t，处理了马栏河地区每天产生的所有污水，每天处理污水后产生的中水，4 万 t 用于泰山热电厂冷却，4 万 t 用于 2 号橡皮坝景观，3000t 用于城市绿化喷洒。由于水质达到国家一级 A 标准，使其成为景观用水成为可能。为此，大连市城市建设管理局在马栏河入海口附近规划建设了一处景观工程。景观工程 2008 年 3 月建成后，不仅为市民和游客提供了一个富有情趣的近水休闲环境，还由于采用重力自流，以前向深海排放的泵站停运，除去管道维护费，每年可节电 300 多万度，节省运转费用 200 余万元。出水口景观工程的建成运行，既具有突出的环境效益，也体现出了较大的经济效益。以此为开端，2009 年春天，又启动了自由河景观工程，9 月 1 日，这一工程也竣工交付使用。此外，大连市还有春柳河、恒基、泰山、大石化和北海头 5 座发电厂以城市污水处理厂的中水作为水源的发电厂，节约了大量的水资源。按计划，到 2010 年下半年，大连市整体的中水回用率将超过 40%。

按照规划，到 2015 年，大连市生态市建设指标将全部达标，基本建成生态市。到 2020 年，大连市将建成生产力发达、布局合理、人民生活富裕、生态文明发达、人与自然和谐的国际知名生态宜居型城市。届时，大连居民将尽情享受生态市建设带来的生活品质的提升，蓝天、白云与青山、绿地同布局整洁的城市、风光宜人海滨，将共同构成一幅璀璨的北方明珠图。

表 17-3　城市污水处理重大项目表

序号	项目名称	地区	设计规模/（万 t/d）	建设年份	投资额/万元
1	新建凌水污水处理厂	中心城区	6	2006	8 100
2	新建寺儿沟污水处理厂	中心城区	10	2006	15 080
3	新建夏家河污水处理厂	中心城区	3	2006	20 181
4	新建小平岛污水处理厂	中心城区	2	2007	2 300
5	马栏河污水处理厂二期	中心城区	8	2006	10 000
6	春柳河污水处理厂二期	中心城区	10	2006	11 160

资料来源：大连市生态环境保护"十一五"规划

续表

序号	项目名称	地区	设计规模/ (万 t/d)	建设年份	投资额/万元
7	新建柏岚子污水处理厂	旅顺口区	3.5	2006	5 992.7
8	新建小孤山污水处理厂	旅顺口区	3	2008	10 010
9	新建大孤山污水处理厂	开发区	6	2007	7 200
10	新建董家沟污处理水厂	开发区	6	2009	8 600
11	新建小窑湾污水处理厂	开发区	6	2007	7 600
12	新建卧龙工业区污水处理厂	开发区	4	2009	5 000
13	新建金州区污水处理厂	金州区	4	2006	8 000
14	金州区污水处理厂扩建	金州区	6	2010	8 800
15	瓦房店市污水处理一厂二期	瓦房店市	4	2010	6 000
16	新建瓦房店市污水处理二厂	瓦房店市	3	2008	4 500
17	新建庄河市污水处理厂	庄河市	5	2007	11 851
18	新建普兰店市铁西污水处理厂	普兰店市	8	2006	12 100
	合计		97.5		162 474.7

资料来源：大连市生态环境保护"十一五"规划

表 17-4 中水利用设施及配套工程重大项目表

序号	项目名称	设计规模/ (万 t/d)	建设年份	投资额/万元
1	凌水污水处理厂中水设备	3	2006	850
2	马栏河污水处理厂中水设备	4	2006	7 000
3	老虎滩污水处理厂中水设备	4	2007	2 070
4	春柳河污水处理厂中水设备	9	2007	6 000
5	泡崖再生水厂中水设备	2	2008	3 850
6	泉水污水处理厂中水设备	3	2006	1 400
7	小窑湾污水处理厂中水设备	3	2007	790
8	大孤山污水处理厂中水设备	3	2007	820
9	董家沟污水处理厂中水设备	3	2008	870
10	卧龙工业区污水处理厂回用设备	2	2008	630
11	瓦房店污水处理一厂中水设备	1	2008	2 600
12	瓦房店污水处理二厂中水设备	2	2010	1500
	合计	39		28 380

资料来源：大连市生态环境保护"十一五"规划

表 17-5　固体废物处理重大项目表

序号	项目名称	项目内容或规模	建设年份	投资额/万元
1	中心城区城市生活垃圾焚烧处理厂	1500t/d	2007	62 500
2	毛茔子生活垃圾卫生填埋处理场	1500t/d	2006	7 000
3	大连市餐饮垃圾处理厂	100t/d	2008	1 000
4	生活垃圾区域性垃圾中转站	25×60t/d	2010	3 000
5	旅顺口区生活垃圾焚烧处理厂	300t/d	2008	20 000
6	金州区生活垃圾焚烧处理厂	600t/d	2008	35 000
7	金州区生活垃圾无害化填埋处理厂	200t/d	2007	8 000
8	金州区生活垃圾区域性垃圾中转站	8×60t/d	2010	960
9	普兰店市生活垃圾卫生填埋处理场	300t/d	2007	6 000
10	瓦房店市生活垃圾卫生填埋处理场	400t/d	2006	6 622
11	庄河市生活垃圾卫生填埋处理场	300t/d	2007	5400
12	长海县生活垃圾综合处理厂	60t/d	2007	1 800
13	大连市医疗废物集中焚烧处理工程	采用立式旋转热解气化焚烧处理工艺	2006	2 700
14	大连市危险废物无害化处理处置工程	年处理危险废物 6 万 t	2007	9 590
	合计			169 572

资料来源：大连市生态环境保护"十一五"规划

表 17-6　生态环境保护重大项目表

序号	项目名称	项目内容与效益	完成年份	投资额/万元
1	农村污水处理工程	建设村镇生活污水处理工程 25 个	2010	20 000
2	农村垃圾处理工程	总规模 420t/d	2010	10 000
3	自然保护区保护与建设	建设步云山水源涵养自然保护区，建立生态监测站、生态监测塔、宣传标识、保护区标志和界碑	2007	30 000
4	农药和化肥污染治理	推广使用低毒农药和有机复合肥	2008	2 000
5	畜禽粪便污染治理	建设畜禽粪便综合利用有机复合肥厂	2008	5 000
6	生态城市建设工程	城市环境综合整治、国家级生态示范县（市、区）、绿色城镇生态示范区、生态示范工业园区和农业生态示范区等建设工程	2010	1 000
7	有机产品生产基地建设	有机产品生产基地建设	2010	3 000
	合计			71 000

资料来源：大连市生态环境保护"十一五"规划

表 17-7 环境保护能力建设重大项目表

序号	项目名称	完成年份	投资额/万元
1	环境安全应急监测系统建设	2010	20 000
2	环境监测网络建设、汽车尾气在线检测及遥测装置	2010	20 000
	合计		40 000

资料来源：大连市生态环境保护"十一五"规划

表 17-8 大连市优先扶持的重点专业化、生态化工业园区

序号	工业园区名称	产业发展方向	污染物排放总量控制指标
1	长兴岛临港工业区	装备制造、船舶制造及配套、精品钢材、化工、铸造、建材	SO_2：1690t/a COD：2242t/a
2	旅顺经济开发区	船舶制造、精密电子、精细化工、食品医药、出口加工和汽车零部件	SO_2：150t/a COD：475t/a
3	双岛湾石化工业区	石油加工和石化产品深加工基地	SO_2：3682t/a COD：464t/a
4	营城子工业园区	高新技术产业、制造加工、生物工程、新材料和节能环保产业	SO_2：33t/a COD：63t/a
5	三十里堡临港工业区	机械装备制造、电子信息、承接产业转移项目和市区大中型企业搬迁改造	SO_2：265t/a COD：146t/a
6	登沙河临港工业区	汽车零部件制造、装备制造、精品钢材	SO_2：950t/a COD：320t/a
7	海湾工业区	仪器仪表、装备制造和服装	SO_2：547t/a COD：1010t/a
8	松木岛化工业区	无机、海洋、精细和农用化工	SO_2：332t/a COD：600t/a
9	瓦房店工业区	精密机械加工、电子电器、食品加工、包装及建材业	SO_2：41t/a COD：91t/a
10	皮杨陆岛经济区	海产品养殖、海珍品和农副产品深加工、服装加工、小型机械制造、旅游	SO_2：114t/a COD：90t/a
11	花园口工业区	新材料和新能源、精细化工、电子信息、装备制造、承接国际国内重大产业转移项目	SO_2：232t/a COD：608t/a

资料来源：大连市生态环境保护"十一五"规划

对水源上游地区、湿地、地下水水质恶劣地区、自然灾害频发区等生态脆弱区，要坚持保护优先、适度开发的原则，实行严格的审批制度。

对依法设立的自然保护区、饮用水源保护区、森林公园、风景名胜区以及列入国际国内重要湿地名录的湿地，要依法实行强制性保护，严禁从事不符合保护区功能定位的各项开发活动，表 17-6 ~ 表 17-9 分别为大连生态保护项目、工业园区及其禁止开发区域。

表 17-9　大连市禁止开发区域

各级自然保护区。共 11 个，海、陆总面积为 944 626.7hm^2。其中，国家级自然保护区 4 个，面积为 930 997.7hm^2；省级自然保护区 1 个，面积为 220hm^2；市级自然保护区 6 个，面积为 13 409hm^2

各级风景名胜区。共 3 个，海、陆总面积为 386 650hm^2（陆域面积为 31 095hm^2）。其中，国家级风景名胜区 2 个，海陆面积为 28 650hm^2（陆域面积为 15 895hm^2）；省级风景名胜区 1 个，海陆面积为 358 000hm^2（陆域面积为 15 200hm^2）

各级森林公园。共 14 个，面积为 50 144.7hm^2。其中，国家级森林公园 8 个，面积为 35 193.3hm^2；省级森林公园 6 个，面积为 14 951.4hm^2

水资源保护区。地表饮用水源保护区共 21 处，面积为 17 049hm^2

地质公园。共 2 处，均为国家级；园区海陆总面积为 45 500hm^2

资料来源：大连市生态环境保护"十一五"规划

三、生态城市的空间演变规律

1. 空间组织演变

城市的空间组织是用来区别城市空间总体布局的形式。随着社会的进步、城市的发展和人们需求的变化，城市的空间组织大致经历了带状、星状、网状等几种模式的演变。

"带状"布局方案，即沿着城市的主干道——公路、铁路、水路等布置带形的建筑地段。该建筑地带一般比较狭窄，以便于在横的方向上可以只靠步行交通来联系。如果考虑便于居住街坊与工作及与服务设施的联系，安排横向交通时建筑地带的宽度也可增加。在横向发展方案中，采用带形布置原则又会导致齿行方案的产生。这种布局的优点在于，它可以提供方便的交通联系，特别是利用公共交通工具可以使城市各部分联系很方便。如果建筑地段不太宽，或者在"齿形平面"中，牙齿之间有足够宽的用地，这就使居民很方便地通往郊区大片绿地。这样城市可以朝两个方向发展，交通网的布置很均匀。因此，带形布局得到了广泛采用。例如，沿着城市的对外交通干道进行建设，在铁路的两旁发展郊区居民点，这些都是带形城市自发发展的实例。1965 年的巴黎地区空间规划中就有各种带形方案。但是，这种模式也存在着各种不足。首先，在交通问题上，如果城市用地沿纵向延长了，而补充的横向轴线发展得较慢，这势必导致各部分之间的距离拉得很大，不得不利用昂贵的快速公共交通。其次，随着城市规模的扩大，建筑用地带不断延长，势必会造成高级服务项目布局分散的局面，影响城市中心的建立（或转移）。

星状模式是由城市空间组织发展所导致的放射形系统的一种形式。这种方案不是在市中心周围发展新的集中的建筑地带，而是沿着对外交通干道发展，它可以使楔形绿地从远处渗入城市内部。每一条星光地带都是按带形规划原则建立的，这种星状模式不但具有带状方案的优点，而且还缩短了到主要中心的距离。市级中心可以按带状规划的原理，沿放射方向发展，但其重点又应是固定的。当城市达到一定规模再进一步发展时，可在其周围建立与中心地区相联系的卫星镇。卫星镇可看作是与主要城市相隔离的一段星光地段，它的独立性随着与主要城市用地的距离的增加而增加。1971年批准的莫斯科总图就属这种模式。它的缺点：①在交通联系方面。随着城市的发展，中心区的交通量会大量增加，因而可能导致中心干道网的超载。如果郊区之间的互相联系很困难，即使郊区和市中心之间有很方便的交通联系，过境交通也可能使市中心达到过饱和状态。②如果延长星光放射地带，则极有可能在星光放射地带内进行建设，从而使星光放射式布局有连成一整块的危险。

网状模式与沿主干道平行布置方案相应。采用这种方案，街道布置均匀，既可避免带状城市建筑过长的缺点，又可避免星状方案市中心过分拥挤的现象。根据网格的大小，还可以规划不同的方案：规则的或不规则的，紧凑的或分散的建筑布局。所有这些类型都可称为"星座状"或"葡萄串状"。这种空间组织形式，能保证在较大范围内城市交通量分布得很均衡，并使城市能灵活发展。1966年设计的华盛顿城市规划方案即属这种模式。它设计出没有平面交叉的高速路网，干道网改为网状，这样可以更均匀地为全市各地区服务。需要强调的是，网状模式也并非十全十美，它不能促使高级服务中心的形成。均匀的街道网并不影响服务中心的布置，而是使输送能力大的交通工具有困难。为了达到经济的目的，输送能力大的交通方式只限于在几条合适的交通线上使用。因此，网状模式通常是提高了私人小汽车的作用，特别是在建筑分散的情况下。

总之，上述三种包括各种规划方案的空间组织形式，并非是仅有的可能模式。每个城市的发展都有其特有的复杂问题，因此必须考虑各种模式的优缺点，根据城市的地形和发展现状，综合三种布局方式，按照生态思想对现有的城市空间布局改造、确定最佳方案进行补充和调整。这对于城市化进程中在以往城市基础上发展起来的生态城市建设具有举足轻重的指导意义。尤其是城市的空间组织演变，为后人展现了城市持续发展的潜力，这对于当今生态城市的可持续发展建设具有鲜明的决定作用。

2. 功能布局演变

城市在各个特定的历史时期，常常体现着特定的功能，而该功能的实现又是分区完成的。将城市用地划分成不同用途的地区——这种功能分区行为在欧洲早就已自发出现了，如中世纪姆兰诺岛的功能分区至今仍享有威尼斯玻璃生产中心的荣誉。随着城市的发展，尽管城市的功能不断调整，但实现该功能的布局基本都分为工业生产区、居民生活区、交通运输、绿化带等几部分。每一部分的演变都体现一定的功能要求。对于该演变规律的总结，可以使生态城市的空间布置更加有序并促进其功能的实现。

（1）工业生产区

工业是城市的重要物质基础，是城市形成和发展的重要因素。因此，工业在城市中的合理配置，是城市整体合理布局、健康发展和创造良好生产与生活条件的重要前提。

目前，在多数城市中，其工业用地一般占城市总用地的25%~30%，在工矿城市和以工业生产为主的城市，可达到50%~60%。工业布局在手工业为主的时期是生产和人口的分散布置，而后代之而起的是生产和人口日益集中于一个以交通线路为核心的规模越来越大的城镇集团之中。第二次世界大战后许多国家在工业布局中首先出现了工业企业分散布置的趋势，这种分散有的具有自发的特点，有的是城市有计划的行动的结果。随后在大城市郊区出现了许多规模不大的主要利用当地劳动力的工业组群。波士顿从20世纪50年代开始，在新的环路附近出现了许多这类企业。总之，除了轻工企业有分散布置的趋势外，人们力求在交通方便并拥有相当规模的技术基础设施的地区内，建成巨大的工业综合体。

急速发展的工业区的吸引力是产生大规模城镇集团的原因，但除了强人的向心作用以外，离心力也客观地存在着。尤其随着技术上的进步，工业生产布局的倾向也大大改变。电力的远距离输送，削弱了工业部门对煤炭产地的依赖性，利用管道能够做到经济地输送石油和煤气。通信工具可以保证位于城镇集团以外的工业企业同全世界取得联系。广泛使用汽车，减少了工业企业的位置对于铁路的依赖性。因此，分散的工业布局仍有出现的可能。

（2）居民生活区

我国居民生活区在组织结构上大致经历了里坊制→街巷制→大街→胡同→里弄→邻里单位→居住街坊→居住小区→居住区→综合居住区这种由小到大、由简单到完善的发展过程。这种变化是随着社会生活、生产力发展水平、政治制度的组织状况、公共服务设施的水平、城市交通的发展以及住宅建设的发展速度等因素而变化、完善和不断发展的。生态城市的发展要求居民生活区既要有安静、安全、生活需要一应俱全的居住环境，还要求生活区的布置符合可持续发展的要求。

（3）绿化带

城市园林绿地是城市用地中的一个重要组成部分。在城市总体规划阶段，园林绿地系统规划的主要任务是根据城市发展的要求和具体条件，制定城市各类绿地的用地指标，并选定各项主要绿地的用地范围，合理安排整个城市的园林绿地系统，作为指导城市各项绿地的详细规划和建设管理的依据。

由于历史及认识的原因，我国的城市绿地普遍较少。例如，天津，新中国成立前只有 $49.9hm^2$ 公共绿地，平均每人 $0.3m^2$，新中国成立以来，直到 1979 年才为每人 $0.92m^2$。从 1977 年统计来看，我国城市的绿地面积及绿地覆盖率都很低，以全国 150 多个城市的现状指标分析，城市公共绿地面积，每人平均为 $4m^2$，并且其中 2/3 的城市在 $3m^2$/人以下，绿化覆盖率全国城市总面积也只有 11%。国外，除亚洲的一些城市指标较低外，欧洲、美洲等一些城市绿地指标大多较高，每人 $10\sim40m^2$ 余，华沙、堪培拉超过 $70m^2$。从联合国的一份报告中可以看出，要求每个城市居民所拥有的绿地面积仅市区内每人就应有 $60m^2$。此外，美国和联邦德国都提出规划要求每人公园面积为 $40m^2$，英国为 $25m^2$，日本提出近期为 $6m^2$，远期为 $9m^2$。

城市的工业和人口集中，从卫生学上提出的保护环境的需要和防灾防震的要求，城市绿化覆盖率面积应大于市区面积的 30%；林学上，一个地区的植物被覆率至少应在 30% 以上，才能起到改良气候的作用；疗养学上认为，要有舒适的休养、疗养环境，其绿地面积要在 50% 以上。

城市绿地的布局从形式上可以归纳为以下四种。

1）块状绿地布局。这类情况多数出现在旧城改建中，如上海、天津、武汉、大连和青岛等，目前我国多数城市属此。块状绿地的布局方式，可以做到均匀分布，接近居民，但对构成城市整体的艺术面貌作用不大，对改善城市小气候的作用也不显著。

2）带状绿地布局。这种布局多数由于利用河湖水系、城市道路、旧城墙等因素，形成纵横向绿带、放射状绿带与环状绿地交织的绿地网，如哈尔滨、苏州、西安和南京等地；带状绿地的布局容易表现城市的艺术面貌。

3）楔形绿地布局。凡城市中由郊区伸入市中心的由宽到狭的绿地，称为楔形绿地，如合肥市。绿地一般都是利用河流、起伏地形、放射干道等结合市郊农田、防护林布置。优点是可以改善城市小气候，也有利于城市艺术面貌的表现。

4）混合式绿地布局。这种布局是前三种形式的综合运用。可以做到城市绿地点、线、面组合，组成较完整的体系。其优点是：可以使生活居住区获得最大的绿地接触面，方便居民游憩，有利于小气候的改善，有助于城市环境卫生的改善，有利于丰富城市总体与各部分的艺术面貌。

（4）交通运输

从生态学角度来讲，现代化城市的道路，必须满足交通方便、安全和快速的要求，也要满足城市环境清洁、宁静、生动、美观的要求，因此在城市道路系统规划中，首先要做到道路功能清楚、系统分明，组成一个合理的交通运输网。

第二节　全域城市化

一、全域城市化的概述

全域城市化是近年来才提出来的一种城市建设理念，在我国对全域城市化建设的研究尚属起步阶段，并未形成较为系统的理论研究。从全国范围看，成都市是第一个提出全域建设理念的城市，也正处于"全域成都"的建设时期。在"全域成都"的理念下，成都市相关综合改革将打破区域、行政体制的障碍，以功能区划为主，按照经济发展规律，实现要素、资源的市场化自由流动和优化配置，推进统筹城乡建设。成都市通过实施"一区两带"的规划框架和主体功能区规划编制，对成都城镇化、工业化、信息化、市场化和国际化水平进行提升，推动"全域成都"现代化都市区的建设，完善城镇建设规划体系，推进大中小城镇和农村新型社区建设，构建特色明显、分工协作、优势互补的现代化城镇体系。

结合"全域成都"建设的理论纲领与实践经验，我们认为，全域城市化的建设就是要追求"城乡均等"的发展境界，即人们在城市能享受到的好处，在农村也一样能享受得到。即用全面现代化的标准去建设城市的全部地域，在整个城市各个区域内外实现社会经济建设一体化发展，即实现城市全域范围内城乡资源的"全域配置"、城乡交通的"全域畅通"、城乡公共服务的"全域均衡"、城乡规划的"全域覆盖"，进而使得现代化特性在城市全域范围内得以充分展现。

二、全域城市化的内涵及特点

全域城市化，是一种具有区域均衡发展、可持续发展理论特点的崭新的城市发展理念。从整体上看，全域城市化融合了全域均衡协调发展的特点，同时又将各个区域因地制宜的可持续发展特点包含其中，即在动态的可持续发展中寻求均衡发展协调，在均衡协调中推进可持续发展。

1. 全域城市化的内涵

全域城市化，我们认为其内涵主要有以下三个基本方面：一是需求，即发展的目标是要满足城市长远发展的需求，不能局限于眼前；二是限制，强调规划发展的行为要受到自然界的制约，要充分考虑可持续性；三是均衡，强调不同区域之间的均衡，而不是一味地将重点放在中心区域。

同时，全域城市化发展应该具有三个基本属性：第一，全域建设发展的时空性。全域建设发展强调区域内的均衡发展，不能脱离实际顾此失彼；第二，全域建设发展的和谐性，即人与自然的和谐；第三，全域建设发展的全局观，即从全域视角规划建设，是整体性的一种体现。在此核心思想的指导下全域城市化还应该包括下面几层含义。

1）它是一种新型的城乡形态，而不是过去那种割裂的二元形态。全域城市化形态下的城市和农村是和谐交融的、互惠互利共同发展的、历史文化与现代文明是交相辉映的，而不是互不相干或差距明显的城乡关系。在全域城市化的视角下，城乡二元体制势必将被打破，实现资源要素全域流动和优化配置，使农村与城市一样拥有资源升值和流动的可能，在空间和机制上都立足于破除过去人为设置的城乡障碍。

2）贯穿全域城市化建设过程的核心是现代化，即实现城市和农村的共同现代化。它是以经济、政治、文化、社会建设一体发展，现代城市和现代农村整体推进的方式来进行的。

3）它的关注点和落脚点在于把城市所有的区域统筹起来，作为一个完整的体系，进行资源要素的调动配置，将现代化都市区的建设理念分布到各个区域，在高层次上对其进行整体上的规划建设，在具体层面上对各个区域综合全局地进行规划建设。

综上所述，"全域大连"的理念，即全地域、全领域的大连，就是用全面现代化的理念去覆盖大连的整个地域，努力实现经济、政治、文化、社会建设一体化发展，现代化特性是大连各个区域共同展现，城市中心区域与外围区域没有实质性差异，其区别只是现代化各个元素空间排列上的密度不同。使得大连的发展建设达到资源的"全域优化配置"、交通的"全域畅通"、规划的"全域统筹"、社会公共服务的"全域均衡"的新型国际化城市的目标。

2. 全域城市化的特点

全域城市化的特点是区域均衡协调发展和可持续发展两种理论特点的相互交融。主要体现在以下几个方面。

（1）均衡性

在经济发展过程中，既要保持区域整体经济的高效运转和合理增长，又要能促进各区域的经济发展，使区域间的经济差异稳定在合理的、适度的范围内，达到各区域或地区间优势互补、共同发展、共同繁荣。区域经济均衡协调发展具有以下几个鲜明特点：一是坚持效率优先、兼顾公平；二是强调优势互补、扬长补短；三是实现共同发展、多方共赢。这些正是区域均衡协调发展所体现出来的一种区域经济发展模式，这包括两层意思：第一，各区域之间的发展投资均衡。全域城市应满足城市辖区内各个区域的发展需求，而不是只针对中心区域的需求进行集中投资发展；第二，在各个区域之间结合当地需求及特点，在合理差异范围内，均衡分配有限的资源，如能源资源、水资源、交通资源等。均衡性发展应保持各区域间的平等发展，为各个区域提供公平竞争的环境，即区域间不是一种主从的隶属关系，而应是一种公平竞争的关系。

（2）协调性

协调是事物发展稳定性和有序性的标志之一，是系统从无序到有序的调节机制，它不仅是发展的一种状态和形式，而且还是发展的机制。全域城市的发展正是一种协调发展模式的体现，城市内的各个区域都拥有均等的发展机会，相互协调、共同发展。

区域协调发展是一个综合性、组合式的概念，其基本内涵由五个部分构成：一是各区域的比较优势和特殊功能都能得到合理化的发挥，形成因地制宜、优势互补、共同发展的特色区域经济；二是各区域之间资源流能够实现畅通，形成建立在公正、公开、公平竞争秩序基础上的区域整体统一的发展环境；三是各区域享受基本公共产品和服务的差距能够限定在合理范围之内；四是各区域之间基于市场经济导向的经济技术合作能够实现全方位、高水平的目标，形成各区之间全面团结和互助合作的新型区域经济关系；五是各区域国土资源的管理能够实现统筹规划和互动协调，各区域经济增长与人口资源环境之间实现协调、和谐的发展模式。

协调发展是全域城市建设的重要特征。世界上一切事物都是相互联系的，全域城市建设发展的各种要素、各种力量等各个方面既相互依存、相互促进，又相互制约，只有在协调中发展，在发展中协调，才能实现有序化、高效化、全面化、优质化而又持久化的发展。协调发展就是要在理顺各区域间经济关系、形成各区域在发挥自身特长且密切联系、相互依存、关联互动、互相促进局面基础上推进整个区域稳定发展的一种全域城市建设特点。只有在这个基础上，各区域才能消除和削弱区域间的矛盾和冲突，走上协调发展之路。这也正是全域城市建设发展所要达到的一种境界。

（3）可持续性

全域城市作为一种科学的新型城市发展模式，可持续性是全域城市的一个基本特点。可持续发展是一种不以牺牲后代人发展机会和发展权利为代价、保证后代人与当代人拥有同样多发展机会的发展模式，包括经济持续、社会持续和环境资源持续发展。它们之间互相关联，互为一个不可分割的整体，环境资源的可持续利用是基础，经济的持续发展是条件，社会的持续发展是目的。可持续发展不仅仅关注发展的状态和目标，更加注重发展的持久力以及未来的发展潜力和发展机会。片面地追求发展速率和物质积累不是其追求的目标，在现有发展状态下发展潜力的培植将成为发展过程的重要内容。提高科技含量，使自然资源的消耗速度低于资源的再生速率，从粗放型转变为集约型，减少单位经济活动造成的环境压力，把环境污染和生态破坏消灭在经济发展过程中，使人类的经济和社会发展不能超越资源和环境的承载能力，进而使"可持续性"得以实现[194]。这正是全域城市建设所要达到的一方面目标，全域城市不是要局限于短期盲目的物质积累、经济发展，而是要着眼于未来，从全局进行规划建设，以达到城市各个区域内部及区域之间真正的经济、社会和环境资源的持续协调发展。

全域城市建设是一种可以持续发展的过程和状态，而且资源的可持续利用和生态系统的可持续性是保持人类持续发展的基本条件。这就要求在满足需求的过程中，必须要对因全域城市的发展需求而采取的某些行动进行限制。人口增长、经济发展和社会发展不能超越资源和环境的承载力限度。

（4）共同性

全域城市发展的目标最终是靠全域内各个区域的共同努力来实现的。全域城市发展涉及的环境、经济问题，一方面具有全域内整体性和共同性的特征；另一方面，还具有一定的区域性、地方性的特征。这正和"社会－经济－生态"三维复合的协调可持续发展模式相类似，是全域城市的一个基本准则。它不是一种单纯地追求经济增长过程，而是一种综合社会、经济和生态三个方面因素的协调发展，是一种全面的社会进步和社会变革过程。在可持续发展复合系统中，经济的发展将以生态良性循环为基础，同资源环境的承载能力相适应，而不再以环境污染、生态破坏和资源的巨大浪费为代价[195]。环境和生态的承载能力是有限的，自然资源的总量也是有限的，全域城市的经济和社会不可能在超越自然资源的承载能力的情况下去追求发展，只有综合城市内各个区域的发展特点及需求，重视总体层面的全域规划，使各个区域发挥各自的优势，共同为城市全域化发展提供动力。

三、大连市城市空间布局的全域形态

从全域大连市规划图中，我们可以看出，1980～2000 年大连市快速增长的区域主要集中在大连市主城区以及经济技术开发区，包括大连市主城区、大连市市区、金州新城、新城区以及沙河镇等，即图 17-1 中小圆圈区域。此时，大连市的发展呈现出集中在一个较小的范围内的趋势特点。而未来一段时期内，大连市快速增长的区域应逐渐北移扩大，体现出整体统筹，全面铺开的全域建设特点。

大连市现已初步形成了带状组团式城市空间布局形态，根据大连市城市发展的

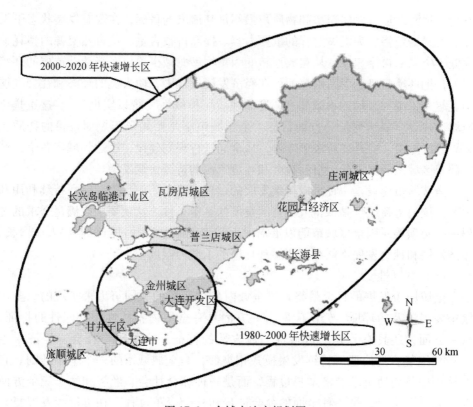

图 17-1　全域大连市规划图

客观规律和趋势，结合对用地、交通、资源、产业布局等各种因素的分析，未来这种带状组团式城市布局形态将进一步完善，强化各个圈层内的协调均衡发展。总体上看，大连市的城市结构布局呈现出由 7 个组团构成的 "V" 字形架构：一主（金州海峡以南主城区）两新（金州新区和开发区）六星（长兴岛、花园口、普兰店、瓦房店、庄河和长海县）布局，最终将在辽东半岛形成以市区为核心圈层，沿渤海岸和黄海岸为轴线呈 "V" 字形向北辐射的三级圈层式全域城市区。

1. 核心圈层

核心圈层由现状市区组成，包括中心区、旅顺口区、金州区和新市区，从空间布局来看，已成带状组团式城市。各区之间又有分隔，形成了相互间既有联系又有分隔，相对自成系统又具有职能分工的不同组团。

2. 紧密圈层

紧密圈层包括瓦房店市、普兰店市和皮口、杨树房、登沙河、复州湾、三十里堡等镇，是核心圈层的第一辐射地，除发挥自身优势外，还应分散中心区人口规模，成为中心区的紧密组成部分。

3. 外围圈层

外围圈层包括庄河市、复州城镇、青堆子镇、松树镇、安波镇和仙人洞镇等。这些城镇可发挥地理位置适中和地区资源丰富等优势，形成依托于城市、服务于农村、联络城乡经济的桥梁，构成都市区不可缺少的组成部分。

4. 辐射轴引力场区

大连市位于辽东半岛南端，辽东半岛中部为山脉丘陵地带，东西两侧沿海部分为平原，适于城市和经济发展，大连市半数以上城镇集中于两侧渤海和黄海沿岸，初步形成了以此为轴线交汇于中心区的经济密集带。西侧渤海沿岸，有沈大高速公路和铁路穿过，联系了瓦房店、普兰店两个县级市和松树镇、瓦窝镇、石河镇等10余个重点发展城镇。东侧的黄海沿岸，以大连市和丹东市为端点，中间有县级市庄河市和皮口、青堆子等重点发展城镇，且沿线港口较多，城镇密集度较高，资源丰富，是辽宁省发展潜力最大的城镇带之一，也都应该作为核心圈层向北辐射的重点地带。

同时，辽宁省已经提出"五点一线"战略，即重点开发建设大连市长兴岛、大连市花园口岸工业园、营口市沿海产业基地、锦州湾产业园区、丹东市产业园区这五个区域，建设贯穿黄渤海沿岸的滨海公路，形成沿海经济带，带动辽宁中部城市群，打造对外开放的新优势。如图 17-2 所示，1 号位和 5 号位分别为大连长兴岛、大连花园口工业园区，是辽宁省重点开发建设的工业园区。故而，大连市其他区域应该以辽宁省"五点一线"战略规划为契机，以"一线"为轴线进行总体规划布局。

图 17-2　辽宁省"五点一线"工程区域示意图

第三节　全域大连的重大基础设施现状与承载力分析

一、电力基础设施现状与承载力分析

1. 大连市电力基础设施现状

大连市是能源严重匮乏的城市，经济的快速发展和资源供给矛盾比较突出，能源总消耗量在全国各大城市处于前列。大连市电力能源主要包括核电、火电以及风能、太阳能、生物质能等可再生能源。2007 年，大连市全年用电量达到 200.19 亿 kW·h。从终端电力消耗的品种构成来看，火力发电比重仍居首位。大连市电厂总体上分布于各个区域内，普兰店热电厂、瓦房店红沿河核电站、庄河电厂、甘井子区热电厂、金州区第二热电厂、开发区热电厂等各个电厂共同为大连市提供电力保障。

随着我国经济的快速崛起，对电力的需求急剧增长。作为一种新能源，核电将成为大连市乃至全国电力建设今后优先发展的方向之一。而位于瓦房店市的辽宁红沿河核电站新建工程是国家核电发展规划中在"十一五"期间开工建设的重点项目之一。项目建成后，日发电量将达到 9600 万 kW·h。预计到 2014 年 4 台机组将全部建成投入运营，年发电量将达到约 290 亿 kW·h。

庄河电厂整个工程分三期完成，建成后年发电量可达到 80 亿 kW·h。大连泰山热电厂、东海热电厂、大染自备热电厂等均已投入使用。同时，2007 年改造 4 台 35 万 kW 供热机组的华能大连电厂供热改造项目及 2 台 5 万 kW·h、1 台 1.2 万 kW·h 供热机组的大化集团大孤山自备热电新建工程项目正在建设当中。

在新能源的利用上，大连市现已建成 3 个风力发电厂，分别是长海县 1 万 kW 负荷发电厂以及瓦房店的东港 2 万 kW 负荷发电厂、衡山 1 万 kW 负荷发电厂。大连市的太阳能主要应用在热水器以及通信上，同时，大连市也在积极推进生活垃圾焚烧发电项目。

2. 电力基础设施存在的问题

大连市经过长时间的城市发展建设，已经具有一定规模的电力基础设施，但依然存在一定的问题。

（1）电网建设滞后

从"十一五"期间的能源消费结构来看，电力消费增长迅速，超过能源消耗的平均增长速度，也超过其他能源消费的增长速度。近年来，随着大连市经济和城市建设的快速发展，地区用电需求增加较大，电厂、电网等基础设施建设速

度跟不上社会用电发展的需求，出现供电紧张局面。

此外，在城市个别区域的规划中，没有留足变电所所址及线路走廊，使得电网建设中变电所用地和线路走廊用地难以落实，影响电网建设的正常进行。

（2）电力基础设施不足，能源依赖性高

随着大连市经济持续发展、人口持续增加和城市现代化建设进程的加快，虽然电力消费的增长速度低于 GDP 的增长速度，但是电力消费仍然是呈逐年上涨的趋势。对于大连市一次能源极为匮乏的地区，电力的生产和供应对外依赖程度越来越高，大连市全域内电力等基础设施不能满足发展的需求，电力等能源的安全和稳定供应显得越来越重要。

（3）新能源和可再生能源开发不足

由图 17-3 我们可以看出，当前大连市的主要电力基础设施的能源消耗模式仍然集中在煤炭火力发电上，对新能源的开发利用相对欠缺。结合大连市特殊的地理环境条件和资源条件，特别是一次能源极为匮乏的现状，对可再生能源和洁净能源等新能源，如核能、风力发电、太阳能、垃圾发电、潮汐发电、植物秸秆发电等的开发建设力度不足。

图 17-3 大连市各电力基础设施布局图

3. 大连市电力设施承载力分析

电力承载力是体现供电量与人口量之间关系的一项重要数据。结合大连市实际的电力供给量与标准的或类似级别的城市人均用电量进行运算，获得在此电力供给量下可以承载的人口数量，进而与实际的人口数量进行比较，判断电力设施的承载情况，即承载人口数量=可供给电量/人均用电量。

各城市用电水平高低，在一定程度上反映了城市现代化建设水平，如2000年人均用电量新加坡已经达到9000kW·h余，香港为7000kW·h余，上海市2007年人均用电量也达到了5771kW·h，而大连市2007年仅为3462 kW·h，远远落后于其他领先城市用电水平。为了满足大连市城市产业用电、居民生活用电，提高城市功能和居民生活水平，使人们可以充分享受电力给生活带来的舒适与方便，并结合大连市与上海市城市规模、发展程度及前景，参照上海市当前的人均用电量与先进国家城市用电水平来确定大连2020年内人均用电量的标准为6500 kW·h。

同时根据大连市城市规划设计院的规划，预计到2020年大连市地区红沿河核电站、庄河电厂、华能电厂以及泰山电厂等各个发电厂可提供总的发电量约为500亿kW·h。由此可以测算出，到2020年大连市电力设施能力可承载769万人。

二、水资源基础设施现状与承载力分析

1. 大连市水资源基础设施现状

作为自然环境的重要组成部分，水资源是经济发展和社会进步的生命线，是可持续发展的物质基础。随着人口的不断增加和经济的增长，对水资源的需求也不断增加，而自然界所能提供的可供使用的水资源是有一定限度的。同时由于水环境明显恶化，可供利用的淡水日益减少，水资源供与需的矛盾日益加剧。水资源短缺已成为许多国家社会经济增长的主要制约因素。而通过输水工程、中水利用、海水淡化等水利基础设施的合理建设，可以从一定程度上缓解水资源短缺的压力。

（1）水利工程设施

截至2007年末，大连市共建成蓄引工程1447座，大型水库7座，即碧流河、英那河、转角楼、朱隈、松树、刘大和东风水库，中型水库16座，小型水库238座，地下水工程5799处。新建各类小型水源工程1161项，启动碧流河、英那河、复州河三大流域治理工程，年内治理水土流失20万亩，修复险工险段及水毁工程30处，完成各类水源工程150项，开工建设大伙房水库三期引水工程。

（2）污水处理设施

目前，大连市已建成运行有10座二级城市污水处理厂，在建的二级城市污

水处理厂有3座。另外,大连市有城市再生水厂2座,有5座污水处理厂建设了再生水利用设施。普兰店市污水处理厂总能力为10万t/d,一期工程处理规模为3万t/d,污水经过处理后达到一级B类水平,达标排放,二期工程将于"十一五"期间完成,届时普兰店市城区生活污水集中处理率可达到80%以上。瓦房店市龙山污水处理厂日处理能力为6万t,二期工程预计2009年完成,可增加2万t的日处理量。全部工程完成后,城市污水处理率将达到90%以上。庄河市污水处理厂日处理污水能力为3万t。为改善大连市海域环境、节约水资源,大连市将建造6座日处理污水能力为1万t以上的大型污水处理厂。其中,设计日处理污水能力为10万t的1座,日处理污水能力为4万t的2座。

(3)海水淡化设施

对于严重缺乏水资源的大连市,海水利用是解决淡水资源不足矛盾的重要措施。大连市海水主要用于工业冷却用水,已在发电、石化、造船及水产加工等行业被广泛采用,占工业冷却用水总量的90%。海水淡化除长海县为生活用水外,其他均为生产用水。目前,大连市年海水直接利用量每日达350万t,海水淡化每日达1万t,大连海水淡化总量已占全国海水淡化总量的1/3。其中,大连城市直接利用海水的单位已有30余个,日平均利用海水230万 m^3 余;已建成海水取水泵站总设计能力每小时26万 m^3;敷设管径40mm以上干道长81.18km。

截至2006年,大连市已建成5座海水淡化厂,海水淡化能力为1.14万t/d。长海县大长山岛和獐子岛分别建有1500t/d和1000t/d的反渗透海水淡化装置,为解决海岛居民生活、生产用水起到了关键作用;大连市华能电厂日产2000t的海水淡化装置,使海水淡化系统与原城市供水系统形成互补,解决了该厂的水源安全问题;大连市石油化工集团建成投产的日产5000t的反渗透海水淡化装置和日产500t的蒸馏法海水淡化装置,满足了企业发展用水增长的需求;大连港集团公司在20万t矿石码头工程建设中配套建设了日产2000t海水淡化水项目,解决了远离城市供水系统的港区生产和生活用水问题。另外,大连市有条件的企业,还自行建设了一些小型的海水淡化装置,作为企业自用水和应急备用水源。

2. 大连市水资源基础设施存在的问题

(1)水资源呈现出逐年减少趋势

大连市的多年平均径流量呈减少趋势,据大连市"十一五"水资源专项规划报告可知,第一次水资源评价(1956~1979年系列)成果为34.82亿 m^3,第二次水资源评价(1956~2000年系列)成果为32.51亿 m^3,减少2.31亿 m^3。2007年大连市水资源总量为30.66亿 m^3,大连市总人口保持一定速率增加,致使人均水资源量逐年下降。1985年人均水资源占有量为718 m^3,到2007年人均水资源占有量减少到530 m^3,大大低于全国平均值。金州以南地区水资源更为贫乏，人均占有水资源量为119m^3，不到全大连市人均水资源量的1/4。

（2）供水基础设施建设落后，水资源开发利用难度大

城市供水基础设施滞后，供水网络老化程度日益加重，而且供水网络改造的速度滞后于其老化程度，同时在供水管理上还存在众多运营和技术上的问题，全域化的城乡水资源管理体制有待进一步完善。在大连市境内径流量2.0亿m^{3}以上的6条河流上已建有碧流河、英那河等7座大型水库，总控制流域面积为4124km^2，全域内的较大河流中大部分河流的控制利用率已经达到40%以上，水资源开发利用难度越来越大。

（3）替代淡水资源的开发和利用程度有待于进一步提高

2007年尽管大连市污水处理率为90%，回用率仍处于较低水平。由于配套设施建设滞后，处理好的污水只有少量得到使用，而且使用范围比较小，主要用于工业冷却、城市绿化、建筑施工等。

尽管大连市从20世纪80年代开始研究和使用海水，但到目前为止海水利用主要是工业直接用海水作为冷却水，海水淡化只用于长海县的生活饮用，同样显现出使用覆盖面偏小的状况。因此，今后应继续扩大海水用量，以直接利用为主、淡化为辅。全域内各个区域都应该倡导工业企业直接利用海水，积极建设海水利用工程，拓展海水直接利用领域，建设生产、消防、生活海水系统。

3. 大连市水资源设施承载力分析

水资源承载能力是天然水资源的可供水量能够支持人口、环境与经济协调发展的能力或限度，是一个国家或地区可持续发展的一种基础性保障或支撑能力[207]。在综合考虑各种影响因素的条件下，水资源承载力可以定义为：某一区域在具体的历史发展阶段下，考虑可预见的技术、文化、体制和个人价值选择的影响，在采用合适的管理技术条件下，水资源对生态经济系统良性发展的支持能力[208]。

我们认为，水资源承载力是体现水资源量与人口数量之间关系的一项重要数据，并结合大连市实际的水资源量与标准的或类似级别的城市人均水资源量进行运算，获得在此水资源供水量下可以承载的人口数量，进而与实际的人口数量进行比较，判断水资源设施的承载情况。

按照国际公认的标准，人均水资源低于3000m^{3}为轻度缺水；人均水资源低于2000m^{3}为中度缺水；人均水资源低于1000m^{3}为严重缺水；人均水资源低于500m^{3}为极度缺水。2007年，大连市水资源总量为30.66亿m^3，人均水资源量为530.28m^3，属于严重缺水区域。同时，水资源关系到生产、生活的各个方面，是社会经济稳定发展的基础，故大连市应该加强水资源的规划使用。

2007年全国人均年用水量为437m^3，根据《2007年上海水资源公报》，2007

年上海市人均年用水量为 647m^3，而大连市 2007 年人均用水量为 212m^3。2007年大连市总供水量为 12.26 亿 m^3，按照全国人均用水量，可以承载 280.5 万人，而按照大连水平仅可承载 189 万人，由此可以看出，大连市水资源短缺，人口负荷较重。

结合大连市水资源生态环境具体情况以及城市化发展水平，设定 2020 年大连市人均用水量为 260m^3。根据大连市水务局规划的水利发展目标，2020 年全大连市水利工程总供水量达到 20.46 亿 m^3，则可以得出 2020 年大连市可供水资源量可以承载 786.9 万人。而按照大连市规划局规划的 2020 年达到 800 万人口进行计算对比，可以看出 2020 年大连市人均用水压力尽管得到大大缓解，但在满足用水需求方面仍有所欠缺。

三、交通基础设施现状与承载力分析

1. 交通基础设施现状

大连市位于辽东半岛最南端，东濒黄海，西临渤海，南与山东半岛隔海相望，北依资源丰富、人口密集、工农业生产发达、进出口需求旺盛的东北三省地区和拥有广大腹地的内蒙古东部，与日本、韩国、朝鲜及俄罗斯的远东地区相邻，地处东北亚经济区的中心区域。既是我国环渤海地区和辽东半岛沿岸港城通往国外的最近点，也是东北亚区域进入太平洋，面向世界的最便捷的海上门户。历经多年的建设和积累，大连市已形成了特有的口岸区位优势，海陆空各种运输方式齐全，已形成具有较强运输能力的立体交通运输网络，并正在加快构建与大连市东北亚国际航运中心要求相适应的现代化交通运输体系。

"十一五"以来，大连市通过坚持以港兴市，加强口岸环境和综合交通基础设施建设，实现了港口吞吐量超过亿吨，集装箱吞吐量增幅位居全国港口前列；铁路建设通过"提速"、"建设内陆干港"、组建"集装箱班列"，使大连市口岸和腹地联系更加紧密；公路建设完成沈大高速公路改造等一批重大项目，高等级公路沿着全域大连的战略方向向北三市展开，农村柏油路以每年超过 700km 的速度发展。

（1）道路设施现状

截至 2007 年末，大连市共有道路长为 2080km，拥有道路面积为 3459 万 m^2，共有桥梁 182 座。

主城区公路呈现出"五纵五横"的布局形态，其中包括五条纵向快速路：东北路快速路；第二条快速路、中山路西段快速路；大连湾海底隧道；华北路快速路；跨海大桥；五条横向联络路：疏港路、五一路快速路、东方路快速路、中华路快速路、南部通道。

同时，主城区与外围区之间正在积极加强道路设施建设以促进区域间的链接。大连铁路集装箱中心站开工建设，大连湾铁路升级改造和长兴岛铁路工程前期工作完成。大窑湾疏港高速公路建成通车，沈大与丹大高速公路连接线主体完工，长兴岛疏港高速公路和滨海公路开工建设。

铁路呈现"N"形分布。由于大连市地处辽东半岛最南端，向北以连接沈阳、长春、哈尔滨为主线；向西以连接北京、天津等为主，通过北京、天津等铁路枢纽覆盖全国范围的铁路交通。

（2）港口及码头设施现状

目前，从图 17-4 可以看出，大连全域范围内拥有主要港口 20 余个，主要集中分布在金州及金州以南区域。其中，大窑湾港区是主体港区，现有生产性深水泊位 11 个，总通过能力为 1690 万 t。

2007 年，新增生产泊位 12 个，年吞吐能力增加 1400 万 t。长兴岛公共港区通航 3 个 5 万 t 级以上通用泊位。金窑铁路复线全线通车，新增大窑湾港口铁路疏运能力为 4800 万 t。目前正在进行中的大窑湾三期工程，建成 5 个集装箱泊位；旅顺羊头洼港二期扩建工程，规划填海造地 $1.31 km^2$，建设造船专用码头；庄河港石城有 2 个 10 万 t 级深水码头及其他配套设施工程。

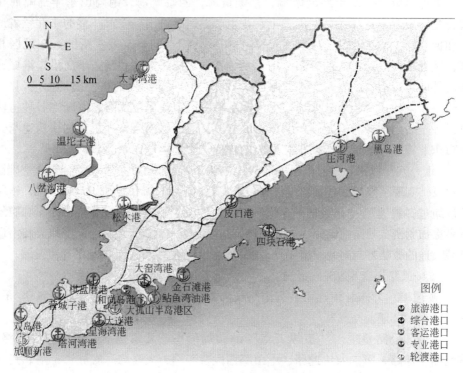

图 17-4　大连港口及码头分布图

资料来源：赵楠. 大连城市综合交通系统发展状况及战略研究. 大连：大连理工大学，2007

（3）航空设施现状

大连国际机场占地面积为 284.46hm^2，飞行跑道长 3300m，滑行道长 3168m，航站楼面积为 6.5 万 m^2，停机坪为 24 万 m^2，停机位 25 个，符合 4E 级 I 类国际机场标准，可供世界上各种大型飞机安全起降。

大连国际机场旅客和货邮吞吐量两项运输生产指标自 1998 年来连续 10 年居我国东北地区 12 个民用机场的首位。2007 年，完成旅客吞吐量 728 万人次，纯货邮吞吐量 12.2 万 t。大连国际机场作为东北地区四大机场之一，是辽宁省南北两翼的重要空港之一，一直以自身的空港优势不断促进区域经济的发展，吸引了多家中外航空公司运营大连机场，开通航线 130 条，基本形成了覆盖全国，辐射日、韩、俄，连接欧、美、澳、亚的航线网络。

2. 交通基础设施存在的问题

随着社会多年来的发展进步，大连市交通设施规模和能力取得了长足的发展，但仍然不适应国民经济持续快速发展的要求，通过上面的分析，可以看出一些"瓶颈"制约因素依然存在。

（1）现有的交通网面积不足，道路结构不合理

这就导致了公路交通网的混合交通极其严重，导致干线道路不畅，影响出入市的交通。而且许多公路路面处于超负荷承载阶段，部分高架桥荷载超过标准。大连市主城区的道路网密度基本能够满足大连市主城区特别是老城区居民的日常出行工作。但是，为了满足大连全域建设的需要，连接甘井子与开发区以及长兴岛、花园口工业园区等其他区域的主干道较少，辐射区域范围较小。随着经济的持续快速增长，大连城市化水平的提高，必将引起对道路需求量的增长。这些问题的存在使大连市的交通基础设施的可持续发展后劲不足。

（2）港口内部不协调，集疏运体系尚不完善

城市区内交通与港口物流通道存在交叉，相互干扰的矛盾随着运量的增加将愈发突出。大连市诸多老港区已经处于主城区中心的繁华地段，其生产活动不仅给城市造成了巨大的环境和交通压力，其自身也受到发展空间和集疏运条件的严重制约，大连港公共运输服务的重心已逐步向大孤山半岛及周边港湾转移，但是后方相应的港口集疏运体系发展滞后。同时，仅有 60 多条国际航线，表明大连港发展建设与国际接轨程度不高，必须尽快扩大与世界其他各港口、各大航运企业与班轮公司的交往，提高港口自身与国际接轨的能力。

（3）机场军民合用、承载力趋于饱和问题仍然很严重

受场地、空域、净空条件等因素的制约，据有关部门预测，周水子机场在 2013～2015 年前后达到承载力饱和状态，再无扩展余地，新机场的选址与建设势在必行。

3. 道路面积承载力分析

道路承载力是体现道路面积与人口数量之间关系的一项重要数据，即通过实际的道路面积与标准的人均道路面积值进行运算得出，在此道路面积下可以承载的人口数量，进而与实际的人口数量进行比较。即

$$承载人口数量 = 道路面积 / 人均道路面积标准$$

由建设部提供的统计数据显示，2006 年，我国人均道路面积仅 $10.6m^2$。对比国外城市人均道路面积为 $15 \sim 20m^2$，国内道路设施水平还很低。其中人口百万以上的大城市如北京、上海和广州等的人均道路面积也仅为发达国家大城市如伦敦、纽约和东京的 1/3 左右。在江苏省全面建设小康社会指标体系中，将城镇人均拥有道路面积的目标值定位于 $12m^2$。

从土地使用结构角度看，交通用地所占比例总体呈现上升趋势。根据国家统计局、农业部、原林业部、原城建部、中国科学院等有关部门和单位公开发表的数据，经过综合分析归纳得到 1949 年中国土地利用结构中交通用地占 0.25%；1978 年该值为 0.72%；截至 1996 年 10 月 31 日，交通用地 5 467 700hm²，占 0.6%，与 1949 年相比增加 0.35%；2002 年，交通用地 207 660hm²，占 0.23%，比 1996 年降低 0.35%[202]。李琴等[203]指出，1996 年在安徽省土地总面积为 14 012 579.19hm²，交通用地为 261 456.03hm²，占 1.87%；2005 年，交通用地面积为 281 606.67hm²，交通用地面积比 1996 年增加 20 150.37hm²，增幅为 0.14%。

从城市发展人均道路面积看，不同的实际因素以及评价标准可能会产生不同的人均道路面积标准。荆平等[204]结合国内外城市发展的总体状况，制定城市可持续发展的预警标准，将天津市可持续发展的预警指标体系的四级预警中人均道路面积为 $30m^2$ 时为无警状态，$10m^2$ 为轻警状态，$8m^2$ 为中警状态，$5m^2$ 为重警状态。并计算出 2002 ~ 2004 年的城市建设用地结构基尼系数，其中广场道路用地在各种基尼系数下，均处在 10% 左右。

于丽英和冯之浚[205]依据发达国家人均水平将城市循环经济评价指标中的人均道路面积的参考值设定为 $25m^2$。常克艺和王祥荣[206]从评估城市复合生态系统健康状况角度出发，构建了在由活力、组织、恢复力三个方面构成的全面小康社会下生态型城市指标体系，其中人均道路面积指标标准值为大于或等于 $8m^2$。

结合以上人均道路面积观点，我们将标准设定为 $12m^2$，2007 年大连市城镇道路面积为 3459 万 m^2，则大连市道路面积理论上可承载人口数为 288.2 万人，而 2007 年大连市实际城区人口为 293.43 万人，由此可见大连市城镇道路已处于超负荷承载状态。结合相关部门对大连市人口预测数据，即 2020 年为 800 万人，并考虑城市化水平的提高，人民生活质量的提高，人均道路面积设定为 $14m^2$，则 2020 年大连市应拥有城镇道路面积为 11 200 万 m^2。

第四节 全域大连的重大基础设施需求预测

一、电力基础设施需求预测

(一) 电力需求预测

1. 电力需求的影响因素

电力需求预测是根据一个国家、地区或特定范围内的电力消费行为，总结出影响电力消费的各方面因素，探求消费与这些因素之间的关系，根据这些关系对未来能源需求发展趋势作出估计和评价。根据需求理论，价格因素是影响商品需求的关键因素，但是除了电力价格之外，还有很多因素影响着未来的电力需求，有的因素甚至比电力价格的影响程度要深得多。

(1) 产业结构

产业结构，就是指构成国内生产总值组成各产业的比重。粗略划分，主要包括三大产业部门。第一产业为农业、林业、牧业及渔业，其产品直接取自自然界。第二产业包括工业和建筑业，为对初级产品进行再加工的部门。第三产业为服务业，包括的行业多，涉及范围广。各产业的能耗指数相差较多，其中，第二产业的能耗指数远高于第一、第三产业的能耗指数，而近年来第一产业所占国内生产总值的比重逐年下降，第三产业所占比重逐年上升，而第二产业所占的比重波动较大，那么随着产业结构的调整，综合能耗指数必将受到影响[203]。

同时，产业结构的影响不仅限于第一、第二、第三产业结构之间的变化，而且还在于各产业内部结构的变化。例如，人民生活习惯的改变可能引起对畜牧业、水产业等产业的需求变化；高耗能行业和新兴的、高附加值的行业和产品结构的变化导致工业各行业的比例变化，进而对电力的需求也发生变化；而交通运输、通信及其他各类服务业等之间的变化，都会对电力的需求产生一系列的影响。

(2) 科技进步

种种现象表明，在工业化时代科技进步促进了经济增长，而经济增长速度又同电力消耗速度呈现正相关关系。由此可见，在一定时期内，科技进步在推动经济发展的同时，也加大了电力消耗量，甚至造成了电力的日趋紧张。然而，对电力消耗而言，技术进步非常重要，先进科学技术的使用可以把用天然气、煤炭及其他能源等的发电效率提高，即在一定时期，科技进步同样对缓解电力紧缺发挥着重要作用。

（3）国民经济增长

电力工业是一个长期性的高投入产业，其发展水平直接相关于经济发展水平。一个国家的总体经济发展水平一般都采用 GDP 来表征，它表示各经济部门在一定时期内所生产的全部货物和服务价值的增加值之和。一般的，人均国内生产总值和人均电力消费量是密切相关的，人均国内生产总值越高，人均电力消费量就越大，则电力需求总量就越大。因此，经济增长将是影响电力消费的一个非常重要的因素[207]。

（4）电力的供给

从某种程度上说，电力的供给决定着对电力的需求。一个国家电力的供给状况主要取决于可发电资源的总量及开采条件。电力供给对电力需求的影响主要表现在：从我国的能源存储量角度看，总量并不能够高标准地满足需求。虽然煤炭储量丰富，但储采比低于世界平均水平；石油自身储量不充足，天然气相对石油丰富，但天然气由于受到市场开发能力的限制没有得到充分的应用；新能源的发展也受到赋存的影响，加之造价高和相关的配套政策影响没有得到充分的利用[207]。这无疑会对电力的供给产生一定程度的影响。而电力供给的变化势必导致电力需求产生相应的变化。

除了以上主要影响因素外，还有其他因素也会对电力需求产生影响，如能源消费结构、居民生活消费和气候等。

2. 电力预测模型的建立

对电力需求进行建模与预测是规划电力设施布局发展战略的基础之一。电力资源分配合理、供应充足，将有力地促进大连市社会经济的迅速发展。而对未来电力需求的预测则能够为大连市的电力基础设施的发展建设提供一定的参考。

（1）指标的选取

结合文献中已经建立起来的模型，我们采用万元 GDP 用电量进行电力需求的预测。通过万元 GDP 用电量的预测，再结合各区域 GDP 总量即可得出该区域总的电力需求量。

由于第三产业比重的变化会对电力消耗产生一定的影响，第三产业比重越大即第一、二产业比重相对减小，则电力消耗可能呈现降低趋势；而 R&D 占 GDP 的比重对电力消耗的影响主要反映在科技进步上，R&D 比重增加，即科技研究开发投入加大，势必推进生产技术等的升级改进，电力等能耗也就随着技术的发展而降低，则万元 GDP 用电量就会降低。同时，兼顾影响程度与数据的可得性，我们主要采用万元 GDP 用电量、第三产业比重及 R&D/GDP 建立万元 GDP 用电量预测模型。

（2）模型的建立

我们主要采用模型预测与比较研究相结合的方法对大连市 2020 年电力需求进行预测，而选取的比较研究对象为 2007 年的上海市。之所以选取上海市为比较对象，是因为大连市和上海市在差距中具有很多的相似之处，上海市的发展对大连市非常具有借鉴价值。首先，大连市经过多年的发展，城市区位优势的逐渐展现、城市功能逐渐完善，"东北上海"也是大连市形象的城市定位。其次，大连市的经济总量、城市发展规模水平与 1997 年的上海相接近，2007 年大连市GDP 达到 3131 亿元，相当于上海市 1997 年的 GDP 发展水平（1997 年上海市GDP 为 3360 亿元）。综合大连市的城市发展速度以及国家政策的扶持，预计到2020 年大连市经济社会发展水平将超越 2007 年的上海市，由此可以看出上海市与大连市具有相当程度上的比较价值，故选取上海市作为大连市的参照比较对象。

因此，利用上海市 1996～2007 年万元 GDP 用电量、第三产业比重及 R&D/GDP 三项数据，通过 Eviews 软件建立万元 GDP 用电量预测模型。其中，所使用的 GDP 数值均采用以 2007 年为基准的不变价格进行计算后的数值。

根据表 17-10 所提供的基础数据，利用 Eviews 软件进行数据模拟，所采用的模拟方程是二元线性回归方程

$$y = c + ax_1 + bx_2 \tag{17-1}$$

式中，y 为大连市当年万元 GDP 用电量（kW·h）；x_1 为第三产业比重（%），x_2 为 R&D/GDP（%）；a、b 为变量系数；c 为剩余残差项，它包括对因变量有影响的所有其他因素。表 17-11 是多元线性回归模型摘要。

表 17-10　1996～2007 年上海市相关数据

年份	万元 GDP 用电量/（kW·h）	第三产业比重/%	（R&D/GDP）/%	年份	万元 GDP 用电量/（kW·h）	第三产业比重/%	（R&D/GDP）/%
1996	1207.6	43.7	1.38	2002	966.2	52.9	1.78
1997	1129.9	46.3	1.45	2003	994	50.9	1.93
1998	1089.1	48.8	1.47	2004	958.5	50.8	2.11
1999	1023.8	50.8	1.52	2005	968.3	50.4	2.33
2000	1029.4	52.1	1.61	2006	928.5	50.6	2.5
2001	987.5	52.4	1.69	2007	879.8	52.6	2.52

资料来源：上海市统计局. 上海市统计年鉴 1997～2008. 北京：中国统计出版社

表 17-11　多元线性回归模型摘要

变量	系数	标准误	t 统计量	概率
C	2 191.735	55.998 01	39.139 52	0
X_1	-19.082 38	1.185 843	-16.091 82	0
X_2	-118.911 5	6.364 808	-18.682 65	0
AR（1）	-0.580 195	0.296 893	-1.954 224	0.09 16
样本决定系数	0.981 796	因变量的均值		995.909 1
调整后的样本决定系数	0.973 994	因变量的标准差		70.485 21
回归标准差	11.366 7	赤池信息量（AIC）		7.974 541
残差平方和	904.413 7	施瓦茨信息量（SC）		8.119 231
对数似然比	-39.859 98	F 检验的统计量		125.842 4
DW 统计量	2.445 296	相伴概率		0.000 002

拟合度分析是判断参数估测结果的一个重要条件。从表 17-11 的模拟结果可以看出，该模型中 $R^2 = 0.981\ 796$，修正后的 $R^2 = 0.973\ 994$，说明 x_1 和 x_2 对 y 的解释能力很强，样本回归方程对样本具有很好的拟合效果，满足建模要求。

判断参数估测结果的另一个重要条件是通过 DW 检验回归模型中相邻的随机误差项之间是否存在序列相关，即检验"随机误差项之间是否是相互独立的"。该模型中 DW = 2.445 296，小于 2.5，故序列无自相关性。

判断参数估测结果的第三个条件就是利用 F 检验估计模型的整体显著性水平。从表 17-11 的模拟结果可以看出，该模型中统计值 F = 125.8424，其显著性水平的值 $P = 0.000\ 000$，显著性水平远小于 5%，因而模型总体拟合显著。

由表 17-11 的模拟结果还可以看出，x_1 的回归系数估计值为 -19.082 38，意味着在 x_2 保持不变的情况下，x_1 每增加一个单位，估计会引起 y 平均减少 19.082 38 个单位。回归系数 x_2 的估计值为 -118.9115，其经济含义与 x_1 类似。显著性概率 P 分别为 0.0000、0.0000，显著性检验概率 P 小于 5%。因此，可以看出这两个回归系数是显著不为零的，能够通过 t 检验。

综上所述，该模型通过了所有检验，并且第三产业比重、R&D/GDP 与万元 GDP 用电量呈负相关，与实际相符，因此建立关系模型如下：

$$y = 2250.4 - 20.2x_1 - 118.6x_2 \tag{17-2}$$

（3）误差分析

为了进一步检验模型的稳定性与准确性，对模型进行误差分析，将上海市 1996～2007 年的实际值代入模型中计算出模拟值，结果见表 17-12。

表 17-12 模拟结果误差分析

年份	实际值	模拟值	误差率/%	年份	实际值	模拟值	误差率/%
1996	1207.6	1192.948	-1.213	2002	966.2	969.668	0.359
1997	1129.9	1134.965	0.448	2003	994.0	990.033	-0.399
1998	1089.1	1084.837	-0.391	2004	958.5	970.541	1.2562
1999	1023.8	1040.692	1.649	2005	968.3	952.023	-1.681
2000	1029.4	1005.161	-2.355	2006	928.5	927.99	-0.055
2001	987.5	989.919	0.245	2007	879.8	887.412	0.8652

从表 17-12 和图 17-5 可以看出，该模型比较稳定，误差率基本在 1% 以内，对万元 GDP 用电量的模拟较为精确，可以用来预测大连市 2020 年万元 GDP 用电量。

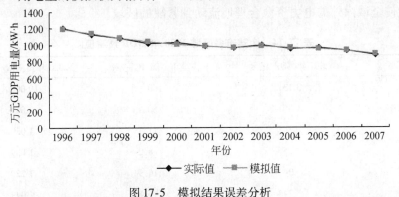

图 17-5 模拟结果误差分析

(二) 各区域电力配置

基于上海市万元 GDP 模型，对大连市各区域 2020 年的万元 GDP 用电量进行预测。

结果见表 17-13，其中预测中所用到的各区域第三产业比重及 R&D/GDP 比重两项数据均为各区域 2020 年规划值或是我们结合大连市总体规划作出的预测值。

表 17-13 大连市各区域万元 GDP 用电量模型预测值（2020 年）

区域	第三产业所占比重/%	R&D 占 GDP 比重/%	模拟预测值/（kW·h）
金州以南	53	3.5	763.25
金州	40	2.5	1130.45
普兰店	38	1.8	1251.88
瓦房店	40	2.0	1189.9
庄河	40	1.8	1213.68
长兴岛	33	2.5	1264.15
花园口	30	2.0	1380.9

资料来源：大连市 2007 年统计年鉴．全域大连项目（大连发展改革委课题）研究报告

对各区域 2020 年 GDP 总量的确定，我们按照 2007 年各区域 GDP 总量占大连市 GDP 总量的比值和发展前景进行确定，结合大连市近年来 GDP 增长速度以及城市发展规模、阶段和潜力前景，2007 年至 2020 年大连市 GDP 平均增长率约保持在 9.3%，全域大连 2020 年 GDP 总量将超过 1 万亿元（2007 年价格），各个区域 GDP 总量将呈现持续上升的趋势，表现出不同程度的增长，体现出全域经济又好又快发展的一个态势。

基于对各个区域 2020 年需电量的预测分析，如表 17-14、表 17-15 所示，我们可以看出大连市当前的供电量明显不足，这就要求各个区域结合自身的区域特点和已经建成的电力供应体系以及产业布局等要素，加大电力科技的投入、提高电力效率，整体规划各区域内的电力设施网络体系，同时应该配合积极的输电网络建设使全域内外的电力资源合理地流动到紧缺的区域。

表 17-14　大连市各区域 2020 年 GDP 预测值

区域	2007 年 GDP/亿元	占全市 GDP 比重/%	2020 年预测值/亿元
大连市	3 131	100	10 000
金州以南	1 901	60.7	3 019
金州	348	11.1	1 039
普兰店	256	8.2	1 039
瓦房店	342	10.9	1 229
庄河	244	7.8	949
长海县	29.8	0.9	95
长兴岛	5	0.1	1 050
花园口	5	0.1	598

资料来源：大连市 2007 年统计年鉴，全域大连项目研究报告

表 17-15　各区域 2020 年电力需求量预测

区域	万元 GDP 用电量/（kW·h）	2020 年 GDP/亿元	需电量/（亿 kW·h）
金州以南	763.25	3019	230.4
金州	1130.45	1039	117.4
普兰店	1251.88	1039	130.1
瓦房店	1189.9	1229	146.2
庄河	1213.68	949	115.2
长兴岛	1264.15	1050	132.7
花园口	1380.9	598	82.6

资料来源：大连市生态环境保护"十一五"规划

（三）电力基础设施的改进

2020 年需电量的预测，大连市的电力基础设施应该综合电力供应设施、电力等能源传输设施以及新电力能源设施等各个方面因素推进电力基础设施的全域化建设。

1. 积极促进供电网络、新电厂建设，完善分布式供电系统

大连市全域范围内的供电基础设施分布于各个区域内，供电能力的高低与各个区域电力需求量的不同需要因地制宜地规划建设供电网络等能源基础设施，使电力充裕区域供电不浪费，电力匮乏区域不紧缺，进而在各个区域间共同提升电力效率。红沿河核电站、庄河黑岛电厂等大中型供电设施的规划建设要求广泛的供输电网络将分布式的中小型供电系统连成覆盖全域的供电网络，兼顾分布式供电系统与大规模的集中式统一管理的现代电力系统相结合，进一步提高现代电力系统供电的安全、可靠、清洁和灵活性，同时通过一定的组织管理方式协调好电力系统的统一性与分布式供电系统的分散性。

2. 节约能源，完善能源网络

建设与优化集中供能管网的基础设施，综合利用大连市用能系统的热能、电能以及余热，建设能源梯级利用基础设施，积极扶持大连市已经开展热电联产的企业，围绕一家或多家核心能源企业，继续完善热电联产等梯级利用的高效生产方式，建设能源副产品合作企业网络综合利用能系统的热能、机械能、电能、余热，积极推进能源梯级利用基础设施建设。同时，应该积极节约能源，进一步优化能源结构，对有限资源进行合理的综合利用，提高能源的利用率。

3. 积极推进新能源与可再生能源的开发与利用

大连市积极引进 LNG（液化天然气）项目用于城市气化和发电，积极推进核电建设，加强新能源和可再生能源的开发和利用，促进能源利用向高效化、清洁化方向发展，逐步调整以煤为主的能源消费结构。

大连市有着丰富的风力资源，在国家可再生能源法和相关政策的支持下，大力开发建设风电场，使风力发电成为大连市最重要的可再生能源开发利用资源。而在庄河、金州区和瓦房店海岸均有潮汐能源分布，可建设潮汐电站达 20 余处，应该充分规划建设潮汐发电设施。同时，大连市可以结合自身的城市特点和依托靠海的优势，积极推进海水源热泵项目，使具有节能、环保、高效和经济等特点的压缩式水源热泵技术成为新能源利用的一个重要支撑。而清洁、环保、取之不尽、用之不竭的太阳能资源也应该积极广泛地被用于生活和发展中。同时，建设垃圾焚烧发电项目，对保护城市环境、土地资源和水资源具有一定的促进作用，是环境保护和耗能污染矛盾双方互利的一种实现可持续发展的方式。所以，大连市应该系统筹划建设处理能力较强的垃圾焚烧发电项目。

二、水资源基础设施需求预测

（一）水资源需求预测

结合大连市规划局和规划设计院编制的《大连城市发展规划（2003～2020)》，至2020年大连市总人口为800万人的发展目标，我们认为到2020年全域大连的总人口将超过750万人，具体数据见表17-16。

表 17-16　大连市 2020 年总人口量预测

区域	2020 年		
	总计/万人	城镇/万人	农村/万人
金州及金州以南	370	340	30
瓦房店市	100	70	30
普兰店市	90	65	25
庄河市	100	70	30
长海县	15	10	5
长兴岛	50	50	
花园口	30	30	
合计	755	635	120

资料来源：大连市规划局和规划设计院.《大连城市发展规划（2003～2020)》

1. 生活需水

生活需水量预测分为城镇生活与农村生活需水量预测两部分。我们均采用定额法对这两部分进行预测。由于数据的可获得性，我们采用2004年用水定额数据为标准设定2020年定额数值对主要区域进行计算,其中长兴岛工业园区与花园口工业园区为新兴区划。2004 年,各分区城镇居民用水定额分别为:金州及金州以南地区为282L／(人·d),瓦房店市为157L／(人·d),普兰店市为123L／(人·d),庄河市为142L／(人·d),长海县为95L／(人·d),大连市平均为252L／(人·d);各分区农村居民用水定额分别为:金州以南地区为68L／(人·d),瓦房店市为54L／(人·d),普兰店市为43L／(人·d),庄河市为60L／(人·d),长海县为50L／(人·d),大连市平均为55L／(人·d)。

随着全域大连的建设发展，城市化水平不断提高，城镇农村的生活设施也得到了改善，则其用水标准也会不断提高，并且由于第三产业的蓬勃发展，生活用水的需求量也将增加，故各区用水定额均应有所增长。城镇人均综合生活用水定额根据 2004 年用水定额水平，以及《城市给水工程规划规范》和辽宁省《行业用水定额》中的有关规定分析确定，其中长兴岛工业园区和花园口工业园区按照经济规模总量对比确定定额数值。

表 17-17　城镇与农村居民生活用水定额及需水量

区域	2020 年城镇数值		2020 年农村数值	
	定额/[L/（人·d）]	需水量/万 m³	定额/[L/（人·d）]	需水量/万 m³
金州及金州以南	330	40 953	85	931
瓦房店市	240	6 132	75	821
普兰店市	240	5 694	75	684
庄河市	240	6 132	75	821
长海县	174	635	70	128
长兴岛	215	3 924		
花园口	215	2 354		
大连市	284	65 824	77	3 385

资料来源：大连市规划局和规划设计院.《大连城市发展规划（2003～2020）》

由表 17-17 的定额预测表可以看出，2020 年整个大连市生活用水需求量为 69 209 万 m³。

2. 工业需水

1995～2006 年的统计年鉴资料显示，大连市工业用水基本呈平稳上升的趋势。根据大连市水资源和水环境的实际情况，结合建设"全域大连"的规划构想，大连市工业用水的趋势是增加海水直接利用量，降低工业用淡水量的增长率，直至实现工业用淡水量的零增长。根据大连市发展和改革委员会对大连市工业用水量的预测，可知 2020 年大连市工业需水量合计为 40 374 万 m³，各区预测需求量见表 17-18，其中，花园口工业园区工业需水量包含在庄河市需水预测中。

表 17-18　2020 年大连市工业需水量预测表　　　（单位：万 m³）

区域	金州及以南	瓦房店	普兰店	庄河	长海县	长兴岛	合计
2020 年	26 371	4 087	3 061	1 367	48	5 440	40 374

资料来源：大连市发展改革委员会水资源规划报告

3. 其他需水预测

我们将农业需水、生态环境需水及不可预见性需水共同归为其他需水部分。

1）农业需水分为灌溉和牲畜需水。因为大连市是缺水地区，发展节水型农业是一种必然的趋势。根据大连市发展和改革委员会作出的水资源规划，2020

年大连市灌溉需水将达到 57 022 万 m³，牲畜需水将达到 8386 万 m³。则 2020 年大连市农业需水总量为 65 408 万 m³。各区农业需水情况见表 17-19。

表 17-19 2020 年大连市农业需水量预测表 （单位：万 m³）

区域	灌溉需水量	牲畜需水量	农业需水合计
金州及金州以南	5 688	1 267	6 955
瓦房店	8 400	2 022	10 422
普兰店	14 860	2 537	17 397
庄河	27 940	2 511	30 451
长海县	134	49	183
总计	57 022	8 386	65 408

资料来源：大连市发展和改革委员会水资源规划报告

2）生态环境需水。根据大连市所作出的水资源规划，生态环境需水分为城市园林绿地需水和农村河道环境需水两部分。2020 年大连市将需要 3878 万 m³ 水资源用于园林绿地，而由于大连域内河流基本可以满足农村河道环境的基本需水要求，故生态需水总量为 3878 万 m³，各区生态环境需水情况见表 17-20。

表 17-20 2020 年大连市生态环境需水量预测表 （单位：万 m³）

区域	金州及金州以南	瓦房店	普兰店	庄河	长海县	合计
2020 年	2413	132	731	596	6	3878

资料来源：大连市发展和改革委员会水资源规划报告

3）不可预见性需水按照城镇生活和一般工业需水量的 10% 计算，则 2020 年为 10 619 万 m³，我们对各区域的不可预见性需水采用平均分配法进行预测。

4. 总需水量及供水缺口

由以上的预测结果可以看出，到 2020 年，大连市总需水量达 19.0 亿 m³。各个区域总的需水量预测值见表 17-21，其中长兴岛工业园区需水量归入瓦房店市，花园口工业园区归入庄河市进行统计计算。

表 17-21 2020 年大连市总需水量汇总表 （单位：万 m³）

项目	金州及金州以南	瓦房店	普兰店	庄河	长海县
生活需水	41 884	10 877	6 378	9 037	763
工业需水	26 371	9 527	3 061	1 367	183
农业需水	6 955	10 422	17 397	30 452	183
生态环境需水	2 413	132	731	596	6
不可预见性需水	2 250	2 250	2 250	2 250	2 250
总计	79 873	33 208	29 817	43 702	3 385

资料来源：大连市发展和改革委员会水资源规划报告

(二) 各区域水资源配置

　　根据各分区缺水情况，在充分利用本地淡水资源和中水、海水的前提下，适当从外流域调水，以满足各区域发展所需的用水量。

　　通过表 17-22 静态平衡分析可以看出，2020 年，大连全域内缺水将达到 6.13 亿 m^3。

表 17-22　2020 年大连各区域水资源静态平衡缺口　（单位：万 m^3）

区域	现供水能力	2020 年需水量	缺水量
金州及金州以南	48 677	79 873	31 196
瓦房店	17 265	33 208	15 943
普兰店	21 484	29 817	8 333
庄河	40 836	43 702	2 866
长海县	400	3 385	2 985

资料来源：各区 2006 年统计年报、大连市发展和改革委员会水资源规划报告

1. 金州及金州以南地区

　　金州及金州以南地区水量供需矛盾较为突出，至 2020 年城市供水缺水量超过 3 亿 m^3。因此必须考虑从境外调水，以保证该地区经济发展和居民生活生产需要。其中，金州区可考虑修建地下水库以将没有充分利用的水资源引入并储存到地下含水层中，增加该区的水资源储量。同时，由于旅顺口区饮水距离较远，应该积极推进海水淡化的推广应用。而对于金州以南其他区域，在原有的基础上，可分阶段的以大伙房水库输水工程和"引洋入连"工程当作主要的水资源需求补充渠道，以中水回用为辅助渠道，即结合该区域内各个子区域的污水排放量规划建设污水处理设施。

2. 瓦房店 (包含长兴岛临港工业园区)

　　总体上看，瓦房店市 2020 年将缺水 1.6 亿 m^3。结合瓦房店市的水资源基本状况，在大伙房水库输水工程的供水条件下，还可考虑修建地下水库以储存富余水资源作为缓解方式。而出于对该区域生态环境以及工业用水的考虑，建设具有一定规模的污水处理能力的污水回用设施也是可行而且必行的方法。

　　其中，因长兴岛本地淡水资源匮乏，2020 年水资源缺口将达到 1 亿 m^3。故必须结合区域内外资源进行解决，境外水资源近期主要围绕东风水库，再配合远期大伙房水库输水工程两项重大输水工程进行水资源供应。而对于长兴岛区域内可兴建中小型水利工程设施用以储存雨洪资源。当然，长兴岛区域内也应该兴建

海水淡化设施用于工业用水的供应，而污水处理回用设施的建设对区域内水资源的需求也能起到一定的缓解作用。

3. 普兰店

2020 年，普兰店将缺水 8333 万 m^3。在该区域内已经建成的水利设施的基础之上，围绕大伙房水库输水工程为主要供应源，通过建设中小型蓄水工程、污水处理设施等方式加强该区域自身的供水能力。

4. 庄河（包含花园口工业园区）

庄河市 2020 年缺水 2866 万 m^3。庄河区域内水资源相对丰富，自给能力较强，但 2020 年仍出现较大的需水缺口，可以借助"引洋入连"工程对水资源的需求进行足够的供应。由于庄河区域内水资源丰富，河流较多，故可以以河流为依托修建一定规模的水库、蓄水池进行水资源平衡控制。

其中，在花园口工业园区内，依据水资源需求具体分布，至少应该修建一座中型水库，而且应该在花园口工业园区起步区内新建一座足够大的污水处理厂，用以水资源需求的缓解与水环境的保护。同时，可在花园口工业园区内推行海水淡化项目，兴建海水淡化设施。

5. 长海县

长海县区域内无淡水资源，严重缺乏淡水资源供应，所以供水量无法满足其发展的需要，2020 年淡水需求缺口将近 3000 万 m^3。因此，必须兴建新的水利工程和海水淡化工程，跨流域引水，区域内中水回用，以实现该地区近远期水量的供需平衡，保证地区经济、社会的可持续发展。

（三）水资源基础设施的改进

基于以上关于用水量需求的预测与分析，对水资源基础设施的布局分布应该按照一体化的水资源规划思路，以大连市水资源相关政策法规为保障，在保证水资源环境不受污染的前提下，在对全域内的水资源进行一体化规划的基础上进行合理布局。水资源基础设施布局主要围绕开源和节流两个基本点，如图 17-6 所示。

开源类设施，即通过开展远程调水工程、海水淡化利用工程以及建造雨水储备、地下水利用设施等方式对全域内的各个区域进行供水，总体上满足各个区域的用水需求。节流类设施，建造污水处理厂等形式的循环利用设施，使得生产生活中的污水、废水经处理后针对一定的部门进行供应，或严格处理后进行排放，从而对各个区域内用水需求起到补充的作用。

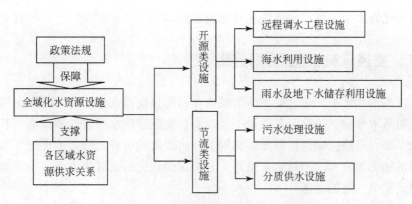

图 17-6　全域化水资源基础设施规划思路

1. 扩建水源工程，增加供水量

结合水资源合理配置条件，调整和优化经济结构，推进供水工程建设，同时对现有工程进行挖潜配套，以及继续加快各类供水工程的建设，加强水资源的综合开发利用，建设一批大中小型蓄引提供水工程，增加工程的供水能力，缓解水资源供需紧张状况，进一步提高水资源的综合利用能力，促进国民经济的持续稳定发展。同时，由于大连市境内已无可集中开发利用的城市供水水源，进入实质性的资源型缺水阶段。故在全面建设节水型社会的基础上，必须实施跨地区、跨流域调水，满足大连市可持续发展对水资源的需求。

2. 完善供水网络建设

大连市的城市供水系统已有 120 年的历史，难免出现输水能力低、耗能高、事故多、水质差等现象，影响城市供水事业的发展与节水型社会的建设，相关部门应该有步骤、有计划地对陈旧供水网络进行改造。同时，根据各个区域的需水量及供水差额情况，并结合新建的蓄水、供水基础设施，铺设新的供水线路，与已建成的供水线路形成完善的供水网络，共同为大连市各个区域的发展提供充足的水资源。

3. 推进非传统水源基础设施的建设

这里所指的非传统水资源设施主要是指污水处理设施、中水回用设施以及海水利用设施。由于城市化发展过快，城市污水处理设施的建设跟不上，使可供利用的水资源急剧减少。这就要求各个区域根据自身的污水排放量，加强区域内的污水处理设施建设，并配以中水回用设施将处理后的污水分质的供应给相应的部门以缓解水资源压力。而大连市海水利用设施的建设，应该以大中型企业为主要对象，建设海水直接利用设施和海水淡化设施，并逐步提高海水淡化的质量，适度地将淡化海水用于城市生活供水补充或应急水源。

三、交通基础设施需求预测

在过去十几年中，通过对大连市城市交通高强度投入、快节奏建设，立体化交通框架基本形成，公交服务质量不断改善，交通管理水平进一步提高，长期积累的乘车难、道路交通拥挤等矛盾得到了一定程度的缓解，有力地促进了大连市社会经济的迅速发展。而对未来道路交通需求的预测则能够为大连市的交通设施发展建设提供一定的参考。

（一）人均道路面积需求预测

人均道路面积是城市道路密度和宽度的综合指标，是城市道路网规划的一个重要技术指标。它是指每一居民平均占有的道路面积，是城市发展水平、居民生活质量的一个侧面的反映，同时也反映出道路交通管理的基础条件。

1. 指标选取

考虑到指标的影响程度与数据的可得性，我们主要采用人均道路面积以及第三产业比重、R&D/GDP以及绿化覆盖率建立人均道路面积预测模型。其中，第三产业比重的变化会对人均道路面积产生一定的影响，第三产业比重越大即第一、第二产业比重相对减小，则对人均道路面积的需求就相对增高；而随着R&D占GDP的比重增加，即科技研究开发投入加大，势必推进生产生活水平的提高，而道路畅通则是生活水平提高的一个重要反映，即人均道路面积与R&D比重呈正向关系，随着科技的发展，人均道路面积也随之增加；绿化覆盖率则直接从生活质量这一方面反映道路的建设状况以及城市化的发展阶段。

基于以上简略分析可以看出，人均道路面积与第三产业比重、R&D/GDP以及绿化覆盖率之间存在正相关的关系。

2. 模型的建立

与利用上海市数据建立万元GDP用电量预测模型类似，人均道路面积的预测依然采用与上海市比较的方法进行，不同之处在于，对人均道路面积的预测我们分别对建立上海市预测模型和依据大连市数据建立的大连市预测模型进行综合对比预测，最终确定大连市各个区域2020年人均道路面积的预测值及对各区域总的道路面积进行预测分析。

（1）上海市预测模型

此处我们利用上海市1995～2007年人均道路面积以及第三产业比重、R&D/

GDP 以及绿化覆盖率等数据，通过 Eviews 软件建立人均道路面积预测模型。其中，所使用的 GDP 数值均采用以 2007 年为基准的不变价格进行计算后的数值。

根据表 17-23 所提供的基础数据，利用 Eviews 软件进行数据模拟，所采用的模拟方程是二元线性回归方程

$$y = c + a_1 x_1 + a_2 x_2 + a_3 x_3 \tag{17-3}$$

式中，y 为上海市人均道路面积（m^2）；x_1 为第三产业比重（％）；x_2 为 R&D/GDP（％）；x_3 为绿化覆盖率（％）；a_1、a_2、a_3 为变量系数；c 为剩余残差项，它包括对因变量有影响的所有其他因素。

表 17-23　1995～2007 年上海市建模数据

年份	人均道路面积/m^2	第三产业比重/%	R&D/GDP/%	绿化覆盖率/%	模拟值	相对误差
1995	3.59	40.8	1.3	16	3.257 8	0.092 535
1996	4.31	43.7	1.38	17	4.269 2	0.009 466
1997	5.1	46.3	1.45	17.8	5.136 5	-0.007 16
1998	5.87	48.8	1.47	19.1	5.997 2	-0.021 67
1999	6.58	50.4	1.52	20.3	6.855 5	-0.041 87
2000	7.17	52.1	1.61	22.2	7.996 9	-0.115 33
2001	10.1	52.4	1.69	23.8	8.864 1	0.122 366
2002	11.6	52.9	1.78	30	11.397 4	0.017 466
2003	12.3	50.9	1.93	35.2	13.442 7	-0.092 9
2004	15.2	50.8	2.11	36	14.311 3	0.058 467
2005	15.4	50.4	2.33	37	15.342 9	0.003 708
2006	15.7	50.6	2.5	37.3	16.044 3	-0.021 93
2007	16.38	52.6	2.52	37.6	16.488 0	-0.006 59

资料来源：上海市统计局. 上海市统计年鉴 1996～2008. 北京：中国统计出版社

表 17-24 是多元线性回归模型摘要。判断参数估测结果的一个重要条件是拟合度分析。从表 17-24 的模拟结果可以看出，该模型中 $R^2 = 0.982\ 595$，修正后的 $R^2 = 0.972\ 649$，说明 x_1、x_2 及 x_3 对 y 的解释能力很强，样本回归方程对样本拟合很好，满足建模要求。

表 17-24　多元线性回归模型摘要

变量	系数	标准误	t 统计量	概率
C	-12.234 87	3.455 424	-3.540 771	0.009 5
X_1	0.135 961	0.071 898	1.891 019	0.000 5
X_2	3.346 023	1.348 044	2.482 133	0.042 1

续表

变量	系数	标准误	t 统计量	概率
X_3	0.348 54	0.068 848	5.062 446	0.001 5
AR（1）	−0.357 351	0.354 754	5.062 446	0.347 3
样本决定系数	0.982 595	因变量的均值		10.475 83
调整后的样本决定系数	0.972 649	因变量的标准差		4.549 582
回归标准差	0.752 416	赤池信息量（AIC）		2.563 281
残差平方和	3.962 904	施瓦茨信息量（SC）		2.765 325
对数似然比	−10.379 69	F 检验的统计量		98.794 94
DW 统计量	2.487 285	相伴概率		0.000 003

资料来源：上海市统计局. 上海市统计年鉴1996～2008. 北京：中国统计出版社

　　判断参数估测结果的另一个重要条件是通过 DW 检验回归模型中相邻的随机误差项之间是否存在序列相关，即检验"随机误差项之间是否是相互独立的"。该模型中 DW＝2.487 285，小于2.5，故序列无自相关性。

　　判断参数估测结果的第三个条件就是利用 F 检验估计模型的整体显著性水平。从表17-24 的模拟结果可以看出，该模型显著性水平的值 $P＝0.000\ 003$，显著性水平远小于5%，因而模型总体拟合显著。

　　由表17-24 的模拟结果还可以看出，x_1、x_2、x_3 三个变量显著性概率 P 分别为 0.000 5、0.042 1、0.001 5，P 均小于5%。因此，可以看出这两个回归系数是显著不为零的，能够通过 t 检验。

　　综上所述，该模型通过了所有检验，并且第三产业比重、R&D/GDP 及绿化覆盖率与人均道路面积呈正相关，与实际相符，因此建立关系模型如下：

$$y＝-12.23+0.14x_1+3.35x_2+0.35x_3 \tag{17-4}$$

　　从表17-24 和图17-7 可以看出，该模型比较稳定，误差率基本在1%以内，对人均道路面积的模拟较为精确，可以用来预测2020 年人均道路面积。

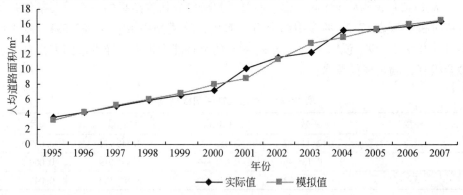

图 17-7　模拟结果误差分析

（2）大连预测模型

由于相关数据的可得性，我们利用大连市 1995～2006 年人均道路面积、第三产业比重、R&D/GDP 以及绿化覆盖率四项数据（表 17-25），通过 Eviews 软件建立预测模型。与建立上海市道路面积预测模型相类似，该模型通过了所有检验，因此建立关系模型如下：

$$y = -3.33 - 0.25x_1 + 5.18x_2 + 0.32x_3 \tag{17-5}$$

式中，y 为大连市人均道路面积（m^2）；x_1 为第三产业比重（%）；x_2 为 R&D/GDP（%）；x_3 为绿化覆盖率（%）。

表 17-25　1995～2006 年大连市建模数据

年份	人均道路面积/m^2	第三产业比重/%	R&D/GDP/%	绿化覆盖率/%	模拟值	相对误差
1995	3.714 174	42	1.15	37	3.967	-0.068 07
1996	4.377 916	42.4	1.18	38.8	4.598 4	-0.050 36
1997	4.412 784	42.6	1.21	39.2	4.831 8	-0.094 96
1998	4.451 22	43.7	1.24	39.4	4.776 2	-0.073 01
1999	4.538 229	43.6	1.27	40	5.148 6	-0.134 5
2000	4.824 496	44	1.3	40.5	5.364	-0.111 83
2001	5.607 684	44.5	1.33	41	5.554 4	0.009 5
2002	5.655 198	44.6	1.36	41.5	5.844 8	-0.033 53
2003	6.517 467	43.2	1.39	41.8	6.446 2	0.010 93
2004	6.553 758	42.1	1.42	42.41	7.071 8	-0.079 05
2005	6.587 813	45.2	1.58	42.77	7.240 8	-0.099 12
2006	8.442 529	44.1	1.8	42.8	8.665	-0.026 35

资料来源：大连市统计局. 大连市统计年鉴 1996～2007. 北京：中国统计出版社

从表 17-26 中数据可以看出，该模型中 DW = 1.860 707，小于 2.5，故序列无自相关性，而由 $R^2 = 0.968\ 973$ 可以看出 x_1、x_2 及 x_3 对 y 的解释能力很强，样本回归方程对样本拟合很好。同时，x_1、x_2、x_3 三个变量显著性概率 p 分别为 0.0031、0.0003、0.0096，p 均小于 5%，能够通过 t 检验。尽管从图 17-8 能够看出，该模型预测结果误差率相对其他模型误差较大，但基本在维持在较小的范围内，依然有较高的可信度，所以对人均道路面积的模拟仍然较为精确，故可以用来预测 2020 年人均道路面积。

表 17-26 多元线性回归模型摘要

变量	系数	标准误	t 统计量	概率
C	-3.334 66	4.097 345	-0.813 86	0.439 3
X_1	-0.252 6	0.098 289	-2.57	0.003 1
X_2	5.177 113	0.869 82	5.951 936	0.000 3
X_3	0.315 146	0.093 148	3.383 268	0.009 6
样本决定系数	0.968 973	因变量的均值		5.473 605
调整后的样本决定系数	0.957 338	因变量的标准差		1.352 651
回归标准差	0.279 387	赤池信息量（AIC）		0.548 766
残差平方和	0.624 458	施瓦茨信息量（SC）		0.710 402
对数似然比	0.707 404	F 检验的统计量		83.280 14
DW 统计量	1.860 707	相伴概率		0.000 002

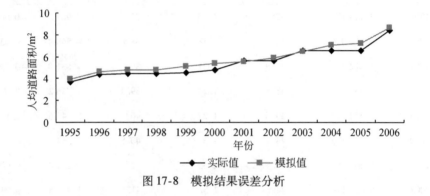

图 17-8 模拟结果误差分析

（二）各区域道路面积配置

基于以上建模分析，我们利用上海市和大连市人均道路面积模型对大连市各区域道路面积进行预测，预测结果如表 17-27 所示，其中各区域三项数据均为各区域 2020 年规划值或是我们结合大连市总体规划做出的预测值。

表 17-27 大连市各区域模型预测值

区域	第三产业所占比重/%	R&D 占 GDP 比重/%	绿化覆盖率/%	上海模型值	大连模型值
金州以南	53	3.5	45	22.665	15.95
金州	40	2.5	40	15.745	12.42
普兰店	38	1.8	35	11.37	7.694
瓦房店	40	2	35	12.32	8.23
庄河	40	1.8	35	11.65	7.194
长兴岛	33	2.5	40	14.765	14.17
花园口	30	2	40	12.67	12.33

综合大连市当前的城市发展规模及大连市 2020 年社会的进步发展、人民生活质量的提高等方面的发展愿景，我们认为大连市各区域人均道路面积需求量应介于两种模型预测结果之间，故我们采用两种预测结果的平均值作为该区域 2020 年的人均道路面积值（表 17-28）。

表 17-28　各区域 2020 年道路面积需求量预测

区域	人均道路面积/m²	2020 年人口数/万人	2020 年所需道路面积/万 m²
金州以南	19.3	240	4 632
金州	14.1	80	1 120
普兰店	9.5	100	960
瓦房店	10.3	90	918
庄河	9.4	100	940
长兴岛	14.5	50	725
花园口	12.5	30	375

基于以上对各个区域道路面积的预测分析，我们可以看出大连市当前的道路面积明显不足，这就要求各个区域结合自身的区域特点、利用已经建成的道路体系以及产业布局等要素规划各区域内的道路网络体系。

（三）交通基础设施的改进

综合以上的分析，可以看出，大连市重大交通设施的建设应该综合道路基础设施、港口基础设施以及航空基础设施三个方面进行整体的思考，进而推进全域化交通体系的建设进度。

（1）道路基础设施

我们主要从公路、轨道交通和铁路三个方面对大连市道路基础设施建设情况进行分析及布局。

首先，从公路交通方面考虑，为了使主城区与新城区间的交通实现顺利循环，大连市应该加快纵横方向快速路的修建，应主要针对交通拥挤、出入市交通不畅等的状况，在中心区与外围区建成快速通道，实现高速公路相互连接，贯通各区市一级公路直通临近区市及重要港口、产业园区，形成覆盖全域的快速公路体系。

具体实施中应该着力连通中心城区与庄河市境内的花园口工业园区、庄河港及黑岛电厂，打开瓦房店市境内通往红沿河核电站、长兴岛临港工业区、大化工业园区、仙浴湾旅游区、松木岛化工园区的通道，并衔接金州区金渤海岸旅游度假区、登沙河工业园区、旅顺双岛湾石化园区和金石滩旅游度假区，为发展辽宁省"五点—线"沿海经济带提供重要交通支撑。

其次，大连市在未来的轨道交通发展中，应在发展相对缓慢的北部区域交通基础设施上下大气力，建设由地铁、轻轨、现代有轨电车等共同组成的城市快速轨道交通网络，形成中心城区与新市区之间的轨道交通系统。而在前期工作的快速推进下，轻轨应该通往花园口、长兴岛工业园区，形成"S"形环线向外延伸的趋势，将花园口工业园区和长兴岛工业园区与大连市区紧密相连，形成中心城区线网，提高中心城区的服务水平，尽快形成连接中心城区与各大工业园区的快捷方便的轨道交通体系。同时，从长期视角看，在核心区轨道交通线网和组团间骨干线网的基础上，修建外围组团内部的轨道交通及其他线路，形成大连市整个中心城市轨道交通线网。

最后，从铁路交通角度看，大连市首先应该积极推进连接区内外的大通道建设。围绕东边道工程、哈大客运专线建设，实行客、货运输分营，提高大连市与东北内陆的货运能力，充分利用现在已有的铁路网络，打通东北东边道铁路，以及相关的各种配套设施的建设。其次，应该加强口岸集疏运链网建设，形成港口、航空港、铁路三者之间快捷的交通运输条件。最后，各个区域应该加强与当前中心区域的铁路交通建设。

（2）港口设施

大连市港口建设需要突破以往的规划格局，积极向大型、深水、专业化发展，物流园区建设向现代化、集约型发展，既充分考虑大连港与东北亚区域经济、港口建设与城市产业布局、港口运输与综合运输、大连港与东北亚港口群体及与环渤海沿海港口群体关系等，又注重物流、工业、信息和商贸等方面因素，形成以"两区一带"为主，相应发展其他中小港站的多层次港口体系。具体来说，大连市的港口体系应该积极推进由"一岛三湾"（大孤山半岛、大窑湾、鲇鱼湾、大连湾）综合运输核心港区；长兴岛是以发展临港工业为主的新型综合性港区；由大港港区、庄河港、皮口港、旅顺新港、旅顺双岛湾、金州各港区及大连湾西岸临港工业港区等多层次的中小码头群组成的辅助港口连接带，在条件成熟的情况下，推进与营口港、锦州港进行全面合作的总体布局发展模式。

（3）航空设施

大连市应该进一步加快新机场的建设，到2020年，应该基本构建起东北亚以大连市为中转枢纽的国际航线网络，大型复合型枢纽机场的雏形。而新机场启用后，新老机场联合使用，可以将当前的大连周水子国际机场以货运机场的目标对其进行规划。同时，大连周水子国际机场周围还应该建起航空物流园区、快件中心等设施。争取使大连市机场发展成为较有实力的航空港，进一步形成和巩固东北亚国际航线的中转枢纽地位。

第五节 全域优化的基础设施协调管理路径

以上对全域大连建设发展的研究，主要是基于重大基础设施的硬件建设及布局，通过现状、承载力以及相关数据分析，对 2020 年全域大连各个区域的资源需求进行预测，进而对电力、水利、交通等基础设施的建设发展提供一定的参考。然而，仅从基础设施的硬件建设上去优化，无法达到大连全域内基础设施建设发展的真正优化，必须同时建立先进的软件环境，即通过有效的管理去对重大基础设施进行规划布局以协调各个区域间资源的流动，满足资源需求。

所谓的协调管理，就是以人为中心，以管理与协调人的创造力为核心，具有知识化、团队化与网络化特点的一种全员参与的管理思想与管理模式[208]。它是正确处理各系统间、各种现象或事物间、各项工作间存在的各种关系。这些关系具体表现为，数量规模相互适应、发展速度相互配合、各种活动相互协作，从而形成相互统一的力量。全域大连的基础设施协调管理，主要是组织各区域在总体规划过程中的相互适应、相互协作、相互促进，在各区域完成自身目标的同时，确实保证实现大连市基础设施建设的总体目标，通过有效的管理手段使各个区域间都达到自身以及相互间的资源畅通，达到大连市全域内协调发展的目的。

一、推进全域基础设施管理的信息平台构建

信息缺失是造成城市基础设施管理落后的一个不可忽视的因素。因此，建立一个集信息收集、储存、分析、传递等功能于一体的信息管理平台是非常重要的，它能为城市基础设施的管理决策提供科学化、现代化的手段，为城市基础设施建成后的运营提供充足的数据。信息化是提高城市发展规划效率、实施有效监督的重要科技基础。

1. 建立基于"3S"技术的基础设施管理系统

"3S"技术是指 RS（遥感）、GPS（全球定位系统）、GIS（地理信息系统）三者的有机结合，构成了一个一体化信息获取、信息处理、信息应用的技术系统，是一个充分利用各自技术特点的空间技术应用体系，具有很强的实践性和应用性[209]。

大连市应该积极推进覆盖各个区域电力、水利、交通等重大基础设施的各方面信息、需求分析、优化布局、绩效评价以及监督管理的地理决策支持系统的建立，以科学的计算与分析为依据，从大连市的全域建设层面确定重大基础设施在各个区域的分布格局。例如，红沿河核电站的建成将解决大部分区域电力的需求

情况，这就需要在已经建立的电力输送网络的基础上，进一步优化电网的建设与分布；相反，在已经投入使用的电力源与电力输送网络的基础上，结合相关区域的电力需求，确定新的发电源的布局位置。对于输水工程，则更加应该通过信息化的方式，如地理信息系统，确定合理的输水线路，以达到最高效率的线路布局。

2. 建立基础设施建设实施的反馈与调控机制

根据各个区域基础设施实施情况，使各区域间以及区域与总体间的中、长期规划能够有机结合，并且随着客观环境的动态变化（如政策、市场等）及时修正和完善规划，以保证基础设施规划的实施效果健康有序地发展，已成为大连市重大基础设施规划实施管理中必须解决的重要问题。这就需要在实施规划的基础上，建立全域大连基础设施建设实施反馈调控模式。在规划项目建设过程中要不断进行检查总结，积极获取反馈信息，及时调整计划和步骤，保证规划方案的实施有序合理地进行，定期对基础设施规划建设协调性等要素进行较为全面的评价、总结，根据规划实施中变化的环境和条件，有针对性地进行局部调整，以保证关键目标和指标的落实完成，为下一轮规划提供有力的依据。

二、深化全域化基础设施的管理体制改革

以法制为基础，深化大连全域化基础设施的管理体制改革，切实解决不同程度存在的部门职能交叉、条块分割、职责不清、协调不力的问题，形成统一、协调、高效的全域化基础设施管理系统。

1. 建立政府与企业合作的市场机制关系

城市基础设施管理的落后在很大程度上表现为管理体制和机制的落后上。目前，大连市基础设施的运营管理未能完全脱离计划经济的模式，管理方式不能适应市场经济的需要，一定的基础设施运营还处在高投入、低产出、服务差的模式之下。政府应该重视在城市基础设施管理中建立起政府与企业的合作关系，引入市场竞争机制。

对于大连市现有的电力、水利及交通等基础设施，政府相关部门可以通过招标、投标方式委托给在市场上具有竞争实力的企业；对于规划中的基础设施，大连市政府可以通过和私营机构之间达成协议，授予其许可，允许其在一定时期内建设某一基础服务设施并管理和经营该设施及其相应的产品与服务。而大连市政府相关部门只需负责制定基础设施服务运营所要达到的标准，监督其运营状况，制定相关经济或法律等形式作为宏观调控的手段，管理基础设施的市场供给，以

摆脱当前大连市基础设施建设与运营的高成本、低效率现状。

2. 完善基础设施规划等公共政策制定体制

结合大连市建设全域城市的发展目标，相关的政策制定体制也要作出相应的变化。首先，应该积极构建以大连市的全域整体规划为导向，对各个区域因地制宜进行局部规划的层级管理制度，整合各类城乡规划的内部管理资源，根据实际需要，使其研究管理的范围与区域自身及大连市整体经济社会发展的目标范围相一致，彻底打破传统的城乡规划二元分割、强化城乡规划体系的整体性。

其次，为了在制定公共政策时更好地体现公共利益，增强公共政策制定活动的透明度至关重要。其中，从先进城市的发展轨迹和经验看，公众的参与对城市公共政策的制定起到了不可忽视的作用。而且从某种意义上看，公众参与的程度对公共政策的制定起到了决定性的作用。这就需要公共政策信息的公开程度要满足公众参与的需要。大连市应当进一步建立政府公共信息公开制度，使政府相关政策信息得到最大限度的开发和利用。为了进一步发挥公众参与的作用，还可以建立民意调查制度，使其以适当的方式参与大连市的城市发展管理，使大连市各个区域基础设施建设等公共政策更加符合民意，更能体现公众利益。例如，重大基础设施的规划建设应该积极听取民众、企业等各方面利益主体从不同方面提出的意见要求，采取民主协商的机制，综合权衡各方面的利益追求进行深度决策，进而制定出对各利益主体造成最小影响的规划方案。

三、建立全域大连重大基础设施规划与建设协调机制

1. 加强相关各部门间的合作

基础设施规划建设所涉及的部门较多，而且基础设施规划建设得以实现的一个重要方面就是部门之间的协调。在大连市现行的管理体制下，重大基础设施管理之间的工作协调存在一定程度的困难，难以实现真正协调。要使基础设施的规划与建设能够更好地协调进行，必须改变部门观念，加强相关部门间的沟通与合作。大连市相关部门可以在规划过程中成立专职负责统一协调的联络小组，主要负责规划的编制组织协调工作，重大基础设施规划在编制过程中充分吸收和听取各个部门的建议和意见，并对此在其他相关的部门间进行反馈，避免部门间针对某一项重大基础设施规划建设分头编制而出现的片面强调某一方面的情况。

2. 建立统一的基础设施规划体系

就大连市现有的规划体系而言，应该成立统一的规划管理机构，负责各种规划的编制和协调工作，变平行的部门间矛盾为内部矛盾，有利于矛盾的解决。大

连市可借鉴国内外的一些相关经验，建立综合区域内规划、区域间规划和全域规划等多项规划于一体的规划体系。在规划体系的整体框架内实施专业规划、详细分工的方式，通过明确各重大基础设施规划的工作内容和职能作用，保证规划间相互协调、互为补充、各司其职，使所作出的有关重大基础设施等方面的规划和建设达到持续协调的发展愿景。

四、促进全域科技创新

1. 通过全域大连发展需求刺激科技创新

大连市现已初步形成了带状组团式城市空间布局形态，根据大连市城市发展的客观规律和趋势，结合用地、交通、资源和产业布局等各种因素进行分析，未来这种带状组团式城市布局形态将进一步完善，全域大连建设的需求正逐渐成为普遍存在并且不断增长的需求热点，它必然推动科技创新。同时，科技创新又反过来推动重大基础设施的建设与完善，如提高现代电力系统供电的安全、可靠、清洁和灵活性，从科技和管理层面实现电力系统的统一性与分布式供电系统的分散性的相互协调；加强科技投入与普及使用，积极建设效率更高的能源、水源回用设施，推进能源梯级利用基础设施建设，高效开发风能、太阳能、潮汐能等绿色新能源。

2. 制定全域大连创新行为的配套政策

一个城市的综合竞争力在一定程度上是由科学发展与技术创新来体现的。而反映一个城市的技术创新能力与技术创新效率，就需要建立一套完善的政策和机制。就大连市现状看，应该将全域发展建设纳入大连市长期发展与研究的总体规划中；制定鼓励科研单位与企业联合开发实用技术的政策；加强与国外科研机构的联系，全力改善大连市诸如电力、水利、交通基础设施等方面的弱势，大幅提升大连市的城市功能和带动辐射力。强大的供电能力与传输网络，既可开源又可节流的水利基础设施，具有运量大、运距远、速度快、效率高、通达性强的铁路和高速公路建设，堪称东北与东南沿海的大通道的交通基础设施布局都是全域大连快速发展的坚强后盾。同时，应该建立对各大基础设施相关产业的扶持性融资机制，可以由大连市政府直接筹措资金，建立专门的政策性扶持机制。在提升推进全域化发展的技术创新能力、促进技术进步方面的同时，可以通过经济调控方式刺激科技投入的增加，进行技术改造和进步、科研和创新活动。例如，建立科技创新专项资金，对其进行补助和贷款贴息，鼓励相关领域的创新活动。

全域城市建设是一种崭新的理念和城市发展战略思想。本章着重从大连市的全域建设角度对电力、水资源以及交通基础设施需求进行了研究。在"全域成都"建设的参考下,以区域协调发展理论和可持续发展理论为依据,提炼出全域城市的内涵和特点。在对重大基础设施现状简要分析的基础上,利用比较分析法,选取相应的测算标准,对全域内的电力、水资源和交通承载力进行了测算和简要预测。进而选取指标建立万元 GDP 用电量、人均道路面积需求模型对 2020 年大连市各区域电力和道路面积需求总量进行预测,同时,通过定额法对各区域水资源需求量进行预测。通过对预测结果进行分析,对如何更好地配置各个区域内资源,促进大连市各个区域间资源流动,基础设施建设简要提出相应的措施,并从管理的角度对如何使全域大连的建设更加协调、畅通提出一些路径措施。主要的结论如下:

1)由大连市当前的电力、水资源及交通基础设施所提供的资源量均处于超负荷承载状态。并结合选定的标准值和 2020 年全域大连所能提供的资源总量,得出 2020 年电力可以承载 769 万人、水资源可以承载 786.9 万人,而道路面积需要增加到 11 200 万 m^2。

2)从模型预测所得到的 2020 年电力、水资源及交通需求总量可以看出,大连市当前的基础设施所能提供的总量存在相当程度的差距,需要在未来的规划建设中按照各个区域的需求量合理地对重大基础设施及相互间的流动网络进行布局。

3)建立覆盖全域大连各个区域电力、水利、交通等重大基础设施各方面的信息、需求分析、优化布局、绩效评价以及监督管理的地理决策支持系统,引进市场竞争机制,加强科技创新以保证全域大连实现协调、畅通的目标。

当然,由于时间、能力和条件有限,本章的研究存在一些缺陷,如部分现状分析不透彻、部分数据来自非官方文件、预测模型涵盖面窄、有关分析结果有所偏颇等。作者将在今后的研究中继续加以完善、协调和验证,进一步加强其科学性、合理性和应用性。

第十八章　促进生态城市可持续发展的政策措施

第一节　人口可持续发展措施

一、减缓老龄化进程

老龄化对社会和经济发展具有深刻的影响，直接影响经济体的发展活力。目前大连市的老龄化率已经处在一个较高水平，再者大连市是一个风景秀丽、气候怡人的城市，许多外地民众选择大连市作为自己安度晚年的城市，这更将加剧大连的人口老龄化问题。老年人口迁入大连市以后虽然在一定程度上可以拉动大连市的总需求量，对大连的发展具有一定的积极作用，但是比较公认的观点是老年人的需求水平是各年龄段中最低的。从这方面讲，考虑到大连市的可持续发展问题，应该适当控制老年人口的迁入，根据城市产业定位大力引进 20~40 岁高素质的年轻人才，尽量优化大连市的人口年龄结构，以保持大连市的发展活力。

二、提高人口文化素质

就大连市而言，作为东北地区重要的城市，随着经济的进一步发展，加上工业化带来的城市化，人口与自然资源的矛盾日益突出，必须用人力资本代替自然资本。因此，要以"科教兴市"作为推进社会经济发展的重要战略，巩固九年义务教育，逐步提高普及教育的层次；加快高等教育大众化步伐，加大研究生培养力度，进一步增加高层次人才存量；加强从业人员的在职培训，提高人力资本积累，开发人才资源，构建新的人才高地；要创造尊重知识、尊重人才，有利于优秀人才脱颖而出、健康成长的社会环境；要落实和完善人才政策，形成吸引人才、留住人才的良好氛围，以此来加强现代化教育体系建设，尽快提高大连市人口的科学文化素质。从而使大连市实现以人力资源为主体、以技术进步为基础的内涵型发展战略，争取在 21 世纪中叶进入经济比较发达的行列，实现社会经济的可持续发展。

第二节 耕地资源可持续发展措施

从本书第五章生态足迹的分析结果中可知，在大连市人口承载力构成方面，耕地和林地是人口承载力最大的两项指标，它们对大连市的发展起着主要的承载作用。因此，要提高城市承载力，首先应加强对耕地和林地的保护，提高城市生态用地比例，提高土地的集约化利用程度，减少建设用地对耕地和林地的占用；其次全面推进城市绿化，提高城市森林覆盖率，增加城市碳汇功能。

一、建立耕地资源动态监测管理系统

采用由卫星、遥感、计算机等现代科技手段组成的耕地动态监测网络系统，及时掌握耕地面积和质量及地表植被生长发育过程中的动态变化，保持耕地总量的动态平衡，土壤中各种营养元素的充足适量，为大连市耕地资源的合理利用和管理提供宝贵资料。要充分利用地理信息系统（GIS）、遥感技术（RS）、全球定位系统（GPS）等现代科技手段，对耕地利用进行动态监测，及时、准确地掌握大连市耕地利用动态变化情况，为耕地利用总体规划提供实时的数据信息，同时，还要逐步建立大连市各级土地利用规划管理信息系统，努力提高规划管理水平。

二、发展节地型农业

目前，大连市的荒地资源主要分布在瓦房店市、庄河市，其面积约为全市荒草地面积的78.6%，开发重点应放在北三市和金州区。大连市地区海岸线较长，可以进行沿海滩涂整理，不断增加耕地面积。全市现有中低产田约占耕地总量的58%，因此改造中低产田、发展节地型农业是增加耕地面积相对供给量的有效途径。

第三节 水资源可持续发展措施

一、合理利用供水工程

大连市城市供水水源分布地广、跨度大、水源种类多、供水覆盖面广、隶属多部门，要采取供水水源的联合调度，从而合理运用供水工程，提高供水可靠性和供水保证率，降低输水费用，减少地下水的开采，使城市供水工程发挥最大的

经济效益和社会效益。

1. 充分发挥"引碧入连"、"引英入连"已有调水工程的供水能力

碧流河水库建设在碧流河中游，基本已将中上游大部分水资源拦截，下游区间由多道拦河闸供附近农业用水，有一定量水资源可以再开发。英那河水库建设在英那河中上游，是一座大型水库，下游区间由多道拦河闸供给附近城镇和农业用水，流域水的利用率达到57.5%，开发比较充分，可进一步提高利用率。

2. 加快实施"引洋入连"调水工程，增加供水能力

位于丹东市的大洋河流域，水资源量丰富、水质良好，距大连市相对较近，是大连市饮水的理想选择。干流上尚无控制性工程，水资源开发利用程度低。目前已初步规划拟在鞍山境内大洋河支流哨子河上修建石湖水库，总库容为8.91亿 m^3，配合大洋河干流下游拟建的荒地拦河闸枢纽联合运用，作为向大连市调水及本流域供水的水源工程，规划可向大连市调水5亿~7亿 m^3。

3. 合理布局供水工程水利设施

供水工程水利设施建设考虑水资源合理配置条件，优先安排挖潜配套及续建工程，充分发挥已建成的各类供水工程效益，提高现有供水能力。有计划地另建设一批大中小型蓄引提供水工程和跨流域调水工程，增加供水能力，缓解水资源供需紧张状况。

二、合理利用海水

由于目前海水淡化的成本非常高昂，因此海水利用以直接利用为主，海水淡化为辅。

1. 海水直接利用

鼓励临海的电力企业、钢铁企业、纺织企业、石化企业积极建设海水直接利用工程，利用海水进行工业循环冷却，逐步扩大工业海水直接利用量。

2. 海水间接利用

开发和引进先进海水淡化技术，降低海水淡化成本，加大海水淡化力度。特别是在长海县以及缺水且饮水距离较远的旅顺口区应用淡化海水，以补充长海县、旅顺口区城区的居民生活用水。

第四节 能源可持续发展措施

一、推进工业企业生产节能

第二产业对能源利用效率的影响最为重要。因此，对于中国石油化工集团、大连太平洋石油化工有限公司等石化企业应该提高石油炼制装置开工负荷和换热效率，优化操作，降低加工损失；对于大化、大染等化工制造企业应该推广以石油为原料的合成氨，采用节能设备和变压吸附回收技术，降低能源消耗；对于大连钢铁集团、东北特殊钢集团等金属冶炼企业应该加快淘汰落后工艺和设备，提高新建和改扩建工程的能耗准入标准；对于大连柴润润滑油有限公司、大连重工起重集团等机械制造企业应该采用耐火纤维炉衬，加快周期式生产的工业炉升温和降温速度；对于大连船舶重工集团等造船企业应该加强对高能耗设备的更新改造，有效避免设备空运转；对于中国华能集团及其他火电、热电厂应该大力发展60万kW及以上（超）临界机组、大型联合循环机组。

二、煤炭替代和削减

推广天然气的使用，开发新能源和可再生能源，促进能源利用向高效化、清洁化方向发展。在重点耗能企业全面发展洁净煤技术和燃煤过程脱硫技术，积极推进城市集中供热和电热联产，改变煤炭落后的使用方式，提高优质煤比重。

调整电、气、煤等价格。运用经济杠杆促进使用清洁能源，减少煤炭消耗。核定各单位部门燃煤指标，实行限量供应。减免电、气增容费及其他费用，加快电、气等清洁能源替代煤炭的工作进展。

第五节 环境可持续发展措施

一、重污染工业区环境整治

结合工业布局和产业结构调整，对大连市高能耗、重污染企业进行综合治理。通过调整优化能源结构、工艺、产品结构，对不符合功能区定位、不符合工业区产业规划、影响环境质量的工业企业进行全面整治，实施限期整改。目前，甘井子工业区、飞机航线下、梭鱼湾、大化渣厂、黑石礁及凌水湾周边地区、城乡结合部等已经进行全方位的整治。已建成二级污水处理厂13座，城市生活污水二级处理率达到90%，并对毛茔子垃圾场进行全面改造，治理了渗滤液等二次污染问题。下一步应该在目前取得成绩的基础上，将重工业区环境整治扩大到北三市，使整个大连市的环境状况得到充分改善。

二、全面推进环境治理工程

加快东北特殊钢集团、大连化工股份有限公司、大连水泥集团有限公司的整体搬迁，继续推进烟尘区域综合工程，解决城市煤烟污染，加强对各类空气污染源的监管，实现空气质量达标；保证华能大连电厂脱硫工程以及市政府"拆炉并网"工程的顺利进行，其中华能电厂可减排二氧化碳 2.6 万 t，占大连市"十一五"应削减总量的60%，"拆炉并网"工程可以削减烟尘 1735.1t，氮氧化物 1353t；促使工业废水排放和工业烟尘排放达标率达到99%。

三、加强政府宏观调控和监管，完善环境立法

1）运用价格、收费和税收等手段，发挥市场调节作用。要加强政府宏观调控，及时出台有关价格、收费和税收等政策，引导各类要素资源按市场规律配置。统筹考虑，逐步提高资源产品的价格，提高污染型产品进入市场的门槛。积极创造条件，全面推行污水和垃圾处理收费政策，合理确定收费标准。对环境有害型消费品征收环境附加费，逐步提高二氧化硫排放收费标准，调动企业治理大气污染的积极性。按照"污染者付费"和"资源有偿使用"的原则，逐步建立和完善排污权交易制度。要改革现行的排污费使用制度，建立城市环境保护专用资金，探索运用资本市场筹集环保资金的路子，提高环境保护资金的使用效益[210]。

2）完善法规，加大政府监管力度。进一步补充完善地方法规，依照法定程序，修订部分地方法规和标准，并加快立法进程，初步形成符合城市实际需要的、比较系统、比较完整的地方法规体系。同时，要坚持依法行政，提高执法水平，加大监督执法力度，建立和健全有效的外部监督和内部制约制度[210]。

第六节　发展低碳经济，建设低碳生态城市

要转变生产方式和生活方式，大力发展低碳经济和循环经济，倡导绿色消费和低碳生活，提高资源能源利用效率，推广清洁能源和可再生能源，降低单位GDP 能耗，建设低碳生态城市，提高城市的可持续发展能力。

一、加快节能减排，提高能效

为建设资源节约型、环境友好型社会，缓解经济发展的资源环境瓶颈制约，

我国"十一五"发展规划提出了降低单位 GDP 能耗的约束性指标，即到 2010 年万元 GDP 能耗在 2005 年基础上降低 20% 左右。在 2009 年 12 月召开的哥本哈根联合国气候变化会议上，中国提出 2020 年单位 GDP 二氧化碳排放量比 2005 年下降 40% ~45% 的目标。这些都对我国发展低碳经济提出了现实要求。

1. 调整能源结构

调整能源结构，降低煤炭等化石燃料在能源结构中的比重，提高低碳清洁能源在能源结构中的比重是促进低碳经济发展的一大主要途径。

2006 年 2 月中国发布了《国家中长期科学和技术发展规划纲要》，其中明确提到：①坚持节能优先，降低能耗。攻克主要耗能领域的节能关键技术，积极发展建筑节能技术，大力提高一次能源利用效率和终端用能效率。②推进能源结构多元化，增加能源供应。在提高油气开发利用及水电技术水平的同时，大力发展核能技术，形成核电系统技术自主开发能力。风能、太阳能和生物质能等可再生能源技术取得突破并实现规模化应用。

2. 调整产业结构

向低耗能方向加快调整产业结构（行业结构和产品结构）的步伐，降低高耗能行业和高能耗产品的比例，促进节能和高能效产业发展。要充分利用已经出台的激励新能源和低碳能源发展的政策，发挥其对产业发展的引导与激励作用。大的能源供应与消费企业要充分重视生产或消费新能源与低碳能源的好处，理性地增加生产或消费数量，不仅可以降低企业的成本，提高企业的收益，也能在社会公众面前树立投身环保的、积极应对气候变化的负责任的企业形象[211]。

3. 加快发展节能和提高能效的适用技术。

城市工业部门的能源消耗变化对能源需求总量起着支配性的作用，建筑和交通用能将成为能源需求增长的主要因素。应优先在这些关键领域研究和推广节能、提高能效、减少排放和浪费的生产技术[212]。

二、发展可再生能源，研究推广清洁生产技术

清洁生产技术涉及多个方面、多个生产环节和多个学科领域，清洁生产技术研究包含的内容广泛。采用先进的节能技术、工艺及设备，并对高耗能行业进行节能技术改造，加强能源和资源的循环利用，减少排放和资源、能源的浪费，是清洁生产技术的主要内容。引介国际先进的清洁生产技术和针对国内特征研发清洁生产技术，都要充分考虑到城市现阶段的适用性问题，要优先发展符合我国经

济发展需要的适用技术。

此外，相对于其他城市，大连市推广清洁生产技术还有一个优势，就是大连市拥有大连洁净能源国家实验室，该国家实验室由中国科学院大连化学物理研究所建设，是我国能源领域方面唯一的国家实验室，主要研究方向包括传统能源洁净利用研究和可替代能源前瞻性研究两大方面，设立了化石资源优化利用研究部、低碳催化与工程研究部、节能减排及能源环境工程研究部、燃料电池及储能研究部、氢能研究部、生物能研究部、太阳能科学利用研究部、能源基础和战略研究部以及海洋能研究部。科研内容涵盖石油化工、天然气、煤炭、太阳能、生物质能和氢能等诸多方面，这些研究内容都属于清洁生产的范畴。

大连洁净能源国家实验室的研究成果可以为我国经济、社会实现可持续发展提供强有力的科技支撑，对解决我国能源短缺及未来洁净能源开发利用起到非常重要的作用。

对于政府来说，要采取多种措施，大力推动清洁生产技术应用。一方面要通过市场和企业的力量改造现有的工业体系，构建清洁、循环的生态工业体系；另一方面，为推动企业开展节能减排、清洁生产和循环经济，需要政府从多个角度提出合理的政策，加以实施[211]。

参 考 文 献

［1］ 赵其国．城市生态环境保护与可持续发展．土壤，2003，36（6）：441～449.

［2］ 李秉成．中国城市生态环境问题及可持续发展．干旱区资源与环境，2006，20（2）：1～6.

［3］ 王丽荣，雷降鸿．浅谈城市现代化过程中的生态问题．环境与开发，2001，16（1）：13～16.

［4］ 倪深海．城市化与可持续城市发展的生态原则．北京农业大学学报，2001，32（4）：525～528.

［5］ 许涤新．实现四化与生态经济学．经济研究，1980，（9）：14～18.

［6］ Li Y, Hou H. Study on visualization of citation analysis. Journal of the China Society for Scientific and Technical Information, 2007, 26（2）：301～308.

［7］ Chen C M. Searching for intellectual turning points：progressive knowledge domain visualization. Proceedings of the National Academy of Sciences, 2004, 101（suppl_1）：5303～5310.

［8］ Chen C M. CiteSpace II：Detecting and visualizing emerging trends and transient patterns in scientific literature. Journal of the American Society for Information Science and Technology, 2006, 57（3）：359～377.

［9］ Yanitsky O. Towards an eco-city：problems of integrating knowledge with practice. International Social Science Journal, 1982, 34（3）：469～480.

［10］ 黄光宇．田园城市·绿色城市·生态城市．重庆：重庆建筑工程学院，1989.

［11］ 司马永康，徐涛．城市林业发展史回顾．林业调查规划，2002，27（01）：17～19.

［12］ Grey G, Deneke F. Urban forestry. New York：John Wiley & Sons, 1978.

［13］ Bagnall R. A study of human impact on an urban forest remnant：Redwood Bush, Tawa, near Wellington, New Zealand. New Zealand Journal of Botany, 1979, 17：117～126.

［14］ Schmid J. Urban vegetation：a review and Chicago case study. Chicago：University of Chicago, 1975.

［15］ Whitney G G, Adams S D. Man as a maker of new plant-communties. Journal of Applied Ecology, 1980, 17（2）：431～448.

［16］ McBride J, Jacobs D. Urban forest development：a case study, Menlo Park, California. Urban Ecology, 1976, 2（1）：1～14.

［17］ 缪朴，谁的城市？图说新城市空间三病．时代建筑，2007，（1）：4～13.

［18］ Whyte W. The Social Life of Small Urban Spaces. Washington, DC：Conservation Foundation, 1980.

［19］ Weicher J, Zerbst R. The externalities of neighborhood parks：an empirical investigation. Land Economics, 1973, 49（1）：99～105.

［20］ Correll M, Lillydahl J, Singell L. The effects of greenbelts on residential property values：some findings on the political economy of open space. Land Economics, 1978, 54 (2): 207~217.

[21] 顾朝林，宋国臣. 城市意象研究及其在城市规划中的应用. 城市规划, 2001, 25 (3): 70~73, 77.

[22] 宋云峰.《美国大城市的死与生》及其对我国旧城区复兴的启示. 规划师, 2007, (04): 94~97.

[23] 梁鹤年. 城市设计与真善美的追求——一个读书的构架. 城市规划, 1999, 23 (1): 48~56.

[24] 孙良辉，鄢泽兵. 解读城市形态的三个分支理论——读《Good City Form》有感. 山西建筑, 2004, 30 (018): 14, 15.

[25] Alexander C, Neis H, Anninou A. A new theory of urban design. New York: Oxford University Press, 1987.

[26] 吴林海，刘荣增. 从"边缘城市主义"到"新城市主义"：价值理性的回归与启示. 科学技术与辩证法, 2002, 19 (03): 16~18.

[27] Haughton G, Hunter C. Sustainable Cities. London: Jessica Kingsley, 1994.

[28] Nijkamp P, Perrels A. Sustainable Cities. London: Earthscan, 1994.

[29] 吴玉琴，严茂超，许力峰. 城市生态系统代谢的能值研究进展. 生态环境学报, 2009, 18 (3): 1139~1145.

[30] Wolman A. The metabolism of the city. Scientific American, 1965, 213 (3): 178~193.

[31] Kaplan R, Kaplan S. The Experience of Nature: A Psychological Perspective: Landscape and Urban Planning: Cambridge University Press, 1989.

[32] Nassauer J. Messy ecosystems, orderly frames. Landscape Journal, 1995, 14: 161~170.

[33] Grimm N B, Grove J M, Pickett S T A, et al. Integrated approaches to long~term studies of urban ecological systems. Bioscience, 2000, 50 (7): 571~584.

[34] 阎水玉. 城市生态学学科定义、研究内容、研究方法的分析与探索. 生态科学, 2001, 21 (1, 2): 96~105.

[35] Collins J P, Kinzig A, Grimm N B, et al. A new urban ecology. Am Scientist, 2000, 88 (5): 416~425.

[36] Pickett S T A, Cadenasso M L, Grove J M, et al. Urban ecological systems: Linking terrestrial ecological, physical, and socioeconomic components of metropolitan areas. Annual Review of Ecology and Systematics, 2001, 32: 127~157.

[37] Gilbert O. Ecology of urban environment. New York: Chapman & Hall, 1989.

[38] Clergeau P, Jokimaki J, Savard J P L. Are urban bird communities influenced by the bird diversity of adjacent landscapes? Journal of Applied Ecology, 2001, 38 (5): 1122~1134.

[39] Blair R B. Land use and avian species diversity along an urban gradient. Ecological Applications, 1996, 6 (2): 506~519.

[40] Hope D, Gries C, Zhu W X, et al. Socioeconomics drive urban plant diversity. Proceedings of the National Academy of Sciences of the United States of America, 2003, 100 (15): 8788~8792.

[41] McKinney M L. Urbanization, biodiversity, and conservation. Bioscience, 2002, 52 (10): 883~890.

[42] Forman R, Godron M. Landscape ecology. New York: Chichester, 1986.

[43] 陈波, 包志毅. 土地利用的优化格局——Forman 教授的景观规划思想. 规划师, 2004, 20 (07): 66, 67.

[44] Costanza R, dArge R, deGroot R, et al. The value of the world's ecosystem services and natural capital. Nature, 1997, 387 (6630): 253~260.

[45] 杨光梅, 李文华, 闵庆文. 生态系统服务价值评估研究进展——国外学者观点. 生态学报, 2006, 26 (1): 205~212.

[46] de Groot R S, Wilson M A, Boumans R M J. A typology for the classification, description and valuation of ecosystem functions, goods and services. Ecological Economics, 2002, 41 (3): 393~408.

[47] 傅伯杰, 陈利顶, 马克明等. 景观生态学原理及应用. 北京: 科学出版社, 2001.

[48] 毕晓丽, 周睿, 刘丽娟等. 泾河沿岸景观格局梯度变化及驱动力分析. 生态学报, 2005, 25 (5): 1041~1047.

[49] Wu J G, Hobbs R. Key issues and research priorities in landscape ecology: An idiosyncratic synthesis. Landscape Ecology, 2002, 17 (4): 355~365.

[50] Gustafson E J. Quantifying landscape spatial pattern: what is the state of the art? Ecosystems, 1998, 1 (2): 143~156.

[51] Li H B, Wu J G. Use and misuse of landscape indices. Landscape Ecology, 2004, 19 (4): 389~399.

[52] 张林艳, 夏既胜, 叶万辉. 景观格局分析指数选取刍论. 云南地理环境研究, 2008, 20 (5): 38~43.

[53] Carson R, Wilson E. Silent spring. New York: Mariner Books, 2002.

[54] Meadows D, Randers J, et al. The Limits to Growth. New York: Universe Books, 1972.

[55] 米都斯, 增长的极限 (李宝恒译). 长春: 吉林人民出版社 1997.

[56] WCED. Our Common Future. Oxford: Oxford University Press, 1987.

[57] Pearce D, Markandya A, Barbier E. Blueprint for a Green Economy: A Report for the UK Department of the Environment. London: Earthscan, 1989.

[58] Hartwick J. Intergenerational equity and the investing of rents from exhaustible resources. The American Economic Review, 1977, 67 (5): 972~974.

[59] 于立宏, 可耗竭资源与经济增长: 理论进展. 浙江社会科学, 2007, (5): 179~184.

[60] Solow R. Intergenerational equity and exhaustible resources. The Review of Economic Studies, 1974: 29~45.

[61] Daily G. Nature's Services: Societal Dependence on Natural Ecosystems. Washington: Island Press, 1997.

[62] Holling C. Resilience and stability of ecological systems. Annual Review of Ecology and Systematics, 1973, 4 (1): 1~23.

[63] Holling C. Understanding the complexity of economic, ecological, and social systems. Ecosystems, 2001, 4 (5): 390~405.

[64] Turner B, Kasperson R, Matson P, et al. A framework for vulnerability analysis in sustainabili-

ty science. Proceedings of the National Academy of Sciences of the United States of America, 2003, 100 (14): 8074.

[65] Wackernagel M, Lewan L, Hansson C. Evaluating the use of natural capital with the ecological footprint: applications in Sweden and subregions. Ambio, 1999, 28 (7): 604~612.

[66] Rees W. Ecological footprints and appropriated carrying capacity: what urban economics leaves out. Environment and Urbanization, 1992, 4 (2): 121~130.

[67] Wackernagel M, Rees W E. Our Ecological Footprint: Reducing Human Impact on the Earth. London: New Society Publishers, 1996.

[68] Wackernagel M, Onisto L, Bello P, et al. National natural capital accounting with the ecological footprint concept. Ecological Economics, 1999, 29 (3): 375~390.

[69] Wackernagel M, Monfreda C, Schulz N, et al. Calculating national and global ecological footprint time series: resolving conceptual challenges. Land Use Policy, 2004, 21 (3): 271~278.

[70] Wackernagel M, Schulz N, Deumling D, et al. Tracking the ecological overshoot of the human economy. Proceedings of the National Academy of Sciences of the United States of America, 2002, 99 (14): 9266.

[71] Monfreda C, Wackernagel M, Deumling D. Establishing national natural capital accounts based on detailed ecological footprint and biological capacity assessments. Land Use Policy, 2004, 21 (3): 231~246.

[72] Leontief W. Quantitative input and output relations in the economic systems of the United States. The Review of Economics and Statistics, 1936, 18 (3): 105~125.

[73] Hardin G. The tragedy of the commons. Science, 1968, 162 (3859): 1243~1248.

[74] Ostrom E. Governing the Commons: the Evolution of Institutions for Collective Action. Cambridge: Cambridge University Press, 1990.

[75] Ludwig D, Hilborn R, Walters C. Uncertainty, resource exploitation, and conservation: lessons from history. Science (Washington), 1993, 260 (5104): 17.

[76] 于贵瑞. 生态系统管理学的概念框架及其生态学基础. 应用生态学报, 2001, 12 (5): 787~794.

[77] Grumbine R E. What is ecosystem management? Conservation Biology, 1994, 8 (1): 27~38.

[78] 张明阳, 王克林, 何萍. 生态系统完整性评价研究进展. 热带地理, 2003, 25 (1): 10~13, 18.

[79] Angermeier P, Karr J. Biological integrity versus biological diversity as policy directives. BioScience, 1994, 44 (10): 690~697.

[80] 周立华. 生态经济与生态经济学. 自然杂志, 2004, 26 (004): 238~241.

[81] Costanza R. An Introduction to Ecological Economics. London: CRC Press, 1997.

[82] Brundtland G H. Our Common Future. London: Oxford University Press, 1987.

[83] Georgescu Roegen N. The Entropy Law and the Economic Process. Boston: Harvard University Press, 1971: 23~26.

[84] Costanza R, d'Arge R, de Groot R, et al. The value of the world's ecosystem services and natural capital. Ecological Economics, 1998, 25 (1): 3~15.

[85] Daly H E. For the Common Good: Redirecting the Economy Toward Community, the Environment, and a Sustainable Future. Beacon: Beacon Press, 1994.

[86] 王兆华，尹建华，武春友．生态工业园中的生态产业链结构模型研究．中国软科学，2003，10：149～152.

[87] 邓伟根，陈林．产业生态学的一种经济学解释．经济评论，2006，(06)：25～29.

[88] Kuznets S. Economic Growth and Income Inequality. American Economic Review, 1955, 45 (1): 1～28.

[89] 龙腾锐，姜文超，何强．水资源承载力内涵的新认识．水利学报，2004，1 (1)：38～45.

[90] Costanza R. Ecological economics is post-autistic. Post-autistic Economics Review, 2003, 181: 30～33

[91] Gertler N, Ehrenfeld J. Industrial ecology in practice: the evolution of interdependence at Kalundborg. Journal of Industrial Ecology, 1997, 1 (1): 67～79.

[92] 威廉．麦克唐纳，迈克尔．布朗嘉特．从摇篮到摇篮——循环经济设计之探索．上海：同济大学出版社，2005.

[93] 穆仲．关于循环经济的理论与实践．消费者导刊，2008，(14)：54.

[94] 吴松毅．中国生态工业园区研究．南京：南京农业大学博士学位论文，2005.

[95] 章征涛，董世永．工业区循环经济模式初探．中国城市经济，2008，(06)：70，71.

[96] 史学斌，陈明立，江华锋．论循环经济的基本矛盾与负熵盈利原则．生态经济，2008，(05)：31～34.

[97] 沈忱．循环经济的国外实践对我国循环经济政策的启示．科技经济市场，2008，6.

[98] 李雪梅，周耀东．循环经济研究方法论初探．生产力研究，2008，(004)：5～7.

[99] 杨雨．国外循环经济发展经验模式及路径．经济导刊，2007，(009)：67～69.

[100] 崔宁．阜新市发展循环经济模式研究．阜新：辽宁工程技术大学硕士学位论文，2006.

[101] 于永超．基于循环经济的特色产业模式选择．商场现代化，2007，(09S)：334～335.

[102] 谷永芬，洪娟，李松吉．基于循环经济的制造业可持续发展系统运行模式研究．工业技术经济，2007，26 (004)：65～68.

[103] 叶义．企业循环经济发展模式．中国高新技术企业，2008，(013)：4.

[104] 孟赤兵．循环经济是发展低碳经济的基本路径．再生资源与循环经济，2009，(10)：4～6.

[105] 徐国泉，刘则渊，姜照华．中国碳排放的因素分解模型及实证分析：1995～2004. 中国人口·资源与环境，2006 (6)．

[106] Albrecht J, Franois D, Schoors K. A Shapley decomposition of carbon emissions without residuals. Energy policy, 2002, 30 (9): 727～736.

[107] Ang B, Zhang F, Choi K. Factorizing changes in energy and environmental indicators through decomposition. Energy (Oxford), 1998, 23 (6): 489～495.

[108] 徐国泉，姜照华．生态足迹理论的生态承载力分析——以大连市为例．国土资源科技管理，2004 (3)：78～79.

[109] 王明霞．脱钩理论在浙江循环经济发展模式中的运用．林业经济，2006，(012)：40～43.

[110] 刘传江，冯碧梅．低碳经济对武汉城市圈建设"两型社会"的启示．中国人口资源与环境，2009，19 (05)：16～21.

[111] 张凯. 循环经济对环境库兹涅茨曲线影响分析. 中国发展, 2005, (001): 12～16.

[112] 李涛, 刘汉湖, 王立猛等. 经济增长与环境质量间和谐发展探讨——由 EKC 曲线引发的思考. 环境科学与管理, 2007, 32 (010): 164～166.

[113] Chimeli A, Braden J. Total factor productivity and the environmental Kuznets curve. Journal of Environmental Economics and Management, 2005, 49 (2): 366～380.

[114] Shafik N, Bandyopadhyay S. Economic Growth and Environmental Quality: Time Series and Cross-country Evidence. Washington D C: The World Bank, 1992.

[115] Panayotou T. Demystifying the environmental Kuznets curve: turning a black box into a policy tool. Environment and Development Economics, 2001, 2 (04): 465～484.

[116] 刘勇, 夏自谦. 振兴东北老工业基地——环境库兹涅茨曲线引发的思考. 林业经济问题, 2005, 25: 142～144, 148.

[117] 吴玉萍, 宋键峰. 北京市经济增长与环境污染水平计量模型研究. 地理研究, 2002, 21 (02): 239～246.

[118] 沈满洪, 许云华. 一种新型的环境库兹涅茨曲线——浙江省工业化进程中经济增长与环境变迁的关系研究. 浙江社会科学, 2000, 4 (4): 53～57.

[119] 陆虹. 中国环境问题与经济发展的关系分析: 以大气污染为例. 财经研究, 2000, 26 (10): 53～59.

[120] 张晓. 中国环境政策的总体评价. 中国社会科学, 1999, 3: 88～98.

[121] 曲福田, 吴丽梅. 经济增长与耕地非农化的库兹涅茨曲线假说及验证. 资源科学, 2004, 26 (05): 61～67.

[122] 李勇. 基于环境库兹涅茨曲线的我国经济增长与环境污染相互关系的初步评价. 青岛大学, 2007.

[123] 叶汝求, 曹风中, 夏友富等. 环境与贸易. 北京: 中国环境科学出版社, 2001.

[124] Lantz V. Is there an environmental Kuznets curve for clearcutting in Canadian forests? Journal of Forest Economics, 2002, 8 (3): 199～212.

[125] Stern D, Common M. Is there an environmental Kuznets curve for sulfur? Journal of Environmental Economics and Management, 2001, 41 (2): 162～178.

[126] Peng R, Wheaton W. Effects of restrictive land supply on housing in Hong Kong: an econometric analysis. Journal of Housing Research, 1994, 5 (2): 263～291.

[127] 童长锘, 杨和礼. 房地产价格影响因素研究. 建筑经济, 2007, 1 (7): 190～192.

[128] 徐静, 武乐杰. 房地产价格影响因素的解释结构模型分析. 金融经济 (理论版), 2009, (5): 22, 23.

[129] 王润华. 影响房地产价格的三大政策因素及对策探讨. 湖南社会科学, 2009, (03): 120～123.

[130] 朱成章. 关于国内生产总值能源消耗的计算方法. 煤炭经济研究, 2006, (003): 14～16.

[131] Bosseboeuf D, Chateau B, Lapillonne B. Cross-country comparison on energy efficiency indicators: the on-going European effort towards a common methodology. Energy Policy, 1997, 25 (7～9): 673～682.

[132] 蒋金荷. 提高能源效率与经济结构调整的策略分析. 数量经济技术经济研究, 2004,

(010)：16~23.

[133] 史丹．中国能源效率的地区差异与节能潜力分析．工业经济，2007，(001)：57~65.

[134] 史丹，董利，孟合合等．我国各地能源效率与节能潜力及影响因素分析．天然气技术，2007，1 (002)：5~8.

[135] 杨红亮，史丹．能效研究方法和中国各地区能源效率的比较．经济理论与经济管理，2008，(003)：12~20.

[136] 吴琦，武春友．基于 DEA 的能源效率评价模型研究．管理科学，2009，22 (001)：103~112.

[137] APERC. Energy Efficiency Indicators, a Study of Energy Efficiency Indicators for Industry in APEC Economics. Tokyo：Asia Pacific Energy Research Centre, 2000.

[138] Makarov V, Khmelinskii I, Patterson M. What is energy efficiency? —concepts, indicators and methodological issues. Energy Policy, 1996, 24 (5)：377~390.

[139] Eichhammer W, Mannsbart W. Industrial energy efficiency：indicators for a European cross~country comparison of energy efficiency in the manufacturing industry. Energy Policy, 1997, 25 (7~9)：759~772.

[140] 王珊珊．我国能源效率指标及提升对策的研究．青岛：青岛大学，硕士学位论文，2007.

[141] 王庆一．中国的能源效率及国际比较（上）．数量经济技术经济研究，2003，(8)：5~7.

[142] 耿诺．中国能源效率分析．北京：中国地质科学院，硕士学位论文，2008.

[143] Kilponen L. Energy Efficiency Indicators – Concepts, Methodological Issues, and Connection to Pulp and Paper Industry. Helsinki：Helsinki University of Technology, 2003.

[144] Schipper L, DesRosiers J, Justus D, et al. Indicators of Energy Use and Efficiency：Understanding the Link Between Energy and Human Activity. Paris：International Energy Agency and Organisation for Economic Cooperation and Development, 1997.

[145] Tiwari P. An analysis of sectoral energy intensity in India. Energy Policy, 2000, 28 (11)：771~778.

[146] Silberglitt R, Hove A, Shulman P. Analysis of US energy scenarios：Meta-scenarios, pathways and policy implications. Technological Forecasting & Social Change, 2003, 70 (4)：297~315.

[147] Worrell E, Price L. Policy scenarios for energy efficiency improvement in industry. Energy Policy, 2001, 29 (14)：1223~1241.

[148] 周鹏，Ang B W，周德群，基于指数分解分析的宏观能源效率评价．能源技术与管理，2007，(5)：5~8.

[149] Birol F, Keppler J. Prices, technology development and the rebound effect. Energy Policy, 2000, 28 (6~7)：457~469.

[150] Fisher – Vanden K, Jefferson G, Liu H, et al. What is driving China's decline in energy intensity? Resource and Energy Economics, 2004, 26 (1)：77~97.

[151] Wing S, Eckaus R. Explaining Long-run Changes in the Energy Intensity of the US Economy. Boston：MIT Joint Program on the Science and Policy of Global Change, 2004.

[152] Wang C. Decomposing energy productivity change: a distance function approach. Energy, 2007, 32 (8): 1326~1333.

[153] Hang L, Tu M. The impacts of energy prices on energy intensity: Evidence from China. Energy Policy, 2007, 35 (5): 2978~2988.

[154] 王庆一. 能源效率及相关政策和技术. 应用能源技术, 2002, (06): 1~10.

[155] 高振宇, 王益. 我国能源生产率的地区划分及影响因素分析. 数量经济技术经济研究, 2006, 23 (009): 46~57.

[156] 董利. 我国能源效率变化趋势的影响因素分析. 产业经济研究, 2008, (001): 8~18.

[157] 宣能啸. 我国能源效率问题分析. 国际石油经济, 2004, 12 (009): 35~39.

[158] 徐国泉, 姜照华. 技术进步, 结构变化与美国能源效率的关系. 科学学与科学技术管理, 2007, 28 (03): 104~107.

[159] 尹宗成, 丁日佳, 江激宇. FDI、人力资本、R&D 与中国能源效率. 财贸经济, 2008, (009): 95~98.

[160] 屈小娥. 中国省际能源效率差异及其影响因素分析. 经济理论与经济管理, 2009, (002): 46~52.

[161] 王玉潜. 能源消耗强度变动的因素分析方法及其应用. 数量经济技术经济研究, 2003, (008): 151~154.

[162] 郭菊娥, 柴建, 席酉民. 一次能源消费结构变化对我国单位 GDP 能耗影响效应研究. 中国人口资源与环境, 2008, 18 (004): 38~43.

[163] 杭雷鸣, 屠梅曾. 能源价格对能源强度的影响——以国内制造业为例. 数量经济技术经济研究, 2006, 23 (012): 93~100.

[164] 张瑞, 丁日佳. 我国能源效率与能源消费结构的协整分析. 煤炭经济研究, 2006 (12).

[165] 李世祥, 成金华. 中国能源效率评价及其影响因素分析. 统计研究, 2008, 25 (010): 18~27.

[166] 白泉, 佟庆. 信息化提高工业用能效率从何处做起. 节能与环保, 2004, (002): 11~14.

[167] 赵爽, 肖洪钧, 姜照华. 美国信息固定资产投资、研究开发与能源效率分析. 生态经济, 2008 (10): 89~90.

[168] 杨洋, 王非, 李国平. 能源价格、产业结构、技术进步与我国能源强度的实证检验. 统计与决策, 2008, (011): 103~105.

[169] 容和平, 乔津. 关于山西产业结构调整与能源发展的思考. 太原城市职业技术学院学报, 2009, 1: 3~6.

[170] 郑宏宇. 信息化助能源开源节流. 中国科学技术协会年会, 2007.

[171] 杨秧. 大连市技术创新效率与技术创新能力评价. 大连: 大连理工大学, 硕士学位论文, 2008.

[172] 古扎拉蒂. 计量经济学. 北京: 中国人民大学出版社, 2000.

[173] 苏金明, 阮沈勇, 王永利. MATLAB 工程数学. 北京: 电子工业出版社, 2005.

[174] 周文芳, 李民. 逐步回归分析法的一点不足之处. 西北水电, 2004, (004): 49~50.

[175] Kahn H, Wiener A. The year 2000：a framework for speculation on the next thirty – three years. NewYork：Macmillan, 1967.

[176] 宗蓓华. 战略预测中的情景分析法. 预测, 1994, 13（02）：50, 51.

[177] 张云, 申玉铭, 徐谦. 北京市工业废气排放的环境库兹涅茨特征及因素分析. 首都师范大学学报：自然科学版, 2005, 26（001）：113～116.

[178] 王瑞玲, 陈印军. 我国"三废"排放的库兹涅茨曲线特征及其成因的灰色关联度分析. 中国人口 资源与环境, 2005, 15（002）：42～47.

[179] 姜照华, 刘则渊. 可持续发展的产业结构优化模型及其求解方法. 大连理工大学学报, 1999（05）：45～48.

[180] 杨士弘, 廖重斌. 关于环境与经济协调发展研究方法的探究. 广东环境检测, 1992, （4）：2～6.

[181] 廖重斌. 环境与经济协调发展的定量评判及其分类体系——以珠江三角洲城市群为例. 广州环境科学, 1996, 11（01）：12～16.

[182] 李勇. 武汉市社会、经济、资源、环境协调发展的评价与预测建模研究. 武汉：华中科技大学, 硕士学位论文, 2006.

[183] 刘则渊, 姜照华. 现代生态城市建设标准与评价指标体系探讨. 科学学与科学技术管理, 2001（4）：35～37.

[184] 王根生, 史健浩, 卢玲. 镇江生态城市评价指标体系与生态城市建设对策研究. 江苏科技大学学报（社会科学版）, 2005（3）：23～25

[185] 姜照华, 马永伟. 大连市经济发展与自然资源的关系. 国土资源科技管理, 2008（04）81～85.

[186] 张耀辉. 产业创新：新经济下的产业升级模式. 数量经济技术经济研究, 2002, （001）：14～17.

[187] 林涛, 谭文柱. 区域产业升级理论评价和升级目标层次论建构. 地域研究与开发, 2007, 26（005）：16～23.

[188] 张连业, 杜跃平. 论我国资源型产业集群的升级与转型. 陕西师范大学学报：哲学社会科学版, 2007, 36（006）：88～94.

[189] 谢名一, 王季. 全球价值链内集群产业升级研究综述. 商业时代, 2007, （030）：89, 90.

[190] 张望. 开放背景下国际技术转移与产业升级抑制机理分析. 哈尔滨学院学报, 2007, 28（002）：33～39.

[191] IBM 全球企业咨询服务部. 软性特征 – 中国制造业浴火重生之道. 北京：东方出版社, 2008.

[192] 金涌, 李有润, 冯久田. 生态工业：原理与应用. 北京：清华大学出版社, 2003.

[193] 罗伟钊. 大亚湾裂变. 深圳：海天出版社, 2008.

[194] 张昌彩. 加大对企业的研发投入. 中国科技投资, 2006, （3）：29.

[195] 任力. 低碳经济与中国经济可持续发展. 社会科学家, 2009, （02）：47～50.

[196] 周明生, 王苏彬. 中国经济发展的路径选择研究综述. 吉林师范大学学报：人文社会科学版, 2009, （003）：93～97.

[197] 金乐琴, 刘瑞. 低碳经济与中国经济发展模式转型. 经济问题探索, 2009, （1）：84～87.

[198] 黄海峰，李博．北京经济发展中的"脱钩"转型分析．环境保护，2009，(04)：23～26.

[199] 郑丽，袁雯．上海经济增长模式转型时期环境质量变化趋势和特征分析．中国发展，2006，(01)：34～37.

[200] 李静，刘自强．社会经济转型主导下大连城市空间重构及互动模式研究．海洋开发与管理，2009，26 (02)：93～100.

[201] 姜作培．以结构调整推进中国经济整体转型．国家行政学院学报，2009，(5)：27～31.

[202] 张颖，王群，王万茂．中国产业结构与用地结构相互关系的实证研究．中国土地科学，2007，21 (002)：4～11.

[203] 李琴，程久苗，樊小凤．安徽产业结构与用地结构变化的相关性分析．科技和产业，2008，8 (03)：32～35.

[204] 荆平，贾海峰，许碧霞．城市可持续发展的趋势预测及预警方法研究．重庆建筑大学学报，2008，2 (2)：53～57.

[205] 于丽英，冯之浚，城市循环经济评价指标体系的设计．长沙理工大学学报：社会科学版，2005，20 (04)：39～46.

[206] 常克艺，王祥荣．全面小康社会下生态型城市指标体系实证研究．复旦学报：自然科学版，2003，42 (06)：1044～1048.

[207] 史丹．中国能源需求的影响因素分析．武汉：华中科技大学，硕士学位论文，2003.

[208] 张子刚．管理科学导论．北京：中国电力出版社，2001.

[209] 任凌．应用3S集成技术进行土地利用动态监测．中国科技信息，2006，(06)：167，168.

[210] 石永林．基于可持续发展的生态城市建设研究．哈尔滨：哈尔滨工业大学，硕士学位论文，2006.

[211] 邢继俊．发展低碳经济的公共政策研究．武汉：华中科技大学，硕士学位论文，2009.

[212] 中国城市科学研究会，中国低碳生态城市发展战略．北京：中国城市出版社，2009.

"21世纪科技与社会发展丛书"

第一辑书目

《国家创新能力测度方法及其应用》

《社会知识活动系统中的技术中介》

《软件产业发展模式研究》

《软件服务外包与软件企业成长》

《追赶战略下后发国家制造业的技术能力提升》

《城市科技体制机制创新》

《休闲经济学》

《科技国际化的理论与战略》

《创新型企业及其成长》

《劳动力市场性别歧视与社会性别排斥》

《开放式自主创新系统理论及其应用》

第二辑书目

《证券公司内部控制论》

《入世后中国保险业竞争力评价与对策》

《服务外包系统管理》

《高学历科技人力资源流动研究》

《国防科技资源利用与西部城镇化建设》

《风险投资理论与制度设计研究》

《中国金融自由化进程中的安全预警研究》

《中国西部区域发展路径——层级增长极网络化发展模式》

《中国西部生态环境安全风险防范法律制度研究》

《科技税收优惠与纳税筹划》

第三辑书目

《大学－企业知识联盟的理论与实证研究》
《网格资源的经济配置模型》
《生态城市前沿探索——可持续发展的大连模式》
《财政分权与中国经济增长关系研究》
《科技企业跨国并购规制与实务》
《高新技术产业化理论与实践》
《政府研发投入绩效》
《不同尺度空间发展区划的理论与实证》
《面向全球产业价值链的中国制造业升级》
《地理学视角的人居环境》
《科技型中小企业资本结构决策与融资服务体系》

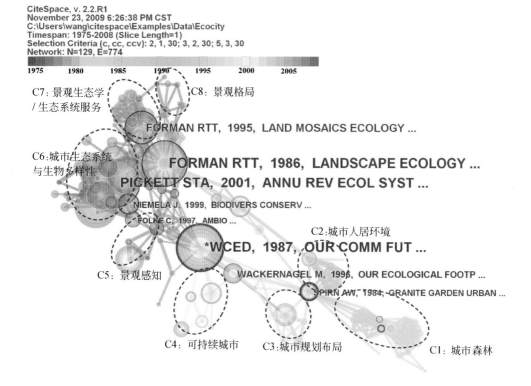

1975   1980   1985   1990   1995   2000   2005

C7: 景观生态学
/生态系统服务

C8：景观格局

FORMAN RTT, 1995, LAND MOSAICS ECOLOGY ...

C6:城市生态系统
与生物多样性

FORMAN RTT, 1986, LANDSCAPE ECOLOGY ...

PICKETT STA, 2001, ANNU REV ECOL SYST ...

NIEMELA J, 1999, BIODIVERS CONSERV ...

FOLKE C, 1997, AMBIO ...

C2:城市人居环境

*WCED, 1987, OUR COMM FUT ...

C5：景观感知

WACKERNAGEL M, 1996, OUR ECOLOGICAL FOOTP ...

SPIRN AW, 1984, GRANITE GARDEN URBAN ...

C4：可持续城市

C3:城市规划布局

C1：城市森林

图 1　文献共被引分析的可视化结果

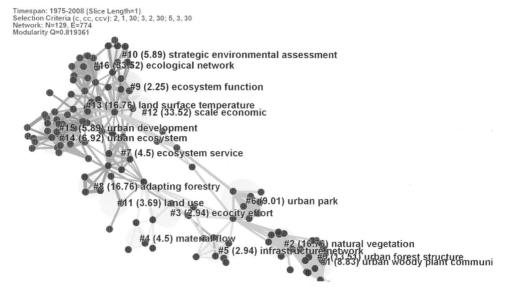

#10 (5.89) strategic environmental assessment
#16 (33.52) ecological network
#9 (2.25) ecosystem function
#13 (16.76) land surface temperature
#12 (33.52) scale economic
#15 (5.89) urban development
#14 (6.92) urban ecosystem
#7 (4.5) ecosystem service
#8 (16.76) adapting forestry
#11 (3.69) land use
#6 (9.01) urban park
#3 (2.94) ecocity effort
#4 (4.5) material flow
#2 (16.76) natural vegetation
#5 (2.94) infrastructure network
#0 (7.3?) urban forest structure
#1 (8.83) urban woody plant communi

图 2　可视化结果的聚类与标识